AYN RAND
源　　泉
THE
FOUNTAINHEAD

二十五周年纪念版 25th ANNIVERSARY EDITION

第　三　部
盖尔·华纳德
第　四　部
霍华德·洛克

PART THREE
GAIL WYNAND

PART FOUR
HOWARD ROARK

[美]安·兰德 著
高晓晴 赵雅蕾 杨玉 译

重庆出版集团 重庆出版社

Contents
分册目录

PART THREE |747|
第三部

盖尔·华纳德
Gail Wynand

PART FOUR |973|
第四部

霍华德·洛克
Howard Roark

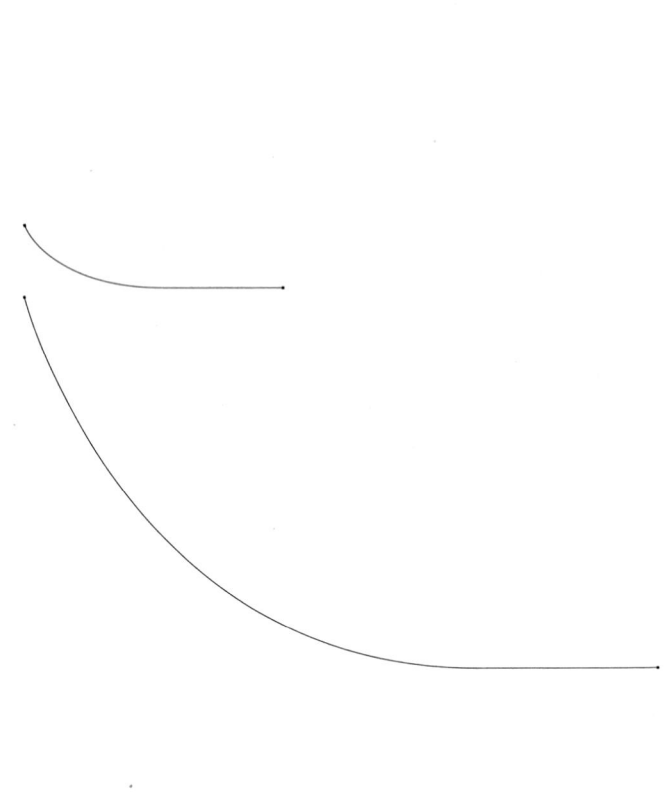

第三部
PART THREE
盖尔·华纳德
Gail Wynand

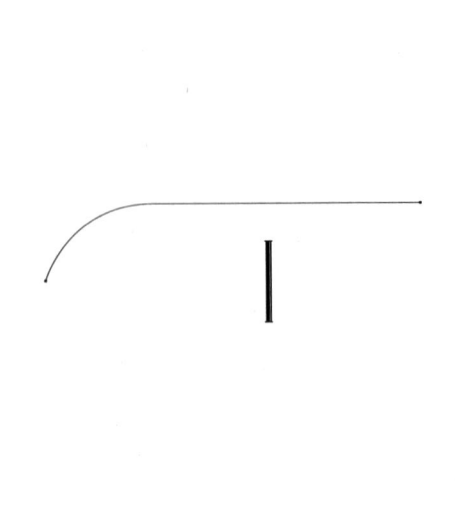

盖尔·华纳德把枪对准了自己的太阳穴。

除了金属环对肌肤的重压外，他没有其他感觉。他应该只是举起了一根铅管或者一块宝石；仅仅是毫无意义的一个圆环。"我要去死。"他大声叫道——接着打了个哈欠。

他感觉不到解脱、绝望或者恐惧，即便驾鹤西归之际也没有感到多么庄严。这是一个稀松平常的时刻。几分钟之前，他的那只手还拿着牙刷，现在又用同样的感觉举着枪。

他想，人不应该这样死，必须感受到一种巨大的快乐或者一种健康的恐惧。人必须为自己生命的终结礼赞。"让我感觉到恐怖的战栗吧，然后我就会扣动扳机。"他什么也没感觉到。

他耸耸肩，放下了枪，站着，用枪轻拍着左手手掌。他想人们总是谈论黑色死亡或红色死亡，你，盖尔·华纳德，你的死亡将是灰色的。人们为什么没有说过这才是最后的恐怖？不要尖叫、祈求、惊厥。没有万事皆空的漠然，没有天灾烈焰的纷扰，有的只是自始至终的、微不足道的、苍白无力的恐惧。他冷笑着告诫自己，你不能那样做，那是一种糟糕透顶的体验。

他走向卧室。他的寓所位于曼哈顿中心，是一幢宏伟的酒店式公寓五十七层之上的一套顶楼公寓，这栋楼的所有权是他的。卧室位于公寓的顶部，站在卧室里，他能鸟瞰全城。墙和屋顶由玻璃板建造，整个卧室像一个玻璃笼子。墙面覆盖着天蓝色的软羊皮防尘窗帘，将整个房间遮得严严实实，只要他愿意，可以随时打开。天花板上毫无遮挡，躺在床上，他能观赏头顶的星星，注视闪电划过，或者观看雨滴穿过云层缝隙时乍现的阳光。他和女人躺在床上时，他喜欢熄灯拉开窗帘，告诉她："我们正当着六百万人的面通奸。"

现在，他独自一人。窗帘拉开着。他站在那儿，俯视这座城市。夜已深，脚下灯火阑珊。他想，无论自己是继续俯瞰这座城市多年，还是再也无法看到它，他都不会在乎。

他倚墙而立，透过薄薄的黑色丝绸睡衣感受着玻璃的凉意。胸部的口袋上绣着白色的花纹：GW，这是他姓名的首字母，依照他本人的手迹绣制，跟他那一挥而就的高傲签名完全一致。

人们说，在盖尔·华纳德诸多蛊惑人心的东西中，最欺骗人的就是他的长相了。看上去，他宛然是个追求过度完美的颓废主义者，是一脉高雅血统的终极产物。但众所周知，他出生于贫民区。他长得又高又瘦——从美学上看，是过于高瘦了——好像全身肌肉都消融了似的，他无须站得笔直来向人们显示自己的严厉。他躬着身，懒散地踱着步，就像一根高贵的钢柱，这让人们意识到的不是他的姿势，而是他体内那根能让他在忽然之间弹得笔直的强力弹簧。他很少笔直地站着，一副吊儿郎当的样子。无论怎样的穿着，都会赋予他优雅之极的气质。

他的面孔不属于现代文明，应该属于古罗马：那是一张永恒的贵族面孔。他的头发夹杂了一绺绺灰色，从高高的前额向后梳去，光可鉴人。棱角分明的脸上裹着紧绷绷的皮肤，嘴很大，双唇很薄，弯眉下一双浅蓝的眼睛，形象点儿说，就像是满含讥讽的两个椭圆。一次，一位画家要画一张墨菲斯托菲里斯[1]的肖像，请他坐下来当模特，华纳德大笑着拒绝了。画家悲哀地看着他——他的笑使这张脸更接近他画作的主题。

他倚着卧室的窗玻璃情不自禁地垂下了头，手中仍然感受着枪的重量。他想，今天是什么日子？会发生什么事情来帮助我，让这个时刻变得有点意义吗？

今天，就像他身后的无数岁月一样，很难有与众不同的特殊意义。现在他五十一岁，时间是一九三二年十月中旬。他可以肯定的只有这些，其他的一切只有通过回忆才能知晓。

早晨六点，他起床更衣。成年以后的岁月里，他每晚至多睡四个小时。他朝餐厅走去，那儿已经准备好了早餐。餐厅面积不大，矗立在这幅美丽画卷的一角，仿佛一座花园。所有房间都

---

[1] 浮士德传说中的魔鬼，浮士德将自己的灵魂出卖给了这个魔鬼。——译注

是精美的艺术品。如果这座房子属于另外某些人的话，它们的简洁和优美会激起人们无尽的赞叹。但是当人们得知这是《纽约旗帜报》出版商的家时，都惊呆了；《纽约旗帜报》可是纽约最恶俗的报纸。

早饭之后，他去了书房，他的桌子上堆满了那天早晨从全国各地寄来的各种各样的重要报纸、书籍、杂志。他独自一人坐在桌前阅读，并用大号蓝铅笔在印满了字的纸上作着简短的批注。这些批注看上去就像间谍的速记，除了他不在时才到书房来的那个呆板的中年秘书之外，没人能识别它们。当他晚上再次回到书房的时候，秘书和那堆纸都不见了，桌子上整齐地摆放着几页打印的纸，上面包括了他希望对他早晨的工作所作的记录。

十点钟他到了旗帜大楼，这是坐落在曼哈顿下城的一幢满是污垢的不起眼建筑。穿过狭窄的走廊时，遇到的员工都向他道早安，问候恰当得体，他回答得也客气礼貌。但是，在他周围有一种死亡辐射效应，能使生命有机体停止活动。

华纳德所辖的每一个部门都受着诸多戒律的束缚，其中最严厉的一条是，当他进入房间或者意识到他出现的时候，绝对禁止中断工作。没有谁能够预测到他会在何时造访哪个部门，因为他会随时随地出现，弄得人像怕遭电击一样地谨慎。员工们尽己所能地遵守这项规则，但是他们宁肯加班三个小时，也不愿在他的默视下工作十分钟。

今天早晨，在办公室里，他浏览了一遍《纽约旗帜报》周日版的社论校样，在希望删除的地方画了蓝线。他没有签名，因为每一个人都知道，只有盖尔·华纳德才使用这种蓝色删除标记，似乎要把原作者从纸面上弄下去。

改完校样后，他要求与堪萨斯州史普林威尔市的《华纳德先驱报》取得联系。跟他的州属部门通话时，他从不预先通知。他希望他帝国里的每一个重要市民都熟悉他的声音。

"早上好，康明兹。"编辑接起电话时他说道。

"天呐！"编辑嚷道，"这不是……"

"是的，"华纳德说，"听着，康明兹，再弄出一篇像昨天《夏季里的最后一朵玫瑰》那样的垃圾，你就回高中的《号角》待着吧。"

"是，华纳德先生。"

华纳德挂断了电话，又和华盛顿的一位著名参议员联系。"早上好，参议员。"当那个绅士用了两分钟才走到电话跟前时，华纳德说道，"您能接我的电话真是太好了。非常感激，我不愿占用您的时间，但是我觉得我欠您一个最诚挚的感谢。感谢您为'海耶-朗森议案'的通过所作的努力。"

"但是……华纳德先生！"参议员的声音似乎有些局促不安，"你真客气，但是……议案还没有通过。"

"噢，不好意思，我弄错了。它将在明天通过。"

华纳德报业集团董事会会议在那天上午十一点半召开,该报业集团由二十二家报纸、七家杂志、三家新闻服务机构、两家新闻影片厂组成,华纳德拥有百分之七十五的股份。其他董事都不太肯定他们的存在有什么作用或目的。华纳德要求董事会议始终按时开,不管他出席与否。今天,十二点二十五分,他走进了会议室,一位声名卓著的老绅士正在讲话。董事们不许停下或去注意华纳德的到来。他走到红木长桌的桌首,在一把空椅子上坐了下来。没有人转头看他;似乎这把椅子上坐着一个他们不敢注目的幽灵。他静静地听了十五分钟,在一句话正讲到一半时起身离开了,就像他进来时那样。

他在办公室的大桌子上摊开了"石脊"的地图,和他的两个代理商讨论了半小时,这是他最新的房地产生意。他在长岛购买了大片土地,准备在此建造"石脊"开发区,一个新的小户型社区。每一块石头、每一条街道、每一座房子都由盖尔·华纳德建造。了解他房地产活动的几个人告诉他:他疯了。那是无人问津建筑的年头。但是,盖尔·华纳德却在一系列被人们称为发疯的决定上发了财。

设计"石脊"的建筑师还没敲定,有关工程的新闻便已经传遍建筑界。几个星期以来,华纳德将全国最好的那些建筑师和他们朋友的信件、电话都拒之门外。会议结束之际,他的秘书告知他,罗斯通·霍尔科姆来了电话,迫切要求占用他两分钟时间。

他再次拒绝了。

代理商离开之后,华纳德按下桌上的一个按钮,叫来了爱尔瓦·斯卡瑞特。斯卡瑞特走进办公室,开心地笑着。每次应答这种铃声时,他总是带着办公室小弟一样的谄媚的急切。

"爱尔瓦,'有胆识的胆结石'到底是什么?"

斯卡瑞特笑了。"噢,那个?那是一部小说的名字,洛伊丝·库克写的。"

"什么类型的小说?"

"噢,只是一些傻话。它应该属于散文诗,是关于一颗胆结石的故事,它认为自己是一个独立的个体,是一种由胆汁构成的健壮的利己主义者,你明白我的意思,然后,一个人服用了大剂量食用油——从医学角度来讲,我不能肯定这种做法是否符合逻辑,但不管怎样,这就是《有胆识的胆结石》的结局。所有这一切都证明了一点:世界上并没有所谓的自由。"

"卖了多少本了?"

"不知道,我想不太多,只有知识分子买。但是,我听说后来好了一些。"

"确切点儿,最近这里发生了什么?爱尔瓦?"

"什么?噢,您是说您注意它被提到了几次……"

"我是说我注意到了过去几个星期中《纽约旗帜报》上全是它。干得不错,如果它让我花了那么长时间才发现那并非偶然的话。"

"您是什么意思?"

"你认为我是什么意思?那个特殊的称号为什么总是在最不恰当的地方连续出现?有一天它出现在关于杀人犯被行刑的刑侦故事里,那个杀人犯'就像有胆识的胆结石一样死去';两天以后,它又在十六页上描写的奥伯尼州出现,'参议员哈兹莱顿认为自己是一个独立的人,却只不过是一块有胆识的胆结石';紧接着它又出现在讣告里;昨天它在妇女的版面上;今天,它又在漫画页上——斯努西称他富有的房东为有胆识的胆结石。"

斯卡瑞特矜持地放声大笑。"是的,这不是很荒谬可笑吗?"

"起初我也这么认为,现在不了。"

"盖尔,别疑神疑鬼了!这不是什么重要问题,我们的有关人员已经作了处理。只是一些鸡毛蒜皮的小事,没有什么经济价值。"

"这是其中的一点,还有一点,这本书不是一本畅销书。如果是的话,我还能理解书名是在他们脑海中自动蹦出来的。但它不是畅销书。所以有人在做手脚帮着它'蹦'。为什么?"

"噢,算了吧,盖尔!为什么有人想捣乱呢?我们关注了什么?如果它是个政治问题……但是见鬼,谁能从支持或反对自由意识中捞到什么油水?"

"有人咨询过你这件事吗?"

"没有,跟您说,这事背后没有人。都是自发的。许多人认为这只是一出闹剧。"

"你最先是从谁那儿听到这种说法的?"

"我忘了……让我想想……他是……是的,我想起来了,是埃斯沃斯·托黑。"

"一定要制止这种现象,一定要通知托黑先生一声。"

"好的,遵命。但这的确没什么。只是人们自娱而已。"

"我不喜欢有人拿我的报纸取乐。"

"是,盖尔。"

两点钟,华纳德作为嘉宾出席了一场由全国妇女俱乐部协会举办的午宴。他坐在女主席的右侧,宴会厅金碧辉煌,弥漫着栀子花、香豌豆、炸鸡的香味。午宴之后,华纳德发表了演讲。这个协会支持已婚妇女工作;而华纳德报业多年来一直反对雇用已婚妇女。华纳德讲了二十分钟,完全空洞无物;但他向人们传递了一个信息:他完全支持会上所说的一切。没有人能说清盖尔·华纳德对听众,尤其是妇女听众的影响。他没有什么惊世骇俗的举动,声音低沉,富有磁性,有一种独断专行的味道。他正确得无可挑剔,好像本身又在讽刺着所谓的正确性。但他还是征服了所有听众。人们说他敏锐,极具阳刚之气。他用谦恭的语调谈论学校、家庭,好像正与在场的每一个老女人做着爱。

回到办公室,华纳德站在财经编辑室的高桌子旁,手里拿着一支大号蓝铅笔，在一张特大的空白印刷纸上写了一篇文采飞扬的社论，毫不留情地谴责所有提倡妇女去工作的人，字足有一寸高，结尾的 GW 像一束蓝色火焰。他没有通读全文，他从来不必这么做；他随手把它扔到视线可及的执行编辑桌上，然后走进了自己的办公室。

傍晚时分，华纳德正准备离开办公室的时候，秘书通知，埃斯沃斯·托黑要求见他。华纳德说："让他进来。"

托黑进来了，脸上的笑容谨慎而微弱。那种笑是对他自己和老板的嘲弄，却有一个非常巧妙的平衡——百分之六十的嘲笑是针对他自己的。他知道华纳德不想见他，而他自己也不愿意被接见。

华纳德坐在桌子后面，礼貌而面无表情。两道对角的皱纹微微地浮现在他的额头上，和他倾斜的眉毛平行。那是他脸上偶尔露出的一种令人不安的特质；有二次曝光的功效，一种不祥的强调。

"请坐，托黑先生。我能为你效什么劳？"

"哦，我冒昧了，华纳德先生。"托黑高兴地说，"我不是来要你为我效劳的，我是来为你效劳的。"

"什么事？"

"'石脊'。"

两条对角线在华纳德的额头上明显了一些。

"一个报纸的专栏作家能对'石脊'效哪门子劳呢？"

"报纸专栏作家——不能，华纳德先生。但是一名建筑专家……"托黑把声音拖成一个嘲讽的问号。

托黑看着华纳德的眼睛——如果他没有那几分自傲，也许早就被撵出办公室了。这种眼神像是在告诉华纳德：他知道他被那些举荐建筑师的人折磨到了什么程度，他知道他为了避开他们已经筋疲力尽。通过这次出乎华纳德意料的见面，托黑已经胜了他一筹。同时，正像托黑已经知道的，这样的自负正对华纳德的胃口。

"好吧，托黑先生，你要推荐谁？"

"彼得·吉丁。"

"噢？"

"怎么？"

"哦，说来听听，你怎么个推荐法。"

托黑停了一下，轻松地耸耸肩，又匆匆说："当然，您明白，我和吉丁没有什么往来，我只是他的朋友，当然也是您的朋友。"声音听起来愉悦轻松，却少了几分肯定，"坦率地说，我知道有点儿老生常谈，但我还能说什么呢？这都是事实啊。"华纳德没有任何表示。"我冒昧来这里是因为，我觉得有责任告诉您我的意见。不，不是道义上的责任，就叫它美学意义上的责任吧。我知道，您做事要求尽善尽美，对于这么大规模的工程，任何一位建筑师都不能和彼得·吉丁媲美，无论是在能力、品位，还是想象力、创造性上。华纳德先生，这就是我真诚的意见。"

"我很相信你。"

"真的？"

"当然。但是，托黑先生，我为什么一定要考虑你的意见呢？"

"噢，毕竟，我是你的建筑顾问啊！"他的声音已经流露出一丝愤怒。

"亲爱的托黑先生，不要把我和我的读者混为一谈。"

过了一会儿，托黑向后靠去，无奈地笑着摊开双手。

"坦诚地说，华纳德先生，我觉得我的话不会对您产生什么影响，所以我没打算费力向您推荐彼得·吉丁。"

"没有？那你打算做什么？"

"只是想让您腾出半个小时给一个比我更能让您信服彼得·吉丁能力的人。"

"谁？"

"彼得·吉丁太太。"

"我为什么要和彼得·吉丁太太讨论这件事？"

"因为她是个很漂亮又很难对付的女人。"

华纳德向后仰头，大声笑了起来。

"上帝，托黑，我真表现得这么明显吗？"

托黑眨了眨眼，猝不及防。

"真的，托黑先生，你让我的美德妇孺皆知，我却让你显得浅薄粗鲁，我向你道歉。我没有想到，在你诸多的人道主义行为中，竟然还有拉皮条这一项。"

托黑站了起来。

"对不起，我让您失望了，托黑先生。无论如何，我不想会见彼得·吉丁太太。"

"我也认为您不会，华纳德先生。这也不是我赞成的。几个小时之前我就料到了您会这么做。事实上，早在今天早上就料到了。所以我就行使自由权利，为自己准备了和您就此讨论的另一个机会。我行使自由权利，送了您一件礼物。当您今天晚上到家的时候，您会发现我的礼物在那儿等您。如果您认为我让您这样做是对的，就打电话给我，我会马上赶过去。然后，您就能够告诉我，您愿意还是不愿意会见彼得·吉丁太太。"

"托黑，这真令人难以置信，不过我相信你是在向我行贿。"

"我是在贿赂您。"

"你知道，这是一种阴谋诡计，你完全有成功的可能，当然你也可能因此失业。"

"那要取决于今晚您对我的礼物的态度。"

"好吧，托黑先生，我会看你的礼物的。"

托黑鞠了一躬，转身走了。他走到门口时，华纳德补充说：

"你知道，托黑，早晚有一天你会让我感到厌烦的。"

"时机没到的时候，我会努力不烦您的。"托黑答道，又鞠了一躬，出去了。

华纳德回家的时候，已把埃斯沃斯·托黑忘得一干二净。

那天晚上，在他的顶楼公寓里，华纳德和一个长着白皙面孔、柔顺棕色头发的女人共进晚餐。华纳德和那个女人在一起所经历的一切，哪怕只是透露一丁点，也会让三代的男人不惜杀人的。

在她将水晶高脚杯举到唇边的瞬间，华纳德意味深长地欣赏着：她手臂的曲线像无与伦比的天才雕刻的银质枝状烛台一样妙不可言。粉面上摇曳的烛光扑朔迷离，美轮美奂。他多么希望她是一座大理石雕像啊！那样的话，他就可以默不作声地看着，让自己快乐地去肆意幻想。

"盖尔，一两个月以后，"她懒懒地笑着，柔声说道："等天气阴霾，朔风凛冽的时候，让我们乘坐'I Do'游艇四处遨游，去一个能被阳光直射的地方，就像我们去年冬天那样，好吗？"

"I Do"是华纳德游艇的名字，他从没向人解释过如此命名的原因。此前许多女人曾就此向他质疑过，这个女人也不例外。现在，他静默无语的时候，她又问起了这个问题。

"顺便问一下，亲爱的，那是什么意思——你那艘漂亮游艇的名字？"

"那是我不作回答的问题,"他说,"之一。"

"哦,我要为这次旅行准备衣服吗?"

"绿色是最适合你的颜色。在海洋的衬托下它看起来很美。我喜欢看你用绿色装点你的头发和手臂。我会怀念你那用绿色丝绸掩映的赤裸双臂,因为今晚将是最后一次。"

她的手指静静地抚在高脚杯上。没有任何征兆能让她预知今晚将是最后一次。但是她知道,他只需要说这么多。所有华纳德的女人都知道,她们会落得这样的结局,无须讨论。过了一会儿,她音调低沉地问道:

"原因是什么,盖尔?"

"显而易见。"

他把手伸进口袋,拿出了一只钻石手镯。手镯在烛光里闪着冰冷、耀眼的光芒,繁琐的连缀物松散地垂落在他的手指间。没有盒子,没有包装纸。他将它在桌上转了一个圈。

"一个纪念品,亲爱的。"他说,"这个纪念品比它所纪念的东西更有价值。"

镯子撞到高脚杯上,发出清脆的响声,好像是在为这个女人嘶叫,她默不作声。他知道这种情况很糟糕——因为,就像他曾经历过的那些女人一样,她不是在这种情形下以这样的方式接受礼物的人;还因为,就像他曾经历过的那些女人一样,她也不会拒绝。

"谢谢你,盖尔。"她说着把镯子戴在手腕上,没有透过烛光看他一眼。过了一会儿,他们走进了客厅,她停住了,长长睫毛间的眸子移向了黑暗,那儿是通向卧室的楼梯口。

"让我为这个纪念品付出代价,是吗,盖尔?"她问道,声音低缓。

他摇摇头。

"刚才我的确这么想,"他说,"但现在我累了。"

她离开之后,他站在客厅里。他想到了她的痛苦,实实在在的痛苦——但她过不了多久就会全部忘记,除了那个镯子。曾经,这样的想法让他备生苦涩,但现在他已经回想不起那个时候了。想到今晚发生的一切,他只觉得早就该这么做。

他走进图书室,坐下来静静地阅读了几个小时,然后毫无理由地突然停在了一个重要的句子中间。他不想再读下去了,不想再费那个劲了。

一切对他来说无须发生——这一切是实实在在的现实,而任何现实都不能给他帮助;从某种意义上来说,这是令人震撼的无助——似乎所有一切都被清空了,只留下一件小事,毫无意义,空洞乏味。因为它似乎是如此平常,如此波澜不惊,就像是带着友好微笑的杀手。

没有什么随风而逝——除了期望;不,不止于此——根源,是期望的期望。他想,失去双眼的人仍会留有光明的概念。

但是他听说过彻底失明——就是说，如果控制视力的大脑中枢被破坏了，一个人就会失去视觉记忆。

他放下书，站了起来，不想站在这儿，也不想离开这儿。他想，应该去睡觉了。虽然对他来说有些早，但明天可以早点儿起。他走到卧室，冲了个澡，穿上睡衣。然后他打开梳妆台的一个抽屉，看见他一直放在那里的枪。一种一见钟情般的、突如其来的兴趣使他拿起了枪。

想到自己将要自杀，他一点也不震惊，这让他更相信自己会那么做。这个想法似乎非常简单，根本用不着争论。它就像早已被认可的一种陈词滥调。

现在，他倚着玻璃墙站着，被那个十分简单的想法阻止了。一个人可以活得平庸，他想，但是不能死得平庸。

他走向床，坐了下来，手里仍然握着枪。他想，一个濒临死亡的人在生命的最后时刻，在火花里，应该能看到自己全部的生活。我什么也看不见。但是无论如何我要让自己看见它，我要迫使自己重温一遍。让我从中找到活下去的愿望，或者现在结束它的理由。

十二岁的盖尔·华纳德在黑暗中伫立在哈得逊河岸边的一段残垣之下，一只手臂挥向后面，拳头紧握，时刻准备着迎接战斗。

他脚下的石头高高堆在一个废弃的墙角；墙角的一侧让他

安全地隐蔽起来，另一侧则陡峭地通向河里；河岸没有光照，没有铺砌，在他面前延展；地面低洼，天空开阔，仓库弯曲的檐瓦悬在窗子上，灯不怀好意地闪烁着。

战斗的时刻即将来临——他知道，为了生活他必须这样做。他直挺挺地站着，拳头在后下方紧握，似乎想抓紧几条无形的绳索。这些绳索牵引着他那破烂衣衫下没有一丝肌肉的每一处关节，牵引着裸臂上暴露的长筋腱，牵引着颈部绷紧的声带。无形的绳索似乎在颤抖，但他的身体却稳如泰山。他像是一种新型的致命武器，无论手指触摸到身体的什么部位，都会扣响扳机。

他知道男孩帮的头儿在寻找他，他知道那个头儿不会一个人来。两个男孩用刀和他厮杀，其中一个还从他那儿发了笔小财。他的口袋空了，他正等着他们。他是男孩帮中最小的，又是最后一个加入的。头儿曾经说过，要给他上一课。

矛盾始于男孩帮策划的打劫船只的行动。头儿说那个活儿得晚上动手，下属全部赞同，只有盖尔·华纳德用傲慢的低沉语调解释说："选在这条河下游打劫的'城市流氓帮'已经试过那个勾当了，六个成员被警察抓了进去，两个进了坟墓，所以还是在黎明动手为好，这个时候没有人注意。"男孩帮转而打劫了他。他还是不服。盖尔·华纳德不善于说服别人。除了相信自己的判断外，他目空一切，所以头儿想要一劳永逸地除掉这个眼中钉，肉中刺。

三个男孩悄无声息地沿着薄墙走着，即使墙后有人，也听不到他们的脚步声。可盖尔·华纳德在离他们一个街区远的时候就听到了。他站在角落里悄然不动，手腕因为用力更僵硬了。

时机成熟时，他纵身一跃。这一跃直入长空，似离弦之箭，根本没有想到该如何着陆。他的胸部撞在了一个对手的头上，胃部顶在了另一个对手的头上，双脚踩在了第三个对手的胸部。他们四个人都倒下了。当三个对手仰起脸的时候，盖尔·华纳德的身影已经依稀难辨，他们只看见一个飞轮悬在自己头上的半空中，随着灼热的刺痛，轮子里飞出的东西刺向了他们。

除了两只拳头外，他一无所有，而敌方有五只拳头和一把刀子。但没必要计算数目，他们只听见雨点儿般的拳击声，"咚咚咚"，就像落到硬橡胶上。刀子插过来，不动了，说明已经砍到了人。但是他们的对手刀枪不入，无懈可击。他没有时间去感受；他行动迅速；疼痛已不可知；他似乎把疼痛留在了半空中，自己则在下一秒到达了地面。

在他的肩胛处，似乎有一个马达在推动他的两只胳膊不停飞转，只看得见旋转出的圆圈；两只胳膊如旋轮中的辐条，已经看不清了。旋轮每次下落，不管停在哪里，都急速飞转没有间歇，令人目不暇接。一个对手的刀子刺向华纳德的肩膀，肩膀迅速一闪，刀子沿着华纳德身体的一侧滑下，从腰带处掷了出来。这就是这个对手看到的最后一件事。什么东西打到了他的下巴上，他还没感觉出来就倒下了，后脑勺撞到一堆烂砖头上。

双方激战了很长时间，滴滴鲜血喷溅在他们周围的墙上，但这毫无用处，他们不是在和一个人搏斗，而是在和一个无形的人类意志搏斗。

他们终于罢手了，倒卧在砖堆里呻吟。盖尔·华纳德平静地说，"黎明时分动手"，然后悄然离去，从那时起，他成了男孩帮的头儿。

两天后的黎明时分，驳船里的货物全部搞定，战绩显赫，大获成功。

盖尔·华纳德和他父亲一起住在"地狱厨房"中心区一座老房子的地下室里。他父亲是一名码头工人，身材高瘦，不善言辞，是个文盲。他的祖父和父亲是同一类人，除了家里的贫穷，他们一无所知。如果追根溯源的话，他们家族的血管里还真流淌着贵族的成分。一些贵族先辈的荣耀，接着是一些悲剧，尽管已经记不起来了，却使他们的子孙沦为贫民。所有华纳德家族的人——廉租房、酒吧、监狱——看起来都与周围格格不入。盖尔的父亲在码头这一带，被人称作"公爵"。

盖尔两岁的时候，母亲死于肺病，他是她唯一的儿子。他模模糊糊地知道，父亲的婚姻富有极大的戏剧性。他见过母亲的一张照片，面无表情，衣着和他们的邻居截然不同，但她非常漂亮。母亲死了以后，父亲的生活变得一团糟。父亲爱盖尔，虽然一个星期两人说不上两句话，但他能感觉到父亲对他的爱，对他的奉献。

盖尔长得既不像父亲也不像母亲。有一种别人无法确切描述的返祖现象，不能推测出返祖的具体间隔，不知返到了哪一代，可能得用几个世纪来衡量。他总是比同龄人显得高瘦，伙伴们都叫他电线杆华纳德。没有人知道他把肌肉用在了哪里，他们只知道他的肌肉用掉了。

从孩提时起，他就一件工作接着一件工作地干。他在街道的拐角处卖了很长时间的报纸，几乎每个街角都留下了他的身影。一天，他去找报社的老板，向他建议，报社应该开展一项新业务——早晨把报纸送到读者家门口，他解释说这样做会扩大报纸的发行量。"是吗？"老板问。"我认为这将行之有效。"华纳德肯定地说。"哼，这儿的事你管不着。你根本就不了解这里的一切。"老板说道。"你是个傻瓜。"华纳德对他说，然后他失业了。

接下来，他又在一家杂货店工作。他跑腿，清扫洒满污水的木地板，分选大量的烂蔬菜，帮忙招待顾客，耐着性子称量一磅面粉或者将大罐牛奶分装在小壶里。那活儿就像使用压路机来压手帕一样，但他咬牙坚持。一天，他对杂货店老板说，像威士忌那样把牛奶装到小瓶子里将是一个好主意。"你别出馊主意了，去招待那边的苏利文太太吧。"杂货店老板说道，"我知道我的生意该怎么做，不用你多嘴。这儿的事你管不着。"华纳德去招待苏利文太太了，什么也没说。

他到一家俱乐部工作，清洗被人吐得一片狼藉的痰盂，他听着看着那些令他在余生对震惊免疫的事情。他尽他的最大努力学会了保持沉默，不越雷池一步，把无能的人当作主子，耐着性子等待。没有人听他说过自己的感受，他对工友们有着丰富的感情，唯独没有尊重。

他到渡船上做了一名擦鞋工。船上任何一个耀武扬威的马贩子、酩酊大醉的船夫都会对他推推搡搡，呼来唤去。如果他一开口，一个沙哑的嗓音就会传来："这儿的事你管不着。"但是他喜欢这份工作。没有顾客的时候，他就站在栏杆旁眺望曼哈顿。他看着新房子上的黄色布告牌、空荡荡的街区、起重机、油井的钻架和远处挺立的几座塔楼。他想象着什么应该被毁，什么应该被建，他想象着太空，想象着该如何实现希望。一声粗鲁的叫喊"嘿，擦鞋的！"打断了他的思绪，他回到鞋摊旁，谦卑地把腰弯向一只溅满泥浆的鞋。那个顾客只看到一个长满浅棕色头发的小脑袋和两只骨瘦如柴、麻利能干的小手。

浓雾弥漫的晚上，在街角的汽灯下，没人注意到倚着灯柱的细长身影——这个中世纪贵族，这个不合时宜的绅士。他的每一个本能都显示出他应该发号施令，他的大脑不停告诉他：他有这个权利，他是一位封建制度下的男爵，却被赋予了这样的命运——扫地和听人使唤。

五岁的时候，他通过提问的方式自学读写，阅读了他能找到的一切书籍。他有一股打破砂锅问到底的倔强劲儿，别人知道的，他必须也得懂。孩提时代的徽章——他为自己设计的纹章，用来取代几百年前丢失的那个——是一个问号。同一件事情人们没有必要向他解释两次，他学习数学是从铺设排水管道的技师那儿开始的，他向住在他家附近的水手学会了地理，还在当地俱乐部的政客们那儿知道了一些市政管理的知识，那个俱乐部是一个帮派的匪巢。他之前从没去过教堂或学校。十二岁那年，他走进一个教堂，听了一次关于耐心和谦卑的布道，之后就再没去过。十三岁时，他决定去看看教育到底是什么东西，便注册进入了一所公立学校。就像盖尔和帮派搏斗被打伤后回到家时一样——对于他上学的决定，父亲也没说什么。

在学校的第一周，老师不停地提问盖尔·华纳德——这对她来说非常快乐，因为盖尔总是知道答案。当他信任比他强的学生以及他们的意图时，他就像斯巴达人一样听命，就像在帮派里那样严格要求自己。但是他的努力付诸东流了。仅仅一周他就发现，无须努力他就稳坐班级第一的宝座。一个月之后，老师不再注意他的表现了。原因很简单，他总是理解他的功课，而她必须注意那些反应慢、迟钝愚笨的孩子。他毫不松懈地坐几个小时，就像绷紧的链条，老师却得重复、咀嚼、再次咀嚼，满头大汗地迫使那些空洞无神的眼睛和嘀嘀咕咕的声音闪现出智慧的火花。两个月之后，老师领着学生复习费尽力气所教的初级历史知识时，问道："我国最早有多少个州？"没人举手。华纳德伸出了胳膊。老师向他点头示意。他站了起来。"怎么回事？"他问道，"我应该把每一样东西都吞咽十次吗？我知道答案。""班里不止你一个学生。"老师说道。他说出了让老师脸色发白的话，十五分钟后，她明白了这句话的全部含义，脸又红了。他走向门口，到门口时，又扭头补充道："噢，对了，最早有十三个州。"

那是他的最后一次正规教育。

地狱厨房的一些人从未冒险跨出过这里，甚至有一些人很少走出他们出生的房屋。但是盖尔·华纳德经常到这座城市最好的街道去散步。对于这个富有的世界，他没有痛苦、嫉妒或恐惧。在第五街就像在许多其他地方一样，他只有好奇和宾至如归的感觉。他穿过安静肃穆的公寓大厦，双手插在口袋里，脚趾从平底鞋里露出来。人们瞪眼看着他，但没有用。他大步穿过街道，将人们不会拥有的那份只属于他的感情抛在身后。此时，除了去理解世界，他什么都不想要。

他想知道是什么使这些人有别于他的邻居。结果，吸引他注意的不是衣服、马车和银行，而是书。他的邻居们有衣服、马车和钱，但是他们不读书。他决定学会第五街上人们阅读的一切。一天，他看见一位女士在马路边的车里等人，他知道那是位有教养的女士——他对此类事情的判断比《社会名人录》还要准确。她正在读书。他跳到马车的台阶上，抓起那本书跑了。要抓住他可得身手快一些、身材瘦一些的警察。

这本书的作者是赫伯特·斯宾塞。他非常激动地读完了它,但只读懂了全书的四分之一。这使他攥紧拳头、咬紧牙关、下定决心、有计划地开始了一段旅程。没有别人的建议、帮助,自己也没制订计划,他开始阅读各种各样彼此毫不相干的图书。有些段落,他在这本书里不能理解,就到另一本书里寻找答案。他涉猎各个方向,最初是初级书籍,之后是高中初级读本。虽然他的阅读活动没有计划,但是汲取到他头脑中的知识却被安排得井井有条。

他发现了公共图书馆的阅览室,然后去那里待了一会儿——研究它的布局。后来有一天,男孩帮的各色人物不时光顾这家阅览室。他们一个个打扮得煞费苦心,勉强让人相信他们是读书人。他们进来时苗条纤弱,出去时却臃肿肥胖;也就是从那个晚上开始,盖尔·华纳德家地下室的角落里有了属于他自己的一个阅览室。他的同伙们毫无怨言地执行了他的命令,这是一个极不光彩的任务,自尊尚存的他们从未偷窃过像书这样毫无意义的东西。但是电线杆华纳德下了命令——没人敢和他争辩。

十五岁时的一个早晨,人们在排水沟里发现了他,身下摊紫黑的血浆,两腿断了,已经没了知觉。可是前一天晚上他是有知觉的。他被一个喝醉的码头工人打得只剩下了一口气。他在黑暗的街道上,看着街角处的灯光,没人知道他是如何走到那个街角的，但他走到了。人们只看到他身后的人行道上留下了长长的血渍。他爬着，唯一的动力就是他的两条胳膊。他敲着门的下方，那是一家还没有关门的小酒店，那是华纳德有生以来第一次请人帮助。店主出来了，冷漠地、凶狠地看了他一眼，眼神里满是恼怒和鄙夷，一点儿同情都没有，然后又进了屋，随手砰的一声关上了门。他不想和帮派之间的争斗搅和在一起。

几年之后，盖尔·华纳德，《纽约旗帜报》的出版商，仍然记着那个店主和那个码头工人的名字，他知道如何找到他们。他从没去找过那个码头工人的麻烦，但是他让那个店主破了产，弄得他妻离子散，积蓄全无，最后被迫自杀。

盖尔·华纳德十六岁时，他的父亲死了。当时，他孑然一身失业在家，只有口袋里的六十五美分、一张未付的房租账单，还有一肚子乱七八糟的学识。他觉得自由打造生活的时候到了。那天晚上，他来到屋顶，眺望着城市的灯火，那个他管不着的城市。他的视线从周围破烂小屋的窗子移到了远处公寓大厦的窗户。在那儿，有几个火树银花般的明亮广场，但他不知道它们该归属于哪座建筑物。他旁边的灯光看上去模模糊糊，无精打采，而远处的那些灯光清晰明亮，精神抖擞。他问了自己一个简单的问题——那些房子里都是什么样呢？也和这些或明或暗的光线一样吗？每个房间、每个人都有些什么呢？他们全都有面包。那么可以用他们所买的面包驾驭他们吗？他们有鞋子、咖啡……

他的生活轨迹明晰了。

第二天早晨,他走进了《新闻公报》编辑部,想在此找份工作。《新闻公报》在这个地区占有四分之一的业务量。一个编辑看着他的衣服询问道:"你会写'猫(cat)'这个字吗?"华纳德反问:"你会写'拟人形态(anthropomorphology)'这个词吗?"编辑回答:"我们这儿没有工作。"华纳德说:"我再转转,你们想用我的时候说一声。我不要工钱,你们认为我还行,想留住我时,再付给我工钱。"

他待在这幢楼里,坐在编辑部外面的楼梯上。一周里,他每天都坐在那儿。没有人注意他。晚上,他睡在门廊里。钱快花完的时候,他从柜台或垃圾堆里偷来食物,再回到自己在楼梯上的位置。

一天,一名记者对他产生了怜悯之心,下楼时,朝华纳德扔了一枚五分硬币,说道:"孩子,去买一碗炖菜吃吧。"华纳德口袋里只剩一角钱了。他拿出这个一角硬币扔给记者说:"去买个螺丝钉吧。"那个记者骂了一句,下楼了。两枚硬币依然躺在楼梯口。华纳德不会去动它们。这个故事在编辑部里被重复了次。一个长着一脸疙瘩的职员耸了耸肩,拿走了那两枚硬币。

到了这周的周末,在繁忙的工作时间,编辑部里的一个人叫华纳德去跑个腿。其他鸡毛蒜皮的琐事接踵而来。他像军人一样准确地服从命令。十天以后有人付了他工钱。六个月以后,他成了一名记者。两年以后,他成了副主编。

盖尔·华纳德二十岁时恋爱了。从十三岁开始,他就知道性是怎么回事。他有过许多女孩。他从不言爱,从不创造浪漫的视觉感受,他对恋爱就像对付一次动物交媾那么简单。但在那方面,他可是个专家——女人只要看他一眼就能判断出来。和他恋爱的那个女孩长得出奇的美,让人想去顶礼膜拜而不敢亵玩。她柔弱、安静。她的脸透露出她正在神秘地恋爱,只是没有声张而已。

她成了盖尔·华纳德的情人。他完全被幸福击昏了。只要她提,他马上就可以和她结婚。但他们彼此交谈得很少——他认为他们之间的一切都尽在不言中。

一天晚上,他坐在她的脚边,仰着脸,用发自灵魂深处的声音对她说:"亲爱的,你想要什么,我就会给你什么,只要我能。我愿为你赴汤蹈火。我愿为了你放弃一个男人不能放弃的一切,只要你高兴,你喜欢,只要能为你效劳——仅仅为了你。"女孩笑了,问道:"你认为我比玛吉·凯利更漂亮吗?"

他站起来,什么也没说,走出了房间。他再也没有去见过那个女孩。盖尔·华纳德以从不需要两次接受同一个教训为荣,以后的岁月里他再也没恋爱过。

二十一岁时,他在《新闻公报》的工作受到了威胁,是第一次,也是唯一的一次;政治和腐败从没让他烦恼过,他对此也了如指掌；他的那些手下们收取了好处，在选举投票时帮着煽风点火。但是，当派特·马利甘，他辖区的警察局局长被陷害时，华纳德坐不住了，因为派特·马利甘是他有生以来遇到的唯一正直的人。

《新闻公报》已经被诬陷马利甘的势力所控制。华纳德什么也没说，只是将他所了解的信息在大脑里排了排队。这些信息能把《新闻公报》打入地狱。他的事业也会随之付诸东流，但那不重要。他不去想他的决定和他为自己事业定下的每条规定都背道而驰。这个罕见的冲动将他打倒了，使他抛弃谨慎，成了一只动物，只剩下一种势在必得的欲望，因为他所要申明的正义是那样盲目。但是，他知道《新闻公报》的毁灭只是第一步棋，不足以拯救马利甘。

三年来，华纳德一直保留着一小块剪报。那是一篇有关腐败的社论，是由一家大报的著名编辑撰写的。他一直保留着，因为这是他读过的对正直最为壮丽的礼赞。他拿着那块剪报去见那位著名编辑，他要告诉他有关马利甘的事情，他们将联手打碎这台政治机器。

他步行穿过市区，来到那家著名报纸的办公楼前。他必须步行，这有助于控制他内心的愤怒。他得到允许进入编辑室——他总有办法违反各种规则进入他想去的地方。他看见办公桌旁坐着一个胖子，眼睛眯成了两条细缝。他没做自我介绍，而是把那块剪报放到了桌上,然后问道:"您还记得这个吗?"编辑扫了一眼剪报,又扫了一眼华纳德。这正是华纳德以前曾看见过的一瞥:砰的一声关上门的那个酒店店主眼里的一瞥。"你怎么能指望我记住我写过的每一篇垃圾?"编辑问。

过了一会儿,华纳德说道:"谢谢。"这是他生命中唯一一次向别人致谢。这种感激是真挚的——他永远不必再买一次教训。但是编辑隐隐感觉到,他那短短的一声"谢谢"里有点儿什么不对劲儿的东西,而且极具震慑力。他不知道那是一则讣告,宣布了盖尔·华纳德的死亡。

华纳德又走回《新闻公报》,对那位编辑或那台政治机器,他毫无气恼可言。他只是为自己、为派特·马利甘、为所有的正直感到耻辱。他想到那些人,那些自己和马利甘心甘情愿成为其牺牲品的人,他感到无地自容。他想的不是"牺牲品"——他想的是"蠢货"。回到办公室,他写了一篇文采飞扬的社论,猛烈攻击马利甘队长。"哦,我还以为你同情那个可怜的杂种呢?"他的编辑高兴地说道。"我不会同情任何人的。"华纳德答道。

杂货商和船工们从没欣赏过盖尔·华纳德,政治家们却恰恰相反。在和报纸打交道的几年中,他学会了如何与人相处。他的面部呈现出一种独特的表情——在他的余生都不会抹掉的表情,不能算是微笑,仿佛是对整个世界露出的一个静止的嘲笑。人们能够猜测到,他只是想嘲笑那些他们也想嘲笑的特殊事情。而且,对于一个面对激情或神圣都平静如水的人来说,这是一桩乐事。

他二十三岁时,一伙政客打算赢得市政选举,需要一家报纸帮忙做宣传,于是买下了《新闻公报》。他们是以华纳德的名义买下的,华纳德将成为这台机器体面的门面。盖尔·华纳德成了主编。他不遗余力做政治宣传,为他的雇主们赢得了竞选。两年以后,他搞垮了那个团伙,把它的领袖们都送进了监狱,自己摇身一变,成了《新闻公报》的唯一主人。

他的第一个举措就是扯下这幢建筑物门上的标志,扔掉报纸的老报头。《新闻公报》变成了《纽约旗帜报》。他的朋友们提出异议:"出版商不能改变报纸的名字。"华纳德答道:"我就要改变。"《纽约旗帜报》的第一场战役是为慈善事业筹款。它用同样的版面同时刊出两篇报道:一篇是一直努力奋斗的年轻科学家,在顶楼里忍饥挨饿,从事伟大的发明;另一篇是一个女仆,一个被执行死刑的杀人犯的心上人,正等待着私生子的出生。一篇报道引用了科学图表;另一篇报道——采用了一幅衣冠不整、表情悲戚、耷拉着嘴角的女孩照片。《纽约旗帜报》呼吁读者帮助这两个不幸的人。它为那个年轻的科学家筹到九美元四十五美分;为那个未婚母亲筹到一千零七十七美元。盖尔·华纳德召开员工会议,把登载两篇报道的报纸和所筹集到的钱放到桌子上,问道:"咱们这儿还有人不明白吗?"没人回答,于是他又接着说道:"现在,你们全都知道了《纽约旗帜报》是一份什么性质的报纸。"

盖尔·华纳德时代的出版商以在自己的报纸上张扬自我品质而自豪，盖尔·华纳德则把报纸和他的身心都交给一群乌合之众。《纽约旗帜报》在躯体上是一张马戏表演的海报，在灵魂上则是一场马戏表演。它要达到同样的目的——令人震惊，使人愉悦，获得认可；它要树立新形象，不是为一个人，而是为千百万人。盖尔·华纳德这样解释他的政策："似乎可以这么认为，人类具有各种各样的美德，但恶习却是相似的。"他直视着提问者的眼睛，补充道，"我正在为世界上最大多数的人服务，我是这一主体的代表——确切点说，是为美德而行动，不是吗？"公众渴望违法犯罪、丑闻诽谤、情感伤痛，盖尔·华纳德满足他们的需求。他给予公众渴望得到的一切，同时还对他们那沉浸其中、不能自拔却又感到羞耻的品位给予公正的评说。《纽约旗帜报》刊载杀人、放火、强奸、贿赂——用恰到好处的道义感冲击着每一个人，三个专栏面面俱到地支撑着同一个道义。"如果你让每一个人都坚守贵族操守，你将使他们感到厌恶。"华纳德说，"如果让他们放纵自我，会使他们恼羞成怒。但是将二者结合起来使用——你就会征服他们。"他刊登沦落风尘的女子、离婚、孤儿院、红灯区、慈善医院。"性第一，"华纳德说，"眼泪第二，撩起他们的欲火，让他们哭天喊地——你将会征服他们。"

《纽约旗帜报》倡导了一场伟大而勇敢的圣战——针对那些

无可争议的事情。它使政客们曝光——比大陪审团抢先了一步；它攻击垄断——以受压迫者的名义；它从不富有也没成功的人的角度嘲弄富有和成功；它以巨细靡遗的讥讽来极力强调社会的巨大力量。这些，都给予读者两方面的满足：就像路人进入奢华的休息室时不用在门槛上擦拭鞋子一样。

大家一致公认，《纽约旗帜报》不遗余力地宣传真理、品位、信誉，却不允许它的读者动脑思考。硕大的标题、流光溢彩的画面、简洁明了的文字冲击着人们的感官，捕捉着人们的意识。根本用不着读者去进行推理，就像食物直达直肠用不着消化一样。

"新闻，"盖尔·华纳德告诉他的员工，"可以在最大多数人中间创造最高的兴奋，将他们冲击得失去理智。如果人数众多，那越糊涂越好。"

一天，他从大街上随手拽了一个人领进办公室，那是一个极普通的人，既不衣冠楚楚，也不衣衫褴褛，既不高也不矮，既不太黑也不太白，长着一张第二次看见时绝对想不起曾与他有过一面之交的脸。如此没有显著特征的长相令人难以置信，实在缺少个性。华纳德领着他在办公楼里蹿来蹿去，介绍给每一位员工，然后让他走了。接下来华纳德把员工们叫到一起说："当对你们的工作心存疑虑的时候，记住那个人的脸，你们就是为这样的人写东西的。""但是，华纳德先生，"一个年轻编辑说道，"谁也不会记住他的脸啊。"华纳德答道："这就是问题的关键所在。"

当盖尔·华纳德的名字在出版界造成一种威胁的时候，一批报界同仁开始排挤他——他们在一次所有人都必须出席的市政慈善会议中公开指责他降低了公众品位。华纳德说道："帮助人们维护他们还没有的自尊，这不是我个人能力所及的。你们给予了他们在公众面前声称的他们喜欢的一切，而我则给予了他们真正喜欢的一切。诚实是最好的策略，先生们，虽然在某种意义上你们还没有完全相信这一点。"

对华纳德来说，不尽善尽美地做好每一种工作是不可能的。不管他想做什么，手段都是最高超的，所有阻止他报业工作的动力、强制力、意愿都会化为乌有。一个罕见的天才在无限量地燃烧，以此获得出其不意的完美。一个新的信仰和价值观也许会在某种精神理念里被发现，而这种精神理念就蕴含在他所搜集的平平常常的故事里，蕴含在他所涂抹过的纸张中。

《纽约旗帜报》总是冲在新闻报道的最前线。当南美发生地震，灾区信息中断的时候，华纳德租了一架飞机，运送工作人员到了现场，比他的竞争者抢先了几天。他使纽约各条街道上有了这则特殊的新闻报道，同时配有代表着大火、深坑、碎尸的手绘图片；当远离大西洋海岸受困于风暴中的航船发出求救信号时，华纳德亲自和员工奔赴现场，抢在《海岸导航》之前，指挥救援并带回了配有自己照片的独家新闻。照片中的他在惊涛中爬着梯子，怀里抱着一个婴儿；当加拿大的一个村庄由于雪崩跟外界隔绝的时候，是《纽约旗帜报》让热气球升空，给居民们送去了食物和《圣经》；当煤矿由于爆炸而瘫痪时，《纽约旗帜报》开设赈济处，刊出贫困压力下矿工们的漂亮女儿遭遇危险的悲剧故事；一只小猫被困在一根柱子顶上，是《纽约旗帜报》的摄影师把它解救了下来。

华纳德下令："没有新闻的时候，我们要制造新闻。"一个精神病患者逃出了一家州立疯人院。在方圆几英里的人们恐慌了几天后——被《纽约旗帜报》的可怕预测以及它对当地警方效率低下的愤慨所助长的恐慌——精神病患者被《纽约旗帜报》的一名记者抓住了。两个星期以后，这个精神病患者竟然奇迹般地康复，随后释放，并将自己在疯人院遭受虐待的图片卖给了《纽约旗帜报》。这导致了一场改革风暴。随后，有人说，那个精神病患者在精神失常之前曾在《纽约旗帜报》工作，当然，这永远得不到证实。

一家雇用了三十个年轻女孩的糖果店发生了大火，两个女孩被烧死了。玛丽·瓦森，一个幸存者，将她们所遭受的剥削作为独家新闻告诉《纽约旗帜报》，从而导致了一场反对糖果店的运动，而且还是由这座城市的妇女精英倡导的。大火的起因从未被发现过。有消息称，玛丽·瓦森就是从前为《纽约旗帜报》撰稿的伊·达克，这也没有得到证实。

在《纽约旗帜报》创刊的最初几年，盖尔·华纳德在他办公室的长沙发椅上度过了大多数的夜晚。他对员工提出的要求很难得到实现，他对自己提出的要求则很难让人相信。他像使用军队一样使用员工，像使用奴隶一样使用自己。他给员工丰厚的报酬，只给自己房租和伙食费。在他住廉价公寓时，他那些最好的记者已经住在昂贵豪华的酒店套间里了。他花钱比进钱快——他把所有的钱都花在了《纽约旗帜报》上。这份报纸就像一位珠光宝气的贵妇人——不管花多大价钱，每个要求都会被满足。

《纽约旗帜报》是一份最先得到最新排版设备，却最后一个获得最佳的新闻报纸——最后，是因为此后它一直保有这个殊荣。华纳德吞并了他的竞争对手的编辑部；没有人给得起他支付给他们的报酬。他的程序应用了一个简单的公式。一名新闻记者收到华纳德的邀请函，总会把它看作对其新闻道德的一种凌辱，但还是得赴约。他来了，带着一大堆过分的条件，声称如果能够满足这些，他便接受这份工作。华纳德开始面试，通常是先声明他将会付多少薪水，然后补充道："当然，你也许希望讨论一下其他条件——"然后看着那个人咽口水的动作，下结论说："没有条件？好吧，周一来报到。"

华纳德在费城创办了他的第二份报纸，当时，当地的出版商就像欧洲酋长联合抵御匈奴王阿提拉入侵一样对待他。随后的战争同样野蛮。华纳德对此甚是嘲笑了一番。没有人能教他如何雇用暴徒劫持报纸运输专车、如何打击卖报小贩。他的两个竞争对手在这场搏斗中被摧毁，华纳德的《费城之星》存活了。

其他的事情就像传染病流行一样迅速而简单。他三十五岁时，美国的主要城市都有华纳德报纸，四十岁的时候，有了华纳德杂志、华纳德新闻影片和多家华纳德有限公司。

大量没有公布的活动帮助他建立了自己的事业。他没有忘记儿时的一切，没有忘记当年做擦鞋工时站在游船栏杆边所想到的一切——日益发展的城市给他提供了机会。他在没人奢望能增值的地段购买了房产，他违背众议——投入了几百美元却赚回几千美元。他用自己的方式购进了各种各样的企业。有时候，这些企业破产了，毁掉了与之相关的每一个人，除了盖尔·华纳德。他发动一场运动反对一家名声不好的电车公司的垄断行为，使得它丧失了专营权；这个专营权却授给了华纳德控制下的一家更为声名狼藉的集团。他曝光了一个又一个准备垄断中西部牛肉市场的企图，给按他命令行事的一个团伙清理出了空地。

许多人发现年轻的华纳德是一个聪明的小伙子，值得利用，都曾帮助过他。在被人利用这方面，他展现出令人迷惑的殷勤。然而在每一件事情上，人们最后都发现，被利用的是他们自己——就像当初替盖尔·华纳德购买《新闻公报》的人一样。

有时候，他会冷酷无情、老谋深算地花钱投资。用一系列无踪无迹的行动，他毁掉了许多重权在握的人：银行行长、保险公司总经理、船队队长等等。没有人知道他的动机。那些人不是他的竞争对手，他从他们的毁灭中也没捞到一点儿好处。"华纳德那个杂种到底想要什么？"人们说，"反正他不想要钱。"

坚持抨击他的那些人都陆续被赶出了自己的行业。一些人是几星期之后，另一些人是几年之后。有时候，对于一些凌辱，他会不加注意地宽恕；有时候，他会因为一句没有任何恶意的话语而让一个人垮掉。人们从来也搞不明白他将会报复什么，又将会原谅什么。

一天，他注意到，另一家报纸一名年轻记者的工作成绩斐然，于是派人去找他。那个记者来了，但华纳德谈到的工资待遇对他没产生任何作用。"我不会为你工作，华纳德先生。"他不顾一切地、认真热切地说，"你没有任何理想。"华纳德咧开薄薄的嘴唇笑了。"你不能逃避人类丑恶的一面，亲爱的。"他温和地说道，"你为之工作的老板有许多理想，但是他必须为钱而乞讨，听命于许多卑贱之人。我的确没有理想——但是我不用乞求。只有这两种选择，你要哪一个？"那个记者回了从前的那家报纸。一年以后，他来找华纳德，问一年前他的邀请是否还有效，华纳德的回答是肯定的。那个记者从那时起就一直为《纽约旗帜报》效劳，他是华纳德的下属中唯一一个真心爱他的人。

爱尔瓦·斯卡瑞特，原《新闻公报》的唯一幸存者，和华纳德一起飙升。但是他不能说自己爱华纳德——他只是像华纳德脚下的地毯一样紧紧地依附于他，机械地为他效忠。爱尔瓦·斯卡瑞特从不讨厌任何东西,因此他有爱的能力。他精明机灵,工作能力强,有时天真得肆无忌惮,弄不懂什么是不道德。他相信自己所写的一切,相信《纽约旗帜报》上所写的一切。他可以连续两个星期坚守一个信念。对华纳德来说,他价值连城,他是公众反应的晴雨表。

没有人能说清盖尔·华纳德是否有自己的私生活。他的业余时间与《纽约旗帜报》第一版的风格相似——只是这种风格被搬到一个大广场上,好像他仍旧在耍马戏,只不过是面对一群国王。为了某部伟大戏剧的上演,他不惜重金买下整个剧院——然后和他当时的情妇独自坐在空旷的礼堂里。他发现了一个不知名剧作家所创作的精彩剧目,就付给对方一大笔钱,让这部剧目第一次也是最后一次上演。在这仅有的一次演出中,华纳德是唯一的观众,脚本第二天早晨就烧了。当一位社交名媛请他为高贵的慈善事业出点儿力的时候,华纳德递给她一张签了名的空白支票,朗声大笑,坦诚地说道,她填进去的数额一定比他会填进去的要少。他替在酒吧里认识的一个身无分文的王位觊觎者买了巴尔干半岛的某种土位,不必操心以后会再见到他;他经常提到"我的侍者、我的司机、我的国王"。

晚上,华纳德经常穿着花九美元买来的一套蹩脚衣服乘坐地铁,到贫民窟的下流酒馆或赌场游荡,倾听公众的心声。一次,在贫民窟的一家廉价啤酒馆里,他听见一名卡车司机正在当众指责盖尔·华纳德是邪恶资本主义最坏的代表，唾液飞溅，语言下流。盖尔·华纳德同意他的说法，用那取自"地狱厨房"词汇表里的、只有他用过的词语帮腔。最后，华纳德拮起不知何人留在桌上的一份《纽约旗帜报》，从第三页上撕下自己的照片，粘上一张面值一百美元的钞票，递给了卡车司机，在谁都没来得及说话的时候走了出来。

他情妇的更替如此迅速，以至于不再产生闲言碎语。据说，他从未喜欢过一个女人，除非他花钱买了她——当然，她必须得是那种不能用钱买的人。

通过将自己表面的生活完整地透露给公众，华纳德成功地保住了自己的隐私。他会走到密集的人群中间，他是公共财产，就像公园里的纪念牌，像公共汽车站牌，像《纽约旗帜报》的各个版面，他的照片在自己报纸上出现的频率比电影明星还要高。他在每一个富有想象力的场合，穿着各种各样的服装拍照。他没有拍过裸体照，但他的读者认为他一直都赤裸着身体。他从未从个人的宣传中获得过快乐，个人宣传只是他奉行的一项政策而已。他顶楼公寓的每个角落都被复制在了他的报纸和杂志上。华纳德说："这个国家的每个杂种都知道我的冰箱里装的是什么，浴缸里放的是什么。"

然而，他生命里有一个不为人知也从未被提及的角落。在他的公寓下面建筑物的顶层，是他的私人艺术陈列室，上着锁。

除了看门人，任何人不得进入。只有几个人知道此事。一次，法国大使请求进去参观，华纳德拒绝了。偶尔地，但不经常，他会突然到他的艺术陈列室待上几个小时。他按照自己的水准收集、选择艺术品，里面有著名的杰作，也有不知名画家的帆布画。他不收藏自己不喜欢的作品，即使作者的名字已永垂不朽。收藏家的评价和意义重大的签名对他都没有诱惑力。与他打交道的艺术商声称，他的鉴赏力具有大师级水准。

一天晚上，华纳德的侍者看见他从下面的艺术陈列室回来，被他脸上的表情惊呆了。那是一种痛苦的表情，然而整张脸却似乎年轻了十岁。"您不舒服吗，先生？"他问。华纳德毫无表情地看着他，随口说道："去睡觉吧。"

"我们可以将您的艺术陈列室在《周日丑闻》专栏中详细报道一番。"爱尔瓦·斯卡瑞特满怀希望地说道。"不用。"华纳德答道。"可是为什么，盖尔？""看，爱尔瓦，说到底每个人都有属于他自己的、别人无法窥视的灵魂，即使是监狱里的囚犯，杂耍里的小丑，但我是例外。我的灵魂已经在你的《周日丑闻》专栏里宣传得足够多了——而且是采用的三色印刷法。所以我必须有一个替代物——即使它仅仅是一间上锁的小屋和几件不能被随意触摸的小东西。"

这是一个漫长的过程，而且伴有前兆信号，但是斯卡瑞特直到华纳德四十五岁的时候，才注意到华纳德性格中的某一新特征。华纳德在毁灭工业资本家及其垄断方面已不感兴趣。他找到了一种新的牺牲品。人们分辨不出这是一项娱乐、一种狂躁，还是一种有系统的追求。他们认为这很可怕，因为这似乎太邪恶，太没意义了。

首先被开刀问斩的是德怀特·卡森。德怀特·卡森是一个才华横溢的青年作家，因为狂热致力于自己的信仰而享有一尘不染的美誉。他坚守个人主义至上，反对大众的集体事业，为那些声誉极高、发行量较小的杂志撰稿，对华纳德没有构成丝毫威胁。华纳德买断了德怀特·卡森，并强迫他为《纽约旗帜报》的一个专栏撰稿，致力于鼓吹与个人天才相对立的广大民众的优势。这个专栏很糟糕，空洞而没有说服力，常常惹得人们动怒。它只不过是浪费版面、挥霍金钱而已，但华纳德坚持要办下去。

即使是爱尔瓦·斯卡瑞特，也对卡森的转变感到震惊。他对华纳德说："我相信其他任何人都不够正直诚实，但不相信卡森也这样。"华纳德哈哈大笑，笑了很长时间，好像控制不住，已经处于歇斯底里状态了。斯卡瑞特皱了皱眉，他不喜欢亲眼看见华纳德情感失控的场面，因为这和他所了解的华纳德互相矛盾，但这也给了斯卡瑞特一种滑稽的恐惧感，就像是看见坚固的墙面上出现了一条小小的裂缝。这条缝隙不可能对整堵墙造成威胁——只是它没有理由待在那里。

几个月后，华纳德从一家激进杂志挖来一位年轻作家，这位作家以正直诚实闻名遐迩。华纳德让他撰写一些为天才人物涂脂抹粉却诅咒广大民众的文章。这又让他的很多读者大动肝火。他继续如此。他似乎不再关心发行量的微妙变化了。

他雇了一位感伤派诗人去报道棒球比赛,雇了一位艺术家去负责财经新闻,雇了一位保守派人士为工人辩护。他迫使一位无神论者写文章大肆鼓吹宗教,让一位有着坚定原则性的科学家赞扬迷信比科学更具优势。他给一位伟大的交响乐指挥丰厚的年薪;对方什么都不用做,只有一个条件:不得再指挥交响乐。有些人起初拒绝了他,但最终都屈服了,因为他们发现几年之间,通过几轮神不知鬼不觉的循环,自己已走到了破产的边缘。他们有些人声势显赫,有些却没什么名气。华纳德对他从前的猎获物已不感兴趣,对于那些腰缠万贯、无所谓有什么信仰的成功人士也懒得看上一眼。他的牺牲品们有一个普遍的简单特性:他们正直诚实、纯洁无瑕。

等他们被击溃了,华纳德仍然一如既往地支付他们薪水,只是不再注意他们,也不愿再见到他们。德怀特·卡森变成了酒鬼,有两个人吸毒成瘾,还有一个人自杀了。最后一个人对斯卡瑞特触动很大,于是他问道:"盖尔,是不是过头了?这实际上是谋杀啊!"但华纳德说:"完全不是,我仅仅是外部因素,他们自己才是内因。如果闪电击中了一棵腐烂的树上,树肯定会倒下,但这不是闪电的错误。""但是,遇到健康的树怎么办呢?""爱尔瓦,健康的树根本就不存在,"华纳德愉悦地重复道,"它们根本就不存在。"

爱尔瓦·斯卡瑞特从没问过华纳德这种新的理念该如何解释。凭着某种模模糊糊的直觉,斯卡瑞特猜到了背后的一点儿缘由,于是耸耸肩大笑着告诉人们,没什么可担忧的,只不过是"一个安全阀"罢了。只有两个人理解盖尔·华纳德:爱尔瓦·斯卡瑞特——片面地;埃斯沃斯·托黑——全面地。

埃斯沃斯·托黑——当时最希望的是避免和华纳德争吵——有一种不能抑制的憎恶感,因为华纳德没有选他做牺牲品。他几乎希望华纳德能试着腐蚀他,不管结果如何。但是华纳德很少注意到他的存在。

华纳德从不惧怕死亡,多年来,他一直有着自杀的想法,不只是想法,而是他生活际遇里的许多可能性之一。他曾冷漠地审视过,带着几许温文尔雅,好奇谨慎地审视任何可能性——然后就忘到九霄云外了。他的意志抛弃他的时候,也是他的精力耗尽的时候。在他的艺术陈列室里逗留几个小时后,他又安然无恙了。

就这样,他活到了五十一岁,活到了这无关紧要的一天,活到了没有欲望再走一步的晚上。

盖尔·华纳德坐在床沿上,身体向前躬着,双肘倚在膝盖上,手里攥着枪。

是的,他告诉自己,答案就在某个地方。但是,我不想知道,我不想知道。

因为,在这欲望的深处,他感受到的是一种刺痛,而不是对生命的进一步审视,他知道今晚他不会死。只要他还畏惧着某些东西,他就会固守着生命,即使它只是意味着向未知的灾难进发。死亡的想法让他一无所得,而活着的想法却对他小有恩惠——那是敬畏的暗示。

他活动了一下手,掂了掂枪。他笑了,一丝嘲弄的微笑。不,他想,那不是为了你,不是的,你还是不想毫无意义地死掉。你在这种想法面前却步了——即便那只是些残留物。

他把枪扔到了床角,清醒地知道那个非常时刻已经过去了,死亡对他不再构成威胁。他站起来,没有愉悦感,只是很累;在正常的轨迹上后退了一步。没问题,只想尽快过完今天去睡觉。

他走进书房去倒酒。

打开书房的灯时,他看见了托黑的礼物。那是一个硕大的竖直板条箱,矗立在他的书桌旁。傍晚的时候他就看见了它,他想到了"晦气,不顺"之类的词语,但很快就将它忘得一干二净。

他给自己倒了一杯酒,站在那里慢慢地啜饮着。板条箱太大,他的视线回避不了。他一边喝着酒,一边使劲儿地猜测里边可能会是什么。它又高又长,只能装一件家具。他推测不出托黑会送给他什么有形财产,他曾希望是一些无形的东西——一个小信封，里面是要进行某种讹诈的暗示，那么多人想尽办法讹诈他，但都没有成功。他原本还认为托黑比那些人有更多的判断力呢。

酒喝完了，他还是没有给这个板条箱找到一个看起来更合理的解释，这让他烦恼，就像是猜字谜一样。在书桌抽屉里的某个地方有一套工具。他找到了那套工具，打开了板条箱。

正是斯蒂文·马勒瑞制作的多米尼克·弗兰肯的雕像。

盖尔·华纳德走到书桌旁，放下手中的钳子，好像这些钳子是易碎的水晶。然后他转过身，再次审视着雕像，足足看了一个小时。

接下来他走向电话，拨通了托黑的号码。"哪位？"托黑嘶哑而又不耐烦地问道，他是从酣睡中被叫醒的。"好吧，过来。"华纳德说着挂断了电话。半小时以后，托黑到了，这是他第一次拜访华纳德家。华纳德亲自开的门，而且还穿着睡衣。他一句话未说，走进了书房，托黑紧随其后。

大理石雕像全身赤裸，头在狂喜中高高地向后仰着，使得这个房间看上去就像一个已经不复存在的地方：斯考德神庙。华纳德迷惑而又期待地看着托黑，那凝视之中当然也有极力压制的愤怒。

"当然，您想知道这个雕像的模特的名字，是吗？"托黑问道，声音里有掩饰不住的胜利的喜悦。

"不，"华纳德答道，"我想知道雕刻家的名字。"

他奇怪托黑为什么不喜欢这个问题。托黑脸上除了失望，显然还有其他成分。

"雕刻家？"托黑说道，"等等……让我想想……我觉得我的确知道……是斯蒂文……或者是斯坦雷……斯坦雷或者其他……坦诚地说，我也记不得了。"

"如果你知道这个值得一买，就该问问雕刻家的名字，并且永远不会忘记。"

"我会查一下的，华纳德先生。"

"你在哪儿买的这个？"

"在一家艺术品商店，你知道，第二街上的一家。"

"它怎么会在那儿？"

"我不知道。我没问。我买它仅仅因为我认识这个模特。"

"你在撒谎。如果你在它身上看到的只是那个，你就不会把它冒险送给我。你知道，我从没让任何人进过我的艺术陈列室。你认为我会允许你为它做贡献吗？到现在为止，还没有人敢给我这种礼物。你不会冒那个险，除非你确信，非常确信这是一件无比伟大的作品，同时确信我将会接受它，确信你会打败我。你的确打败了我。"

"我很高兴听到这些，华纳德先生。"

"如果你想为这件事沾沾自喜，我想告诉你，我憎恶这个东西是你送来的。我憎恶你有欣赏它的能力。它不适合你，我显然看错你了，你是一个比我想象的更伟大的艺术专家。"

"既然如此，我就不客气地接受您的恭维了，并且表示感谢，华纳德先生。"

"现在，你打算做什么？你想让我知道，只有我接见了彼得·吉丁太太，你才会给我这件东西吗？"

"噢，不，华纳德，我已经把这件礼物送给您了，我只是想让您知道，这就是彼得·吉丁太太。"华纳德看看雕像，又回头看看托黑。

"噢，你这个傻瓜！"华纳德轻声说道。

托黑迷惑不解地看着他。

"那么你真的想用这个当红灯区的招牌？"华纳德似乎如释重负。他发现现在没有必要再看着托黑了。"很好，托黑，你不像我刚才想象的那么聪明。"

"但是，华纳德先生，什么……"

"难道你没意识到，这座雕像将是毁掉我对吉丁太太所有胃口的最佳方式吗？"

"您还没见过她，华纳德先生。"

"噢，她也许很漂亮，她也许比这座雕像还漂亮。但是她不会有那个雕刻家赋予这座雕像的一切。看着那张和这个雕像同样的脸，如果没有任何内涵而言，就像一张死气沉沉的漫画——难道你不认为人们将会因此而讨厌这个女人吗？"

"您还没有见过她。"

"噢,好吧,我就见见她。我告诉你,你完全有成功的可能,否则就会砸了你自己的饭碗。我没有答应要和她上床,是吧?只是见见而已。"

"这就是我所希望的一切了,华纳德先生。"

"让她打电话到我的办公室,我们见个面。"

"谢谢您,华纳德先生。"

"而且,你说你不知道那个雕刻家的名字,你在撒谎。但这事就不麻烦你了,彼得·吉丁太太会告诉我的。"

"我相信她会告诉您的,但是我为什么要撒谎?"

"上帝知道。顺便说一下,如果那个雕刻家平淡无奇,你也许会因此失去你的工作。"

"但是,不管怎么说,我有合同啊。"

"留着你的合同去找工会吧,埃斯沃斯!现在,我想你应该祝我晚安,走人了。"

"是的,华纳德先生,祝您晚安!"

华纳德陪他到了门厅,到门口时,他说:"你是一个可怜的生意人,托黑。我不明白你为什么那么着急让我见彼得·吉丁太太。我不知道你为什么竭尽全力为你的那个吉丁争取那份业务。但不管是什么原因,肯定是很有价值的,否则你不会舍得用那个雕像作交换。"

9

"你为什么不戴你的翡翠镯子？"彼得·吉丁问，"高登·普利斯科特的未婚妻戴着星光般璀璨的蓝宝石，让每个人都目瞪口呆。"

"对不起，彼得，下次我戴它。"多米尼克说道。

"这场聚会不错，你玩得愉快吗？"

"我一直都很愉快。"

"那么，我只是……只是……噢，上帝，你想听真话吗？"

"不想。"

"多米尼克，我讨厌死这些了。威森特·诺尔顿烦死人了，他是个该死的势利小人。真让我受不了。"他小心翼翼地说道，"我没有这样表现出来吧？"

"没，你没有，你表现得很好。他说的每个玩笑你都笑了——包括谁也没笑的那个。"

"噢，你注意到这一点了？那一招很灵的。"

"是的，我注意到这一点了。"

"你认为我不应该这样做,是吗?"

"我从没说过。"

"你认为这么做……很卑鄙,是吗?"

"我觉得任何事情都不卑鄙。"

他深深地把自己埋在扶手椅里,让下巴极不舒服地压在胸前,但是他不想再动了。炉火发出一声爆裂声。他关了所有照明,只留了一盏台灯,发着一抹丝绸般的黄光,但是这并没有营造出亲密的轻松氛围,只是使这个地方看上去像被遗弃了,就像是所有设施都关掉的空荡荡的公寓。多米尼克坐在房间的另一端,她苗条的身体服服帖帖地依偎在直背椅上。她看上去并不僵硬,但是太过做作,有失舒适。屋子里就他们两个,但她就像公共场合里的一位女士,又像是公共展窗里打扮时髦的衣服架子——正对着繁忙的十字路口。

他们刚从威森特·诺尔顿家开完茶会回来。威森特·诺尔顿是一位著名的青年社会活动家,吉丁的新朋友。他们一起安静地吃过晚饭,现在可以过一个自由的晚上了,直到明天才会有其他的社交安排。

"你和马什夫人说话的时候不应该嘲笑她的通神论。"他说道,"她是真的相信那个。"

"对不起,以后我会更加小心。"

他等待着,想让她打开话题。她什么也没有说。他突然想到她从没有先和他说过话——在他们结婚后的二十个月里，他告诉自己，那是荒谬可笑的，那是不可能的。他绞尽脑汁地回忆她主动跟他说话的时刻，当然也有，他记起来了——她问他"今晚你什么时候回来"和"周二的晚餐你请想狄克森夫妇吗"诸如此类的问题。

他看了她一眼。她看上去不厌烦也不焦虑，根本没注意他。她坐在那儿，警觉而又有所准备，好像他的陪伴已经是她全部的兴趣。她没有伸手去取一本书，也没有注意自己遥不可及的任何想法。她直视着他，没有将视线转移，好像她正在等待一场谈话。他意识到，她总是直视他，就像这样。现在他不知道自己是否喜欢这样被人看。是的，他喜欢，这让他不会嫉妒，不会认为她对自己有所隐瞒。他不允许任何逃避，他们两人之中的任何一个都不能逃避。

"我刚刚看完了《有胆识的胆结石》。"他说，"它是一本很好的书，是大脑中的智慧火花的产物，是一个泪眼蒙眬的精灵，是一个有金子般心灵的小丑，却拥有了片刻上帝的王位。"

"我在《纽约旗帜报》周日版上读过同样的书评。"

"我读的是书，你知道的。"

"你可真好。"

"嗯？"他听到了赞美，感到很快乐。

"那对作者考虑得很周到。我相信她喜欢有人读她的书，所以花点时间读一下是件好事——当你已经预先知道了情节的时候。"

"我没有预先知道情节——但是,我碰巧同意评论者的观点。"

"《纽约旗帜报》拥有最好的评论者。"

"的确如此,当然。所以,同意《纽约旗帜报》做出的评论没错,不是吗?"

"没有什么错,我一直同意。"

"同意谁?"

"同意每一个人。"

"你在取笑我,多米尼克?"

"你有让我取笑的理由吗?"

"不,我没有,当然没有。"

"那么我没有取笑你。"

他等待着,听着一辆卡车隆隆地从下面的街道碾过去,足有几秒钟。当声音消失的时候,他不得不再次开口:"多米尼克,我想知道你的想法。"

"对什么的想法?"

"对……对……"他搜索一个重要的话题,"……对威森特·诺尔顿的想法。"

"我觉得他值得让人去亲他的屁股。"

"看在上帝的分上,多米尼克!"

"对不起,我用语不雅,有失礼仪了。噢,让我想想,威森特·诺尔顿是一个结识了他就让人感到快乐的人。绅士之家的成员要替他人全面周详地考虑,所以我们必须包容其他人的意见,因为容忍是最伟大的美德,因此,把你的观点强加给威森特·诺尔顿是不公平的。如果你让威森特·诺尔顿相信他是快乐天使,他也会乐意帮助你,因为他是非常仁慈的人。"

"你现在所说的这番话是合情合理的。"吉丁说道,他对这种谈话轻车熟路,"我认为容忍非常重要,因为……"他停了下来。最后他用一句空话结束了他的发言,"你说的和以前完全一样。"

"你注意到这个了。"她说道,没有使用疑问语气,平平淡淡地,像是在陈述一个事实,并没有讽刺的意味。他倒是希望她带点讽刺,因为讽刺也许带着点个人的情感,那会给他一种心理上的认识——是想让他受伤害。但是她的声音里并没有任何与他本人有关的信息——二十个月里一直是这样。

他死死地盯着炉火,这使一个人感到快乐——在自己的家里,坐在壁炉前,恍然如梦地看着炉火。这种美妙,以前他总是从别人那里听到,从书本上读到。他看着熊熊的火焰,眼睛一眨也不眨,强迫自己完全屈服于这既成的事实。他聚精会神地想,这种美妙再多持续一分钟就会感到幸福,然而事实并非如此。

如何才能把这个场景描述给朋友们,让他们心悦诚服地羡慕他这种十全十美呢?他想,他为什么无法先说服自己?他拥有了他曾经想要的每一样东西。他想要优越感——去年一年,他一直是专业领域里毫无争议的领头羊;他梦想声誉——他有五本厚厚的剪报;他梦想财富——他有足够的钱可以让他的余生过豪华奢侈的生活。他拥有别人想要的一切,为了得到他所拥有的一切,多少人在奋斗,在忍受痛苦,多少人在梦想、流血、死亡,却没有得到。"彼得·吉丁是地球上最幸运的家伙。"他不止一次听到人们这么说。

去年是他一生中运气最佳的一年,他取得了意外的收获——多米尼克·弗兰肯。偶尔,当朋友们反复问他:"彼得,你是怎么娶到多米尼克·弗兰肯的?"他的回答总是一阵欢快的笑声。当把她介绍给陌生人时,他会轻轻地说:"我太太。"看着陌生人眼里掩饰不住的愚蠢的羡慕,他感到一种极致的快乐。一次,在一个大型宴会上,一个举止优雅的醉汉眨着眼睛,明目张胆地问他:"你认识那边的那个美人吗?""略有所知。"吉丁回答,带着几许满足,"她是我太太。"

他经常满怀感激地自言自语,事实证明,他们的婚姻比他想象的要好得多。多米尼克是个理想的妻子,她把自己完全奉献给了他:取悦他的客户,款待他的朋友,照料他的家。她没有改变他什么。没有改变他的时间、他最喜欢的菜单,甚至连他家具的摆设都没有改变。除了衣服,她什么都没带过来,没有给他的房子添加一本书、一只烟灰缸。当他就任何问题发表看法的时候，她从不和他争论，她完全同意他的观点。不管做什么事情，她总是优雅地退居第二位，站在他的身影里。

他原本以为他们的婚姻会是一股湍流，将他举起，然后重重地摔碎在无名的岩石上。可他甚至都没发现有平静的小溪汇入他的生活之河。这更像是他的生活之河继续奔流，只是有人来到他身后游泳。不，那甚至不是游泳——游泳是一种砰然落入的动作——那只是跟随在他身后的漂浮罢了。如果他有权力决定多米尼克婚后的态度，他也会要求她做得和现在一模一样。

只有在晚上，他才感到非常不满。不管何时他想要她，她都绝对服从，但就像第一个晚上一样，他搂着的是一个冷漠的身体，既没有反感，也没有回应。就他而言，她仍然是处女：他没让她经历过什么。每一次，当羞辱袭来的时候，他便决定再也不去碰她，但是，他总会屈服，他的欲望接二连三地被她的美丽唤醒。当再也抵挡不住诱惑的时候，他就投降了。

倒是他的母亲说出了他对他的婚姻不敢承认的东西。婚后六个月，他母亲说："我不能忍受了，如果她对我发一次脾气，骂我一顿，向我扔东西，那倒好了。但是我不能忍受她这样了。""什么，妈妈？"他问道，感到一场恐慌即将来临。"说了也没用，彼得。"她回答。吉丁一向无法阻止他母亲的争辩、意见和指责，可这次她不愿对他的婚姻再多提一个字。她给自己买了一套小公寓，搬出了他的房子。她经常来看望他，对多米尼克总是客客气气，脸上带着古怪的听天由命的神情。他告诉自己，没有了母亲，他应该快乐，但事实上他并不快乐。

然而，他不知道多米尼克做了什么，激起了他内心深处日益膨胀的恐惧。对于她的言行，他实在找不到可以指责的地方。但是，二十个月以来，情形一直像今晚这样，和她单独待在一起会令他难以忍受——然而他不想逃避她，她也不想回避他。

"今晚没有人来了吗？"他沉闷地问道，把头从炉火那边扭回来。

"没有。"她说道，然后笑了，那笑正好为她的下一句话搭起了桥梁，"我让你一个人待着吧，彼得？"

"不！"几乎是叫喊。一定不要让自己的声音听起来很绝望，他想。于是他大声说："当然不！我很高兴和我的太太单独度过一个夜晚。"

他模模糊糊的直觉告诉他，必须解决这个难题，必须学会忍受他们在一起的时光，不能逃避，为了她，但更为了他自己。

"今晚你想干什么，多米尼克？"

"你希望我做的任何事。"

"想去看电影吗？"

"你呢？"

"噢，我不知道，只是消磨时间罢了。"

"好吧，那就让我们去消磨时间吧。"

"不，我们为什么要去消磨时间？听起来很别扭。"

"是吗？"

"我们为什么要离开自己的家？让我们待在这儿吧。"

"好吧，彼得。"

他等待着，但他认为沉默也是一种逃避，一种糟糕的逃避。"想玩俄罗斯方块吗？"他问。

"你喜欢俄罗斯方块？"

"噢，只是消磨时——"他把后边的话咽了回去，她笑了。

"多米尼克，"他看着她说，"你那么漂亮，你总是那么……那么那么漂亮，我总是想告诉你我的感受。"

"我很想听听你的感受，彼得。"

"我喜欢看你，我总在想高登·普利斯科特说的那些话。他说，你是上帝在结构数学方面最完美的实践。威森特·诺尔顿说你是春天的早晨。埃斯沃斯——埃斯沃斯说你是对地球上其他任何一个女性身材的无声谴责。"

"罗斯通·霍尔科姆怎么说呢？"她问道。

"噢，算了！"他突然停卜了，把身体转向了炉火。

他想，我知道我不能忍受沉默的原因了，那是因为无论我说还是不说，对她来说根本没有什么区别。好像我不存在，永远都不存在……这比死亡还糟糕——比从未降生还糟糕……他突然感到他能分辨出一种彻底而清楚的绝望——对她的真真正正的绝望。

"多米尼克，你知道我一直在想什么吗？"他满腔热忱地问道。

"不知道，你一直在想什么？"

"有一段时间，我一直在想——我一个人想的——没有对任何人提起过、暗示过，只是我自己的思想。"

"为什么？那很好。是什么？"

"我觉得我应该搬到乡下去，建一所我们自己的房子。你觉得怎么样呢？"

"我觉得很好，只要你愿意。你想为自己设计个家吗？"

"不，巴内特会为我做这一切。他建造我们所有乡下的房子，他是这方面的行家。"

"你喜欢跑来跑去吗？"

"不喜欢，我认为那非常令人讨厌。但是你知道，现在每个人都得那么做。当我不得不承认我住在城里时，总是感觉自己像个令人讨厌的无产者。"

"你喜欢看你周围的树木、花园和泥土吗？"

"噢，那没有多少意义。什么时候我才有时间呢？哪里的树都一样。看过新闻片里春天的树林，就等于看过了所有的树。"

"你喜欢做园艺工作吗？人们都说亲自和泥土打交道很好。"

"可怜的上帝，不！你认为我会做这些吗？我会花钱雇一个花匠，一个很好的花匠——于是那个地方会让邻居们羡慕。"

"你喜欢运动吗？"

"是的，我喜欢。"

"什么运动？"

"我想我最喜欢高尔夫。你知道，加入乡村俱乐部可跟周末偶尔玩玩不一样，在俱乐部，你是一个头等市民，身居较高阶层，你所沟通的……"他停住话头，生气地补充道，"我也会骑马。"

"我喜欢骑马，你呢？"

"我一直没有很多时间去骑马。噢，骑马可是毫不留情地颠簸你的五脏六腑。但是，高登·普利斯科特是谁？竟然以为只有他才是唯一的男子汉，还在他的接待室里贴了一张他穿着骑马服的照片！"

"我认为你想找一些隐私空间？"

"噢，我不相信那种沙漠孤岛的传说。我认为房子应该建在高速主干道附近，那么人们将指着它说，那是吉丁的房子。我还住廉价出租公寓的时候，那个该死的克劳德·斯登戈尔以为自己是谁，在郊区就有了房子。我们大约是在同一起跑线上开始的，看看他现在混到的位置，再看看我现在的位置。有两个半人听说过他，就算是他的运气了，他凭什么把自己的家建在威彻斯特……"

他停住了。她坐在他的旁边看着他，表情安详。

"噢，该死的！"他叫道，"如果你不想搬到乡下，为什么不说出来呢？"

"我非常想做你想做的事，彼得。去实现你自己的所有想法吧。"

他沉默了很长时间。

"明天晚上我们做什么？"在还能克制住自己之时，他问。

她站起来，走到桌子旁，拿起了日历。

"明天晚上，我们请帕姆斯夫妇吃晚饭。"她说道。

"噢，上帝！"他呻吟了一声，"他们真讨厌，我们为什么一定要和他们一起吃饭？"

她站在那里，用指尖夹着日历。她像是一幅日历照片，日历是焦点，她的身形则在背景里模糊了。

"我们必须得请帕姆斯夫妇，"她说，"以便得到他们新商店大楼的业务，必须得到那笔业务——这样星期六才能招待艾丁顿夫妇吃晚饭。艾丁顿夫妇没有业务给我们，但是他们位列社交名人录。帕姆斯夫妇让你厌烦，艾丁顿夫妇冷落你。但是，为了给讨厌你的人留下深刻的印象，必须奉承你所讨厌的人。"

"你为什么一定要说这样的事情？"

"你不想看看这个日历，彼得？"

"噢，那是每个人都做的，那是每个人生活的目的。"

"是的，彼得，几乎是每个人。"

"如果你不同意，你为什么不说？"

"我说过什么不同意的话吗？"

他仔细地回想了一下。"没有，"他承认，"没有，你没有……但是你做事的方式就是这样。"

"你宁愿我用一种更加复杂的方式对待你吗？就像我对待威森特·诺尔顿一样？"

"我宁愿……"然后他嚷道，"我宁愿你表达出某种意见。哪怕一次也好！"

她用同样平淡的语调问道："谁的意见，彼得的？高登·普利斯科特的？罗斯通·霍尔科姆的？埃斯沃斯·托黑的？"

他转向她，倚在她座椅的扶手上，半站起身子，突然紧张起来。他们之间的事情开始有了眉目。他想到了一些可以形容它的词语。

"多米尼克，"他理智地柔声说道，"现在我知道了，我知道这么长时间以来到底是怎么回事了。"

"到底是怎么回事？"

"等一下，这非常重要。多米尼克，你从没说过，一次也没说过，你在想什么，不想什么。你从没表达过 种愿望，任何一种愿望。"

"难道这有什么错误吗？"

"但是，这……这就像死亡，你没有真实地展现自我。你仅仅是一具躯体。看,多米尼克,你不懂这个,我正极力向你解释。你知道死亡是什么吗?什么都没有,一无所有。噢,你的身体能够活动——但不仅仅是这些,另一方面,你内在的东西,你的——噢,不要误解我,我没谈论宗教,也没有任何其他的意思,所以我想说,你的灵魂——你的灵魂不复存在了。没有意志,没有思想,真实的你已不复存在了。"

"真实的我是什么?"她问道。第一次,她看上去在关注,没有悲悯,但至少在关注。

"真实的人是什么?"他说道,伴有鼓励,"不仅仅是躯体,它是……它是灵魂。"

"灵魂是什么?"

"它是——你,你内在的东西。"

"思考,评价,作决定的东西吗?"

"是的,是的,就是它。也是去感觉的东西。你已经——你已经放弃了它。"

"那么,有两种事情一个人不能放弃:思想和愿望?"

"是的!噢,你明白!所以,你看,对你周围的人来说,你就像一具尸体,一个会走的死人。这比任何犯罪都糟糕。这是……"

"消极?"

"是的,正是纯粹的消极。你不在这里,你从不在这里,如果你告诉我这个房间的窗帘令人不愉快,如果你扯掉它挂上你喜欢的——那么,在这个房间里,你就是真正存在的。但是,你从没有,你从没告诉过厨师晚餐你最喜欢吃什么。你不在这儿,多米尼克。你没有活着,你的真实自我在哪儿?"

"你的真实自我在哪儿,彼得?"她静静地问道。

他静静地坐在那里,眼睛睁得大大的。她明白,此时此刻,他的思想清晰,就像视觉感知一样直接明了,那种思考就如同眼睛看着身后的那些年头。

"这不是真的,"他最后毫无感情地说道,"这不是真的。"

"什么不是真的?"

"你说的一切。"

"我什么也没说,只是问你一个问题。"

他的眼睛乞求她去说,去拒绝。她站起来,站在他前面,她笔直挺拔的身躯是一种生活标记,是他喜欢、需要的生活标记——一种积极的有决断力的气质,一种评判员的品质。

"你已经开始明白了,是吗,彼得?让我说得更清楚一点吗?你从没希望我是真实的,从没希望任何人是真实的,但是你不想表现出来。你想要一种行为去帮助你的行为——冠冕堂皇、错综复杂的行为,所有扭曲、装饰和话语。你不愿意听到我谈论威森特·诺尔顿,但当我谈论那些在利益外衣掩盖下的事情时,你很喜欢听。你不愿让我相信,你只想让我向你宣布我相信。我真正的灵魂，彼得？只有当它独立的时候，它才是真实的——你已经发现了这一点，是吗？只有当它选择窗帘、点心的时候——选择窗帘、点心、信仰，以及建筑的造型的时候，它才是真实的——彼得，你的看法是对的。但是你从不想要这些，只想要一面镜子。人们什么都不想要，只希望自己的周围全是镜子。他们反射别人，镜子反射他们。你知道，这就像在狭窄走廊里彼此相向的两面镜子里的你一样，无限大却毫无意义。通常是在那种低俗的酒店里。反射的反射，还有回声的回声。没有开始，没有尽头，没有中心，没有目的。我给了你想要的一切，我把自己变成你，变成你的朋友，变成大多数人，为毫无意义的事情忙碌。我没有到处宣扬那装腔作势的书评来掩饰我空洞的判断力——我说我没有判断力。我没有摆出一副花架子来掩饰我的创造力——我什么也没有创造过。我没说过平等是高贵的思想，没说过统一是全人类的共同目标——我只是赞同每一个人。你把这称为死亡，是吗，彼得？那种死亡——我已经把它给了你，给了我周围的每一个人。但是你——你还没有死亡。别人和你待在一起很舒服，他们喜欢你，他们一看见你就高兴。你豁免了他们苍白的死亡。因为你把死亡留给了自己。"

他什么也没说。她从他身边走开，又坐了下来，等待着。

他站起来，向她走了几步，说道："多米尼克……"

然后他跪在她的面前，抓着她，将头埋到了她的双腿上。

"多米尼克，如果说我从没爱过你——这不是真的。我爱你，我一直爱你，不是……不是仅仅给其他人看——根本不是——我爱你。有两个人——你和另一个人，一个让我总是有同样感觉的男人——确切点说，不是恐惧，而是像一堵墙，一堵需要攀爬的陡墙——像心里浮现的一道命令——我不知道在哪儿——但是一种感情在升腾——我总是恨那个男人——但是你，我想要你——总是——这就是我和你结婚的原因——当我知道你讨厌我的时候——你应该原谅我——你不应该这样报复我——不要这样，多米尼克——多米尼克，我无法还击，我——"

"你恨的那个男人是谁，彼得？"

"这不重要。"

"他是谁？"

"没有人。我……"

"他叫什么？"

"霍华德·洛克。"

她很长时间没说话。然后，她把手放在了他的头上，动作轻缓温柔。

"我从没想过报复你，彼得。"她柔声说道。

"那么——为什么？"

"我是自愿嫁给你的。我是按照这个世界对每个人的要求做的。只是我不能半途而废。能这样做的人，他们的内心都有伤口。大部分人的内心都有伤口。他们对自己撒谎——只是自己不知道而已。我从没对自己撒过谎。所以我必须去做你们全都做的——只是要锲而不舍，尽善尽美。我也许已经伤害了你。如果我能在意的话，我会说'对不起'。那不是我的目的。"

"多米尼克，我爱你，但是我害怕，因为从某种程度上说，你已改变了我，从我们结婚开始，从我对你许诺开始——即使让我现在失去你，我也不能变回从前的我了——你拿走了我的一些东西。"

"不，我拿走了你从没有过的东西，我向你保证那并不好。"

"什么？"

"据说，一个人能够对一个男人所做的最坏的事情是毁掉他的自尊，这不对。自尊是不能被毁掉的，最坏的是毁掉一个人的自负。"

"多米尼克，我……我不想谈了。"

她低头看着那张倚在她膝盖上的脸，他看到了她眼里的怜悯，一时间，他明白了怜悯是一种多么恐怖的东西，但是，他仍然不了解它，因为在他说话之前，他已经将自己的心封存。

她俯下身，吻着他的前额，这是她给他的第一个吻。

"我不想让你痛苦，彼得。"她柔声说道，"现在，这是真的——我——我自己的真心话——我不想让你痛苦——我没有感受到其他的事情——但是我感受到了这些。"

他吻着她的手。

当他抬起头来的时候,她看着他,好像只有在这一刻他才是她的丈夫。她说:"彼得,如果你能一直这样——像现在这样——"

"我爱你。"他说。

他们一起静静地坐了很长时间,沉默里,他没有感到丝毫紧张。

电话铃响了。破坏此时此景的不是铃声,而是吉丁跳起来去接电话的热切。透过开着的门,她听到了他的声音,因解脱而很不礼貌:

"哪位?……噢,你好,埃斯沃斯!……不,没什么事……像百灵一样自由,当然,过来吧,马上过来!……好!"

"是埃斯沃斯。"说着他回到卧室,声音很快乐,带着一丝傲慢,"他想来我们家。"

她什么也没说。他忙着清空只有一根火柴、一个烟屁股的烟灰缸,把报纸拢在一起,向火里加了一根木柴,其实根本没必要。接着他又点亮了更多的灯,轻松地吹起了一首从电视上的滑稽小歌剧里学来的曲子。

一听到门铃声,他就跑向了门口。

"你好!"托黑边说边走了进来,"只有火和你们二位。你好，多米尼克，希望我没打扰你们。"

"你好，埃斯沃斯。"她说道。

"你没打扰到我们。"吉丁说道，"看见你，我说不出有多高兴。"他把一只椅子往火旁推了推，"坐这儿，埃斯沃斯。你想喝点儿什么？你知道，当我在电话里听到你声音的时候……噢，我像小狗一样又跳又叫。"

"但是，不要摇你的尾巴。"托黑说道，"不，什么也不想喝，谢谢。你怎么样，多米尼克？"

"还像一年前一样。"她说。

"但是和两年前不一样，是吗？"

"是的。"

"两年前的这个时候我们在做什么呢？"吉丁懒散地问道。

"你们还没结婚。"托黑说道，"史前时期啊，让我想想——那时发生了什么？我想斯考德神庙快要竣工了。"

"噢，那个。"吉丁说道。

托黑问："有你朋友洛克的消息吗，彼得？"

"没有。我想他有一年或一年多不工作了。他这次完蛋了。"

"是的，我也这么认为……你一直在做什么，彼得？"

"没做什么……噢，我刚刚读完《有胆识的胆结石》。"

"喜欢它吗？"

"是的！你知道，我认为那是很重要的一本书，因为它告诉我们，世界上没有自由。对于我们是什么，要做什么，我们无能为力。这不是我们的过失，没有人会为此责备你，这全取决于你是否有背景和……你的运气。如果你很出色，你不一定会有什么成就——只是因为你的运气而成功。如果你很失败，没有人应该为此而惩罚你——只是因为你的运气不好，就这些。"他大胆地说着，和文学讨论的氛围极不相称。他既不看托黑也不看多米尼克，而是对着房间和房间所见证的东西讲。

"很正确。"托黑说，"然而，从逻辑上说，我们不应该想着去惩罚那些失败者，既然他们忍受着不是他们自己所造成的过错，既然他们是不幸的，没有被恩赐，他们就应该接受某种更像是奖赏的补偿。"

"啊——对！"吉丁嚷道，"这合乎逻辑。"

"正是这样。"托黑说道。

"你从《纽约旗帜报》得到的，比你想要的更多吗，埃斯沃斯？"多米尼克问道。

"你指的是什么？"

"《有胆识的胆结石》。"

"噢，不，我不能说是不是这样，不敢肯定，总是有——难以预料的情况。"

"你们在谈论什么？"吉丁问道。

"专业方面的闲谈。"托黑说道，向火伸了伸手，顽皮地弯弯手指。"顺便问一下,彼得,在'石脊'项目上有什么进展吗?"

"别提了。"吉丁说道。

"怎么回事?"

"你知道怎么回事,你比我了解那个家伙。现在,建那样一个工程,就像是沙漠里的甘露一样,在所有的人当中,竟然是那个狗娘养的华纳德干这个!"

"他怎么了?"

"噢,算了吧,埃斯沃斯!你清楚地知道,如果是其他人,我就能像这样得到这笔业务了。"他打一个响指,"我甚至都不用要求,业主就会来找我。尤其是当他知道我是一个诚实可靠、技术高超、统揽事务所所有工作的建筑师时。但是盖尔·华纳德不行!他是一个对建筑师呼吸的空气都憎恶的圣洁僧侣!"

"我猜你已经试过了?"

"噢,不要说这个了,它让我头疼。我想我已经花了三百美元请那些人——那些说能让我与华纳德见面的蹩脚人士吃喝。兴奋之后,我只得到了惆怅,见教皇都比这容易。"

"我猜你想弄到'石脊',是吗?"

"你在刺激我吗,埃斯沃斯?为了它,我愿意给你我的右臂。"

"我不建议你这样做。没有了手臂,你就没法画图了——连装都装不出来。最好放弃一些不那么实际的东西。"

"我愿意给你我的灵魂。"

"你愿意,彼得?"多米尼克问道。

"你是怎么想的,埃斯沃斯?"吉丁劈头问道。

"只是一个切实可行的建议。"托黑说道,"过去,谁是你效率最高的业务员,让你获得了那些最好的业务?"

"噢——我想是多米尼克。"

"对。既然你见不到华纳德,而且即使见到了对你也没什么用,难道你不认为多米尼克是能够说服华纳德的人吗?"

吉丁注视着他。"你疯了吗,埃斯沃斯?"

多米尼克向前探着身体,似乎很感兴趣。

她说:"据我所知,盖尔·华纳德不帮女人,除非她很漂亮。而如果她漂亮,他那样做就不是帮忙了。"

托黑看着她,似乎在强调自己所提供的事实不容置疑。

"真愚蠢。"吉丁生气地突然打断,"多米尼克怎么能见到他?"

"给他的办公室打电话预约。"托黑说道。

"谁告诉你他会接见?"

"他自己。"

"什么时候!"

"昨天深夜,或者确切点儿说,今天凌晨。"

"埃斯沃斯!"吉丁屏息说道,"我不相信。"

"我相信。"多米尼克说,"否则,埃斯沃斯不会开始这次谈话。"

她对托黑笑道:"那么华纳德答应见我?"

"是的,亲爱的。"

"你是怎么做到的?"

"噢,我给了他一个令人信服的证据。但是,不宜耽搁,明天你就应该打电话给他——如果你愿意的话。"

"为什么现在不打呢?"吉丁说道,"噢,我想太晚了,明天上午要做的第一件事就是打电话。"

她眯着眼看他,什么也没有说。

"很久以来,你一直支持彼得的工作,"托黑说道,"难道你不想承担如此有难度的重任吗?为了彼得?"

"如果彼得想让我做的话。"

"如果我想让你做?"吉丁嚷道,"你们两个都疯了吗?这是一个终生难求的机会,一个……"他发现他们两个都在好奇地看着他,突然厉声说道,"噢,荒唐!"

"什么荒唐,彼得?"多米尼克问道。

"你准备被那么多跪地求情的傻瓜挡在外面吗?噢,其他任何建筑师的妻子都会为了这样的机会跪地爬行……"

"没有其他任何建筑师的妻子会得到这样的机会。"托黑说道,"他们都没有一个像多米尼克这样的妻子,你应该为此感到自豪，彼得。"

"任何环境下，多米尼克都会照顾好自己。"

"这一点倒是毫无疑问。"

"好吧，埃斯沃斯，"多米尼克说道，"明天我给华纳德打电话。"

"埃斯沃斯，你真棒！"吉丁说道，没有看她。

"现在，我想我要喝点酒了，"托黑说道，"我们应该庆祝一下。"

当吉丁跑向厨房的时候，托黑和多米尼克对望着，他笑了，瞥了一眼吉丁跑出去的门，然后向她微微点了点头，神清气爽。

"你的愿望实现了。"多米尼克说道。

"当然。"

"现在告诉我，你的真正用意是什么？埃斯沃斯。"

"噢，我想帮你——为彼得获取'石脊'这项工程，它的确是一笔难得的业务。"

"你为什么那么急于让我和华纳德上床？"

"难道你不认为这是很有意义的体验吗？"

"你对我们的婚姻状况不满意，是吗？扎黑？"

"不完全是，大约有百分之五十。噢，这个世界上没有十全十美，每个人都知道他能够做到的事，然后竭尽全力做得更多。"

"你很着急地让彼得娶了我。你知道结果将会如何，比我和彼得都清楚。"

"彼得根本不知道这一点。"

"噢，奏效了——百分之五十。当你需要的时候，你就得到了吉丁——这个国家一流的建筑师，现在他像泥浆粘在套鞋上一样，和你形影不离。"

"我从没喜欢过你的表述风格，但总是很贴切。我应该说过：'现在，谁的灵魂在摇尾乞怜？'你的风格更文雅。"

"但另一个百分之五十呢，托黑？失败了？"

"大概全部。我失误了。我应该了解更多，而不是期望一个像彼得·吉丁这样的人毁掉你，哪怕是用丈夫这个角色。"

"喔，你很坦诚。"

"从前我跟你说过，只有这个办法能对你奏效。另外，的确，你没用两年时间就发现了我想从你们这桩婚姻里面得到什么。"

"那么你认为盖尔·华纳德会完成这项工作？"

"也许，你怎么想？"

"我想我又一次只是个次要角色。你是不是曾经叫它意外之财？你背着华纳德得到了什么？"

他哈哈大笑，声音中流露出他没料到这个问题。

她轻蔑地说："不要显得你很震惊，埃斯沃斯。"

"好吧。我就开诚布公，我没有背着盖尔·华纳德先生做什么特殊的事。很长时间以来，我一直打算让他见见你。如果你想知道详情的话，昨天上午他做了一些让我头痛的事情。他太机警了，所以我认为时间已经到了。"

"而且有'石脊'这笔业务。"

"而且有'石脊'。我知道这其中有些东西会对你有吸引力。你不会出卖你自己去拯救你的国家，你的灵魂，你所爱的男人的生活，但是会出卖自己去换得彼得·吉丁的一笔业务——尽管这不值得。看一看之后会留下关于你的什么，或者关于盖尔·华纳德的。我也有兴趣看看。"

"非常正确，埃斯沃斯。"

"所有吗？甚至包括你所爱的男人那一段——如果你爱过他？"

"是的。"

"你不会为洛克出卖自己吗？但是，当然，你不喜欢听有人说到那个名字。"

"霍华德·洛克。"她清晰地说道。

"你非常有勇气，多米尼克。"

吉丁回来了，用托盘端着几杯鸡尾酒，两眼光芒四射，高兴得手舞足蹈。

托黑举起酒杯，说道："为盖尔·华纳德和《纽约旗帜报》干杯！"

3

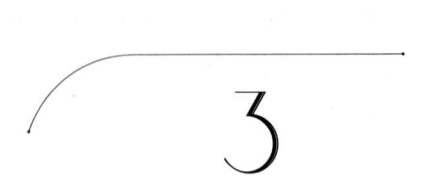

盖尔·华纳德站起身，走到办公室中间迎接她。

"你好，吉丁太太。"他说道。

"你好，华纳德先生。"多米尼克说道。

他给她搬了一把椅子。当她坐下的时候，他并没有走回去坐在他的办公桌后面，而是站在那里，职业性地看着她，像是在评估一样东西。他的举止暗示出一种不言而喻的必然，仿佛他这么做的理由她已经知道，因此也就没什么不得体的。

"你看上去就像是按照你的风格定位的艺术品，"他说道，"按常规来说，看艺术作品的模型往往会使人失去宗教信仰。但是这次，上帝和雕刻家非常近。"

"什么雕刻家？"

"为你做雕像的雕刻家。"

他已经觉得雕像背后肯定有些什么东西，现在他意识到的确是这样，因为她脸上绷紧的表情与她的故作轻松非常矛盾，虽然只是转瞬之间。

"您是什么时间、在哪儿看到那座雕像的,华纳德先生?"

"今天早晨,在我的陈列室里。"

"您是怎么把它弄到那儿的?"

轮到他困惑不解了。"难道你不知道吗?"

"不知道。"

"是你的朋友埃斯沃斯·托黑作为一件礼物送给我的。"

"为了替我争取这次约见?"

"我想,也许不是你现在所想的这种直接的动机。但实际上——的确是这样。"

"他从没跟我说过。"

"你不介意我收下这座雕像吧?"

"不特别介意。"

"我希望你说你很高兴。"

"我不高兴。"

他坐下来,非常不正式,坐在了他桌子的边沿上,腿向前伸着,双脚交叉。他问:"我猜你不知道那个雕像的下落,并且一直在寻找它?"

"找了两年了。"

"你不能拥有它了。"他看着她,补充道,"你也许会拥有'石脊'。"

"我会改变我的想法,托黑把它给了您我很高兴。"

他感到了一丝胜利和一丝失望，胜利的是他能明白她的意图，失望的是意图毕竟太显而易见了。他问道："因为它给了你这次约见？"

"不，因为您是这个世界上我想赠送这座雕像的倒数第二个人，托黑是倒数第一个。"

他失去了胜利感，一个打"石脊"主意的女人不该说也不该想这样的事。他问道："你不知道托黑拥有它吗？"

"不知道。"

"我们应该和我们共同的朋友埃斯沃斯·托黑在一起。我不想作抵押物，也不希望你是抵押物或者被别人当作抵押物，有很多事情托黑没有说，例如，那个雕刻家的名字。"

"他没有告诉您吗？"

"没有。"

"斯蒂文·马勒瑞。"

"马勒瑞？不是，那个试图……"他哈哈大笑。

"怎么回事？"

"托黑告诉我他不记得那个名字了。那个名字。"

"托黑先生仍然让您感到吃惊吗？"

"最近几天有好几次了。他有炫耀的一面，也有特别精细的一面，是一个很特别的人，我几乎喜欢上他的艺术家才能了。"

"我不同意您的观点。"

"在哪方面都不同意吗？在雕刻方面不同意——还是建筑方面？"

"我确定在建筑方面不同意。"

"你这样说，难道不是彻头彻尾错了吗？"

"也许。"

他看着她，说道："你很有意思。"

"我不这么认为。"

"这是你的第三个错误。"

"第三个？"

"第一个，是有关托黑先生的。在这样的情况下，人们会希望你在我面前赞扬他，引述他的话，仰仗他在建筑方面的极高声望。"

"但人们会希望您了解埃斯沃斯·托黑。那会使任何引用都变质。"

"我打算跟你说这些——如果你给我本不想给我的机会的话。"

"那应该更愉悦。"

"你想被取悦吗？"

"是的。"

"关于那座雕像？"那是他发现的唯一弱点。

"不，"她的声音很生硬，"不是关于那座雕像。"

"告诉我，它是什么时候为谁雕刻的？"

"那是托黑忘了的另一件事吗？"

"显而易见。"

"您还记得两年前关于那座名叫斯考德神庙的建筑的流言吗？那时您不在。"

"斯考德神庙……你怎么知道两年前我在哪儿？等等，斯考德神庙，我记起来了，一座亵渎神圣的教堂，或者说是基督徒队伍咆哮狂欢的对象。"

"是的。"

"还有……"他停住了，声音听起来像她的一样的生硬而不情愿，"还有一座裸体女人雕像。"

"是的。"

"我明白了。"

他沉默了一会儿，然后声音艰涩地说道，好像他正尽力抑制着愤怒，而她不知愤怒的对象是什么："那时我在巴厘岛附近的某个地方。很遗憾，全纽约的人都在我之前看见了那座雕像。但是我在海上航行的时候没有读报纸。那里有一个硬性规定：携带华纳德报纸上游艇的人将一律被辞退。"

"您没有看到斯考德神庙的照片吗？"

"没有，那神庙配得上那座雕像吗？"

"那雕像勉强配得上那座神庙。"

"它被毁了,是吗?"

"是的,在华纳德报纸的帮助下。"

他耸了耸肩。"我记得爱尔瓦·斯卡瑞特和它共度了美好时光。一篇很重要的新闻报道,可惜我没看到,但爱尔瓦做得非常出色。顺便问一下,你怎么知道我不在,你为什么一直记着我不在?"

"正是这篇新闻报道让我不能和您一起工作了。"

"你的工作?和我?"

"难道您不知道我的名字叫多米尼克·弗兰肯吗?"

在那整洁的夹克衫下,他的双肩向前垂了下来,惊奇——又无助。他盯着她,毫无表情。过了一会儿,他说道:"不。"

她漠然地笑了,说道:"似乎托黑尽他所能想要在我们之间制造点儿障碍。"

"可恶的托黑,这可以理解,但毫无意义。你是多米尼克·弗兰肯?"

"是的。"

"你在这儿工作,在这幢建筑里,几年?"

"六年。"

"为什么以前我从没见过你?"

"我敢保证,您没有见过你的每一个员工。"

"我想你明白我指的是什么。"

"您希望我对您解释吗?"

"是的。"

"以前我为什么没有设法见您?"

"是的。"

"我不想。"

"确切地说,那没有意义。"

"我应该忽略它还是理解它?"

"我尊重你的选择。你拥有那种美丽,你了解据说我拥有的那种名声——为什么不试着在《纽约旗帜报》做一番真正的事业呢?"

"我从没想过在《纽约旗帜报》做一番真正的事业。"

"为什么?"

"也许和您禁止带华纳德报纸到您的游艇上的理由是一样的。"

"理由很好。"他静静地说道。然后他问,声音恢复了常态,"让我们想想,你是因为做了什么才被解雇的?我想你违反了我们的政策。"

"我尽己所能为斯考德神庙辩护。"

"难道你不知道有什么办法比在《纽约旗帜报》上直言不讳更好吗?"

"我本打算跟您说那些——如果您当时给我机会的话。"

"你觉得在被取悦吗？"

"那时没有，不过，我喜欢在这儿工作。"

"你是这幢建筑里唯一这么说的人。"

"我一定是两个人中的一个。"

"另一个是谁？"

"您自己，华纳德先生。"

"对此不要太自信。"他抬起头，看见她的眼里有愉悦闪现，问道，"你说这些仅仅是为了让我被自己说的话套住？"

"是的，我认为是这样。"她平静地回答。

"多米尼克·弗兰肯……"他重复着，没有对她说什么，"过去我喜欢你写的东西。我几乎希望你来这儿是为了请求我让你接着干以前的那份工作。"

"我来这儿是讨论'石脊'的。"

"哦，是的，当然。"他收回话题，准备享受一长串说辞。他想，听听她选择什么论点，看看她如何以请求人的身份行事，这将很有趣。"噢，在这件事上你想告诉我什么？"

"我想让您把这笔业务给我丈夫。当然，我明白，您没有理由这么做——除非我同意和您上床。如果您认为这是一个充分的理由——我愿意去做。"

他默默地看着她，脸上没有任何个人反应。她坐在那里仰头看他，对他的审视暗暗感到惊奇，好像她的话没有引起任何特殊的注意。他不能强迫自己,尽管他正在她的脸上拼命地寻找,寻找这张脸上纯洁无瑕之外的东西。

他说:"那正是我想建议的,但不要这么直截了当,不要在第一次见面时提出。"

"我是为了节省您的时间和不必要的言语。"

"你很爱你的丈夫,是吗?"

"我讨厌他。"

"你对他的艺术天赋很有信心?"

"我认为他是个三流建筑师。"

"那么,为什么要做这些呢?"

"这样做,我感到快乐。"

"我以为只有我才会因这样的动机行事。"

"您不应该介意。我觉得您从没真正发现过值得拥有的美德,华纳德先生。"

"实际上,你并不关心你的丈夫是否能得到'石脊'?"

"是的。"

"你不愿意和我上床,是吗?"

"是的。"

"我会欣赏一个这样演戏的女人,只是它不是戏。"

"是的,它不是,请不要开始欣赏我,我一直尽力避免这个问题。"

无论华纳德何时微笑，他脸上的肌肉都不会有明显的移动，只是那丝嘲弄的神情会瞬间变得很明显，然后又悄无声息地消逝。此时，嘲弄的神情明显了。

"事实上，"他说，"你主要的目的是我，想把你自己给我。"他发现她情不自禁地瞥了他一眼，又说道，"不，不要为我如此严重的错误想法沾沾自喜。我不是指通常的意思，而是恰恰相反。你不是说过，你认为我是这个世界上倒数第二个人吗？你不想要'石脊'，你只不过是为了最低等的动机将你自己卖给你能找到的最低等的人罢了。"

"我本没希望您理解。"她毫无表情地说道。

"你想通过性行为表达你对我的强烈蔑视——男人有时会这样做，女人不会。"

"不是，华纳德先生，是对我自己的强烈蔑视。"

他薄薄的双唇轻轻动了动，好像他的嘴唇捕捉到了第一个有关个人隐私的线索——革命性的线索，因此，也就成了一个弱点——他紧抓着这个弱点继续说："大多数人花很大的力气——只为了向自己证明自己的自尊。"

"是的。"

"当然，追求自尊也就证明缺乏自尊。"

"是的。"

"所以你明白追求自我蔑视的含义了吗？"

"那么我缺乏自我蔑视？"

"你永不可能得到自我蔑视。"

"我本来也没期望您明白这个。"

"我不想说别的了——或者我要停止做世界上倒数第二个人，我要让自己不适合你的目的。"他站起来，"需要我正式地告诉你，我已经接受了你的建议吗？"

她同意地点头。

"事实上，"他说，"我不在意选择谁来建'石脊'，我从没雇用过好的建筑师来建造我已建造的一切。我给予公众他们想要的一切。这次我很难选择，因为我厌倦了那些为我工作过的蠢材，同时，如果没有标准和理由，要做决定很难。我相信你不会介意我说这些，真的很感激你——你给了我所能找到的、所希望找到的更好的动机。"

"我很高兴您没有说，您一直都很欣赏彼得·吉丁的工作。"

"你并没告诉我，能加入盖尔·华纳德情妇的名单你有多高兴。"

"如果您希望，我会这样承认，但我认为我们会相处得很好。"

"很有可能。至少，你给了我新的体验，去做我一直在做的事情——而且是坦诚地。现在，我要开始告诉你我的命令吗？绝不拐弯抹角。"

"如果您希望。"

"你要和我一起坐游艇旅行两个月。十天后起航。当我们回来的时候,你就可以自由地回到你丈夫身旁——带着'石脊'的合同。"

"很好。"

"我应该见见你的丈夫。周一晚上,你们两个和我共进晚餐,如何?"

"好,如果您希望。"

当她起身离开的时候,他问:"想让我说说你和雕像之间的差异吗?"

"不用。"

"但是我想说。令人吃惊的是,你和你的雕像所用的成分相同,但是表现出来的内涵却相反。你的雕像表现出来的一切都那么心满意足、精神抖擞,但你自己本身却很痛苦。"

"痛苦?我从未有意识地将这表现出来。"

"你没有,但我意识到了。不快乐的人才会对痛苦如此麻木不仁。"

华纳德打电话给他的艺术品经纪人,要他安排一次斯蒂文·马勒瑞作品的展览,但拒绝单独与马勒瑞会面。他从不见他喜欢的作品的主人。艺术品经纪人匆忙地执行了命令。华纳德买了五件他所看到的作品——支付了比艺术品经纪人要求的更多的报酬。"马勒瑞先生想知道,"艺术经纪人说,"是什么让他引起了您的注意。""我看见了他的一件作品。""哪一件?""这无关紧要。"

托黑满心以为华纳德在接见多米尼克之后会打电话给他,但是没有。几天之后,在编辑室,华纳德与托黑偶然相遇了。华纳德大声问道:"托黑先生,是不是太多人想杀你,所以你记不得他们的名字了?"

托黑笑了,说道:"我相信相当多的人想这么做。"

"你在奉承你的同类。"华纳德说着,走开了。

彼得·吉丁观察着饭店里这个金碧辉煌的房间,这是城里绝无仅有的、最昂贵的饭店。吉丁扬扬自得,咀嚼着这样的想法:今天他是盖尔·华纳德的客人。

他尽力不去看桌子对面华纳德那谦和的优雅。他庆幸华纳德选择在公共场合邀请他们共进晚餐。人们目瞪口呆地注视着华纳德——谨慎而又遮遮掩掩,然后才注意到华纳德桌边的两位客人。

多米尼克坐在两人之间。她穿了一件长袖的白色丝绸裙装,脖子上装饰了一条围巾,是一件修女服,却有着令人惊异的晚礼服效果,只是显然和今晚的目的非常不吻合。她没有佩戴珠宝首饰，金色的头发看上去像一顶风帽。她那暗淡的白丝裙随着她的身体生硬地摆动着，显示出冷酷单纯、牺牲奉献的美，无须掩饰，不需期待。吉丁觉得多米尼克的打扮不吸引人，但他注意到华纳德似乎很欣赏。

离他们很远的一张桌子旁有个人一直在注意这个方向，那个人又高又胖。过了一会儿，那个人站了起来——吉丁认出向他们匆匆走来的人是罗斯通·霍尔科姆。

"彼得，亲爱的，看到你很高兴。"霍尔科姆声调低沉，握了握他的手，向多米尼克弯腰示意，完全没有注意到华纳德。"你藏哪儿去了？为什么这么长时间一直没看到你？"三天前他们还一起共进过午餐。

华纳德站起来，谦恭地向前探了探身。吉丁犹豫了，然后非常不情愿地说道："华纳德先生——霍尔科姆先生。"

"真的是盖尔·华纳德先生吗？"霍尔科姆非常率直地说道。

"霍尔科姆先生，如果你在现实生活中看见了生产止咳药的史密斯兄弟之一，你会认识他吗？"华纳德问道。

"噢——我想我会认识的。"霍尔科姆眨了眨眼，说道。

"我的脸，霍尔科姆先生，和众人的面孔一样。"

霍尔科姆又泛泛地说了几句，逃也似的走了。

华纳德温和地笑了："你不用担心把霍尔科姆介绍给我，吉丁先生，虽然他是个建筑师。"

"担心，华纳德先生？"

"没必要，因为一切都已经定下来了。难道吉丁太太还没有告诉你，'石脊'属于你了吗？"

"我……不，她没有告诉我……我不知道……"华纳德笑了，但是那笑凝固不动。吉丁无奈地接着说下去，直到有暗示让他停止。"我没有特别奢望……不会那么快……当然，我认为这次晚宴也许暗示……帮您决定……"他下意识地、不假思索地说道，"您总是像这样出其不意——就像这样吗？"

"只要有可能就会。"华纳德严肃地说道。

"我会尽最大努力配得上如此殊荣，不辜负您的期望，华纳德先生。"

"我对此充满信心。"华纳德说道。

今晚他没对多米尼克说什么，注意力似乎全都放在了吉丁身上。

"公众对我过去的努力一直很满意，"吉丁说道，"但是，我会使'石脊'成为我最好的成绩。"

"考虑到你的著名作品名单，这个许诺很重要。"

"我没有想到，我的作品能够如此重要，竟然吸引了您的注意，华纳德先生。"

"可我非常了解它们。考斯摩 - 斯劳尼克大厦，那是真正的米开朗琪罗。"吉丁的脸上带着怀疑的微笑，他知道华纳德在艺术方面是一位顶级权威，不会轻易作这样的比较。"布鲁恩银行大厦，名副其实的帕拉底奥；斯劳特恩百货商店，恰是那个爱告密的克里斯多夫·列恩。"吉丁的脸色变了。"瞧，我用一个项目的费用买一大堆杰作，这交易多划算啊！"

吉丁笑了，脸绷得紧紧的，说道："我听说过您极具幽默感，华纳德先生。"

"你听说过我的描述风格吗？"

"您是什么意思？"

华纳德将椅子转了半圈，看着多米尼克，好像正在审视一件没有生命的物体。

"你的妻子身材很美，吉丁先生。她的肩膀有些瘦削，但和她身体其他部分能神奇地协调。她的腿太长，但给了她优雅的曲线，这一点你会在一艘漂亮的游艇上发现。她的胸部很美，难道你不这样认为吗？"

"建筑是一门粗糙的专业，华纳德先生。"吉丁强作欢颜，"它不是为某种更高级、更复杂的艺术而准备的。"

"你没明白我的意思吗，吉丁先生？"

"如果我不知道您是位完美的绅士，也许会误解您的意思，但是您不会愚弄我的。"

"那正是我尽力不去做的。"

"我喜欢赞扬，华纳德先生，但我还没有自不量力地认为我们必须谈论我的太太。"

"为什么不，吉丁先生？一般来说，共同拥有——或者将会共同拥有的东西是一个合适的话题。"

"华纳德先生，我……我不明白。"

"我要更直接一点吗？"

"不，我……"

"不？我们要放弃'石脊'这个话题吗？"

"噢，让我们谈谈'石脊'！我……"

"但是我们正在谈啊……吉丁先生。"

吉丁看着他们身边的房间。他想，像这样的事情不能在这样的地方发生；完美无瑕的豪华装饰使此事显得更加荒诞离奇；他希望这是一间阴冷潮湿的地下室。他想：铺路石上有血——没关系，但休息室的地毯上不该有血……

"噢，我知道这是个玩笑，华纳德先生。"他说。

"轮到我赏识你的幽默感了，吉丁先生。"

"像……像这样的事……人们不做……"

"那根本不是你的意思，吉丁先生。你的意思是，人们一直都在做这样的事，但是不会说出来。"

"我没有想到……"

"你在来这儿之前就想到了。你没有介意。我承认我这样做不合常理，打破了所有的慈善规则。诚实地说，非常野蛮。"

"拜托，华纳德先生，让我们……不要谈这个。我不知道……我应该做什么。"

"很简单，你应该扇我的耳光。"吉丁咯咯地笑了。"几分钟之前你就应该这么做。"

吉丁注意到自己的手掌汗涔涔的，他紧紧抓住膝盖上的餐巾，从而努力支撑着自己的体重。华纳德和多米尼克正在进餐，缓慢又不失优雅，好像他们在另一张桌子上。吉丁想，他们没有躯体，两个都没有。一些事情消逝了，房间里的水晶灯光成了X射线，不仅穿过了骨骼，而且到达了更深的部位。他们是魂灵，他想到，坐在餐桌边的、穿着晚礼服的魂灵，少了作为媒介的肉身，赤裸得可怕——令人毛骨悚然，因为他想看到他们精神上、肉体上的痛苦，但是只看到了一丝不挂。他想知道他们看到的一切，如果他的肉体不复存在了，他自己的衣服里会包裹着什么？

"不？"华纳德说，"你不想做这件事，吉丁先生？但是当然，你不一定要做它。说吧，你一点儿都不想做这件事了。我不在意。对面坐着罗斯通·霍尔科姆。他也能像你一样建造'石脊'。"

"我不知道您是什么意思，华纳德先生。"吉丁嘟哝道。他的眼睛盯着沙拉盘子里的番茄酱：软软的、颤颤的，令他恶心。

华纳德转向多米尼克："你记得我们就某一请求进行的谈话吗，吉丁太太？我说过，在这个请求上你不会成功的。看看你的丈夫，他是个能手——但没有努力。这就是做它的方式。改天比一下吧。别费心告诉我你不能。我知道。你是个外行，亲爱的。"

吉丁想，他必须再说点什么。可是只要那沙拉还摆在他的面前，他就办不到。错误来自那个盘子，而不是来自桌子对面那个难以取悦的可恶的人。房间的其他部分是温暖安全的，他突然向前探身，用手肘把那个盘子扫下了桌子。

他说了一句抱歉的话。有人走过来，伴随着礼貌的道歉声，地毯上的污物被清除干净了。

吉丁听见一个声音说道："您为什么要这样做？"他看见两张脸转向了他，知道自己已经说出来了。

"华纳德先生的做法不是要让你痛苦，彼得，"多米尼克平静地说道，"他是为我这样做的，想看看我能承受多少。"

"的确如此，吉丁太太，"华纳德说道，"部分是这样，另一部分是：证明我自己。"

"在谁的眼里？"

"你的。也许也是我的。"

"你需要这样做吗？"

"有时。《纽约旗帜报》是一家卑鄙的报纸，不是吗？噢，我出卖我的名誉，换到一个看别人如何对待自己荣誉的特权。"

吉丁想，自己的衣服里什么也没包裹着，因为那两张脸不再注意他了。他是安全的，他坐的那张桌子旁的位置是空的。他搞不清楚，在那非常遥远、跟他毫无瓜葛的地方，那两个人为什么会静静地对望，不像是敌人，不像是干着同样勾当的刽子手，倒像是战友。

在起航的前两天，华纳德在深夜打电话给多米尼克。

"你能马上过来吗？"他问道，听到电话里没有回音，他又说道，"噢，不是你想的那些，我遵守协议，你非常安全，我只是今晚想见见你。"

"好吧。"她说，同时惊奇地听到了一声平静的"谢谢你"。

当电梯门在他顶楼公寓的私人门廊打开时，他正在那儿等着，但是没有让她出来。他也走进了电梯。

"我不想让你进我的房子。"他说，"我们去下面那层。"

电梯工人惊奇地看着他。

电梯停下来，在一扇上着锁的门前打开了。华纳德打开门，请她先进，然后跟着她进入了艺术陈列室。她想起这是一个不允许任何外人进入的地方。她什么也没说，他也没作任何解释。

她在这个偌大的房间里静静地徘徊了四个小时，看着那些令人难以置信的美丽珍宝。深色的地毯，没有脚步声，没有来自城市的喧嚣，没有窗子。他亦步亦趋地尾随着她，他的眼睛和她的眼睛一起从这件作品过渡到那件作品。不时地，他会看一眼她的脸。她没有停顿，径直走过了斯考德神庙的雕像。

他没有让她停下脚步，也没有让她加快步伐，好像他已把这个地方交付给她。她决定离开这里时，他尾随着她到了门口。然后她问："你为什么要让我看这个？它不会让我把你想象得更好，也许只能更坏。"

"是的，"他平静地说，"如果我是这样想的，那结果就该这样。但是我没有这样想。我只是希望你看看这里。"

4

他们下车时,太阳已经落山了。海天一色。暗绿的天空恰到好处地点缀着云边的火焰和游艇上镶嵌的黄铜。游艇就像是一条运动着的白线,敏捷的船体擦过宁静的水面。

多米尼克看着那几个金色的字母——I Do——在雪白精致的弓形船首。

"那个名字是什么意思?"她问。

"是一个答案。"华纳德说,"给那些已经离开这个世界很久的人。尽管他们也许是唯一永垂不朽的人。你知道,我童年时最常听到的那句话是:'这儿的事你管不着。'"

她记得曾听说他从没回答过这个问题,但现在他立刻回答了她。他似乎没有意识到这个例外。她在他的态度里感到了平静,对他来说,是陌生的、崭新的、终极的平静。

他们上船后,游艇便开动了,好像在配合着华纳德踏上甲板的脚步。他站在船栏旁,没有碰她,看着漫长的棕色海岸依偎着蓝天,升起又降下,正远离他们而去。然后,他转向了她。在他的眼里，她没看见新的东西，没有感觉到开始，只是一瞥而已，好像他一直在看着她。

他们下来了，他跟她一起走进她的船舱。他说："想要什么就告诉我。"然后从里面的一扇门走了出去。她看见那扇门通往他的卧室。他关上门，再没回来。

她懒散地在船舱里走来走去。灰色椴木板光亮的表面映出她模糊的身影。她舒展四肢，躺在一把矮扶手椅上，双脚交叉，双臂枕在脑后，看着船舷从绿变成暗蓝。她动了一下手，打开灯，蓝色消失了，变成了呆滞的黑圈。

乘务员宣布吃晚饭了。华纳德敲她的门，陪她一起去餐厅。他的举止让她困惑。他很快乐，但是快乐中的平静显示着一种特殊的热情。

当他们坐在桌边时，她问："你为什么把我一个人留下？"

"我想你也许想一个人待着。"

"你习惯这么想？"

"如果你愿意这么想。"

"在我去你的办公室之前，我习惯独处。"

"是的，当然。原谅我提起了你的弱点。我很了解。顺便说一下，你还没有问我我们要去哪儿。"

"那也将成为弱点。"

"是的。我很高兴你不关心。因为我从没有任何明确的目的地。这艘船不是前往某些地方，而是远离它们。当我停在一个港口的时候，那只是为了离开它。我总是想，又多了一个不能容留我的港口。"

"我过去非常喜欢旅行，我也总是有诸如此类的感觉。有人告诉我，那是因为我是人类的憎恶者。"

"你还没有愚蠢到相信那些，对吗？"

"我不知道。"

"你确实已经看穿了那非同寻常的愚蠢。我是说，为猪伸张权利是热爱人类的象征——动物能够接纳一切。事实上，处处为家的泛爱主义者才是真正的人类憎恶者。他对人类没有任何期望，所以没有什么形式的腐败堕落行为能够伤害他。"

"你指的是那些说我们这些十恶不赦的人还略有优点的人吗？"

"我指的是那种人，他用丑恶傲慢的态度宣称，对为你做雕像的人和在街角兜售米老鼠气球的人，他都一样热爱；我指的是那种人，他更喜欢那些热爱米老鼠而不是你的雕像的人——有很多那样的人；我指的是那种人，他同样疯狂地喜爱圣女贞德和百老汇服装店里的售货女孩；我指的是那种人，他爱你的美丽，也爱他在地铁里见到的女人——那种合不上腿，把肥肉公开露在吊带袜子外面的女人，却还因此而扬扬自得；我指的是那种人，他爱那些透过望远镜观望着的纯净、坚定、无所畏惧的眼神，也爱那些白痴般的空洞的眼神——同等地爱。我指的是那些数量众多、慷慨大度、高尚伟岸的人。你讨厌人类吗？吉丁太太？"

"你说的这些事情——自从我记事起——自从我开始去看，去想——这些事情一直……"她停了下来。

"这些事一直在折磨着你，当然，没有爱也就没有恨。事情总是有它的两面性。人不会同时爱上帝又爱邪恶，除非他不知道邪恶正在进行。因为人不了解上帝。"

"如果我给你人们通常给我的答案——爱就是宽容——你会说什么？"

"我会说这是没意义的，你办不到——即使你认为你是这方面的专家。"

"也许爱是怜悯。"

"噢，不要说了。听到这样的事情让人感到很难受。从你这里听到它们更令人作呕，即使我是在说笑。"

"你的回答是什么？"

"爱是恭敬、倾慕、赞赏和仰视，不是肮脏伤口上的绷带。但是，他们不知道这一点。最混乱地谈起爱的是那些从未体验过爱的人。他们总是制造一些来自于同情、怜悯、蔑视、漠然的脆弱和痛苦，并且将其称为爱。一旦你知道了如同你和我所了解的爱的真正含义——它的全部重心、全部热情——你对任何事情就都应付自如了。"

"如同——你和我——所了解的？"

"这就是我在观察和你的雕像类似的东西时所感受到的一切。那里面没有宽容，没有怜悯。我想杀死那个宣称爱情里面有宽容和怜悯的人。但是，你明白，他在观看你的雕像时——麻木不仁。那雕像——或者断腿的狗——对他来说都一样。他甚至认为，帮狗包扎腿比观看你的雕像更高尚。那么，如果你试图让伟大光顾，如果你想提升，如果你想请求上帝并且拒绝把包扎伤口作为补偿方式——你将被称为人类的憎恶者，吉丁太太，因为你一直在犯这样的罪行：你知道一种人类还不值得拥有的爱。"

"华纳德先生，你读过我因之被解雇的那篇文章吗？"

"没有。我当时没读。现在不敢读。"

"为什么？"

他没有回答这个问题。他笑着说道："所以，你来找我，并跟我说：'你的确是最讨厌的人。跟我上床吧，让我学会自我蔑视。我缺少大多数人谋生的手段。他们发现生活可以忍耐，但是我办不到。'现在你明白你泄露了什么吧？"

"我不希望有人发现这些。"

"对，不希望被《纽约旗帜报》的出版商发现，当然。没关系。我本来期待看到一个以埃斯沃斯·托黑为友的漂亮荡妇。"

他们情不自禁地同声大笑。她觉得他们两人能轻松地在一起聊天，这很奇怪，好像他已经忘了这次旅行的目的。他的镇定好像能够传染，逐渐使两人之间的关系变得和谐。

她看着仆人们小心谨慎而又优雅地服侍他们用餐，看着和深红色桃花心木墙形成鲜明对比的白色桌布。游艇上的每一件东西都使她想到——这是她平生进入的第一个真正豪华的地方：背景对他来说恰到好处，豪华是第二位的，以至于可以被忽略。这个男人不在意他的财富。以前她见过的有钱人，严厉而令人敬畏，似乎金钱代表着他们最终的目的。这座船上的豪华不是目标，不是桌子对面那个随意侧着身的男人的最终成绩。她想知道他的目标本来是什么。

"这艘游艇和你很相称。"她说。

她看见了他眼里的快乐和感激。

"谢谢……艺术陈列室呢？"

"也相称。只是少了点儿借口。"

"我不希望你为我制造借口。"他平静地说道，语气里没有任何责备。

他们用完了餐。她等待着逃脱不了的邀请，但是这个邀请没有来。他坐着吸烟，谈论着游艇和海洋。

她的手偶尔放在桌布上，和他的手挨得很近，她注意到他正看着她的手。她想把手迅速拿开,但是又强迫自己让它待在那里不动。现在,她想。

他站起来,说道:"让我们到甲板上去吧。"

他们站在船栏边,看着周围黑洞洞的一切。天空已经看不见了,只能凭借触碰着脸部的空气去感知。几颗闪烁不定的星星让人意识到虚空的存在。水面上映射着的几缕白色光焰给海洋平添了几许生气。

他站在那里,漫不经心地垂下头,举起一条胳膊,抓住了一根柱子。她看到微光涌动,给水波镶了几道五彩缤纷的边儿,而他身体的轮廓正好投射其中——那,也和他相称。

她说道:"我可以再说一句你从没感觉到的陈词滥调吗?"

"哪句?"

"你从没感觉到,在你面对海洋的时候该有多渺小。"

他哈哈大笑。"从没有,看行星时也是如此,看高耸入云的山峰时也是如此,看大峡谷时也是如此。为什么呢?当我看海的时候,我感到人类的伟大,我想到了人类制造这艘船征服所有不可感知的空间的卓越能力;当我看高耸的山峰的时候,我想到了隧道和炸药;当我看行星的时候,我想到了飞机。"

"是的,人们说的那种神圣的升华,那种特别的感觉——我从未从自然中得到,只是从,只是从……"她停了下来。

"从什么?"

"建筑物,"她低声说道,"摩天大楼。"

"你为什么不想说那个?"

"我……不知道。"

"我要让人们在纽约地平线上看到世界最壮观的日落。尤其是人们不能看到详细的场面,而只看到大概轮廓的时候。这只是我想象中的大概轮廓和制造这些大概轮廓的想法。纽约的天空和人类的意志昭昭可见。你需要什么其他的信仰吗?那么人们会告诉我到热带雨林中某一阴暗潮湿的贫民窟里去朝圣的事。他们对着一座岌岌可危的破庙,对着一尊长着水罐肚子的色眯眯的石头怪物行祭奠之礼,这雕像是由一个患麻风病的野人雕刻的。那就是他们想看到的美丽和高超的创造力吗?他们在寻找崇高感吗?让他们来纽约,在哈得逊河岸边,双膝跪地看吧!当我从我的窗子俯瞰这座城市的时候——不,我没有觉得我们多么渺小,但我觉得,如果战争袭来,威胁到这些的时候,我愿把自己抛向天空,扔到这座城市的上面,用我的身体保护这些建筑物。"

"盖尔,我不知道我是在听你说话还是在听我自己说话。"

"你刚才听到了你自己说话吗?"

她笑了。"实际上没有,但是我不会收回我的话,盖尔。"

"谢谢你——多米尼克。"他的声音柔和,充满愉悦,"但是,我们不是在谈论你或我,而是在谈论其他的人。"他把两只前臂倚在栏杆上，看着光影斑斓的水面说，"思索一下使人们焦急万分地贬低自己的原因吧，这很有意思。就像是在自然面前感到自己的渺小，这不是一种迂腐的想法，实际上是一种定式。你是不是已经注意到了？当一个人告诉你这一切的时候，他是多么的自以为正直啊！看，他似乎在说，我很高兴自己是一个无足轻重的人，这就是说，我品德多么高尚。你听说过吗？让人们高兴的做法就是，引用某一位宣称当他看见尼亚加拉大瀑布时感到自己非常渺小的伟人的话。这就好像他们正在愉快地咂着嘴唇，庆祝在毁灭性的地震到来之前，他们所有的财富都已经化为乌有。好像他们正伸展四肢趴着，在泥里蹭着前额，对飓风表示崇敬。但这不是束缚火、气和电的力量，不是在单桅帆船上穿越海洋的力量，不是建造飞机、大坝……和摩天大楼的力量。他们惧怕的是什么？他们如此痛恨的是什么，是喜欢以爬代步的那些人吗？为什么？"

"当我找到这些问题的答案时，"她说道，"我就会与这个世界和平相处了。"

他继续谈着他的旅行，谈着围绕在他们周围的黑暗之外的大洲，谈着使太空如柔软幕布一样挤压着他们眼睑的黑暗。她等待着，停止了回答，给了他使用简短的沉默来结束这一切的机会，给了他说出她期盼的话语的机会。他没有说出来。

"你累吗？亲爱的？"他问。

"不累。"

"如果你想坐下来的话,我去给你拿把椅子到甲板上来。"

"不,我喜欢站在这儿。"

"这儿有点儿冷。但是到明天我们就会深入南方,然后在晚上你就会看到海洋上的火,非常美。"

他沉默了。她听见轮船在水里快速前进的声音,还有船底划过水面发出的沙沙作响的抗议和呻吟。

"我们什么时候下去?"她问。

"我们在这儿再待一会儿吧。"

他平静地说着,用一种奇怪的率直,好像在他不能改变的事实面前,他正忍受着无助。

"你愿意嫁给我吗?"他问。

她掩藏不住自己的震惊。他对此有所预料,他正洞穿一切似的静静微笑着。

"最好其他的什么也别说。"他耐心地说,"但你更喜欢听他人陈述——因为我们之间的那种静默胜于我有权利期望的。你不想告诉我更多,但是今晚我对你说了很多,那么让我再对你重复一次。你已经选择我作为你蔑视人类的目标。你不爱我,你什么也不想给我。我只是你自我毁灭的工具,我明白这一切,我接受它,我希望你嫁给我。如果你想实施一项无法用言语表达的行动,作为你对这个世界的报复,那么,这样的行动无须将你自己出卖给敌人，只要嫁给我就行了。不是把你最坏的和他最坏的作比较，而是把你最坏的和他最好的作比较。从前，你已对此尽力而为了，但是你的牺牲与你的目的无法匹配。你明白，我正按照你的意愿把我奉献出来。我的目的是什么，我想在那桩婚姻里找到什么，这对你不重要。我要用哪种方式对待它，你不必知道，不必考虑。我不强求任何承诺，也不让你承担任何义务。只要你愿意，你可以自由地离开我。顺便说一下——反正你也不在乎——我爱你。"

她站着，一只胳膊伸到了后面，手指尖压在船栏上，说道："我不想那样。"

"我知道。但是如果你对此好奇的话，我要告诉你，你已经犯了一个错误。你让我看到了我平生见过的最洁净的人。"

"难道不荒谬可笑吗？在我们以那种方式相遇之后。"

"多米尼克，我一生都在幕后操纵着世界。我已经看到了一切。你认为我能相信任何纯洁无瑕吗？——除非把我用某种可怕的形式，例如你所选择的形式改变过来。但是，我认为的一切一定不会影响你的决定。"

她站在那里看着他，满怀疑虑地看着逝去的一切。她的嘴线条柔和。他看着它。她认为他今天所说的每一句话都道出了她的心声，他所提出的请求和他提出的方式都是她世界里的那种，因此，他毁掉了自己的目的，使她远离了他暗示的动机，使得和一个言行一致的男人共赴堕落的可能性不复存在。她突然想伸出双手拥抱他，告诉他一切，在他的理解中找到瞬间的放松，然后要求他永远不要再见她。

然后她想起来了。

他注意到了她手的动作。她的手指没有紧紧地压在栏杆上，表明已没有支撑的必要，这赋予了此刻重要的意义；它们放松了，握在栏杆上，好像她已抓住了某种缰绳，漫不经心地，因为此时不再需要任何热切的努力。

她想起了斯考德神庙。她思索着面前的这个男人，他说，为最佳高度付出最大热情，用他的身体保护摩天大楼——她看到了《纽约旗帜报》上的一幅图片，霍华德·洛克仰视恩瑞特公寓的照片，标题是："你快乐吗，超人先生？"

她向他仰起脸，问道："嫁给你？成为华纳德报业太太？"

他回答的时候，她听到了他声音里的努力："如果你想这么称呼——可以。"

"我会嫁给你。"

"谢谢你。多米尼克。"

她漠然地等待着。

当他转向她的时候，他又像这一整天说话时那样，用平静而愉快的声音说道:"我们缩短航程,只作一周时间的旅行——我想让你在这儿停留一下。我们回去的那天,你就动身去里诺[1],你丈夫那边我来安排。他可以得到'石脊'和他想要的其他任何东西,可恶的人。你回来那天我们就结婚。"

"好,盖尔。现在我们下去吧。"

"你想下去吗?"

"不。但是我不想让我们的婚姻变得重要。"

"我想让它重要,多米尼克,这正是今晚我不想碰你的原因。我要等到我们结婚。我知道这毫无意义,也知道结婚仪式对我们两人都没有意义。但是循规蹈矩是我们之间唯一的反常,这就是我想要婚礼的原因。我没有别的办法可以成为例外。"

"随便你吧,盖尔。"

然后他拉过她,吻了她的唇。因为他说的话,他完成的那篇陈词,如此紧张的陈词,她想尽力使身体僵直,不作任何反应,却仍感觉她的身体在反应,于是她迫使自己忘掉一切——除了拥抱着她的这个男人。

他放开了她,她知道他注意到了。他笑了,说道:"你累了,多米尼克。我要向你说晚安吗?我还想在这儿待一会儿。"

她顺从地转过身,独自一人回了船舱。

---

[1] 里诺,美国内华达州西部城市,以容易离婚著称。——编者注

5

"怎么回事？'石脊'不是已经给我了吗？"彼得·吉丁劈头问道。

多米尼克走进客厅，他紧随其后，在门口等着。电梯工把她的行李送进来后离开了。她边说边摘下手套："你会得到'石脊'的，彼得。华纳德先生将会亲自告诉你其他的事情。今晚他想见你，八点半，在他的家里。"

"到底为什么？"

"他会告诉你的。"

她用手套轻轻地拍打着手掌，做了一个结束的小手势，就像是句号。她转身想离开房间，他挡住了她的路。

"我不在意，"他说，"我一点也不在乎！我可以像你们一样做事。你们很了不起，不是吗？因为你们像卡车司机一样做事，你和盖尔·华纳德先生。优雅，不伤害其他人，不是吗？噢，我也能那样。我要利用你们，我要从你们两个身上得到我所能得到的——那才是我关心的。你觉得怎么样？当小人物拒绝伤害时就没有意义了吗？扫兴吗？"

"你这样说我觉得好多了，彼得。我很高兴。"

那天晚上，在进入华纳德书房时，他发现自己的怒气早已被抛到了九霄云外。他摆脱不掉被请进盖尔·华纳德家中的敬畏感。在他进入房间，坐在书桌对面的座位上时，他大脑空白，思维停滞，只有一种重力感。他不知道，他的脚是否像深海潜水员的脚蹼一样在柔软的地毯上留下了印迹。

华纳德说道："吉丁先生，关于这件事，我本不需要说什么，也不需要做什么。"吉丁从没听过一个人如此有意识有节奏地谈话。他疯狂地想，听起来好像华纳德先生在说话时紧紧握着拳头，指挥着每一个音节。"我多说的任何一个词都会令你不悦，那么我就简短些。我要娶你太太。她明天去里诺。这是'石脊'的合同，我已经签名了，同时附有一张二十五万美元的支票，在合同中，这笔款项被称为对你工作的附加酬金。如果你现在没有什么异议的话，我非常感谢。我知道，我少付点也可以得到你的同意，但是我不想讨论。如果我们要就此讨价还价，那会令人难以忍受。因此，你愿意接受这个合同，把事情定下来吗？"

他把合同摊开递过来。吉丁看见灰蓝色的长方形支票被一枚回形针夹在纸页顶端，回形针在台灯的光晕里闪着银色的光。

吉丁的手没有伸出去拿那张纸。他的颧骨笨拙地移动着，以便吐出词句："我不要。你可以免费得到我的同意。"

他在华纳德的脸上看到了惊奇的表情——几乎又是和蔼的。

"你不要？你连'石脊'也不要吗？"

"我要'石脊'！"吉丁的手举起来，一把抓住了那张纸，"我都想要！你为什么不需要付出代价？我为什么不要？"

华纳德站了起来。他说，声音里带着轻松和遗憾："对，吉丁先生。有那么一会儿，你几乎可以对你的婚姻有个公正的判断。让它保持它过去的面目吧。晚安。"

吉丁没有回家，而是去了奈尔·杜蒙特家。奈尔·杜蒙特是一个瘦长虚弱的社会青年，屈尊于许多著名前辈的门下，他是吉丁的新制图员和最好的朋友。他不是一个优秀设计师，但有社会关系。在办公室里，他对吉丁卑躬屈膝，下班之后，吉丁对他言听计从。

他发现杜蒙特在家，于是把高登·普利斯科特、威森特·诺尔顿召集到一起，开始了一个狂欢夜。吉丁没有喝很多，但为这个夜晚买了单，比应付的多给了一些。他似乎急于找一些事情花钱，以致给了离谱的小费，并且一直在问："我们是朋友——难道我们不是朋友吗？——我们不是吗？"他看着自己周围的玻璃，看着酒杯里荡漾的灯火，看着三双眼睛。它们全都醉得模糊了，但还是带着赞许转过来看他。它们是那样温和，令人心安。

那个晚上，包裹打好后，多米尼克去看望了斯蒂文·马勒瑞。

她已经二十个月没有见过洛克了。她偶尔会去拜访马勒瑞。马勒瑞知道，这些拜访是她在那场不知名的战斗中偶尔的崩溃。他知道，她不想来，和他在一起的为数不多的几个晚上是对她生命的浪费。他从没问过任何问题，看到她总是很高兴。他们静静地谈着，带有一种类似老夫老妻的感情；好像他占有过她的身体，而这样的美妙早已消耗尽了，只剩下无须顾虑的亲密。他从没碰过她的身体，但是他曾更深程度地拥有过它，那就是他给她做雕像的时候，他们不会失去雕像带给他们彼此的特殊感受。

打开门看见她时，他笑了。

"你好，多米尼克。"

"你好，斯蒂文，打扰你了吧？"

"没有，请进。"

他有一个工作室，一座老建筑里又宽敞又邋遢的地方。她注意到了她上次拜访之后这里的变化。房间里有一种令人想开怀大笑的氛围，就像是屏住呼吸很长时间后突然得到释放一样。她看到了二手家具，稀有的东方编织地毯，极具美感的颜色，翡翠烟灰缸，具有历史意义的几件雕塑，以及在华纳德那笔意外之财的帮助下，他希望抓到的任何东西。在令人愉悦的混乱中，墙面看上去令人惊奇。他没有买任何绘画作品，只有一张草图悬挂在他的工作室里——洛克的斯考德神庙原稿。

她慢慢地环视着四周，留心着每一件物品以及它们在那里的理由。他朝壁炉踢过去两把椅子，他们在炉火两边坐了下来。

他十分简单地说："克莱顿，俄亥俄州。"

"做什么。"

"吉纳百货公司的一幢新建筑，五层，在梅恩街上。"

"他到那儿多长时间了？"

"大约一个月。"

每次她来这儿，这都是他回答的第一个问题，无须她问。他的简洁轻松使她无须解释或假装，他的态度不夹杂任何看法。

"明天我要走了，斯蒂文。"

"多长时间？"

"六个星期，里诺。"

"我很高兴。"

"现在我不想告诉你回来的时候我要做什么。你会不高兴的。"

"我会尽力高兴的——如果它是你想做的。"

"它是我想做的。"

壁炉里炭堆上的一根圆木还没有燃尽，它被烧成了小小的方格，发着没有火苗的光，就像一串亮着灯的窗口。他在炭火上添了一根新木柴，打断了那串窗户，火花四射，映衬着被煤烟熏黑的砖。

他谈了谈自己的作品。她倾听着,好像是一个移民听到自己家乡的语言。

间歇中,她问道:"他怎么样,斯蒂文?"

"还是老样子,他没有变,你知道。"

他踢了那根圆木一脚,几块木炭滚了出来,他把它们又推了回去,说道:

"我经常想,他是我们之中唯一获得永生的人。我指的不是他的声誉,也不是说他永远都不会死。而是他正在永生。我觉得,他是永生这个概念的真正含义。你知道,人们都渴望永生,但是他们正和生活过的每一天一起死亡。当你遇到他们的时候,他们已经不是你上次遇到的了。在逝去的任何时间里,他们都毁掉了自己的某一部分。他们改变,他们否认,他们反驳——而他们把这叫作成长。最终,没有任何东西被留下来,没有任何东西不被逆转,不被背叛;就好像从来都没有过实体,只有一连串形容词在一团不成形的东西中忽隐忽现。他们连片刻都没有拥有过,又怎么能期望得到永生呢?但是霍华德——你可以想象他永远存在。"

她坐在那里看着火,这给她的脸上涂了一层容易让人误解的表情。过了一会儿,他问:"你觉得我新添置的这些东西怎么样?"

"我喜欢它们。我喜欢你拥有它们。"

"我还没告诉你上次见你之后所发生的一切。完全让人难以置信,盖尔·华纳德……"

"是的,我知道。"

"你知道?华纳德,在所有的人当中——到底是什么让他发现了我?"

"我知道,当我回来的时候,我会告诉你的。"

"他有惊人的判断力,对他来说是非常惊人的。他买了最好的。"

"是的,他会的。"

然后她问,没有任何转折,但是他知道她说的不是华纳德:"斯蒂文,他向你问过我吗?"

"没有。"

"你告诉过他我会来这儿吗?"

"没有。"

"那是——为了我考虑吗,斯蒂文?"

"不是,是为了他。"

他知道,他已经将她想知道的一切都告诉她了。

她站起来说:"我们喝点茶吧。告诉我你把茶叶放在哪儿了,我来弄。"

第二天清晨，多米尼克动身前往里诺。吉丁还在熟睡，她没有叫醒他道别。

睁开双眼时，他知道在他看表之前她就已经走了，因为房子里安静异常。他想他应该说"漂亮的解脱"，但是他没有说出来，也没有感觉到。他感觉到的一切是一个没有主题的空洞而单调的句子："没用。"既不是说他自己，也不是说多米尼克。他独自一人，没有必要装腔作势了。他仰面朝天躺在床上，无助地向外伸着胳膊。他的脸看上去谦卑而茫然。他感到，这是结束，这是死亡，但他指的不是失去多米尼克。

他起床，更衣。在浴室里，他发现了她用完后扔掉的一条毛巾，他拾起来，把脸伏在上面很长时间。不是悲伤，而是一种说不清道不明的感情；不是理解，只知道他爱过她两次——托黑打电话来的那天晚上，还有现在。然后，他松开手指，任那条毛巾无声地滑落到地上，就像从他的指间淌落的液体一样。

他像平常一样去办公室上班。没有人知道他离婚了，他也没有告诉别人的欲望。奈尔·杜蒙特向他眨了眨眼睛，慢吞吞地说道："我说，彼得，你看上去很憔悴啊！"他耸了耸肩，转过身。杜蒙特的发现让他今天很不舒服。

他提前离开了办公室，一种茫然若失的直觉始终牵扯着他，起初像是饥饿，然后才是清晰的感觉。他必须去见埃斯沃斯·托黑，一定要找到托黑，他感觉就像是遇难船只上的幸存者正游向不远处的灯光。

那天晚上,他拖着身子来到了埃斯沃斯·托黑的住所。进去的时候,他对自己的自制力隐约感到高兴,因为托黑似乎没发现他脸上有什么异常。

"噢,你好,彼得,"托黑快活地说道,"你时间感很差哟,正赶上我最糟糕的一个晚上,忙得要死。但无妨,朋友的本意就包含着给人带来不便这一层,不是吗?请坐,请坐,过一会儿我和你聊。"

"对不起,埃斯沃斯。但是……我必须得来。"

"你自己待一会儿,不要理我,好吗?"

吉丁坐下来等着。托黑干着活,在几张打印纸上做记录。他削着一根铅笔,刺耳的摩擦声就像一把锯子撕扯着吉丁的神经。他又俯身在一个本子上,偶尔把纸弄得沙沙作响。

半个小时之后,他把纸张推到一边,对吉丁笑道:"好了。"吉丁略微向前倾了倾身。"稳稳当当地坐着吧,"托黑说,"我还有一个电话要打。"

他拨通了古斯·韦伯的电话。"你好,古斯。"他快活地说,"你的避孕用具广告怎么样了?"吉丁从没听过托黑如此轻松快活的语调,那种让人听起来为之动容的兄弟般的特殊语调。他听见话筒里在说着什么,韦伯尖细的话音和大笑声。话筒继续从管子的深处快速地喷吐着词语,就像在清喉咙。话语断断续续,不是十分清晰，但能听出个大概：一会儿屈从，一会儿强硬，偶尔还有快乐的高声大笑，听起来很尖细。

托黑向后靠在他的椅子里，听着，略带微笑。"是的。"他偶尔说上一句，"是的，是的，你说的是，好孩子……的确如此……"他又向后靠了靠，把一只穿着锃亮尖头鞋的脚放到了桌子边上，"听着，好孩子，我想告诉你的一切是与老巴塞特好好相处一段时间。当然，他喜欢你的工作，但是现在不要惊动他。不要采取暴力，明白吗？张开你的眼睛……你很了解我要说的……对了……正是那些东西，好小子……噢，他做？好的，扁脸……好，再见，噢，古斯，你听说过英国女人和铅管工人吗？"接下来他讲了一个故事。最后，话筒里刺耳地叫了起来。"好吧，注意安全，注意饮食。扁脸，晚安。"

托黑放下电话说："好了，彼得。"他伸伸懒腰，站了起来，走向吉丁，站在他的面前，微微地晃了晃他的小脚，双眼熠熠发光，和蔼可亲。

"好了，彼得，怎么回事？世界在你的鼻子底下坍塌了？"

吉丁把手伸进内衣口袋，拿出了一张黄色支票。由于摸得太多，支票已经皱皱巴巴了。上面有他的签字和给埃斯沃斯·托黑的一万美元。他递支票给托黑的姿势不像是捐赠者，倒像是乞丐。

"拜托，埃斯沃斯……这儿……拿着……给有益的事情……给社会研究工作室……或者给你希望的任何事情……你最了解……给有益的事情……"

托黑用手指尖夹着支票,像夹着一枚很脏的便士,歪着头,欣赏地嘟着嘴,把支票放到了他的桌子上。

"你真好,彼得,的确真好,怎么回事?"

"埃斯沃斯,你记得有一次你说过的话吗?如果能帮助其他人,我们是什么,我们做什么,都没有关系,这就是我们期望的一切,这很好,这很干净、清白,不是吗?"

"我不止一次说过这句话,我曾经成千上万次说过这句话。"

"真的吗?"

"当然,是真的,如果你有勇气接受它。"

"你是我的朋友,不是吗?你是我唯一的朋友。我……我自己甚至对自己都不友善,但你对我很好,不是吗,埃斯沃斯?"

"但是当然,比起你对自己的友善,哪一个更有价值——这是一个奇怪的概念,但是很有效。"

"你明白,其他任何人都不明白,你喜欢我。"

"忠实地,无论何时。"

"啊?"

"你的幽默感,彼得,你的幽默感哪儿去了?怎么回事?发牢骚?还是灵魂迷路了?"

"埃斯沃斯,我……"

"怎么了？"

"我不能告诉你，即使是你。"

"你是个懦夫，彼得。"

吉丁无助地瞪视着：这个声音严厉而又柔和，他不知道是应该感到痛苦、羞辱，还是自信。

"你来这儿告诉我，不管你做什么都没关系——然后你因为你做的什么事情垮掉了。来吧，像个男人样，说没关系，说你无足轻重并真的这么想。拿出点儿勇气来，抛弃你那点自我主义。"

"我无足轻重，埃斯沃斯，我无足轻重，噢，上帝，假如每个人都能像你这么说，我无足轻重。我不想成为重要人物。"

"这钱是从哪儿来的？"

"我卖了多米尼克。"

"你说什么？这次航行？"

"只是看起来好像我卖的不是多米尼克。"

"你还在乎什么？要是……"

"她去了里诺。"

"什么？"

他不能理解托黑的强烈反应，但是，他太累了，不想去琢磨。他把事情从头到尾、原原本本地讲了一遍。事情的发生和讲述都不需要太多时间。

"你这个蠢货，你不该答应这件事。"

"我能做什么，跟华纳德对抗？"

"但是，让他娶她！"

"为什么不，埃斯沃斯？这样更好。"

"我认为他从不想……但是……噢，该死的，我比你更愚蠢！"

"但是这样对多米尼克更好，如果……"

"谁在乎多米尼克！我想的是华纳德！"

"埃斯沃斯，你怎么了……你为什么在乎？"

"别说话，好吗？让我想想。"

过了一会儿，托黑耸了耸肩，坐在了吉丁旁边，把胳膊搭到他的肩膀上。

"对不起，彼得，"他说，"我道歉，我对你太粗鲁了。这件事太令我震惊了。但是我理解你的感受。你不必太认真，没关系。"他不由自主地说着，他的思绪早已转移，吉丁没有注意到。对吉丁来说，这些话犹如沙漠里的清泉。"没关系，你只是个凡夫俗子罢了。这些也是你想要的，谁更好一些？谁有权利扔出第一块石头？我们全都是凡夫俗子了，没关系。"

"上帝！"爱尔瓦·斯卡瑞特说，"他不能！不是多米尼克·弗兰肯！"

"他会。"托黑说,"她一回来就会。"

托黑邀请他吃午饭,这让斯卡瑞特感到很惊讶,但是他听到的这个消息让他的惊讶变得更强烈、更痛苦了。

"我喜欢多米尼克。"斯卡瑞特说道,把盘子推到了一边,他没胃口了。"我一直很喜欢她。但是她要做盖尔·华纳德太太!"

"确切地说,这些也是我的感受。"托黑说道。

"我一直建议他结婚,这有助于营造一种氛围,有助于树立某种敬意,他可以和任何一个女人结婚,他总是爱冒险,由他去吧。但多米尼克!"

"你为什么认为这样一桩婚姻不合适?"

"噢……噢,不是……可恶的家伙,你知道这不对!"

"我知道。你呢?"

"瞧,她是那种危险的女人。"

"确实如此。这是你的小前提,而你的大前提是,他是那种危险的男人。"

"噢……在某些方面……的确如此。"

"我尊敬的编辑大人,你很了解我。但有时候给某些事情定个模式也不是坏事。它可以面向未来——合作。你和我有很多共同之处——虽然你也许有些不情愿承认这一点。我们要说我们是同一主题的两个不同变种吗?或者说,我们会从同一个中间点分别走向不同的两个终点吗?如果你更喜欢你自己的文字风格。但是，我们亲爱的老板完全是另一种腔调，一种完全不同的主旋律——你不认为是这样吗，爱尔瓦？我们亲爱的老板是我们中间的一个例外。意外是不可回避的现象。几年来，你一直坐在你桌子的边缘——不是吗？——观看着华纳德先生。那么，你清清楚楚地知道我在谈论什么。你也知道，多米尼克·弗兰肯小姐不和我们一个鼻孔出气。你也不希望看见我们老板的生活受到什么特殊影响。我必须更加清楚地陈述这个观点吗？"

"你是一个聪明人，埃斯沃斯。"斯卡瑞特忧郁地说道。

"几年来，这已经是明摆着的事了。"

"我想跟他谈谈。你最好不要——如果你替我辩解，他会恨你的勇气。但是，我认为我也起不到什么作用，如果他已经下定决心的话。"

"我希望你不要这么做。如果你愿意的话，可以试试，虽然没有用。我们不能阻止那桩婚姻。我有这样一个想法，当我们不得不接受这桩已成事实的婚姻时，我就得乖乖承认自己失败了。"

"但是那么，你为什么——"

"告诉你这个吗？媒体的天性，爱尔瓦，提前信息。"

"我对此表示感谢，埃斯沃斯，感谢你。"

"能不断地感谢将是明智之举。华纳德报业，爱尔瓦，不能轻易地被放弃。团结就是力量。你的风格。"

"你是什么意思？"

"我们到了艰难的时候，我的朋友，所以我们最好紧紧团结在一起。"

"为什么？我和你是一起的，埃斯沃斯。我们一直都在一起。"

"并非如此，但我们让它过去吧。我们关注的只是现在和未来。作为相互理解的象征，我们在第一时间除掉吉米·科恩斯如何？"

"我认为几个月来你一直在干这件事！吉米·科恩斯怎么了？他是个聪明的孩子，城里最好的戏剧批评家。他有思想，像议会领袖一样聪明，最有前途。"

"他有自己的思想。我认为你不希望你的周围有什么议会领袖——除非你能控制他。我认为你对那个前途的内容更感兴趣。"

"我用谁来顶替他？"

"朱尔斯·佛格勒。"

"噢，算了吧，埃斯沃斯！"

"为什么算了？"

"那是一个老家伙……我们雇不起他。"

"如果你想的话你就能，看一看他拥有的名声吧。"

"但他是最不可能的老……"

"行了，你不必拿他怎样。我们找个其他的时间讨论一下这件事。只不过是除掉吉米·科恩斯罢了。"

"算了，埃斯沃斯，我不想偏心，我对谁都一样。你既然发话了，我就去让吉米走人。只是我看不到这有什么意义，也不明白它和我们谈论的东西有什么关联。"

"现在你不明白，"托黑说道，"将来你就会明白了。"

"盖尔，你知道，我希望你幸福。"爱尔瓦·斯卡瑞特说道。那天晚上，他坐在华纳德顶楼公寓的书房里一张舒服的扶手椅上，"你知道，我没有其他的想法。"

华纳德舒展地躺在一张长沙发上，一条腿弯曲着，脚倚在另一条腿的膝盖上，吸着烟，静静地听着。

"我已经认识多米尼克几年了。"斯卡瑞特说道，"在你听说她以前很久，我爱她，我爱她，你也许会说，就像父亲一样。但是，你必须承认，她不是你的公众期望看到的盖尔·华纳德太太。"

华纳德什么也没说。

"你的妻子是一位公众人物，盖尔，这是自然而然的，是公共财产。你的读者有权利要求她做一些事情，并对她提出期望。你明白我在说什么，她是一种价值象征，就像英国女工。你怎么能期望多米尼克胜任这个？你怎么能期望她保持任何形象呢？她是我所认识的最离谱的人，有着可怕的名声。但最坏的是——想想吧，盖尔！——一个离婚的女人！我们发行了大量的优质印刷品，它们代表着家庭的神圣和女性的纯洁！你将如何让你的公众接受那样一个女人？我将如何把登载你妻子的报纸杂志卖给他们？"

"难道你不觉得这次谈话该结束了吗？爱尔瓦？"

"是的，盖尔。"斯卡瑞特顺从地说道。

斯卡瑞特带着沉重的善后感等待着，好像在一场激烈的争论之后急于和好。

"我知道，盖尔！"他高兴地嚷道，"我知道我们能做什么。我要让多米尼克回报纸来工作，我们要让她写一个专栏——不一样的专栏——关于家庭的联合发表专栏。你知道，家庭建议、厨房、婴儿，所有这一切。这会使一切诅咒灰飞烟灭，显示出她的确是一个非常好、非常可爱的、以家庭为生活中心的女人，她年轻时的那些错误就会不攻自灭了，女人们也就会原谅她了。我们要成立一个特殊的部门——盖尔·华纳德太太的烹饪技巧。她的几幅照片将会有帮助——你知道，格子棉布裙、格子棉布围巾和她用更加传统的方式盘的头发。"

"住嘴，爱尔瓦，否则我就扇你耳光了。"华纳德没有提高声音。

"是，盖尔。"

斯卡瑞特做了一个要起身的动作。

"安静地坐着，我还没说完。"

斯卡瑞特顺从地等着。

"明天早晨，"华纳德说道，"你送一个备忘录给我们报纸的每一个人。你要告诉他们浏览他们的文件，找到所有他们能找到的和多米尼克·弗兰肯的老专栏有联系的照片。告诉他们毁掉这些照片；告诉他们，从今以后，如果在我们的任何报纸上使用她的照片或者提及她的名字，都将要以失去他在整个编辑部门的相关工作为代价。当时机到来时，你要在我们所有的报纸上宣布我们结婚的消息，这不能回避，你要拟就最简短的结婚消息，不要说明，不要新闻记者，不要图片。仔细推敲每一个词语以确保明白易懂，如果把这件事办砸了，所有人，包括你，就都走人。"

"没有新闻报道——在你和她结婚的时候？"

"没有新闻报道，爱尔瓦。"

"但上帝，那是新闻！其他的报纸……"

"我不在意其他的报纸对此做什么。"

"但是——为什么，盖尔？"

"你不会明白的。"

多米尼克坐在窗子旁，听着脚下的车轮声，看着俄亥俄州的乡村在薄暮中飞快地逝去。她的头向后倚在座位上，双手柔顺地放在坐垫两侧。她像是火车的一部分，随着火车车厢小隔间的窗户、地板、墙壁一起前行，隔间角落昏暗，积满灰尘。窗玻璃仍然明亮，晚上的灯火从地面升起。昏暗的灯光笼罩了车厢。她让自己在这样的氛围中休息，它钻进了车厢并且统治了它，只要她不拧开灯把它关在外面。

她没有意识到这次旅行的目的，它没有目标，只是旅行本身，她的周围只有运动和运动带来的金属声。她感到懒散和空虚，在没有任何痛楚的低迷中失去了自我——满意地消失了，除了窗子里那特别的土地，没有任何明确的东西留下来。

在玻璃窗的缓慢运动中，当她看到车站屋檐下已经褪色的站牌上"克莱顿"这个名字时，她知道自己一直期望的是什么，为什么乘这趟火车，而不是较快的那个班次，为什么仔细地浏览每一个站点的时刻表——虽然对她来说，只不过是一栏毫无意义的名字。她抓起了她的行李箱、外套和帽子，跑了起来。她没有时间穿上衣服，害怕脚下的地板会把她从这里运到远方。她跑过火车的狭窄通道，跑下车梯，跳到站台上，赤裸的颈部感到了冬季的寒冷。她站在那里，看着车站，听到火车在她后面开动，咔嚓、咔嚓远去的声音。

然后，她穿上外衣，戴上帽子，走过站台，进入了候车室，迎着从铁炉子里散发出来的层层热浪，穿过粘着几块干巴巴的嚼过的口香糖的木地板，来到了车站外的一个广场上。

她在低矮的屋顶上方看到天空中最后一抹黄色，看到了坑坑洼洼的砖砌小路，密密麻麻紧挨着的小房子，枝干纵横交错的光秃秃的树，报废垃圾场的无门入口处的干草，黑色的商店门，街角药房的门仍然开着，映着灯光的窗子模糊不清，离地面很近。

以前她从没来过这儿，但是她能感受到这个地方正在宣布着她的存在，对她有一种隐秘的亲切。这里的每一团黑暗都像太空中的行星一样给她吸引力，规定着她的旅行轨迹。她把手放到了一个消火栓上，感到寒冷透过手套渗透进肌肤。这是这座小镇向她倾诉的方式，是她的衣服和她的思维不能阻止的直接渗透的方式。一种难以抗拒的宁静平和充溢着她的全身。只是现在她必须行动了，但是这些行动很简单，是提前安排好的。她问一个过路人："吉纳百货公司的新大楼在哪儿？"

她耐心地穿过黑暗的街道，走过静寂的冬日草地，洼陷的过道，穿过野草拂着铁罐头盒沙沙作响的空地，经过已经关门的杂货店和冒着蒸汽的洗衣房，经过一扇没有挂窗帘的窗子，屋里面，一位男士穿着长袖衬衫，坐在火堆旁读着报纸。她转过街角，穿过街道，轻软舞鞋的薄底踏着圆圆的石头。稀稀落落的几个路人看着她，惊异于她优雅的气质。她意识到了这一点，对这种反应很惊奇。她想说："你们难道不明白吗？我比你们更应该属于这里。"她偶尔停下来，闭上一会儿眼睛。她发现难以呼吸。她来到主街，走得慢了一些，有几盏灯光，几辆汽车停在斜对角的马路边，一家电影院，在厨房用品中间陈列着粉红衬衣的商店橱窗。她看着前方，僵直地走着。

她看到一幢老建筑旁闪烁的灯光，一堵黄砖砌成的封锁墙，露着旁边已被拆毁的建筑那脏污的地板线。光线是从挖出的一段坑道里照射出来的。她知道这就是她要找的地方，但她希望不是。如果他们加班工作，他会在这儿的。今晚，她不想见到他，只是想看看这个地方和这座建筑。她没做更多的心理准备。但现在她没法停下了。她走向了坑道，它位于一个角落里，开口正对着街道，没有栅栏。她听见了锯铁时的吱嘎吱嘎声，看见了起重机的吊臂，新土斜坡的一侧有几个人的身影，在灯光里变成了黄色。她没有看到连接人行道的木板，但听到了脚步声，随后，她看到洛克正从街道上走来。他没戴帽子，外衣敞着。

他停下来，看着她。她想她正笔直地站着，她想这既简单又正常，她就像从前那样注视着他的灰色眼睛和橘红色头发。他带着一种急不可耐的匆忙向她走来，伸手握住了她的手肘，说："你最好坐下。"这让她感到吃惊。

然后她发现，没有了手肘上的那只手，她几乎站不住了。他拿着她的行李箱，带她穿过黑暗的巷子，让她在一座空房子的台阶上坐下来。她靠在一扇关着的门上，他坐在她的旁边，他的手紧紧地握着她的手肘，不是爱抚，而是对二者的一种控制。

过了一会儿，他放下了手。她知道，现在她安全了，可以说话了。

"那是你的新建筑吗?"

"是的,你是从车站走到这儿的吗?"

"是的。"

"路很长。"

"我觉得也是。"

他们彼此没有问候,她想这就对了。这不是一次团圆,而是一个没有任何事情打扰的时刻。如果她对他说"你好",那将会多么陌生,一个人不会每天早晨都问候自己。

"你今天几点起的床?"她问。

"七点。"

"那时我还在纽约。在去中央火车站的出租车里。你在哪儿吃的早饭?"

"在一辆午餐车上。"

"彻夜开放的那种?"

"是的。大部分客人是卡车司机。"

"你经常去那儿吗?"

"想喝杯咖啡的时候就去。"

"你坐在柜台旁?周围有很多人看着你?"

"有时间的话,我就会坐到柜台旁,周围有很多人,我想,他们不会太注意我。"

"后来呢,你步行去上班?"

"是的。"

"你每天都步行?走过这些街道中的任何一条,经过随便哪一个窗口?那么,如果一个人刚好走到窗前,想打开窗子……"

"这里的人不看窗外。"

借助于这高台的有利位置,他们能看到遍布街道的坑洞、泥土和工人,还有正在升起的闪着耀眼光亮的钢柱。她觉得在鹅卵石和人行道中间看到新鲜的泥土是一件很奇怪的事,就像城镇的衣服被撕掉了一片,露出了裸露的肌肉。她说:"过去的两年中,你在乡下建了两栋家庭住宅。"

"是的,一栋在宾夕法尼亚,一栋在波士顿附近。"

"它们是不重要的房子。"

"也不贵,如果你是这个意思。但是做起来很有意思。"

"你还要在这儿待多久?"

"再有一个月。"

"你为什么在晚上工作?"

"时间很紧张。"

街道对面,起重机在移动,让一根长长的横梁在空中保持平衡。她看着他注视它,她知道他的思绪没在这个上面,但是他的眼里有着一种本能的反应,个人生理上的某些东西,对他建筑上的任何行动的热切关注。

"洛克……"

他们还没叫过彼此的名字。叫这个名字，让他听到它，这在感官上有一种迟来的投降的快乐。

"洛克，这又是那个采石场。"

他笑了。"如果你希望的话。只不过它不是。"

"在恩瑞特公寓之后？在高德大厦之后？"

"我不这么想。"

"你怎么想？"

"我喜欢建它。每幢建筑物都像一个人，简单而无须重复。"

他看着马路对面。他没有改变，内心深处还是以前那种阳光向上的感觉，思想、行动、目的都是那么轻松快乐。她说，整个句子既没有开始，也没有结束："……用你余下的人生建造五层高的楼……"

"如果有必要。但我认为不会这样。"

"你在等什么？"

"我没在等。"

她闭上眼睛，嘴却掩藏不住。她的嘴牛气地、痛苦地噘着。

"洛克，如果你在城里，我不会来看你的。"

"我知道。"

"但是你——在另一个地方——在像这里这样一个没有名字的洞里，我必须看看它，必须看看这个地方。"

"你什么时候回去?"

"你知道我不会待在这里?"

"是的。"

"为什么?"

"你害怕这里的午餐车和窗子。"

"我不会回纽约,不会马上。"

"不会?"

"你还什么也没有问我,洛克。只问了问我是不是从车站走来的。"

"你想让我问什么?"

"当我看见这个车站的名字时,我就下了火车。"她说道,声音低缓,"我没打算来这儿,我在去里诺的路上。"

"然后呢?"

"我要再次结婚。"

"我认识你的未婚夫吗?"

"你听说过他。他叫盖尔·华纳德。"

她看着他的眼睛。她想她应该哈哈大笑。最后,她带给他的是一个她从未期望会发生的震惊,但是她没有大笑。他想到了亨利·卡麦隆,想到卡麦隆说的话:我没有任何答案给他们,霍华德。我要留下你面对他们。你要回答他们,回答他们所有的人,回答华纳德报纸,以及使华纳德成功的东西,还有隐藏在它后面的谎言。

"洛克。"

他没有回答。

"那比彼得·吉丁更坏,不是吗?"她问。

"更坏。"

"你想制止我吗?"

"不想。"

自从松开她的手肘,他就没有再碰她,而那只像适合在救护车里进行的碰触。她挪动她的手,让它倚在他的手上。他没有抽回他的手指,也没有假装冷漠。她俯下身,握着他的手吻着,没有将它从他的膝盖上举起来。她的帽子滑落了,他看到自己膝盖上金色的头,感到她的嘴一遍又一遍地吻着他的手。他的手指攥着她的手指,回应着,但那是唯一的回应。

她抬起头看着街道。远处有一扇映着灯光的窗子,光秃秃的树干交织在一起,给它做了个格子形的装饰图案,密密麻麻的小房子延伸进黑暗当中,树木站在狭窄的人行道旁。

她注意到下面台阶上她的帽子,弯腰捡了起来。她伸出没戴手套的手,摊开手掌撑在台阶上。这块石头很老,磨得很光滑,覆着冰。她觉得这样摸它很舒服。她坐了一会儿,弯下腰,手掌抚摸着石头,感觉着这些台阶——不管多少双脚在上面踩过——感觉着它们,就像感觉着消火栓一样。

"洛克,你住在哪儿?"

"一家寄宿公寓。"

"什么样的房间?"

"单间。"

"里面都有什么?什么样的墙?"

"某种墙纸,已经褪色了。"

"什么家具?"

"一张桌子,几把椅子,一张床。"

"不,详细告诉我。"

"有一个衣橱,然后是五斗柜,角落里是床,在窗子边,另一边是张大桌子——"

"墙边呢?"

"没有什么。我已经把从墙角到窗子的一切都跟你说了——我在桌子那儿工作。还有一把直背椅子,一把扶手椅,它们中间是一盏灯和我从没用过的杂志架子。我想就这些。"

"没有地毯?或窗帘?"

"我想窗子旁有些东西,有种地毯,地板上了蜡,是很漂亮的旧木头。"

"我想今晚在火车上我会想起你的房间的。"

他坐着望向街道对面。她说:"洛克,让我今晚和你在一起吧。"

"不行。"

她随着他的视线望向下面的粉碎机。过了一会儿,她问:"你是怎么得到这家商店的设计任务的?"

"店主看到了我在纽约的建筑,并且喜欢它们。"

一个穿工装的人走出了坑道,朝黑暗里的他们望来,叫道:"是你在那儿吗,老板?"

"是。"洛克回叫道。

"来这儿一会儿,好吗?"

洛克穿过街道走向他。她听不到他们的谈话,但她听到洛克快活地说:"很容易。"然后他们两个踩着木板走到了坑道底部。那个人站在那儿谈着,指点着,解释着。洛克头向后仰去,看着正在升起的金属架。灯光洒在他的整个脸部,她看到了他专注的表情,不是微笑,但给了她一种关于能力、关于有条理的行动原因的快乐感。他一只脚站在一堆厚木板上,弯下腰,拾起一块木片摊在他的膝上,从口袋里拿出一支铅笔,迅速地画着,对那个人解释着什么。那人不住地点头,很高兴。她听不到他们在说什么,但是她感觉到了洛克和那个人、那个坑道里的所有其他人的关系,那是兄弟般的、坦诚的奇特关系,却不是她曾经听说过的、能够用语言说出来的那种。他画完后,把那个木片递给了那个人。

两人就某些事不约而同地大笑起来,然后他走回来,坐在台阶上她的旁边。

"洛克，"她说，"我想留在这儿，永远和你在一起。"

他神情专注地看着她，期待着。

"我想住在这儿。"她的声音有一种抵在河坝上的重量感，"我想像你一样住在这儿。不去碰我的钱——我要把它给任何人，给斯蒂文·马勒瑞，如果你愿意的话，给托黑的一个组织，都没关系。我会接受这里的房子——像这些中的任何一座——我要为你守护着它——不要笑，我能——我做饭，洗你的衣服，擦地板。但你要放弃建筑。"

他没有笑。她只看到了准备接着听下去的不为所动的专注。

"洛克，试着理解，请试着理解。看到他们对你所做的一切，他们将要做的一切，我不能容忍。太伟大了——你和你的建筑以及你对此所感觉到的一切。你不能一直像这样，不能再这样下去了。他们不会放过你的，你正在走向某种可怕的灾难，这不会以任何其他的方式结束。放弃它吧，从事某种无意义的工作——像采石场。我们住在这儿。我们也许会很清贫，也许会一无所有。我们将只为我们而活着——我们知道自己是什么，自己知道什么。"

他哈哈大笑。她惊讶地听到在这笑声里有一丝对她的考虑——试图不笑，但是没能控制住。

"多米尼克。"他叫这个名字的方式使她很容易知道下面他要说什么,"我希望我能告诉你这是个诱惑,至少是暂时的诱惑,但它不是。"他补充说,"如果我很残忍,我会接受它,只是为了看看你多快就会求我回到建筑行业。"

"是的……也许……"

"嫁给华纳德,和他结婚吧。这比你现在对自己所做的一切都好。"

"你介意吗?如果我们只是在这儿多坐一会儿……不谈那个……只是谈谈,就像一切都很正常一样……只是多年的战争中半小时的休战……告诉我,你在这儿每天都做什么,你能记起的每一件事……"

然后他们谈着,好像空房子的台阶是悬在空中的飞机,看不到地面或天空。他没有看街对面。

然后他看了看手腕上的表,说道:"一小时后有一趟去西部的火车。要我和你一起去车站吗?"

"如果我们走到那儿,你不介意吧?"

"好。"

她站起来,问道:"到——什么时候,洛克?"

他的手在街道上方挥动着:"到你停止恨这一切,停止害怕它,学会不再注意它。"

他们一起走向车站。在空荡荡的街道上,她听着他的脚步和着自己的脚步。她的视线和他们经过的墙齐头并进,像是紧紧黏附在一起。她爱这个地方,爱这座城镇和它的每一个组成部分。

他们走过一块空地。风把一张旧报纸吹到了她的腿上,有意识似的紧紧粘着她,就像一只猫霸道的爱抚。她想,这个城镇的任何东西对她都有一种亲切感。她弯下腰,拾起这张报纸,折好,把它收了起来。

"你在做什么?"他问。

"在火车上读读。"她笨拙地说道。

他从她那里抢过报纸,撕碎了扔到草里。她什么也没说。他们继续向前走着。

一只灯泡悬挂在空空荡荡的站台上。他们等着。他站在那里仰望着将要出现火车的铁轨。当铁轨鸣响震动的时候，当车头灯的白球从远处喷射过来，在天空中静静伫立的时候，没有迫近，只是变宽和飞快地加速，他没移动，也没有转向她。飞驰的光柱把他的身影在站台上抛来抛去，让它扫过厚木板又消失了。有一瞬间，她看到他那又高又直的身体曲线映衬在刺目耀眼的白光之中。车头驶过他们，车厢咯咯地响，放慢了速度。他看着滚过的窗子。她看不到他的脸，只能看到他颧骨的轮廓。

当火车停下来的时候，他转向了她。他们没有握手，没有说话。他们笔直地站着，面对面，只是瞬间，却好像在全身心地看，几乎像是在行军礼。然后，她拿起行李箱，走上了火车。一分钟后，火车开动了。

6

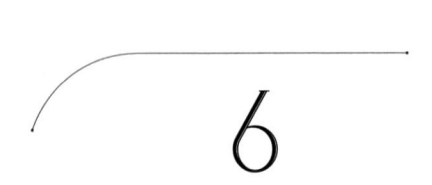

"查克：为什么不会是一只麝鼠？人类为什么把自己想象得优于麝鼠？生命击败了田野和丛林中的所有小生物。生命吟唱着永恒的悲伤。一种古老的悲伤。《歌之歌》。我们不理解——但是又有谁在意是否被理解呢？只有公共会计师和手足病医生，还有邮递员。我们只有爱，《甜美的爱的秘诀》。那是这里所能给它的一切。给我爱，把你们所有这些哲学家都推到火炉的烟囱上去。当玛丽接受了无家可归的麝鼠，她的心灵之窗便打开了，生命和爱涌了进来。麝鼠能做上好的皮大衣，但那不是关键。生命才是关键。

"杰克：(冲了进来)诸位，谁有上面印着乔治·华盛顿的邮票？

"幕落。"

爱克刷的一声合上了手稿，长长地舒了一口气。两个小时的大声朗读后，他的声音变得嘶哑了。他一气呵成念完了剧本高潮。他看着他的听众，嘴角带着自嘲的微笑，眉毛傲慢地挑着，但是眼睛里充溢着快乐。

埃斯沃斯·托黑坐在地板上，在一条椅子腿上蹭着后背，打着哈欠；古斯·韦伯趴在地中间，四肢伸展，像个"大"字，一会儿，又仰面朝天，翻来覆去；兰斯洛特·克鲁格，外国记者，伸手去够他的威士忌酒杯，终于如愿以偿；朱尔斯·佛格勒，《纽约旗帜报》新来的戏剧评论家，坐着没动，他已经两小时没有动了；洛伊丝·库克，东道主，双臂交叉上举，伸展腰肢说："上帝呀，爱克，糟糕透了。"

兰斯洛特·克鲁格慢吞吞地说："洛伊丝，我的孩子，你把你的杜松子酒放到哪儿去了？别那么吝啬，你是我所认识的最糟糕的东道主。"

古斯·韦伯说："我不懂文学。它是非生产性的，只是浪费时间。作家将会被清除。"

爱克刺耳地笑着。"一部劣作，是吗？"他挥动着他的手稿，"真正的超级劣作。你认为我写它是为了什么？告诉我一个比我写得更糟糕的人。这是你一生当中听到的最差的作品。"

这不是美国作家委员会的正式会议，而是一次非正式集会。爱克请了他的几个朋友听他的最新作品。他年仅二十六岁，已经写了十一个剧本，但是没有一个上演过。

"你最好放弃戏剧，爱克。"兰斯洛特·克鲁格说，"写作是一件严肃的事情，不是任何人都干得了的。"兰斯洛特·克鲁格的第一本书——记述他在国外冒险的亲身经历——已经在畅销书排行榜上待了十周。

"为什么,兰斯?"托黑甜甜地拖着腔问道。

"好了。"克鲁格不想说下去了,"好了,给我来点儿喝的。"

"糟透了,"洛伊丝·库克说,她的头懒洋洋地从这边晃到那边,"糟糕透顶,糟糕至极啊。"

"胡说八道。"古斯·韦伯说,"我为什么来这儿?"

爱克把手稿扔向壁炉,撞到了壁炉的网罩上,字面朝下散落到地上。薄纸破了。

"如果艾伯森能写剧本,我为什么不能?"他问,"他好,我就差吗?那不是充分理由。"

"没有喜剧感,"兰斯洛特·克鲁格说道,"而且,你很糟糕。"

"你不用说了,是我先说的这些。"

"这是一部伟大的戏剧。"一个鼻音很重、令人不悦的声音缓缓说道。这是今晚此人第一次开口。他们全都转向了朱尔斯·佛格勒。一位漫画家曾经为他画过一幅著名的画:只有两个下垂的圆圈,一个大的,一个小的,大圈是他的胃,小圈是他的下唇。他穿着 身西装,做工精致,但颜色看上去令人很不舒服。他一直未摘手套,随身带着一根手杖,是一位著名的戏剧批评家。

朱尔斯·佛格勒伸出他的文明杖,用顶端的钩子钩住那个剧本,拖过地板,停在他的脚边。他没有拾起它,而是低头看着它重复道:

"这是一部伟大的戏剧。"

"为什么？"兰斯洛特·克鲁格问道。

"因为我这么说。"朱尔斯·佛格勒说道。

"不是戏言吧，朱尔斯？"洛伊丝·库克问道。

"我从不开玩笑。"朱尔斯·佛格勒说，"玩笑是粗俗的东西。"

"上演时送我两个靠近门口的座位。"兰斯洛特·克鲁格讥讽地说。

"八十八块钱换靠近门口的两个座位。"朱尔斯·佛格勒说，"它将有理由获得最大的成功。"

朱尔斯·佛格勒转过身，发现托黑正看着他。托黑笑着，但那笑不是高兴，也不是漠不关心，那是他支持某事的表示——他的确将这事看得很重要。转向其他人的时候，佛格勒的眼神不屑一顾，但当这双眼睛停留在托黑那儿时，它们又因为得到片刻的理解而释然了。

"你为什么不加入美国作家委员会，朱尔斯？"托黑问道。

"我是一名个人主义者，"佛格勒说，"我不相信任何组织，而且，这有必要吗？"

"没有，没有任何必要，"托黑高兴地说，"对你来说，没有必要，朱尔斯，我没有什么东西可以教给你。"

"埃斯沃斯，我喜欢你的原因是我从来不用向你解释我自己。"

"噢,为什么要在这里解释任何事情呢?我们是六人小组。"

"五人,"佛格勒说道,"我不喜欢古斯·韦伯。"

"为什么?"古斯问,没有生气。

"因为他不洗耳朵。"佛格勒回答,好像这个问题是另一个人问的。

"噢,是的。"古斯说。

爱克起身,站在佛格勒面前看着他,不敢确定自己是否应该喘口气。

"你喜欢我的剧作,佛格勒先生?"他终于问道,声音很小。

"我没说过我喜欢它。"佛格勒冷冷地回答,"我认为它有一种特殊的气息。这就是它的伟大所在。"

"噢,"爱克说,哈哈大笑,有一种如释重负之感。他环顾房间里其他的人,那是一个调皮的胜利动作。

"是的,"佛格勒说,"我的批评方式和你的写作方式一样。我们的动机是一致的。"

"你是一个了不起的人,朱尔斯。"

"请叫我佛格勒先生。"

"你确实是一个了不起的人,一个高贵的人,佛格勒先生。"

佛格勒用他的文明杖掀开了脚边的几页手稿。

"你打字很糟糕,爱克。"他说。

"噢，我不是一个速记员，而是一个富有创造力的艺术家。"

"这个剧本上演之后，你就有经济能力了，可以请一个秘书。我有责任赞扬它——只是为了防止打字机再像现在这样被乱用，不是为了任何其他原因。打字机是一件非常了不起的工具，不是用来糟蹋的。"

"好吧，朱尔斯，"兰斯洛特·克鲁格说，"这的确是一个好主意，你精通世事，非常优秀——但是你出于什么目的想赞扬那堆垃圾？"

"因为——它是——像你说的那样——垃圾。"

"你太没有逻辑了，兰斯，"爱克说，"你没有喜剧感，没有。写一部好的戏剧让人们去赞扬它，这没什么。任何人都能做到这些。任何具有天赋的人——天才只是天生的偶然。但是写一部垃圾并让人去赞扬它——噢，这适合你去干。"

"他有。"托黑说道。

"只是意见问题。"兰斯洛特·克鲁格说。他把空杯子倒置在嘴上，吮吸着最后一块冰。

"爱克比你更了解人情世故，兰斯。"朱尔斯·佛格勒说，"他刚刚证实了自己是位真正的思想家——只用了简短的几句话。顺便说一下，这比他的整个剧本都好。"

"我的下一部剧作就要写这个。"爱克说。

"爱克已经说了他的理由，"佛格勒继续说，"以及我的理由，还有你的，兰斯。如果你愿意的话，可以看看我的例子。对于一个评论家来说，赞扬一部好作品会得到什么收获呢？什么也得不到。那么，评论家只不过是作者和公众之间一种光荣的信使罢了。我会从中得到什么？我对此烦透了。我有权利让别人知道我的个性。否则，我就会受到挫折——而我不相信挫折。但是，如果一个评论家能够捧红一部非常没有价值的戏剧——啊，你察觉到了不同！因此，我将让它大获成功——你剧作的名字叫什么，爱克？"

"关你屁事。"爱克说。

"什么？"

"那是标题。"

"噢，我明白了。因此，我要让《关你屁事》大获成功。"

洛伊丝·库克放声大笑。

"你们全都在这儿无事生非。"古斯·韦伯说。他平躺着，双手交叉放在脑后。

"现在你是否想谈谈你自己，兰斯？"佛格勒接着说道，"对于一名报道国际事件的记者来说，满意是什么？公众读的是各种各样的国际危机，如果他们注意到了你这个配角，你就很幸运了。但你是和将军、司令、大使一样棒的家伙。你有权利让人们知道你。所以你做了聪明的事，你写了一部出色的无聊文集——是的，无聊——但从道义角度来说，具有正义性。一本聪明的书。世界被用作你自己肮脏人格的背景。兰斯洛特·克鲁格如何在世界会议上喝醉？什么样的美人和兰斯洛特·克鲁格同床共枕？兰斯洛特·克鲁格在女儿国里如何染上痢疾？噢，为什么不呢，兰斯？它给人留下了深刻印象，是吗？埃斯沃斯捧它了，不是吗？"

"公众喜欢有人情味的好东西。"兰斯洛特·克鲁格说道，生气地看着他的酒杯。

"噢，把那堆垃圾打包吧，兰斯！"洛伊丝·库克叫道，"你在这儿给谁演戏？你很清楚，除了爽快的埃斯沃斯·托黑，任何人都不会对它感兴趣。"

"我没有忘记我欠埃斯沃斯的一切。"克鲁格满脸不高兴地说，"埃斯沃斯是我最好的朋友。而如果没有一本足够好的书，埃斯沃斯也做不到这些。"

八个月以前，兰斯洛特·克鲁格拿着手稿站在埃斯沃斯·托黑面前，就像爱克现在站在佛格勒面前一样。当托黑说他的书将荣登畅销书排行榜榜首时，他不相信自己的耳朵。但是二十万册的销量使得克鲁格再也不能认出任何形式的事实。

"噢，他用《有胆识的胆结石》实现了这个目标。"洛伊丝·库克平静地说道，"没有比这更烂的垃圾被写到过纸上，我应该知道。但是他做到了。"

"为了这么做，我差一点儿失了业。"托黑漠然地说。

"你要用你的酒做什么，洛伊丝？"克鲁格突然问道，"节省出来放进浴缸里吗？"

"好了，大批评家。"洛伊丝·库克说着，懒懒地站了起来。

她慢吞吞地穿过房间，拿起地板上不知谁没喝完的酒一口喝干，走了出去。回来时，她带着一堆价格不菲的好酒。克鲁格和爱克急忙给自己倒上了。

"我认为你对兰斯很不公平，洛伊丝。"托黑说道，"他为什么不应该写自传？"

"因为他的生活不值一提，更不用说去记录了。"

"啊，但那正是我让它成为畅销书的原因。"

"你要向我说教吗？"

"我喜欢向某些人说教。"

托黑身边有好几把舒服的椅子，但他更喜欢待在地板上。他趴在那儿，双肘竖立，支撑着他的躯干。他懒洋洋地倚着地板，不时地将重心从这一肘部换到另一肘部，他的腿在地毯上像一把宽叉子似的伸展着。他似乎享受着这种无拘无束。

"我喜欢向某些人说教。下个月我要推出一个真正卓越非凡的人——一个小镇牙医的自传，因为在他的生活中没有一天是卓越非凡的，在他的书里也没有一个卓越非凡的句子。你会喜欢它的，洛伊丝。你能想象一个真实的庸人像披露神启一样披露他的灵魂吗？"

"小人物。"爱克柔声说道,"我爱小人物,我必须爱这个世界的小人物。"

"留着给你的下一部剧作当素材吧。"托黑说道。

"我不会。"爱克说道,"这部剧作里面已经有了。"

"你有什么好主意,埃斯沃斯?"克鲁格突然问道。

"噢,很简单,兰斯,如果一个人除了吃饭,睡觉,和邻人聊天,再也做不出更加突出的事情,那他就是个完全无足轻重的人。如果这一事实成了值得自豪、值得向世界宣布、值得被上百万读者孜孜不倦地研究的事实时——当一个人建了一座教堂的事实变得无法被记录、无法被公布的时候,这是个视角和相对论的问题。任何特殊能力的两端之间被允许的距离都是有限的。蚂蚁能感知的声音当中不包括雷声。"

"你说话时像是一个颓废的中产阶级,埃斯沃斯。"古斯·韦伯说道。

"别说了,亲爱的。"托黑说道,一点儿也不生气。

"精彩极了。"洛伊丝·库克说,"只是有点过火了,埃斯沃斯。你都快把我挤出这个行业了。如果我仍然希望自己被注意到,我就必须写一些确实优秀的东西。"

"这个世纪不用了,洛伊丝。"托黑说道,"或许下个世纪也用不着,比你想象的还要晚。"

"但是你没有说过……"爱克突然叫道,忧心忡忡。

"我没有说过什么?"

"你没有说过谁将上演我的剧作!"

"把它留给我。"朱尔斯·佛格勒说。

"我忘了谢你,埃斯沃斯。"爱克庄重地说道,"那么现在我谢谢你,有很多廉价戏剧,但是你选中了我的,你和佛格勒先生。"

"你的廉价货很有用,爱克。"

"噢,有一些。"

"很多。"

"多——例如?"

"不要说那么多,埃斯沃斯。"古斯·韦伯说,"你已经说得够多了。"

"没你的事儿,丘比娃娃。我喜欢说。例如呢,爱克?好吧,例如,假定我不喜欢易卜生——"

"易卜生很好。"爱克说。

"他的确很好,但是假定我不喜欢他,假定我想阻止人们看他的剧作。告诉他们这些,对我没有什么好处。但是如果我兜售给他们这样一种思想,你和易卜生一样伟大——很快他们就没有能力辨别其中的差异了。"

"上帝,你能吗?"

"这只是一个例子,爱克。"

"但这将很棒！"

"是的，这将很棒。然后，他们到底去看什么都不重要了。然后，什么事情都不重要了——作者不重要，观众也不重要。"

"埃斯沃斯，那是怎么回事？"

"瞧，爱克，剧院里不能同时既有你的位置，又有易卜生的。你确实知道这个，对吗？"

"在某个意义上来讲——是的。"

"噢，你想让我给你找个位置，是吗？"

"所有这些没用的讨论以前都涉及过，更好，"古斯·韦伯说，"而且更短。我相信功能经济。"

"在哪儿涉及过，古斯？"洛伊丝·库克问道。

"《一无是处的人最重要》，妹妹。"

"古斯很粗鲁，但是很有深度。"爱克说，"我喜欢他。"

"去地狱吧。"古斯说。

洛伊丝·库克的男管家进了房间。他是一个威严的、上了年纪的男人，穿着正式的晚装，报告了彼得·吉丁的到来。

"彼得？"洛伊丝·库克高兴地叫道，"噢，真的，让他进来，快让他进来！"

吉丁进来了，看见这群人的时候，他站住了，很吃惊。

"噢……大家好。"他忧郁地说，"我不知道你有客人，洛伊丝。"

"不是客人。进来，彼得，坐下，喝杯酒，你认识每一个人。"

"你好，埃斯沃斯。"吉丁说，他的眼睛看着托黑寻求支持。

托黑挥挥手，站起来，又坐回了扶手椅里，优雅地跷着二郎腿。房间里的每个人都不由自主地调整了一下自己，突然收敛了一点：坐直了，并拢了一下膝盖，扯了扯放松的嘴，只有古斯·韦伯还像之前那样伸展着。

吉丁看上去冷峻、清秀。由于刚从寒冷的街上走来，他给不通风的屋子带来了一股清新，但是他很苍白，行动又慢又累。

"如果我打扰了你们，很抱歉，洛伊丝。"他说，"没有什么事情可做，感到很孤独，想来拜访一下。"他含糊地将"孤独"一词一带而过，同时伴着一丝歉意的微笑，"实在厌倦奈尔·杜蒙特那伙人了。想找更令人振奋的同伴——一种精神食粮，是吧？"

"我是一个天才，"爱克说，"我为百老汇创作过剧本。我和易卜生差不多，埃斯沃斯也这么说。"

"爱克刚刚给我们读了他的新作，"托黑说，"一部旷世佳作。"

"你会爱上它的，彼得。"兰斯洛特·克鲁格说，"真的很了不起。"

"是部杰作。"朱尔斯·佛格勒说，"我希望你会为此而感到自豪，彼得。它取决于进入剧场的观众会带着什么去。如果你是一个想象力平凡、没有趣味的人，那它不适合你的口味。但如果你是一个胸怀宽广、笑声四溢、实实在在的人，如果你还保有童年那种追求纯真情感的能力——你将会发现那是一次不可磨灭的经历。"

"只有变成小孩子，你才会进入天堂的王国。"埃斯沃斯·托黑说。

"谢谢你，埃斯沃斯。"朱尔斯·佛格勒说，"这将是我评论的要点。"

吉丁看着爱克和其他人，眼里满是热切。他们似乎很遥远、很纯净，他们全都知识渊博，远胜于他，但他们的脸上是温暖的微笑，和蔼可亲的鼓励从里向外洋溢着。

吉丁品味着他们的伟大，那就是他来这里寻找的大家共同的精神食粮。在他们中间，他感到自己正在升华。在吉丁身上，他们看到了自己的伟大。房间里形成了一个圈，一个封闭的圈。每一个人都意识到了它，除了彼得·吉丁。

埃斯沃斯·托黑站出来支持现代建筑事业。

在过去的十年中，大多数新住宅都是忠实的历史复制品，与此同时，亨利·卡麦隆的原则在商业结构领域独占鳌头：工厂、办公楼、摩天大楼。那是一种苍白的、被扭曲的胜利，一种不情愿的折中：省略了廊柱和山墙，几段墙裸露着，像是为自己的这副尊容致歉——偶尔有点优秀——以经过简单化处理的希腊涡旋边收尾。许多建筑仿照卡麦隆的样式，但没有几幢了解他的初衷。他的设计唯一吸引主人之处在于其经济适用，他在这一点上成了赢家。

在欧洲的一些国家，其中以德国最为著名，一个新的建筑流派已经兴起了很长时间：它有四面墙、上方的平顶和几扇门窗。这被称为新建筑。从建筑规则中挣脱出的、卡麦隆为之奋斗的自由，对有创造性的建筑师委以伟大的新责任的自由，变得不再需要任何努力，甚至不需要掌握历史风格的努力。它变成了一套僵化的新规则——有意识地不胜任，有系统地创造贫穷，以极度夸耀的形式坦白平庸。

"建筑物创造了自己的美丽，它的装饰要遵守它自己的主题和结构规则。"卡麦隆曾经说过。"建筑物不需要美丽、装饰、主题。"新建筑师们说。这样说是安全的。卡麦隆和其他几个人用自己的生命开拓了这条路。其他一些人，包括很多曾一直安全地复制帕特农神庙的人，发现了其中的危险，并找到了一条安全道路：循着卡麦隆的路，在他的引导下去寻找新的帕特农神庙，用玻璃和混凝土构筑的板条箱形状的更简单的帕特农神庙。棕榈树倒下了，菌类从中汲取营养，改变它，掩藏它，将它拉进平庸的丛林。

丛林说话了。

在《微声》专栏里,以"我和潮流并进"为副标题,埃斯沃斯·托黑写道:

> 我们犹豫了很长时间,才去了解被称为现代建筑的这种势不可挡的现象。对任何一个身为公众口味导师的人来说,这样的谨慎是必不可少的。通常,与世隔绝、违反常规的示威运动会被误认为一场广泛的群众运动。人们应该小心,不要赋予它们本不应承受的重要性。但是现代建筑已经经受住了时间的考验,答复了公众的要求,我们很高兴地向它表示敬意。
>
> 向这次运动的先锋,诸如已故的亨利·卡麦隆提供识别标准是必要的。这场新的伟大运动的前兆,在他的某些工作里已露出端倪。但是像所有其他先锋一样,他仍然被过去遗留的偏见和他的中产阶级情感所束缚。他屈服于对美丽和装饰的过分迷信,因此,即使是他自己设计的装饰,和已定型的、属于传统形式的装饰相比,仍然总是略逊一筹。
>
> 这场广泛的集体运动的力量将现代建筑完整而又实事求是地诠释了一番。现在我们可以看到它——正在全世界蓬勃发展——不是作为个人幻想的混乱,而是作为一条富有凝聚性、组织性的纪律。这一纪律对艺术家提出了严格

的要求。在这些要求之中，有一条是要使他自己服从他行业的共同本质。

新建筑的规则已被广受欢迎的宏大创造过程系统地阐述了出来。它们与古典主义规则一样严格。它们要求不加装饰的质朴——就像是不受溺爱的普通人的正直，就像是在即将逝去的国际银行家时代，每幢建筑物必须有一个庸俗华丽的飞檐，那么现在，这个即将来临的时代规定，每幢建筑物都要有一个平顶。就像是人类的帝国主义阶段要求每座房子都有角窗——阳光普照众生的标志。

这种识别将会发现这种新建筑的形式体现了明显的社会意义。在老雇佣体系中，最有用的社会元素——工人——从未被允许意识到自己的重要性。他们实际的功能被隐藏、被掩饰。因此，一位大师让他的仆人们穿上了漂亮的金色穗带制服。这在这一时期的建筑中也有所反映：建筑的功能性元素——门、窗、楼梯——被藏在毫无意义的涡卷形装饰下。但是在现代建筑里，则将这些有用的元素——辛劳的象征 完全暴露在外面了。新的世界里，工人们将会奏响自己的号角吗？我们听到了。

作为美国现代建筑最好的例子，请将你的注意力转向巴塞特-布什公司即将竣工的工厂。它是一幢小型建筑物，但是它优雅的比例体现了所有新原则应有的严格质朴，是令人鼓舞的"伟大小人物"式的典型。它是由奥古斯都·韦伯，一位前途无量的年轻建筑师设计的。

几天之后，彼得·吉丁见到了托黑，不安地问道："我说，托黑，你真是那个意思吗？"

"什么？"

"关于现代建筑。"

"我当然是那个意思。你对我那篇小短文怎么看？"

"噢，我认为它很精彩，非常令人信服。但是我说，埃斯沃斯，为什么……为什么你选古斯·韦伯？毕竟，在过去几年中，我也建了几幢现代的玩意儿。帕姆斯大厦十分罕见，毛瑞大厦只有屋顶和窗子，希尔顿仓库是……"

"哦，彼得，别太自私了，我对你已经做得够不错了，不是吗？让我偶尔也吹捧一下其他人。"

在一次午宴上，彼得·吉丁必须就建筑说几句，他说："重温我的职业生涯，我得出了一个结论，我一直在遵循着真正的规则工作。这个规则就是，不断改变是生活中的必然。因为建筑物是生活必不可少的部分，这就要求建筑风格必须不断地改变。从我自己的角度来说，我从没产生过对任何建筑的偏见，而是始终让我的思维跟各个时代的声音同步。四处宣称所有结构必须现代化的狂热者们，与要求只使用历史风格的保守者们拥有一样狭窄的心胸。我不会向那些我用古典主义传统风格设计出的建筑表示歉意，它们是应它们时代的要求而诞生的；我也不会向我那些用现代风格设计的建筑致歉，它们代表了未来更好的世界。在我看来，谦卑地把这一原则变为现实是对建筑师的奖赏，也是建筑师的快乐。"

当彼得·吉丁被选中建造"石脊"的消息公之于众后，专业圈子里有可喜的宣传和许多羡慕的阿谀评论。他竭力从中重新捕捉旧时的快乐，但他失败了。虽然他仍能感到类似的快乐，但那快乐已褪色而单薄。

设计"石脊"的工作似乎是一个重得难以举起的重担。他不介意他是通过什么方式得到的它，它也逐渐变得苍白而没有分量了，他接受了它，并且几乎已经忘却。他只是不能面对"石脊"需求的大量房屋设计任务。他感觉很累。早晨醒来时他感觉累，并且发现自己一整天都在等着能够回去上床睡觉的时间。

他把"石脊"交给了奈尔·杜蒙特和巴内特。"放手干吧，"他疲倦地说，"做你们想做的。""什么风格，彼得？"杜蒙特问道。"噢，符合时代的——否则，人口少的家庭就不会去买。但是，略为削减一些——为了新闻评论。让它具有历史感和现代感。随便什么你想要的方式，我不在乎。"

杜蒙特和巴内特开始干了。吉丁在他们的草图上改了几处屋顶线，几扇窗户。初步的图纸被华纳德办公室认可了。吉丁不知道华纳德本人是否同意。他再也没有见过华纳德。

当盖伊·弗兰肯宣布退休的时候,多米尼克已经离开一个月了。吉丁告诉他他们离婚了,但没有作任何解释。弗兰肯平静地接受了这一消息。他说:"我预料到了,是好事,彼得。也许不是你的错,也不是她的错。"从此,他没有提起过这事。现在,他也没有解释他退休的原因,只是说:"很久以前,我就告诉过你快了。我累了,祝你好运,彼得。"

公司的重担落在了他一个人的肩上,事务所门上只有他一个人的名字，这样的情形让吉丁感到不舒服。他需要一个合作伙伴。他选择了奈尔·杜蒙特。奈尔优雅得体，声名卓著。他是另一个卢修斯·海耶。事务所变成了彼得·吉丁-康奈利·杜蒙特事务所。几个朋友举行了某种酩酊大醉式的庆祝，吉丁没有参加。他答应出席，但把这事给忘了，在冰天雪地的乡村单独过了个周末，直到庆祝会的第二天早上，独自沿着冰封的乡村公路走着时，他才想了起来。

"石脊"是弗兰肯-吉丁事务所签订的最后一份合同。

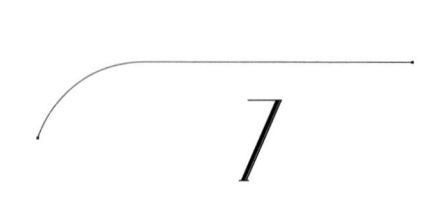

7

当多米尼克在纽约走下火车时，华纳德在那儿迎接她。待在里诺的几个星期里，她没有收到华纳德的信，也没有给他写信。她没有通知任何人她要回来。但是，他带着尘埃落定的表情平静地站在站台上，告诉她，他一直在和她的律师联系，跟踪着离婚程序的每一步，知道判决哪一天生效，知道她乘的火车班次和车厢号。

看见她时，他没有往前走。是她向他走了过去，因为她知道，在他们两人之间的距离很短时，他想看着她走。她没有笑，但是脸上带着不需过渡就可以变成微笑的可爱祥和。

"你好，盖尔。"

"你好，多米尼克。"

他不在身边的时候，她没有想过他，不太想，没有带着私人情感去想他那个活生生的人，但是现在，她有了一种亲密的认知，有一种和自己了解并需要的人团圆的感觉。

他说："给我你的行李单，过一会儿我让人去取。我的车在外面。"

她把行李单递给他,他随手塞进了口袋里。他们清楚,他们必须转过身去,走上通往出口的站台,但两人事前做好的决定在同一个瞬间改变了,因为他们没有转过身去,而是站在那里不动,彼此看着。

他最先努力地打破了这种尴尬,微微笑了。"如果我有权利这么说,我会说,如果知道你会这么动人的话,我将不去忍受等待的煎熬。但既然我没有这个权利,我不会那么说。"

她笑了。"好了,盖尔。我们表现得过于随意也是一种伪装。那会使事情的重要性增加而不是减少,不是吗?让我们畅所欲言吧。"

"我爱你。"他说,声音里毫无感情,好像是痛苦的声明,而不是说给她听的。

"我很高兴和你一起回去,盖尔。我不知道我会这么做,但是我很高兴。"

"以什么方式,多米尼克?"

"我不知道,以一种从你那里传染来的方式,我想。以一种尘埃落定的和平方式。"

然后,他们注意到他们正在拥挤的站台中间说这些,站台上的人群和行李架正在穿梭往来。

他们走到街上,上了他的车。她没问他们要去哪儿,她不介意，只是静静地坐在他的旁边。她感到自己被施了分身术，大部分被一种不可抗拒的希望涤荡着，而剩下的一小部分则对此感到好奇。她有一种让他带着走的愿望——未经评价的自信感，不是幸福的自信，仅仅是自信而已。过了一会儿，她注意到，她的手放在他的手里，她戴着手套的手指长度正好和他的手指相等，只有她赤裸的手腕贴着他的皮肤。她本来没有注意到他握着她的手，这看起来如此自然，也正是从看见他的那一刻起她就想要的。但是她不能让自己去要。

"我们去哪儿，盖尔？"她问。

"去拿许可证，然后去法官办公室，结婚。"

她慢慢坐直了身体，转身面对着他。她没有撤回她的手，但是她的手指变得拘谨而羞怯了，从他手里抽了回来。

"不。"她说。

她笑了，笑了很久，谨慎而优雅。他平静地看着她。

"我想要一个真正的婚礼，盖尔，想在城里最豪华的饭店举行婚礼。我想要书面邀请，宾客，大量的宾客，庆祝仪式，鲜花，霓虹灯和新闻摄像。我想让婚礼如公众所期望的那样，是盖尔·华纳德应有的那种。"

他没有生气，只是松开她的手，出了一会儿神，好像正在算一道数学题，不是特别难。然后他说："好吧，那得花一周时间安排。今晚我就可以让人弄完，但如果是正式的书面邀请，我们必须提前一个星期通知，否则就不正式了，而你想要的是一场正式的盖尔·华纳德婚礼。现在我得把你带到一家酒店，你可以在那儿住上一周。我本来没有计划这个，所以没有预订。你想住在哪儿？"

"你的顶楼公寓。"

"不行。"

"那么亚德兰德。"

他身体前倾，对司机说："亚德兰德，约翰。"

在酒店的大堂里，他对她说："一周后见。星期二，在诺伊斯·贝尔蒙特，下午四点。请柬要以你父亲的名义发出。告诉他我要和他联系。我来负责其他事宜。"

他鞠了一躬，态度没有改变，他的平静仍然拥有那种特质，那种特质来自两样事情：一个非常确信自己的控制力并让它显得随意的男人表现出来的成熟的控制，以及像孩子一样单纯地接受事情，好像它们不会有任何改变。

那一周，她没有见他，竟发现自己等得有些不耐烦了。

当她又看见他的时候，已经站在了他的旁边，在强力照明灯照耀下的诺伊斯·贝尔蒙特酒店的舞厅里，在六百人的寂静里，听着一位证婚人说有关结婚仪式的话语。

她希望的场面被布置得如此完美，以至于它变成了它自己的讽刺画，不是一场特定的上流社会婚礼，而是一种集体的奢侈、昂贵而又鄙俗的典范。他明白她的心意,一丝不苟地遵从了。他本身也没有拒绝这种张扬,没有粗鲁草率地对待这件事。华纳德,这个出版商,如果他希望把自己的婚礼推向公众,将会按照自己应有的身份以一种恰到好处的方式让它尽善尽美。但是,华纳德不希望公开结婚。

他让自己适合这个场景,仿佛他也是交易的一部分,遵从同样的风格。当他进来的时候,她看见他看向众多的宾客,仿佛没有意识到,如此之多的人更适合参加一部伟大歌剧的首演,或是一场皇家义卖,而不是他生命当中最庄严的时刻。他看上去很得体,高贵得无可匹敌。

然后她和他站到了一起,人群变得更加寂静了,着迷地看着他的背影。他们两人一起面对着证婚人。她穿着一条黑色长裙,佩着一束新鲜茉莉花,那是他的礼物,用一条黑带子系在手腕上。她的脸罩在黑蕾丝帽子下,正向证婚人仰着。证婚人慢条斯理地说着,他的话一字一句地悬浮在空中。

她瞥了一眼华纳德,他既没看她,也没看证婚人。接着她发现他是这间房子里唯一的人。他掌控着这个时刻,并且用这一切,用所有世俗的注视,做成属于他自己的寂静的高度。他不想要这宗教仪式,不想敬仰它,而对在他面前大声吟诵的那些冠冕堂皇的俗套话,更是没有一丝敬意——但是他让婚礼变成了纯粹的宗教行为。她想,如果她在这样的情景下和洛克结婚,洛克也会像这样站着。

随后,繁文缛节的招待让他逃离了这份尴尬。他和她一起为一排排媒体摄像头摆姿势,他优雅地满足了记者和那些好事者的要求。他和她一起站在迎宾队伍里,与流水线般的人握手,一直握了几个小时。他看上去没有被这里的一切所打动:灯光、堆积如山的复活节百合花,弦乐队的演奏、香槟酒、涌上来又坐回去的人流,那些怀着无聊和嫉妒的仇恨、对他危险的名声感到好奇的宾客。他看上去好像不知道他们把他的公开奉献当作他们的合法所得,不知道他们把自己的出席当作此种场合必不可少的神圣印记,不知道在这几百人中,他和他的新娘才是这场演出中唯一危险的人。

她一心一意地看着他,希望他对这一切都感到快乐,即便只有这一刻。她想,让他接受和参与,仅仅一次,让他以恰当的方式展示出《纽约旗帜报》的灵魂。她看不到任何接受这一切的痕迹。有时候她可以看到一丝痛苦的暗示,但即便是这痛苦也没有完全征服他。她想起了她认识的仅有的另一个人。他说过,痛苦只能沉到一个特定的点。

当最后的祝贺奉送完毕后,按这种场合的规则,他们可以自由离开了。但是他没有动身离开。她知道,他正等待她的决定。她离开他走进了人群,手里端着香槟酒,微笑着,躬身听着那些冒犯的胡言乱语。

她在人群中看见了她的父亲。他看上去很得意，又略带沉思，似乎有些迷惑不解。他平静地接受了她结婚的消息，说道："我希望你幸福，多米尼克，我非常希望你幸福。我希望他是那个对的人。"他的语气表明，他不敢确定。

她看见了人群中的埃斯沃斯·托黑。注意到她正在看他时，他迅速地转过了身。她想哈哈大笑，但是，埃斯沃斯放松警戒的事似乎不值得她现在笑。

爱尔瓦·斯卡瑞特向她挤了过来。他正努力寻找适当的语言，但是他的脸看上去受了伤害，满含愠怒。他快速地嘟哝着希望她幸福等等，但是，接下来他清楚地、带着明显的愤怒问道："这是为什么，多米尼克，为什么？"

她不敢相信爱尔瓦·斯卡瑞特会允许他自己这么粗鲁地提出这个问题。她冷冷地问道："你在说什么，爱尔瓦？"

"当然，否认。"

"什么否认？"

"你很清楚什么否认。现在我问你，替这座城市里的每一张报纸，每一张该死的报纸，包括一文不值的小报和所有的通讯社——除了《纽约旗帜报》的所有东西！除了华纳德报纸的所有东西！我要告诉人们什么？我要如何解释？那是你对以前的同行做的事情吗？"

"你最好再说一遍，爱尔瓦。"

"你的意思是,你不知道盖尔不允许我们这些家伙中的任何一个来这儿吗?你不知道我们明天将没有任何新闻报道,没有宣传,没有图片,什么都没有,只是在第十八页上有两行文字吗?"

"不,"她说,"我不知道。"

她突然转身离开,吓了他一跳。她把香槟酒杯递给了她看到的第一个陌生人——她误把他当作了侍者。她挤开人群走向华纳德。

"让我们走,盖尔。"

"好吧,亲爱的。"

她难以置信地站在他顶楼公寓的客厅中间,想到这个地方现在是她的家,她的家,看上去多么正确!

他看着她,没有和她说话或者碰她的欲望,只是观察着她,在这儿,在他的房子里,被带到这儿,被电梯高高地送到了这个城市的上空;好像这一刻的重大意义不能与人共享,甚至不能与她共享。

她缓缓地穿过房间,摘下帽子,倚靠着桌子。她搞不明白,为什么本来那种想保持沉默、想紧紧把握一切的愿望在他面前崩溃了,为什么只想单纯率直,那是她不能在其他任何人面前展示的。

"你终于做到了,盖尔,按照自己想要的方式结了婚。"

"是的，我也这么认为。"

"试图让你痛苦——这毫无用处。"

"事实上，是的。但我不太介意。"

"你不？"

"是的。如果那是你所希望的，它对我来说只不过是遵守诺言而已。"

"但是，你讨厌它，盖尔。"

"的确，那又怎样？只是最初一刻很困难——当你在车里谈起它的时候。后来，对我来说，它是一件乐事。"他平静地说着，和她的坦诚相得益彰。她知道，他会留给她来选择——他将遵守她的方式——他将保持沉默或者承认她希望被承认的一切。

"为什么？"

"你难道没有注意到你自己的错误吗——如果那是错误的话？如果你对我完全漠不关心，就不会想让我遭受痛苦的折磨。"

"不，那不是错误。"

"你是一个优秀的失败者，多米尼克。"

"我想这也是你传染给我的，盖尔。有些事情，我想谢谢你。"

"什么？"

"你禁止华纳德报纸登载我们的婚礼。"

他看着她，眼睛里瞬时有种特殊的警觉，然后他笑了。

"这不符合你的个性——为此感谢我。"

"这样做也不符合你的个性。"

"我必须这样做。但是我想你会生气的。"

"我应该生气，但是我没有。我不会生气的，谢谢你。"

"一个人会为了感激而感激吗？这有点解释不通，但这是我感受到的一切，多米尼克。"

她看着周围墙上柔和的灯光，那光线是这个房间的一部分，使得墙体除了材料和颜色之外又平添了一种特质。她想，这些墙之外还有其他的房间，她从没看见过却属于她的房间。她意识到——她希望它们是她的。

"盖尔，我还没有问你，现在我们要做什么？我们要走吗？我们要去度蜜月吗？真可笑，我对此还一无所知。我只想到了我们的婚礼，其他的一概没想。好像从那时起，一切就都静止了，你接管了后面的事宜。盖尔，这也不符合我的性格。"

"但是这次我不喜欢，消极被动不是好征兆，对你而言。"

"也许是——如果我喜欢的话。"

"也许。虽然它不会持续下去。不，我们哪里也不去，除非你希望去。"

"不。"

"那么我们就待在这儿，另一种制造例外的特别方式，对你我来说，这非常适合。对我们两个来说，离开始终是在逃避。这次，我们不逃避了。"

"好，盖尔。"

当他拥抱她、亲吻她的时候，她的胳膊弯曲着挤在她的身体和他的之间，她的手放在她的肩膀上——她感觉她的脸颊碰到了她手腕上已枯萎的茉莉花束。它仍然芳香四溢，仍然隐隐约约地暗示着春天的气息。

她走进他的卧室时，发现这不是无数杂志照片上刊登的那个地方。玻璃笼子已经不见了，取而代之的是一个坚固的拱形圆顶，没有一扇窗户。里面装了照明设施和空调，但是外面的光线和空气都进不来。

她躺在他的床上，把手掌按在两侧冰冷、光滑的床单上，不让她的胳膊移动，也不碰他。但是她严酷的冷漠没有让他无助地生气。他明白，他放声大笑。她听到他说——声音粗暴，没有思考和欢愉——"这样做是没有用的，多米尼克"。她知道，他们之间的这种障碍不会牢不可破，她没有力量坚守它。她感到身体里有了回应，饥渴的回应，接受的回应，快乐的回应。她想，这不是欲望的问题，不是性行为的问题，而只是男人是生命的力量，除此之外，女人不能对任何东西做出回应，这个男人有他的生命意志，有强劲的力量，这种行为仅仅是它最简单的声明，她回应的不是这种行为或这个男人，而是他身体里的那种力量。

"那么,"埃斯沃斯·托黑问道,"现在你明白了吧?"

他站在那里,随意地倚着斯卡瑞特的椅子背。斯卡瑞特坐在那里,盯着办公桌下边满满一篮子的邮件。

"几千封,"斯卡瑞特叹口气说道,"几千封,埃斯沃斯。你应该看看他们叫他什么。他为什么不让报纸刊载有关他婚礼的新闻?他羞愧什么?他有什么要躲躲藏藏的?他为什么不像其他体面正派的人一样在教堂结婚?他怎么会和一个离了婚的女人结婚?这就是他们这些人的问题。几千封信,他连看都不看一眼。盖尔·华纳德,他们口中的民意的地震仪。"

"对,"托黑说,"他就是那种人。"

"这儿有一个例子,"斯卡瑞特从桌上拿起一封信,大声读道,"'我是一个人格高尚的妇女,五个孩子的母亲。我确信,我不想用你的报纸培养我的孩子。十四年来,我们始终读你的报纸,但是现在,你自己表明,你不是那种正派体面的人,你视圣洁的婚姻制度为儿戏,和一个堕落的女人——另一个男人的妻子通奸,那个女人居然穿着黑裙子出席结婚仪式,而且认为理所应当,还感到很快乐。我不会再读你们的报纸了,因为你是一个不适合孩子的男人,我对你感到非常失望。此致,托马斯·培克夫人。'我把这封信读给他听,他只是哈哈大笑。"

"嗯。"托黑哼了一声。

"他脑袋里面进什么了?"

"什么也没进，爱尔瓦。是一些东西终于出来了。"

"顺便说一下，你知道吗？许多报纸还登了那座神庙里的多米尼克裸体雕像的老照片，然后和婚礼的新闻报道一起发表——以展现华纳德夫人对艺术的爱好，这伙流氓！报复盖尔令他们很高兴啊！他们要把这个给他吗？这帮卑鄙无耻的家伙！不知道是谁提醒他们那件事的。"

"我不知道。"

"啊，当然，这只不过是一桩鸡毛蒜皮的小事。几个星期之后，他们就会忘得一干二净，我认为这碍不着什么大事。"

"不，不是这个事件本身，不止这一事件。"

"啊？你预测到了什么？"

"是那些信预测的，爱尔瓦。不是上面提到的那些信，而是他不肯读信的事实。"

"哦，也不能太傻了。盖尔知道何时何地罢手，不要小题大做……"他瞥了一眼托黑，话头一转，"啊，是的，托黑，你是对的。我们该做什么？"

"不做什么，我的朋友，不做什么。在未来的很长一段时间内都不做什么。"

托黑坐在斯卡瑞特的桌子边上，用皮鞋尖挑着大篮子里的信封，并把它们翻上来，让它们发出沙沙的响声。他养成了随时进出斯卡瑞特办公室的习惯，并且以此为乐，斯卡瑞特逐渐依赖上了他。

"嘿，埃斯沃斯，"斯卡瑞特突然问道，"你对《纽约旗帜报》真的忠诚吗？"

"爱尔瓦，不要老是说行话，没有人那么乏味。"

"不，我是认真的……噢，你知道我指的是什么。"

"我对你的所指一无所知。谁会对他的面包和黄油不忠诚呢？"

"是的，它是那么……不管怎么说，你知道，埃斯沃斯，我很喜欢你，只是我不知道你什么时候说我的语言，什么时候说你自己的语言。"

"别把自己卷进错综复杂的心理分析，你会变得纷乱迷惘，你想什么呢？"

"你为什么还要为《新前沿》撰稿？"

"为钱。"

"啊，算了吧，那点小钱。"

"呃，那是一本有声望的杂志，我为什么不应该为它撰稿？你并没有买断我。"

"我是没有买断，我不介意你为谁撰稿或支持谁。但最近《新前沿》古怪得邪乎。"

"关于什么？"

"关于盖尔·华纳德。"

"噢，无聊，爱尔瓦！"

"不，先生，这不是无聊。只是你还没有注意到。我猜你读得不够仔细。但是我对那种事情有种直觉。我知道什么时候是那些聪明的年轻小流氓乱放炮，什么时候一家杂志是认真的。"

"你神经过敏了，爱尔瓦，你在夸大事实。《新前沿》是一本支持自由主义的杂志，他们总是爱拿盖尔·华纳德开刀。每个人都是如此。你知道，他在业内从来就不怎么受欢迎，但是从没有什么伤害过他，不是吗？"

"这次不同。它的背后有组织，有一种特殊目的，像许多小水珠在滴落，全都天真无邪，很快汇成一条涓涓细流，不强不弱，正好把他冲走，很快……这时，我就不喜欢它了。"

"你快得受迫害妄想症了，爱尔瓦。"

"我不喜欢那些。人们闲扯他的游艇、女人和几桩从没得到证实的市政选举丑闻都无所谓。"他匆忙接着说，"但我不喜欢那些当今人们喜闻乐见的新知识分子的用语：盖尔·华纳德，剥削者；盖尔·华纳德，资本主义的强盗；盖尔·华纳德，一个时代的痼疾。那全是胡说八道，埃斯沃斯，只是那种胡说八道里有炸药。"

"它只是用现代方式在说同样的事情，再没有什么别的了。而且，我对杂志的政策无法负责，因为我只是偶尔给他们写篇文章。"

"是的，但是……那不是我所听到的。"

"你听到了什么？"

"我听说你给那个该死的东西提供经济支持。"

"谁，我？用什么？"

"呃，确切地说，不是你本人。但我听说，是你找的那个叫罗尼的年轻人——那个酒鬼，让他给他们打了一针十万块的兴奋剂，大概就是《新前沿》在各个前沿开拓的时候。"

"噢，那只是想把罗尼从城里更昂贵的保龄球馆里拯救出来。他的日子越来越不好过了。我想给他更高的生活目标。反正他身边的那些尤物也会把那十万块大洋从他那儿套走的。"

"没错。但是你不能在礼物上拴根小线，挂张小纸条给他们编辑，传话说把盖尔搞臭，否则另当别论。"

"《新前沿》不是《纽约旗帜报》，爱尔瓦。它是有原则的杂志。人们不会拴线给他们的编辑，人们不会告诉他们'另当别论'。"

"在这个游戏中，埃斯沃斯，你在戏弄谁？"

"哦，是否应该让你的思绪安静一下？我要告诉你一些你从没听说过的事情，这些不应该被人知道——通过多个代理才完成的。你知道吗？我刚刚让米切尔·兰登收购了《纽约旗帜报》相当大的一部分股份。"

"不！"

"是的。"

"上帝，埃斯沃斯，太好了！米切尔·兰登？我们能利用这样一个水库……等一会儿，米切尔·兰登？"

"是的，米切尔·兰登怎么了？"

"他不是那个消化不了祖上基业的小男孩吗？"

"祖上给他留下了一大笔钱。"

"是的，但他是个怪人。他是一个瑜伽修行者，一个素食主义者，一个一位论派教徒，还是一个裸体主义者——现在，他要去莫斯科建造一座无产阶级的宫殿。"

"那又怎么样？"

"但是上帝！我们的股东里有一个赤色分子？"

"米切尔不是赤色分子。一个拥有两亿五千万美元的人怎么会是赤色分子呢？他只不过是一朵苍白的茶花，大部分是黄色的，但本质上是一个不错的家伙。"

"但是——是《纽约旗帜报》的股东！"

"爱尔瓦，你这个笨蛋！难道你不明白吗？我已经让他投了一笔钱给一家更好、更踏实、更保守的报纸。那会治疗他粉红色的思想，帮他树立正确的方向。而且，他能有什么害处呢？你亲爱的盖尔控制着他的报纸，不是吗？"

"盖尔知道这个吗？"

"不知道。过去五年中，亲爱的盖尔没有像之前那样警醒。

你最好不要告诉他。你知道盖尔要走哪条路,他需要一点儿压力。你需要钱。米切尔·兰登很好,他迟早会派上用场。"

"是这样的。"

"是的,你明白吗?我是有良心的。我帮助了一些像《新前沿》这样微不足道的自由主义杂志,我给诸如《纽约旗帜报》这样最重要的保守主义大本营弄到了不少钱。"

"是的,你这么做了。考虑到你自己有几分激进主义,你还真是高尚啊。"

"现在,你还打算说我不忠诚吗?"

"想必不会。想必你会和老《纽约旗帜报》站在一起。"

"我当然会。为什么不?我爱《纽约旗帜报》。我愿为它做任何事情。为什么不?我愿为《纽约旗帜报》献出我的生命。"

8

即便是走在寸草不生的孤岛上,一个人也可以和世界的其他部分保持联系;但是在他们的顶楼公寓里,拔掉了电话线,华纳德和多米尼克感觉不到他们下面还有五十七层楼和插在花岗岩上的钢架——对他们来说,似乎他们的家停泊在太空中,不是一座岛,而是一颗行星。城市变得很亲切,清晰可见,不可能与之建立任何可能的交流,有着像蓝天一样令人赞叹的景观,但是和他们的生活没有直接的关系。

结婚后的两个星期里,他们没离开过这套顶楼公寓。只要愿意,她随时可以按动电梯开关,打破这样的生活。她不想这么做。她没有反抗、质疑、提问的欲望。只有迷乱和平静。

当她想要交谈的时候,他会坐下来和她谈上几个小时。只要她提出来,他就愿意静静地坐下来,看着她,就像看着他艺术陈列室里的那些作品,用同样的距离,聚精会神地凝视。他回答她向他提出的任何问题。他从没问过任何问题,也从没说过他的感受。当她想自己独处的时候,他不会打扰她。一天晚上,她坐在房间里看书，看见他正站在外面黑暗的屋顶花园那冰封的矮墙旁。他没有回头看房子，只是站在从她窗子透出去的光束里。

两周后，他回去工作，回到了《纽约旗帜报》办公室，但依旧保持着与世隔绝——就像一个已被说出的主题，将会保留在他们未来所有的日子里。晚上他回家后，这座城市便不复存在。他哪儿也不想去，也不邀请任何客人。

他从没提起过，但是她知道，他不希望她走出这所房子，无论和他一起还是单独出去。这是一个他不想强制施行的无声的执念。当他回来的时候，他问："你出去了吗？"——而从来不问："你去哪儿了？"这不是嫉妒——"哪儿"都不重要。当她想买一双鞋的时候，他让三个商店送来所有鞋的存货供她选择——这阻止了她去商店。当她说想去看某一电影的时候，他让人在屋顶建了一间投影室。

在最初的几个月里，她一直听命于他。当她意识到她喜欢这种与世隔绝时，她便立刻破坏了它。她让他接受邀请，她也邀请客人到他们家里来。他不加抗议地遵从着。

但是他坚守着一堵她打不破的墙——他在他的妻子和他的报纸之间树起来的墙。她的名字从没在他们的报纸上出现过。他制止了恋愚盖尔·华纳德夫人进入公众生活的每一个企图——出任委员会领导，发起慈善行动，认可宗教活动。他毫不犹豫地拆开她的信件——如果那是令人讨厌的正式信笺——不答复就毁了它——并告诉她，他已经毁了它。她耸耸肩，什么也不说。

然而，他似乎不想和她共享他对他报纸的蔑视。他不让她讨论它们。她不知道他如何看待它们，或者他对它们的感觉。一次，当她就一篇盛气凌人的社论发表见解的时候，他冷冷地说："我还从没为《纽约旗帜报》道歉过，以后也永远不会。"

"但是这的确很糟糕，盖尔。"

"我想你嫁的就是《纽约旗帜报》的出版商。"

"我想你不喜欢这么想。"

"我喜欢什么不喜欢什么跟你没关系，别想让我改变《纽约旗帜报》或者拿它当祭品。我不会为地球上的任何人这么做。"

她放声大笑："我没问这个，盖尔。"

他没有对她回之以笑。

在旗帜大楼他的办公室里，他带着崭新的活力、兴高采烈的动力工作着，这使在他最野心勃勃时便已认识他的下属感到惊奇。必要的时候，他整夜留在办公室里，他已经很长时间没这么做了。他的方法和策略都没有丝毫改变。爱尔瓦·斯卡瑞特满意地看着他。"我们误解了他，埃斯沃斯，"斯卡瑞特对他持久的伙伴说，"还是同样的老盖尔，上帝保佑他，比以前更好了。""我亲爱的爱尔瓦，"托黑说，"什么都不会像你想象的那么简单——也不会那么快。""但是他很幸福。难道你没有看出他很幸福吗？""幸福也许是发生在他身上的最危险的事情。我就做一次慈善家，我这么说是为了他好。"

萨里·布伦特决定智取她的老板。萨里·布伦特是《纽约旗帜报》最自豪的财产之一，一个坚决果断的中年女人，打扮得像二十一世纪的模特，写作风格却像个女仆。在《纽约旗帜报》的读者中间，她有大量的追随者。她的受欢迎程度使她过于自信。

萨里·布伦特决定对盖尔·华纳德夫人做一篇新闻报道。这正是她要报道的新闻类型，但一直都被浪费了。她获准去了华纳德的顶楼公寓，用的正是华纳德优秀员工学过的策略：如何进入不许进入的地方。她用了惯常的戏剧性进入方式，穿了一件肩膀上饰有太阳花的黑裙子——她一直用这个装饰，以致变成了她个人的商标——她上气不接下气地对多米尼克说："华纳德夫人，我来这儿帮你欺瞒你的丈夫！"

然后，她为自己的顽皮眨了眨眼，解释说："我们亲爱的华纳德先生对你不公平，亲爱的，他出于我不能理解的某一原因，剥夺了你合法的声誉。但是我们要治治他，你和我。两个女人到了一起的时候，一个男人会做什么？他只是不知道你是一个多好的新闻题材。所以，给我你的故事，我要写它，它会非常好——以至于除了选择刊登，他别无办法。"

多米尼克独自一人在家，她用萨里·布伦特从没见过的方式微笑着，所以萨里通常遵奉的思维没有起到合适的作用。多米尼克告诉了萨里自己的故事。她给了萨里她梦寐以求的那种故事。

"是的，当然，我为他做早饭，"多米尼克说，"汉堡和鸡蛋是他最爱吃的，就是普通的汉堡和鸡蛋……噢，是的，布伦特小姐，我很幸福，早晨睁开眼的时候，我对自己说，这不是真的，世界上有无数魅力无穷的佳丽可让伟大的盖尔·华纳德选择，但是普普通通的我却变成了他的太太。你明白，多年来，我一直爱着他。他对我来说，是一个梦，一个美丽的、可望而不可即的梦。现在，美梦成真了……布伦特小姐，请把这个消息从我这儿带给美国妇女：耐心总是会得到回报，浪漫的爱情就在耐心的周围。我想这是一个美好的想法，也许会对其他女孩有益——就像它曾经帮助过我一样……是的，我全部的生活就是让盖尔幸福，分享他的快乐，分担他的忧愁，做一个好妻子和好母亲。"

爱尔瓦·斯卡瑞特读了这篇新闻报道，非常喜欢它，以至于失去了所有的谨慎。"赶快刊登，爱尔瓦，"萨里·布伦特催他，"让人赶快拿出校样，放到他的桌子上，他会同意的。不同意才怪呢。"那天晚上，萨里·布伦特被解雇了。她新酬很高的合同被付款解除了——还有三年多才到期——她被告知，不管为了什么目的，永远不要再跨进旗帜大楼。

斯卡瑞特惊慌地抗议说："盖尔，你不能解雇萨里！那是萨里啊!"

"在我的报纸,如果我不能解雇任何我想解雇的人,我就该关了它,炸掉这幢可恶的建筑。"华纳德平静地说。

"但是她的读者!我们将会失去她的读者!"

"什么读者,见鬼去吧!"

那天晚上,在餐桌旁,华纳德从他的口袋里掏出一张揉得皱皱巴巴的纸——那篇报道的校样——没说一句话,扔到了桌子对面的多米尼克脸上。它打到了她的脸颊,又掉到了地上。她拾起来,打开,看完上面的内容,哈哈大笑。

萨里·布伦特写了一篇有关盖尔·华纳德的爱情生活的文章。整篇文章采用了华丽的笔触、理智的方式、社会学研究的术语,提出了诸如廉价的低级杂志不会有销路的事实,被刊登在《新前沿》上。

华纳德给多米尼克买了一条按照他的特殊要求设计的项链。它是由钻石制成的,没有肉眼可见的其他装饰。钻石以不规则的方式宽距离排列着,像是随意撒落的,被一根显微镜下制作的很难被人注意到的铂金链子串在了一起。当他把这条项链戴在她脖子上的时候,它看上去就像随意下落的水滴。

她站在镜子前,让晨褛滑下双肩,雨滴便在她如雪的肌肤上熠熠闪光。她说:"关于布朗克斯的家庭主妇谋杀她丈夫年轻情妇的那则生活新闻，实在有些肮脏，盖尔。但是，我认为还有更肮脏的东西——喜欢阅读这种新闻报道的那些人的好奇心。当然，还有更肮脏的东西——怂恿那种好奇心的人。的确，正是那个家庭主妇——在她的照片里，她长着钢琴腿和松弛的颈部——使这项链变成可能。这是一条很美的项链，戴上它我会感到很自豪。"

他笑了，眼睛里瞬间的闪亮显示着一种奇异的勇气。

"那是看待它的一种方式，"他说，"还有一种方式。我喜欢这样想，我接受了人类灵魂的最坏的垃圾——那个家庭主妇的想法和喜欢了解她的那些人的想法——我用它制成了你颈上的这条项链。我喜欢想，我是一个有能力从事如此伟大的提炼的炼丹家。"

当他看着她时，她没有看到歉意、后悔和怨恨。那是奇怪的一瞥；以前她就注意到了；纯粹崇敬的一瞥。这使她意识到，崇拜到了一个阶段，就会使得崇拜者本人成为崇拜的目标。

第二天晚上，当他走进她的更衣室时，她正坐在镜子前。他弯下腰，嘴唇落在她的后颈上——然后他看到她镜子的一角贴着一张纸。那是一封解码电报的复印件，正是那封电报结束了她在《纽约旗帜报》的事业：解雇那个婊子。G.W.。

他挺了挺肩膀，以便能在她身后站直。他问："你是怎么弄到的？"

"埃斯沃斯·托黑给我的。我觉得这个东西非常值得保存。当然,当时我并不知道,有一天它会用得这么恰到好处。"

他严肃地低下头,承认自己是这封电报的作者,没有多说。

她料想第二天早晨这封电报就会不见,但是他根本没有碰它。她不会移开它。电报一直贴在她镜子的一角。每当他拥她入怀时,她总看到他的眼睛移到那张纸上。她无法判断他在想什么。

春天,一次出版人例会让他离开了纽约一周。这是他们第一次分开。多米尼克又让他大吃一惊:他回来的时候,多米尼克在机场迎接他。她愉快而温柔;举止之间有一种他从来不敢奢望、从来无法信任的承诺,他发现自己彻底信任她了。

走进他们顶楼公寓的客厅后,他半躺在了沙发上。她知道他想安静地躺在那儿,感受他重新获得的安全感。她看见他的眼睛睁着,看着她,毫无防备。她笔直地站着,准备就绪。她说:"你最好梳洗一下,盖尔。今晚我们要去剧院。"

他调整成坐姿。他笑了,前额露出道道如同倾斜山脊般的皱纹。她流露出一种冷淡的钦佩:除了这些皱纹,一切尽在掌握。他说:"好的。黑色领带还是白色的?"

"白色的。我有演出票,是《关你哪鼻子事》。很难弄到手。"

已经足够了;此刻他们之间的这场斗争,去做任何一部分都是滑稽可笑的。他笑着认输了,是坦白、无助而厌恶的笑。

"上帝,多米尼克,不要看这场演出!"

"为什么,盖尔,它是整个纽约最成功的演出。你自己的批评家,朱尔斯·佛格勒。"他不再笑。马上明白了。"他说这是我们这个时代的一部伟大戏剧。埃斯沃斯·托黑说它是未来新世界的清新声音。爱尔瓦·斯卡瑞特说它不是用墨水写的,而是用人类的乳汁。萨里·布伦特——在你解雇她之前——说它让她笑得把糖卡在了嗓子眼里。为什么?它是《纽约旗帜报》的孩子。我觉得你肯定会喜欢看的。"

"是的,当然。"他说。他站起来去梳洗。

《关你哪鼻子事》持续上演了数月。埃斯沃斯·托黑在他的专栏里充满遗憾地说,这部喜剧的名字不得不做些修改——"作为一种让步,对仍然控制着我们剧场那种中产阶级的腐朽虚伪的让步。那是对艺术家的自由最典型的、最令人痛苦的冒犯。现在,别再相信那些我们拥有自由社会的假话。从根本上说,这部精彩戏剧的名字来自群众的语言,是对俗语勇敢而简洁的修饰。"

华纳德和多米尼克坐在第四排,没有看对方,只是观看戏剧。舞台上上演的,只是些腐朽而粗鲁的东西,但是其中的暗流却使他们害怕。稚拙而愚蠢的台词制造出同样愚蠢的气氛,这气氛如疾病一般,早就感染了演员;这气氛在他们傻笑的表情、尖细的声音中，在他们一成不变的动作里。这种愚蠢的气氛用泄露的方式被表达出来，鲁莽地要求人们尽可能多地接受；这种气氛，不是无辜的傲慢，而是有意识的无耻，似乎作者知道自己作品的本质，于是夸耀他的力量，以使它在观众的心目中显得高尚，同时以此破坏观众追求高尚的能力。作品证明了赞助人的意见是正确的；它带来了笑声，它具有娱乐性；它是一个不道德的笑话，喜剧效果没有体现在舞台上，而是体现在观众中。它是一个基座，神像被从上面拉了下来，取而代之的不是佩剑的撒旦，而是一个适合被放在角落里的傻瓜，呷着一瓶可口可乐。

观众们很安静，困惑而谦虚。只要有一个人笑，其他人就会跟着笑，带着一种解脱，高兴地认识到他们都乐在其中。朱尔斯·佛格勒没有试图影响任何人；他已经让大家明白——提前就通过各种渠道——任何不能乐在其中的人，从根本上说，都谈不上是真正的人类。"寻求解释一点用处也没有，"他曾经说，"要么你已经好到能够喜欢上它，要么你就不够好。"

中场时，华纳德听见一个胖女人说："太精彩了，虽然不理解，但是我有这种感觉，它包含了一些非常重要的东西。"多米尼克问他："你想走了吗，盖尔？"他说："不，我们看完吧。"

回家的路上，他在车里非常安静。当他们回到自己家的客厅时，他站在那里，等待着，准备好倾听并且接受任何东西。有那么一会儿，她想放过他。她觉得空虚，觉得很累。她不想伤害他；她想寻求他的帮助。

然后，她又想到了她在剧院里想到的一切。她想，这部剧作是《纽约旗帜报》的创作，这就是《纽约旗帜报》强行灌注给生活的东西，它的胜利是《纽约旗帜报》培养、支持的结果。正是《纽约旗帜报》一手炮制了斯考德神庙的毁灭……《纽约旗帜报》（1930.11.2）——《微声》——埃斯沃斯·托黑撰写的《亵渎》，爱尔瓦·斯卡瑞特撰写的《童年的教堂》——"你快乐吗，超人先生？"这场毁灭还不久远——这不是两个相互衡量的实体，建筑和剧作之间的比较——它不是一件偶发事件，不是人的问题，不是爱克、佛格勒、托黑、她自己……以及洛克的问题。它是没有时限的一场竞争，它是两种抽象概念的斗争：创造建筑物的一方与使这部戏剧成为可能的一方——在这种简单的陈述中，她恍然大悟；这两种力量自从地球诞生就开始了斗争，每一种宗教都知道它们；上帝和魔鬼始终存在，只是人类对魔鬼的形象一直认识有误——他不是一个人，不是庞然大物；而是很多、很猥亵、很渺小的东西；为了给这部剧作腾出地方，《纽约旗帜报》毁掉了斯考德神庙，在它们之间，《纽约旗帜报》只能选择一个．没有折中，无处可逃，也无法中立；非此即彼，亘占如一；这场竞争有许多象征，却没有名字，没有声明……洛克，她听见自己在内心里尖声叫喊，洛克……洛克……洛克……

"多米尼克……你怎么了？"

她听到了华纳德的声音，是那么温柔、急切，流露出从未有过的焦急。听到他的声音，她仿佛看到了刚才自己脸上的表情，他在她脸上看到的表情。她笔直地站着，无比自信，内心十分平静。

"我在想你，盖尔。"她说。

他等待着。

"哦，盖尔？为最佳高度付出最大热情？"她笑了，把胳膊像话剧中那些演员那样懒散地晃了晃，"哎，盖尔，你有上面印着乔治·华盛顿的二分邮票吗？你多大了，盖尔，你一直这么努力地工作吗？你的生命已经过半，但是今天晚上你看到了回报。你的最高成就。当然，没有人能和他最大的热情相比。现在，如果你奋斗并付出极大的努力，有一天你就会上升到和那部戏剧一样的高度！"

他静静地站着，倾听着，接受着。

"我想你应该弄一份那部剧作的原稿，在你楼下艺术陈列室的中心给它一席之地。我认为你应该给你的游艇重新命名，叫它《关你哪鼻子事》。我认为你应该把我——"

"不要说了。"

"把我放到演员表里，让我每天晚上扮演玛丽这个角色，收养无家可归的麝鼠的那个玛丽……"

"多米尼克，别说了。"

"那你说，我想听你说。"

"我从不对任何人替自己辩护。"

"啊，那么就夸耀一下吧，反正效果一样。"

"如果你想听，我就告诉你。那部话剧让我感到恶心，而你是知道这一点的。它比《布朗克斯[1]的家庭主妇》更糟糕。"

"糟糕多了。"

"但是我可以想到更糟糕的事。写一部伟大的剧作，把它献给今晚的观众——让他们哈哈大笑——让自己成为我们今晚所见那些嬉笑的人的殉葬品。"

他看到她的情绪有了波动。他分辨不出那是惊奇还是愤怒。他不知道她对这些话听懂了多少。他继续说："它让我恶心。但是，《纽约旗帜报》的很多事情都让我恶心。今晚更糟，因为今晚它的表现超过了平时。这是一个特别的阴谋。但是只要这受蠢人欢迎，这就是《纽约旗帜报》的合理领域。《纽约旗帜报》是为了蠢人的利益而诞生的。你想让我承认其他的什么吗？"

"今晚你感觉到的一切。"

"有点儿地狱的感觉，因为你和我一起坐在那儿。那是你希望的一切，是吗？让我感到矛盾。你还是估计错了。看看舞台，我想，这就是人们的样子，就是他们精神的样子。但是我——我已经找到了你，我拥有你——这种矛盾的痛苦是值得的。今

---
1 指纽约市的一个行政区。——编者注

天我的确忍受了痛苦,像你希望的那样,但是那种痛苦只能沉到一个特定的点,然后……"

"住嘴!"她尖声叫道,"住嘴,混账!"

他们站了一会儿,都被惊呆了。他先动了,他知道她需要他的帮助。他抓住她的肩膀。她躲开了。她穿过房间,到了窗子旁。她站在那儿,俯视着这座城市——那些散布在她下面的黑暗和火光中的伟大建筑物。

过了一会儿,她说,声音里毫无感情:"对不起,盖尔。"

他没有回答。

"我没有权利跟你说这些事情。"她没有转身,胳膊抬着,放在了窗框上,"我们是平等的,盖尔。我受到了还击——如果那对你更好的话。我先崩溃了。"

"我不希望你受到还击。"他静静地说道,"多米尼克,那是什么?"

"没什么。"

"我让你想起什么了?不是我说的话,而是其他的一些东西。这些话对你来说意味着什么?"

"没什么。"

"痛苦只能沉到一个特定的点。是那句话,为什么?"她俯视着整座城市,能看到远处高德大厦的大致轮廓。"多米尼克,我知道你能承受什么。如果它能对你起这样的作用,那一定是十分可怕的事情，我必须知道，没有什么不可能。我能帮你对抗它，不管是什么。"她没有回答。"在剧院里，不只是那部愚蠢的戏剧，今晚你肯定还有其他的事情。我看见了你的脸色。刚才在这儿，又是同样的事情。它是什么？"

"盖尔，"她温柔地说，"你会原谅我吗？"

他停了一会儿，他没想到会听到这句话。

"我必须原谅你什么？"

"每一件事情，包括今晚。"

"那是你的特权。这是你跟我结婚的条件，为了让我为《纽约旗帜报》付出代价。"

"我不想让你为它付出代价。"

"你为什么不再想让我这样了？"

"没人可以为它付出代价。"

静默里，她听见他在她身后走来走去的脚步声。

"多米尼克，它是什么？"

"痛苦沉到一个特定的点？没有什么。只是你没有权利说这句话。这个权利的价格你付不起。但现在无关紧要了。如果你想说就说吧。我也没有权利说它。"

"这不是全部。"

"我认为我们有很多共同点，你和我。在某些地方，我们做出了同样的背叛。不，那个词不好……是的，我认为它是恰当的词语，它是唯一能够表达我要说的那种感情的词语。"

"多米尼克，你不会感觉到的。"他的声音听起来有些奇怪。

她转向了他。"为什么？"

"因为那是我今晚所感觉到的。背叛。"

"对谁？"

"我不知道。如果我信仰宗教，我会说'上帝'，但我不是教徒。"

"那就是我的意思，盖尔。"

"你为什么有那样的感觉？《纽约旗帜报》不是你的孩子。"

"同样的愧疚有不同的形式。"

然后他穿过长长的房间走向她,把她揽在怀里,说道:"你不知道你用的那些词的含义。我们有很多相同之处,但不是那个。我宁愿你继续唾弃我,而不是试图承受我的过错。"

她举起一只手,放在他的脸颊上,指尖触着他的太阳穴。

他问:"你愿意告诉我吗——现在——它是什么?"

"什么都不是。我承担的比我能承受的更多。你累了,盖尔。你为什么不上楼?让我一个人在这儿待一会儿。我想看看这座城市,然后我会上去和你在一起,我会好的。"

9

多米尼克站在游艇的栏杆旁，平底拖鞋下是暖暖的甲板，阳光照在她赤裸的腿上，微风吹拂着她薄薄的白色长裙。她看着前面甲板椅子里四肢舒展的华纳德。

她想到上船后她又注意到的他的变化。夏日航行的几个月里，她一直在观察他。一次她看见他从甲板通往船舱的梯子上跑下来，这个场景留在了她的脑海里；看见他的手抓着栏杆，故意冒着栏杆突然断裂的危险去获得一个新的推动力。他不再是公众帝国里那个腐败的出版商，而是这艘游艇上的贵族。她想，他看起来就像人们年轻时的憧憬中的贵族的样子：才华横溢、意气风发而无所愧疚。

她看着躺在甲板椅子里的他，心想，放松只对那些缺少放松机会的人才有吸引力，甚至疲倦都必须刻意而为。她琢磨着他；盖尔·华纳德，因为他卓越的能力而著名，但这不仅仅是创造了一系列报纸的雄心勃勃的冒险家的力量。在这里，她看到了他内在的本质——这像答案一样在太阳底下延伸出来的东西，是更伟大的，是首要的因素，是出于普遍动力的一种能力。

"盖尔。"她不知不觉地突然说道。

他睁开眼睛看着她。

"真希望我带着录音机，"他懒懒地说，"听到你的声音你会吃惊的。在这儿可是浪费了。我想在卧室里重放。"

"如果你希望的话，我会在那儿重复给你听。"

"谢谢你，亲爱的。我保证不会过度夸张或妄自推测：你不爱我，你从没爱过任何人。"

"你为什么这么想？"

"如果你爱一个人，就不会举行马戏团表演般的婚礼了，也不会有剧院里那个糟糕透顶的晚上。你会让他痛不欲生。"

"你是怎么知道的，盖尔？"

"在我们相遇之后，你为什么一直注视着我？因为我不是你听说过的盖尔·华纳德。你看，我爱你。爱都是制造例外。如果你爱，你将希望自己被损坏、被凌驾、被命令、被支配，在你与他人的关系里，这是不可能的，难以想象的。那将是你想给予你所爱的人的一件礼物，一个伟大的例外。但那对你来说不容易。"

"如果那是真的，那么你……"

"那么，我会变得温柔和谦卑——让你感到非常惊奇——因为我是现存的最坏的无赖。"

"我不相信，盖尔。"

"是吗？我不再是倒数第二个人了吗？"

"不再是了。"

"啊，亲爱的，事实上，我是。"

"你为什么要这么想？"

"我不想这么想，但是我喜欢诚实，那一直是我唯一的私人奢侈品。不要改变你对我的看法。就像我们相遇之前那样看我。"

"盖尔，那不是你想要的。"

"我想要什么都不重要。我不想要任何东西——除了拥有你，而没有你的任何回应。必须没有回应。如果你开始过于仔细地看我，你将会看到你根本不愿看到的东西。"

"什么东西？"

"你是那么漂亮，多米尼克，一个这么内外一致的人，是上帝的一个迷人的意外。"

"在哪方面？"

"你知道你真正爱的是什么吗？正直。那些不可能的东西。纯洁的、始终如一的、理性的、忠实于自我的、风格一致的东西，像一件艺术品。那是它能被发现的唯一领域——艺术。但是你想在肉体中找到它。你爱它。好了，你看，我从没有过一点正直。"

"盖尔，你对那有多肯定？"

"你忘记《纽约旗帜报》了吗?"

"让《纽约旗帜报》见鬼去吧。"

"是的,让《纽约旗帜报》见鬼去吧,听你这么说很舒服,但《纽约旗帜报》不是主要症状。我从没实践过任何种类的正直——那不重要。重要的是,我从没感到过需要它。我讨厌这个概念,讨厌思想的无所顾忌。"

"德怀特·卡森……"她说。他听出了她声音里的厌恶。

他哈哈大笑。"是的,德怀特·卡森,我收买的那个人,个人主义者,变成了一个大众的鼓吹者,随便说一下,也变成了酒鬼。是我干的。比《纽约旗帜报》更坏,不是吗?你不喜欢想起那个吗?"

"不喜欢。"

"但是你一定听过许多关于它的叫嚣。我摧毁了所有这些精神巨人。我想,任何人都没有意识到我多么喜欢这样做。这是一种贪婪。我对埃斯沃斯·托黑或我的朋友爱尔瓦这种鼻涕虫一样的人完全无所谓,也非常愿意置之不理。但是只要让我看到一个站在较高层面上的人——我就得利用他塑造出一个托黑,我必须得做,那就像一种性冲动。"

"为什么?"

"我不知道。"

"顺便说一下,你误解了埃斯沃斯·托黑。"

"也许。你不希望我费点儿脑筋去揭开那蜗牛的壳吗？"

"还有，你自相矛盾。"

"在什么地方？"

"你为什么不毁掉我呢？"

"这又制造了例外，多米尼克。我爱你，我必须爱你。如果你是一个男人，你就只有求上帝帮助你的分了。"

"盖尔——为什么？"

"为什么我做了这一切？"

"是的。"

"权力，多米尼克。我曾经想要的唯一东西。知道只要是活着的人，我就可以迫使他去做任何事情。我选择的任何事情。我不能摧毁的人会毁掉我。但是几年过来，我发现自己非常安全。他们说我没有荣誉感，我失去了生命中的一些东西。噢，我没有失去很多，不是吗？那些我失去的东西——它根本不存在。"

他说话的语调很正常，但是他突然注意到，她正像听窃窃私语那样聚精会神地听着，生怕漏掉了一个音节。

"怎么了，多米尼克，你在想什么？"

"我在听你说呢，盖尔。"

她没有说她在听他的话，听这些话后面的理由。突然间她发现自己听得如此清晰，好像是每个句子都增加了一个解释性的从句，即使他不知道他正在坦白什么。

"对于不诚实的人来说,最糟糕的事情就是他想完美。"他说,"我认识一个女人,坚守一个信念不会超过三天,但是当我告诉她她并不诚实的时候,她表情冷峻地说道,她所说的诚实与我不同,似乎她所指的是从没有偷过钱。噢,无论如何,在我看来,她不是一个危险的人。我不讨厌她。我讨厌那些你疯狂热爱着的却又不可能实现的想法,多米尼克。"

"是吗?"

"为了证明它,我得到了很多乐趣。"

她走向他,在他椅子旁的甲板上坐下来,赤裸双腿下的厚木板既光滑又温暖。他搞不清楚她为什么那么温柔地看着他。他皱了一下眉。她知道,在她的眼神里留有印记——她已经明白这一切。她扭头不看他。

"盖尔,你为什么告诉我这些?你应该不想让我这么看你。"

"是的,我不想。为什么现在告诉你?想听真相吗?因为不得不这样做。因为我想对你诚实,只对你和我自己诚实。但是,我没有勇气在其他地方告诉你。不会在家,不会在岸上。只有在这儿。因为在这儿,它听起来虚无缥缈,对吗?"

"对。"

"我想,我希望在这儿你会接受它。当你用那种我想录下来的方式叫我的名字时,你还会像以前那样看我。"

她把头倚在他的椅子上,脸贴着他的双膝,一只手垂在闪闪发光的甲板上，手指半弯着。她不想表露今天她实际听到的他所说的有关他自己的一切。

深秋的一个晚上，他们一起站在屋顶花园的矮墙旁，俯视着这座城市。由亮着灯的窗口构成的长长光柱就像是刺破黑暗夜空的几条小溪，点点滴滴向下流淌，滋养着下面那片巨大的火海。

"它们在那儿，多米尼克，伟大的建筑物。摩天大楼。你记得吗？它们是我们两人之间最初的纽带。我们两个都爱它们，你和我。"

她想，她应该对他如此说话的权利表示恼怒，但是她没有感到恼怒。

"是的，盖尔，我爱它们。"

她看着高德大厦那些垂直的光线，把她的手指从矮墙上举起来，刚好触碰到远处天空中高德大厦看不见的轮廓。她觉得无可挑剔。

"我喜欢看站在摩天大楼脚下的人，"他说，"这让一个人跟蚂蚁差不多大。在这种场合里，这难道不是一种正确的陈腐观念吗？可恶的蠢人们！是人类制造了这一切——那多得难以置信的石头和钢铁。那不会使他变成侏儒，只会使他比这结构更伟大。它向世界展示了他的真实高度。我们喜爱这些建筑物的，多米尼克，是人类创造的能力，是人类的英雄本色。"

"你爱人类的英雄本色吗，盖尔？"

"我喜欢想它，但不相信它。"

她靠着矮墙，看着远远的下方由绿灯组成的一条长长的直线。她说："我希望我能理解你。"

"我认为我相当容易理解。我从没对你隐瞒过任何东西。"他看着黑暗河流里有规律地闪烁着的电子信号灯，然后指着南部较远的地方一盏模模糊糊泛着淡淡蓝色的灯。

"那是旗帜大楼，看，在那边——那蓝色的灯。我已经做了很多事情，但是还有一件没做，最重要的一件。在纽约还没有华纳德大楼。有一天，我会为《纽约旗帜报》建一个新家。那将是这座城市里最伟大的建筑，并将以我的名字命名。我是在悲惨的垃圾堆里起家的，报纸当时叫《新闻公报》。对于某个十分卑鄙的人来说，我仅仅是一个傀儡。但是后来我想到了华纳德大楼有一天会耸立起来。从那时起，多年来我一直这么想。"

"你为什么还没有建它？"

"我还没有做好准备。"

"为什么？"

"现在我还没有做好准备。我不知道为什么。我只知道它对我十分重要。它将是最后的象征，我会知道它到来的确切时间。"

他转身看向西方，对着一条散落着昏暗灯光的小路，伸手指着："那是我出生的地方，地狱厨房。"她专心地听着，他很少说他的出身。"当我像今晚一样站在一个屋顶，看着这座城市的时候，我十六岁，我决定了我将会成为什么。"

他的声音在这一时刻的下方画了一条线，它宣布：注意，这很重要。她没有看他，想到，这是他等待的一切，这应该可以给她答案，给她打开他的钥匙。几年以前，想到盖尔·华纳德，她想知道这样一个人是如何面对他的生活和工作的——她本以为会看到自吹自擂，隐藏的羞耻感，以及毫不掩饰的无礼。现在她看着他，他的头仰着，眼睛平视着他前面的天空。他流露出的不是以前她曾想过的任何一件事，而是一种很难跟他联系在一起的品质：勇敢。

她知道这是一把钥匙，但它使得这个谜更加难解。然而，她内心明白了一些东西，知道了这把钥匙的用处，并开口道：

"盖尔，解雇埃斯沃斯·托黑。"

他转向她，迷惑不解。

"为什么？"

"盖尔，听着，"她的声音里有一种在跟他说话时从未显露过的急迫，"我从没想过要让托黑停止工作，甚至还帮过他的忙。我认为，这个世界只配得上他这样的人。我从未试图从他或从任何人那里拯救什么。我从没想过我想拯救的会是《纽约旗帜报》，他最胜任的《纽约旗帜报》。"

"你到底在说些什么？"

"盖尔，跟你结婚的时候，我不知道我会对你有这种忠诚。这和我做过的每件事都自相矛盾，比我能告诉你的更矛盾。对我来说，这是一种彻底的失败，一个转折点。不要问我为什么。我得花上几年的时间才能明白。我只知道这是我欠你的。解雇埃斯沃斯·托黑，现在让他走还来得及。你已经摧毁了很多不那么邪恶、危险的人。解雇托黑，追击他，直到毁掉他的全部才能罢手。"

"为什么？你为什么现在想到了他？"

"因为我知道他在追求什么。"

"他在追求什么？"

"华纳德报业的控制权。"

他哈哈大笑，既非嘲讽也非愤怒，而是迎接一个愚蠢玩笑时的真正快乐。

"盖尔……"她无助地说。

"噢，看在上帝的分上，多米尼克！我还一向尊重你的判断力呢。"

"你从不了解托黑。"

"我不在乎。你能想象我去追击埃斯沃斯·托黑吗？用坦克消灭一只臭虫？我为什么应该解雇埃斯沃斯·托黑？他是那种能给我赚钱的人。人们爱读他的废话，我不会解雇那样的好傀儡。他对我来说就像一片捕蝇纸那样有价值。"

"这正是危险所在，危险的一部分。"

"他那批令人惊叹的追随者吗？在我的工资单上，有一大批更好的伤感姐妹。当她们中有些人不得不被踢出去的时候，那就是她们的结局。她们的受欢迎止于《纽约旗帜报》。但《纽约旗帜报》依然继续。"

"不是他受欢迎，而是它特殊的本质。你不能按照他的条款和他斗争。你只是一辆坦克——那是十分干净、纯洁的武器。诚实的武器先行出发到前线，粉碎一切或者进行每一次还击。但他是腐蚀性的气体，那种能腐蚀掉肺的气体。我认为，邪恶的核心的确有个秘密，他拥有它。我不知道那是什么。我知道他如何使用它，他在追求什么。"

"华纳德报业的控制权？"

"华纳德报业的控制权——作为达到目的的手段之一。"

"什么目的？"

"世界的控制权。"

他带着忍耐的厌恶说："那是什么，多米尼克？什么样的玩笑？为什么？"

"我是严肃的，盖尔，我是非常严肃的。"

"世界的控制权,亲爱的,属于像我这样的人。这个地球上的托黑们不知道如何去梦想它。"

"我将试着解释。会很困难。最难解释的事情是,所有人都已经决定不去看的显而易见的证据。但是如果你听……"

"我不会听的。你会原谅我。但是,把埃斯沃斯·托黑当作对我的一个威胁来讨论是荒谬的。严肃地讨论它实在令人不快。"

"盖尔,我……"

"不,亲爱的,我认为你对《纽约旗帜报》了解得并不多。而我不想让你了解。我不想让你参与《纽约旗帜报》。忘了它吧,把《纽约旗帜报》留给我。"

"这是一个要求吗?盖尔?"

"这是最后通牒。"

"好吧。"

"忘了它吧。对于像埃斯沃斯·托黑这么大的一个人,不必产生恐惧心理。这样不像你。"

"好吧,盖尔。让我们进去吧。你没有穿外套,在这儿太冷了。"

他柔声轻笑——这是她以前从没向他表示过的那种关心。他抓起她的手,吻着她的手心,把它紧紧地贴在了自己的脸上。

有很多个星期,当他们单独在一起的时候,他们很少说话,也不谈及彼此。但这不是一种愠怒的沉默，而是心有灵犀，是一种"此时无声胜有声"的默契。晚上，他们会一起在一个房间里，什么也不说，心满意足地感觉着彼此的存在。他们会突然地相互凝视——两个人都会笑起来，那笑就像是两手相牵。

接下来，一天晚上，她知道他有话要说。她坐在梳妆台前，他进来了，靠着她旁边的墙站着。他看着她的双手，看着她裸露的肩膀，但是她感觉他好像没看她。他正在看比她身体的美、比他对她的爱更重要的东西——他正在看着他自己——而这，她知道，是一个无与伦比的礼物。

"我为我自己的需要，为增加我身体的能量，为我的生存而呼吸……我已经给你的，不是我的牺牲或我的怜悯，而是我的自我和我赤裸裸的需要……"她听到了洛克的话，洛克代表盖尔·华纳德讲话的声音——是一个情人在说着另一个情人的话，她没有背叛洛克的感觉。

"盖尔，"她温柔地说道，"有一天，我必须请你原谅我嫁给了你。"

他慢慢地摇着头，笑了。她说："我希望你是我连接这个世界的链条，可你已经变成了我的防御，那使我的婚姻不诚实。"

"不，我跟你说过，我将会接受你选择的任何理由。"

"但是你已经为我改变了一切。或者是我改变了它们？我不知道。我们对彼此做着一些奇怪的事情。我给了你我想输掉的一切，我以为这桩婚姻会毁掉的我那种特殊的人生观，那种欣喜的人生观。而你做了我本来会做的一切，你知道我们有多相似吗？"

"从一开始我就知道。"

"但这本应是不可能的。盖尔，现在我想和你待在一起——为了另一个原因。去等待一个答案。我想，当我学会去了解你时，我就会了解我自己。有一个答案。有一个属于我们共有之物的名字。我不知道它是什么，只知道它很重要。"

"很可能。我认为我应该想去了解它，但我没有。现在我不能在乎任何事情，我甚至不能害怕。"

她抬头看着他，非常平静地说："我害怕，盖尔。"

"害怕什么，亲爱的？"

"我正在对你做的一切。"

"为什么？"

"我不爱你，盖尔。"

"我甚至都不能在乎这个。"

她垂下了头，他低头看着她的头发，那头发就像一个抛过光的浅色金属头盔。

"多米尼克。"

她温顺地朝他仰起了脸。

"我爱你，多米尼克。我是那么爱你——以至于什么对我来说都无关紧要——甚至是你。你能理解这个吗？只有我的爱——不是你的回应，甚至不是你的冷漠。对这个世界，我从未索取过太多，也没奢望过太多。我从未真正想要过任何东西；从未以整体的、不可分割的方式，没有带着'是'或'不是'这种最后通牒式的愿望，只有到死，人们才会接受'不是'。这就是你对我的意义。但是当一个人到达这个境界的时候，重要的便不再是目标，而是愿望。不是你，而是我。一种能够如此愿望的能力。再没有什么值得去感受或尊崇，以前我从没感受过这些。多米尼克，对任何事情，我从不知道如何去说'我的'，从未像提起你那样说过'我的'。你把它称作欣喜的人生观吗？被你说中了。你明白的。我不能害怕。我爱你，多米尼克——我爱你——现在你正让我这么说——我爱你。"

她伸出手，扯掉了她镜子上那封电报。她揉碎了它。她的手指在手掌上慢慢捻动。他站在那里，倾听着纸被捻揉的声音。她向前探身，手在废纸篓上张开，让纸落下。她的手停了会儿，手指摊开，略略向下倾斜着，就像它们张开时那样。

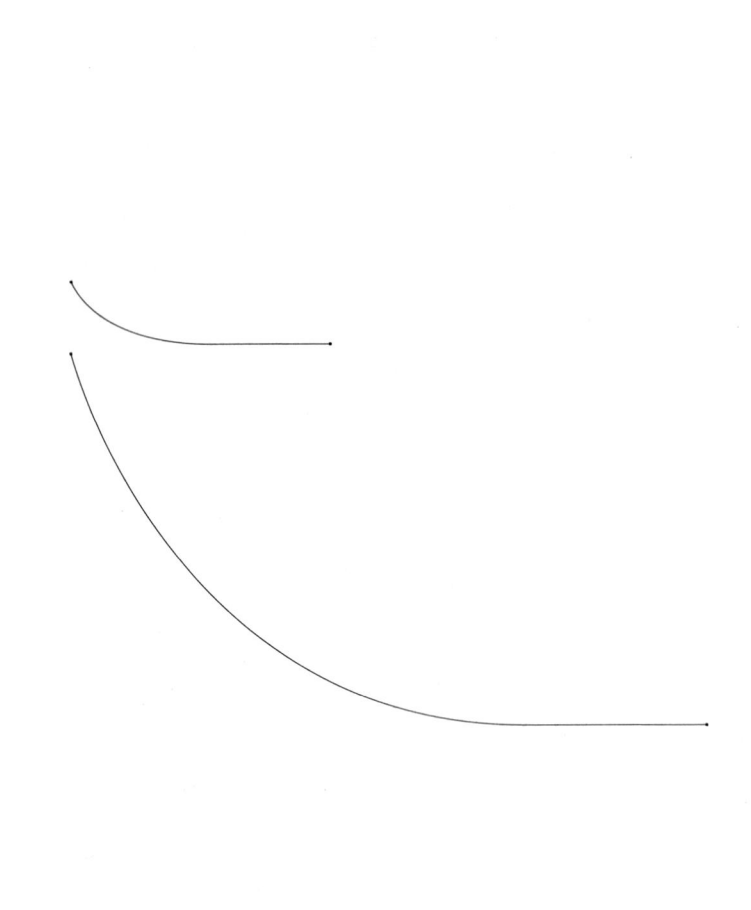

第四部
PART FOUR
霍华德·洛克
Howard Roark

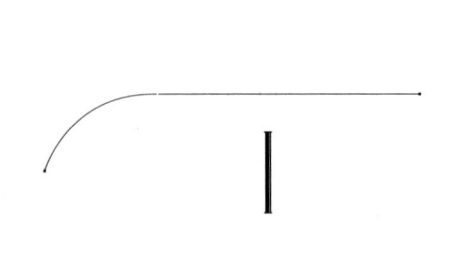

树叶成串儿地落下来，在阳光中颤抖着。它们不是绿色的。只有为数不多的叶子，分散在整个森林的海洋中，显出点点翠意，明亮而纯洁，刺痛人的眼睛。其余的树叶不是色彩，而是一片光亮，是燃烧在金属上的火，迸发出无边的火花。森林仿佛是一片光，懒洋洋地照射下来，便产生了这样的色彩。而绿色也冒着小小的气泡升腾着，浓缩成春天的精华。枝杈交错，弯向道路中间；地面上的斑驳光影随着迎风摆动的树枝在跳动，像是有意识地爱抚着地面。这个年轻人希望他不必去死。

他想，如果地球能呈现出这样的景象，他就不必去死。如果他能够听到的希望和谎言是一种有枝叶、树干和岩石，而非言语的声音，他就不必去死。可他知道，地球之所以呈现出这样的面貌，只是因为他一连好几个小时都没有看见人的迹象了。他独自一人骑着自行车，沿着一条被人遗忘的小径在宾夕法尼亚的群山间穿行，他以前从没来过这儿。在这里，他能够感受到对一个未经染指的世界的新鲜的好奇。

他还很年轻。他刚刚大学毕业——在一九三五年的春天——他想决定生命是否值得延续下去。他并不清楚这就是他心中的疑问。他并没有想到死。他只想在生命中发现乐趣、理由和意义——任何地方都没有人给过他。

他不喜欢大学里教给他的那些东西。在那里，他接受了大量关于社会责任感、关于服务和自我牺牲的人生等的观念。每个人都说那是美好而令人鼓舞的，只有他感觉不到这种鼓舞。他什么也没有感觉到。

他无法说出生活中他所向往的东西。在这儿，在这蛮荒之地，他感受到了他向往的东西。可是，他并没有怀着健康动物所拥有的快乐来面对大自然——将它作为得体的和最终的背景。他以一个健康人的快乐来面对它——把它作为一个挑战，作为工具、手段和材料。所以他感到愤怒——他竟然只有在这荒郊野地才能寻找到那份狂喜。等他回到人们中间、为人类工作时，那种强烈的希望感就得随之失去。他觉得这是不公正的。人类的作品应该属于一个更高的阶段，应该是人的天性的改良，而不是退化。他不想蔑视人类；他想去爱他们，想去敬仰他们，可是他害怕他路途中会碰到的第一座房子、弹子房和电影海报。

他一直想作曲，他无法用其他东西来定义他的追求。他告诉自己：如果你想知道那是什么，就听听柴可夫斯基第一协奏曲的最初几个乐章，或者拉赫马尼诺夫第二协奏曲的最后一个乐章。人类并没找到合适的语言或行为或思想来形容，可是他们找到了音乐。让我用地球上人们的一个举动来看它，让我看着它变为现实，让我看看对那个音乐的诺言的回应。不是奴仆，也不是那些役使奴仆的人；不是祭坛，也不是牺牲品；而是最终的、完善的，无邪的痛苦。不要帮助我或者伺候我，就让我看一次，因为我需要它。不要为了我的幸福而工作，我的兄弟们，让我看到你们的幸福，让我看到那是可能的，向我展示出你们的成就，而了解这些也将赋予我追求幸福和成就的勇气。

他看见前方有一个蓝色的洞，在那里，路在山顶到了尽头。那一片蓝色就像一湾清水在绿色的枝叶之间铺开。他想，如果我走到边沿，看见只有远处的蓝色，只有铺满天地间的天空，那会很可笑。他闭上眼睛，继续往前走，暂时推迟了那种可能性，给自己许下了一个梦。有几次，他相信自己走到了那个山脊，睁开眼睛，看到了山下天空的色彩。

他的脚触到了地面，终止了他的运动。他停下来，睁开眼睛。他站着没有动。

在宽阔的峡谷里，远远的下方，在清晨初升的阳光下，他看到了一个小镇。只是那不是一个小镇。城镇不是那样的。他只能把那种可能性再推迟一会儿，不去寻求任何问题或解答，只是看。

在他前方那座山的山梁上有一片小房子，一直延伸到谷底。

他知道这道山梁没有被人动过，没有任何人为的技巧更改过那逐级而下的天然的美。然而，某种力量已经知道如何在这山梁上以这种方式建造房屋，结果房子变得合情合理，人反而无法再去想象，如果没有那些房子，这些小山是否还有那么美——仿佛那些世纪和那些偶然在伟大力量的交锋中塑造出的山梁，一直等待着最后的形状，一直只通过一条途径，只为着一个目的——而这个目的便是这些房屋，它们由群山组成，被群山塑造并赋予形体，反过来又赋予群山以意义，从而来驾驭群山。

那些房屋是用朴素的粗石建造的——就像从绿色的山坡上伸出来的岩石一样——以及玻璃——使用了大量的玻璃，仿佛太阳也应邀来完成这一工程，阳光成了这些石造建筑的一部分。房屋很多，面积不大，彼此分隔，形态各异，绝无雷同。可它们就像某种单一主旋律的不同变化，就像凭借无穷无尽的想象力演奏出来的一部交响乐，人依然听得出那种力量在它们身上释放出的欢笑声。那种力量仿佛挣脱了某种束缚，淋漓尽致却从未耗尽。音乐，他想，他所乞求的音乐的诺言，它取得了真正的意义，就在那儿，就在他的眼前，他没有看见，却听见了它的和弦。他想，有一种思想、视觉和声音共有的语言——是数学吗？——理性的纪律——音乐便是数学——而建筑是石头里的音乐。他知道他晕了，因为脚下那个地方不可能是真实的。

他看见了树木，草坪，山坡上蜿蜒而上的小径，石头上凿出的石阶；他看到了喷泉和游泳池，还有网球场——可是没有丝毫生命的迹象——这个地方没有人住。

这并不令他震惊，就像眼前这幕景象没有令他震惊一样。在某种程度上，这似乎很正常，这并不是现实存在中的一部分。有那么一会儿，他并不想知道那是什么。

过了许久，他四下看去——随后发现这里并非他一人。几级石阶开外，一个男人正坐在一块大圆石上俯瞰山谷，似乎看得出神，没有听到他走近的脚步声。那个男人个子很高，身材瘦削，长着一头橘红色头发。

他径直朝那人走去。对方转头看着他，那双灰色的眼睛很平静。男孩突然之间明白——他们正感受着同样的东西，他可以和他说话，这跟他在其他任何地方都不和陌生人说话一样自然。

"那不是真的，对吗？"男孩指着山下问。

"为什么，是真的，它现在是真的了。"那男人回答。

"它不是电影布景或者别的什么特技吗？"

"不。那是一座度假村，刚刚竣工。再过几周就要开业了。"

"那是谁建造的？"

"是我。"

"你叫什么名字？"

"霍华德·洛克。"

"谢谢你。"男孩说。他知道，那坚定地看着自己的眼神，已经明白了这三个字所承载的意义。霍华德·洛克额首表示了解。

男孩推着自行车，沿着山坡上狭窄的小路，向着山谷和那些房屋走去。

洛克目送着他远去。他以前从未见过那个男孩，以后也不会再见到。他不知道自己已经给了一个人面对一生的勇气。

洛克从没弄明白，为什么选择他来设计摩纳多克峡谷度假村。

事情发生在一年半以前，一九三三年的秋天。他听说了这个项目，就去见克立布·布拉利先生，某家大型开发公司的头头。该公司买下了那座峡谷，并且正在大张旗鼓地搞宣传。他去见布拉利先生，权当是对自己应尽的一份义务，他根本不抱任何希望——只是在那一长串拒绝者的名单上多添一个名字罢了。自从在纽约承建了斯考德神庙以后，他就再未做过任何项目。

走进布拉利先生的办公室时，他知道他必须将摩纳多克峡谷的事忘掉，因为此人绝不会把这个项目交给他来做。克立布·布拉利先生个子不高，身材矮胖，两只肉乎乎的肩膀中间长着一张英俊的脸——那是一张看起来很聪明的娃娃脸，一副令人不快的长生不老相。说他五十岁或二十岁都没有人怀疑；他那双空洞的蓝眼睛透着狡猾和厌烦。

可是让洛克忘记摩纳多克峡谷太难了。所以他谈起了它，忘记了那些话在这里派不上用场。布拉利先生听着，显然很感兴趣，可是又显然没有听进去。洛克几乎觉得那间屋子里还有个第三者。布拉利先生除了答应考虑考虑再与他联系之外，几乎没有说话。可是接着，他说了一句奇怪的话。他采用了一种与所提的问题毫不相干的语气，既非赞赏，也非嘲笑地问道："洛克先生，你就是那个设计斯考德神庙的建筑师，对吧？"洛克说："是的。""真有趣，我怎么没想到是你呢？"布拉利先生说。洛克离开了，心想，如果布拉利先生想到了是他，那才有趣呢。

三天后，布拉利打电话叫洛克到他的办公室去。洛克去了，并见了另外四个人——摩纳多克峡谷开发公司的董事会成员。他们个个衣冠楚楚，他们的脸和布拉利先生一样不露声色。

"请把对我说过的话跟这几位先生重复一遍。"布拉利先生愉快地说。

洛克对他的计划进行了说明。如果像他们说的那样，是希望为那些中等收入的人建造一个避暑地的话，那么，他们就应该认识到，贫穷的最大痛苦就是缺乏隐私。只有那些城市里的大款和赤贫者才能享受他们的暑假。大款能享受是因为他们拥有自己的庄园；而赤贫者能享受则是因为他们并不介意公共海滩上和公共舞池内别人身体的气味；而那些高品位却收入不高的人，如果挤在人群里找不到舒适和快意的话，那他们就没有地方可去了。凭什么假定贫穷的人愿意过牛马般的生活？为什么不为这些人提供一个场所，一周或者一个月，花不多的钱就可以拥有他们需要的和想要的东西呢？他去过摩纳多克峡谷。这个设想行得通。不要碰那些山坡，也不要炸平它们。不是蚂蚁窝似的酒店，而是彼此隔开、自成系统的小房子。在那里，人们或聚或散，随心所欲；不是大鱼缸一样的游泳池，而是许许多多的私人游泳池——根据公司的财力尽可能地多修——他可以告诉他们如何用低廉的造价去做这个项目。不是爱表现的人用的那种大畜牧场的栅栏一样的网球场，而是许多个私人网球场。不是那种人们去结识所谓"优雅"的朋友或在两周后捞得一个丈夫的地方，而是一个专供这样一些人的避暑胜地：他们充分享受他们自己的生活，只想寻找一个可以不受干扰地享受生活的地方。

那几个人一言不发地听他讲着。他看见他们不时地交换一下眼神。他确信，那眼神是因为他们不能当面取笑他。不过也可能不是——因为两天以后，他便签署了承建摩纳多克峡谷度假村的项目合同。

他要求布拉利先生在出自他制图室的图纸上——写上他姓名的首字母。他想起了斯考德神庙。布拉利先生写首字母、签字、点头，凡事他都同意，一切他都赞成。他似乎很乐意让洛克由着自己率性而为。不过这种热切的殷勤却带着一种特别的潜在含义——仿佛布拉利先生是在纵容一个小孩子。

他对布拉利先生有了一些大致的了解。据说，在佛罗里达大繁荣时期，此人赚了大钱。他目前的公司似乎可以调用一笔数目巨大的资金，而且很多有钱的出资者都是持股人。洛克没有见过他们。而董事会的那四位绅士，除了到工地上进行过短暂的视察之外，便没有再露面，而且在工地上，他们也没有表现出多大的兴趣。一应事务皆由布拉利先生全权负责——然而，除了预算，他最喜欢的是让洛克来全权负责。

在接下来的十八个月里，洛克没有时间去琢磨布拉利先生了。洛克在完成他最伟大的任务。

在过去的一年里，洛克干脆在工地上吃住。他住在一座光秃秃的山坡上一间草草搭就的小棚屋里，那实际上只是一个木栅栏中间支张床，有一个火炉和一张大桌子。他以前的制图师们纷纷回来为他工作，有的甚至放弃了纽约条件更为优越的工作来与他一道挤窝棚、住帐篷，将裸木板搭建的临时工棚当成他们的事务所。他们要建造的房屋太多了，以至于没有一个人浪费精力去考虑自己的住处。直到很久以后，他们才意识到他们缺乏现代化生活所必备的舒适用品和设备。然后，他们不相信这是真的——在摩纳多克峡谷度过的这一年，在他们心里依然是最奇妙的时光——地球仿佛停止了运转，他们度过了整整十二个月的春天。他们没有去想冰雪和冻结的泥团，没有去想那木板屋的窄缝里呼啸而过的寒风，没有去想军用吊床上薄薄的毛毯，没有去想清晨要在火炉上面烤冻僵的手指，然后才能稳稳地握住铅笔。他们只记得一种感觉——这就是春天的含义。那是一个人对第一片草叶、枝上的第一朵花蕾、天空露出的第一抹蓝色所做出的回答,那是一个用歌唱来作的回答,回答的不是青草、树木和天空,而是开始的伟大意义、成功进展的伟大、任何东西都无法遏止的对成就的确定感。他们不是从草叶和花蕾上,而是从木头搭建的脚手架、从蒸汽铲车、从成方的石头和一片片的玻璃上,得到了一种年轻、活力、意志和圆满的感觉。

他们是一支军队,而工地就是他们的战壕。可是除了斯蒂文·马勒瑞之外,他们中谁也没有想到过这个字眼。斯蒂文·马勒瑞设计摩纳多克峡谷所有的喷泉和雕塑,可是他早在需要他开工以前就来到工地上住下了。斯蒂文·马勒瑞觉得,战斗是一个恶毒的概念。在战争中是没有光荣可言的,军人的征战也谈不上美。可这却是一场战斗,这是一支军队和一场战争,是每一个参与其中的人一生中的最高体验。为什么?区别的根源在哪里?而解释的法则又在哪里?

他没有把这个想法跟任何人讲。可是,当迈克带领他的建筑队到来时,他从迈克的脸上看到了同样的情感。迈克没有说什么,只是快活地以理解的表情朝马勒瑞眨了眨眼睛。有一次迈克开门见山地对他说:"我告诉过你别着急的嘛。这又是一场审判。他不会输掉的,有没有采石场都一样,审判不审判都一样。他们是打不垮他的,他们就是不能,整个该死的世界都不能。"

可他们实际上把全世界都忘记了，马勒瑞这样想。这是个新地球，是他们自己的。群山在他们周围升起，如同一面面保护墙，而他们还有另一把保护伞，就是那个走在他们中间的人，踏着山坡上的积雪或青草，踩着卵石和堆积着的木板，向制图台走去，向塔式起重机走去，向着不断升高的墙头走去。那个人是使这一切成为可能的人。那个人内心的思想——不是思想的内涵，也不是其结果，不是创造了摩纳多克峡谷的想象力，也不是将这种想象变成现实的坚强意志，而是他思想的方法，思想的原则。这与山外的方法和原则是不一样的，是这种安全屏障守卫着峡谷和峡谷里改革运动的参与者们。然后，他看到，布拉利先生来视察工地，温和地笑一笑，又走了。马勒瑞心中油然升起一种莫名的愤怒和恐惧。

一天晚上，他们一起坐在山坡上。在营地北面的一个干柴堆前，马勒瑞说："又是一个斯考德神庙。"

洛克说："是的，我想是这样。可我只是弄不明白，它是怎么成的斯考德神庙，或者他们想追求的是什么。"

他爬过去俯视着下面散落的玻璃窗格。它们从某个地方捕捉到光线，就像是一个个发着磷光、从地底卜升起的自然光源。他说：

"斯蒂文，没关系的，是吧？他们怎么处理它，或者谁到这儿来居住，都不重要。只有一点是重要的——它是我们建成的。

你会错过这个机会吗,不管他们以后要让我们付出多大的代价?"

"不会。"马勒瑞说。

洛克本来想为自己租一套房子,在此度过摩纳多克诞生以来的第一个夏天。可是就在度假村开业前,他收到从纽约发来的一封电报。

"我对你说过我会的,不是吗?我用了五年时间才摆脱我的朋友和兄弟们,但阿奎亚娜现在是我的了——也是你的了。快来完成它吧。肯特·兰森。"

因此他返回了纽约,看着人们把那未完成的交响乐残骸中的碎砖烂瓦清理干净,看着塔式起重机吊起的纵梁悬在中央公园上空,看着窗户的缺口被填满,看着那些宽敞的平台高居于城市里其他的屋顶之上。阿奎亚娜酒店竣工了,在中央公园的夜空中熠熠生辉。

在过去两年中,他一直很忙。摩纳多克峡谷工程并不是他所接到的仅有的一宗业务。电话从不同的国家、从本国某个意想不到的角落里打来:私宅、小型办公大楼、中等商场。是他建造了它们。在忙碌的旅途中,他抽空在由摩纳多克赶往遥远小镇的火车上小睡了几个小时。他接受每一份委托的经历都大同小异。"我过去一直待在纽约,我喜欢恩瑞特公寓。""我见过斯考德神庙。""我见过他们拆除的那座神庙的照片。"仿佛一股潜流流遍全国，突然之间以泉水的形式爆发出来，从意想不到的地方随意地喷出地面。它们是小宗的、成本不高的建筑工程——不过令他一直忙个不停。

那年夏天，摩纳多克峡谷工程竣工后，他便无暇为它未来的命运担忧了。可是斯蒂文·马勒瑞放心不下。"霍华德，他们为什么不对它进行广告宣传呢？为什么突然变得如此沉寂？你注意到了吗？过去人们对他们的宏伟项目谈论得很起劲，在报纸上发布了那么多的琐碎消息——那是在动工前。而在我们施工的过程中就变得越来越少。现在呢？布拉利先生和他的公司已经开始装聋作哑了。哎呀！你觉得他们何时才能办一场媒体代表宴会呢？为什么？"

"我不知道。我是个建筑师，不是租赁经纪人。你为什么要担心呢？我们完成了我们的工作。他们怎么做随他们好了。"洛克说。

"可他们做事就是有点可疑。你看见他们挤牙膏似的打出来的那点儿广告了吗？他们把你说的关于安心啦、平静啦、隐私啦什么的全登出来了，可他们是怎么说的呀！你知道广告到头来会产生什么样的效果吗？'到摩纳多克峡谷度假村来吧，无聊死吧！'听起来——实际上听起来好像他们正在努力把人赶跑呢。"

"我不看广告，斯蒂文。"

可是摩纳多克度假村开业不到一个月,房子便都租赁一空。来这儿避暑的人是一种奇怪的混合:有租得起更时髦的度假村的社交界的男男女女,有年轻的作家和不知名的画家,有工程师和新闻记者,还有工人。突然之间,人们不约而同地谈论起摩纳多克峡谷来。似乎一直存在着这样一种对度假的需求,一种从未有人试图去满足的需求。这个地方成了新闻,可它只是非公开的新闻。各大报纸还没有发现它,布拉利先生没有新闻发言人。布拉利先生和他的公司退出了公众的生活。有一家杂志未经请求便主动用三页的篇幅刊登了摩纳多克峡谷的照片,还专门派人去采访霍华德·洛克。到夏季结束的时候,度假村的所有房屋都提前一年被租赁一空。

十月份的一天清晨,洛克接待室的门猛地被人推开了,斯蒂文·马勒瑞冲了进来,径直朝洛克的办公室跑去。秘书试图阻拦他,洛克工作时是不能有人打扰的。可是马勒瑞把她推到一边,跑了进去,砰的一声把门关上了。她看到他手里拿着一份报纸。

洛克正埋头制图,抬头瞥了他一眼,丢下了铅笔。他知道马勒瑞朝埃斯沃斯·托黑射击的时候就是那个表情。

"哎,霍华德,你想知道你为什么能得到摩纳多克峡谷的项目吗?"他把那份报纸往制图台上一摔。洛克看到了第三版上一篇报道的标题:《克立布·布拉利被捕》。

"都在那上面呢,别读了。看了你会吐的。"马勒瑞说。

"好吧，马勒瑞，是怎么回事？"

"他们把它百分之二百地卖出去了。"

"谁卖了？把什么卖出去了？"

"布拉利和他那伙人把摩纳多克峡谷卖了。"马勒瑞带着一种强迫的、恶毒的和自我折磨的精确说，"他们原以为那块地方一文不值——从一开始。他们买那块地时，实际上没花什么钱。他们以为那根本不是什么建度假村的地方，远离公路，不通汽车，周围也没有电影院；他们认为时候还未到，以为公众是不会支持这样一个度假村的。他们大造声势，把股份卖给了好多有钱的傻瓜——那只是一个天大的骗局。他们把那个地方百分之二百给卖了。通过建这个度假村，他们捞了成本两倍的钱。他们确定那会是个失败的工程。他们本想让它成为失败的工程。他们压根就没打算让股东们分红。他们早就想好了度假村破产以后脱身的万全之策。他们除了看到它这样成功之外，做好了一切心理准备。然而他们的计划落空了，因为现在他们得将度假村每年赢利的两倍付给那些股东们。而它非常赢利。可他们本以为他们为失败做好了安排。霍华德，你难道还不明白吗？他们选你是因为你是他们所能找到的最差劲的建筑师！"

洛克猛地仰起头来，哈哈大笑。

"去你的，霍华德！这并不可笑。"

"斯蒂文，坐下。不要发抖，你看上去就像是看到了尸横遍野的战场。"

"我是看到了。我看到的比那还要糟糕。我还看到了尸横遍野的根源。我看到了战场上的这种局面是什么原因造成的。那些该死的傻瓜以为恐怖是什么？战争，谋杀，火灾，还是地震？那些算得了什么？这才是恐怖——报纸上的这个故事才是真正的恐怖。这才是人们应该惧怕，应该反抗，应该为之尖叫，应该在他们的记录里称之为奇耻大辱的事情！霍华德，我一直在思考关于邪恶的各种各样的解释，还有几个世纪以来人们所提出的拯救邪恶的办法。什么办法也不管用，没有一种办法能解释或治愈邪恶。但是邪恶的根源——流着口水的野兽——就在那儿，就在那篇报道里。在那儿，也在那些自以为是的杂种的灵魂里。他们读了这篇报道后会说：'噢，算啦。天才总是要一直奋斗的，那对他们有好处。找某个乡村白痴去帮他吧，去教他如何编篮子吧。'那就是行动着的流口水的野兽。霍华德，想想摩纳多克吧。闭上眼睛你就能看见它。然后再想想购买它的那个人吧，那个以为它是他们能建造出的最差劲的东西的人！霍华德，这个世界一定出了问题，很可怕的问题，如果有人让你建造这最伟大的建筑——却是作为一个肮脏的玩笑！"

"你什么时候才能不去想那个问题呢？关于这个世界和我？你什么时候能学会把它忘掉，多米尼克什么时候……"

他没有往下说。五年来，他们都没有当着对方的面提起过多米尼克的名字。他看着马勒瑞的眼睛，迫切而震惊。马勒瑞意识到他的话伤害了洛克，用这番坦白深深地伤害了他。可是洛克向他转过身来，从容地说：

"多米尼克过去也像你现在这样看问题。"

马勒瑞从未说起过他对洛克的过去所作的猜测。他们的沉默总是暗示着，马勒瑞明白，洛克也知道，而且不能提起。可是此刻，马勒瑞问道：

"你还在等着她回来吗？盖尔·华纳德夫人——她真该死！"

洛克轻声说："住嘴，斯蒂文。"

"对不起。"马勒瑞低声说。

洛克走到他的制图台前，语气恢复了正常："回家去吧，斯蒂文，忘了布拉利。他们现在会互相起诉，可是我们不会被扯进去，而且他们也不会毁掉摩纳多克度假村。忘了这件事吧，现在出去，我得工作。"

他用胳膊将那份报纸从制图台上扫了下去，俯身开始工作。

一则丑闻爆发出来，揭露了摩纳多克峡谷背后的融资方法。经过一次审判，几个绅士被判入狱，人们正在为股东们建议的新经营方法而进行磋商。洛克并没有被卷进这个丑闻中。他很忙，他忘了去读报纸上关于那次审判的详细报道。布拉利先生在向他的合伙人道歉时承认，要是他早料到按照一个疯狂的、无法社交的设计方案建造的度假村竟然会成功，他就活该受到惩罚。"我尽了力了——我选择了我能找到的最差劲的傻瓜。"

后来奥斯顿·海勒写了一篇关于洛克和摩纳多克峡谷的文章。他谈到了洛克设计的所有建筑，他还把洛克说过的有关建筑的话都写了出来。只不过用的不是奥斯顿·海勒惯常的那种平静语言，而是一种充满钦佩和愤怒的激烈的呐喊："如果伟大必须要通过骗局来实现，愿我们受到惩罚！"

这篇文章在艺术界引发了一场激烈的争论。

几个月后的一天，马勒瑞说："霍华德，你出名了。"

"是的，我想是这样的。"

"有四分之三的人不知道那篇文章讲的是什么，但是他们听到了其余四分之一的人为你的名字争论不休，所以现在他们觉得必须尊敬地说出这个名字。在为你而争论的那四分之一的人当中，又有十分之四的人是恨你的，十分之三的人觉得他们在任何辩论中都必须说点什么，十分之二的人则明哲保身，预言着任何'发现'，只有十分之一才是真正理解你的人。可是他们全都在突然之间，发现还存在霍华德·洛克这样一个人，而且他还是个建筑师。美国建筑师行会的简报上提到你的时候说你是一个伟大的，但是难以驾驭的天才——而未来博物馆已经把摩纳多克、恩瑞特公寓、高德大厦和阿奎亚娜的照片都挂起来了，上面还罩着漂亮的玻璃——就在陈列高登·L.普利斯科特作品的那间房子隔壁。还有——我很高兴。"

一天晚上,肯特·兰森说:"海勒干了一件了不起的事。霍华德,你还记得我跟你说过的椒盐脆饼心理吗?别小看那个中间人,他是个必要人物。总得有人告诉他们吧。需要有两个因素才能成就一番大事业:要有千里马,还要有发现和认可千里马的伯乐,而后者更为罕见。"

埃斯沃斯·托黑写道:"在这荒谬可笑的喧闹声中,有个悖论,就是这样一个事实——克立布·布拉利先生是一个牺牲品——尽管他缺乏正义感。首先,他的伦理观有待批判,可他的审美观却无可指责。在建筑的价值评估上,他的判断要比奥斯顿·海勒更为合理,后者不过是个过时的反动分子,现在却摇身一变,成了艺术评论家。克立布·布拉利先生是那些品位低俗的租户的牺牲品。本专栏认为他的艺术鉴赏力可以抵消对他的处罚。摩纳多克峡谷是一个骗局——但不仅仅是融资上的。"

对于洛克的出名反应最不强烈的是那些有钱的绅士,他们是建筑委托的最稳定来源。那些曾经说过"洛克?没听说过"的人现在说:"洛克吗?他过于轰动了。"

但是也有人对这样一个简单的事实有着深刻的印象——他建造了一个地方,而这个地方为不想赚钱的业务赚了钱。比起抽象的艺术讨论来,这一事实更具有说服力——而且还有那十分之一的理解者。在摩纳多克度假村竣工的第二年,洛克又完成了康涅狄格州的两所私人住宅、芝加哥的一座影剧院和费城的一座酒店。

一九三六年春天,西部一个城市完成了第二年的世贸会计划,那是一场名叫"世纪征程"的博览会。负责该项目的城市杰出代表委员会选出了全国最优秀的建筑师组成顾问团来设计这个博览会。城市的官员们希望表现出明显的进步。洛克是入选的八位建筑师之一。

收到邀请后,洛克来到委员们面前,解释说他很乐意设计这个博览会,但是要独自承担。

"你不是认真的吧,洛克先生?"委员会主席表态说,"毕竟,对于这样一个了不起的项目,我们要尽可能地做得尽善尽美。我是说,你也许还记得一句古训——三个臭皮匠,顶个诸葛亮。何况是八个……那么,你可以亲眼看一看——全美国最出色的天才,那些最响亮的名字——友好合作和共同努力——你知道是什么造就了伟大的奇迹。"

"我知道。"

"那么你认识到……"

"如果你需要我,你就让我全做,独自一人承担。我是不与顾问团合作的。"

"你希望拒绝这样一个机会,一个可以稳操胜算的历史性的赌注,一个扬名世界的机会,实际上是一个青史留名的机会……"

"我不与集体合作。我不询问他人，我不合作，我不与他人协作。"

建筑界对洛克的拒绝进行了愤怒的声讨。人们说："那个狂妄的杂种！"那种怒不可遏，已经超出了一般意义上的职业方面的闲谈。每个人都把这当成是对他们个人的侮辱，都觉得自己有资格来改变、建议，或者改善任何在世者的作品。

埃斯沃斯·托黑写道："这一事件反映了霍华德·洛克先生的自我主义，反映了他一贯表现出来的肆无忌惮的个人主义的傲慢自大。"

在被选出来设计"世纪征程"的八个人中，有彼得·吉丁、高登·L.普利斯科特和罗斯通·霍尔科姆。

"我不会与霍华德·洛克合作。"看见顾问团名单时，彼得·吉丁说，"你们必须做出选择，要么找他，要么找我。"他被告知洛克先生已经拒绝了。吉丁担当了顾问团的领导角色。新闻界有关博览会建筑工程进展情况的报道中提到了"彼得·吉丁和他的同仁们"。

吉丁在过去几年里养成了一种刻薄倔强的脾气。他吆喝着发号施令，一遇到点小困难便失去耐心。发脾气时，他冲着人拼命喊叫。他用词极其刻薄，极尽讽刺挖苦之能事，语气透出一种怨妇似的阴险和恶毒。他整天绷着个脸，愁眉不展。

一九三六年秋天，洛克将他的事务所搬到了高德大厦的顶层。设计那座大楼时他就想，有朝一日，那个地方会成为他事务所的地址。他看着新门上"霍华德·洛克，建筑师事务所"的名牌，站了一会儿，然后便走进了他的办公室。他的房间在套房的尽头，三面环着玻璃，高高地俯瞰着城市。他在屋子中间停住了。透过宽大的玻璃窗，他可以看见法果的百货商店、恩瑞特公寓和阿奎亚娜酒店。他走到朝南的窗前，在那里站了良久。隔着遥远的距离，在曼哈顿的一角，他看见了亨利·卡麦隆设计的戴娜大厦。

十一月的一个下午,从长岛的一个施工现场视察回来后,洛克走进接待室,抖着湿透的雨衣。他看得出秘书脸上那种竭力克制的激动,她一直在急切地等着他回来。她说:

"洛克先生,这很可能是一件大事,我擅自做主帮您安排了一个明天下午三点钟的约会。在他的办公室。"

"谁的办公室?"

"他半小时前打的电话。是盖尔·华纳德先生。"

9

楼门口的上方悬挂着一个标志,与这家报纸的报头一样:

纽约旗帜报

那标志不大,却是无须强调的声望和实力的宣言。它就像一个完美的笑话——嘲笑着这座大楼赤裸裸的丑陋。除了那个报头的暗示,这座大楼简直就是一座貌视一切装饰的工厂。

入口处的大堂看起来像一个锅炉的嘴,电梯吸进一连串人类燃料,然后再将他们吐出去。那些人并不匆忙,可是走路时还是有一种减缓的仓促,受着目的的驱使。没有人在门廊里闲逛。电梯的门像活塞一样咔嗒作响,声音中有着如同脉搏一样的悸动。点点红绿灯在墙板上闪着,指示着高悬在半空中的电梯厢的位置。

仿佛那座大楼里的一切都通过这个控制台控制在一个对每个动静都了如指掌的权威手里;似乎建筑里流淌着管道中的能

量，无声无息地、平顺地运行着，犹如一台无人能破坏的巨大机器。没有人注意这个在大堂里稍事停留的红发男子。

洛克抬头看了一眼镶着瓷砖的拱顶。他从未恨过任何人。这幢大楼的主人在这幢大楼的某个地方，那个人让他感觉到，此刻他离仇恨近在咫尺。

盖尔·华纳德匆匆看了一下办公桌上那只小钟。再过几分钟，他将约见一位建筑师。他想，这次会面不会很难。他一生中进行过很多次这样的会谈。他只是需要讲讲话，他知道他想说什么，而对那位建筑师并没有什么要求，只要他能发出几种象征理解的声响就行了。

他的视线从时钟上回到他面前的校样上。他读了一篇爱尔瓦·斯卡瑞特撰写的有关中央公园里公开喂松鼠的社论，还读了埃斯沃斯就市环境卫生部的工作人员搞的画展的价值所撰写的专栏文章。办公桌上的蜂鸣器响了，他听见他的秘书说："华纳德先生，是洛克先生。"

"好的。"华纳德说着，轻轻一弹，关掉了小灯。在他的手挪开的同时，他注意到办公桌边上那一长排按钮，小而明亮的突起，每种颜色代表着一根电线的终端，它连接着大楼的某个地方，每一根电线都控制着某一个人，而每一个人又对他下面的很多个人通过一根根电线发号施令，每一组员工都为印在报纸上的最终文字尽了自己的一份力量，这些文字将很快进入数以百万计的家庭、数以百万计的大脑。这些彩色的塑料按钮就在他的手指底下。可他没有时间让这念头引他发笑了。他办公室的门已经开了，他将手从按钮上拿走。

华纳德拿不准他是否错过了那一刻，拿不准那一刻他是不是没有按照礼仪的要求立刻站起身，而是仍然坐着，同时注视着那个人走进来；也许他还是立刻站起来了，只是对他来说，在那个动作之前，似乎过去了很长时间。洛克不能肯定，他在进来的瞬间是否停了一下，是否没有往前走，而是站在那里注视着桌子后面坐着的人；还是他的脚步并没有中断，只是对他来说，他似乎停了一下。可是有那么一会儿，两人都忘记了当前现实中的关系。华纳德忘了他让这个人到这儿来的目的，而洛克也忘了那人是多米尼克的丈夫。那一瞬间不存在门，不存在桌子，不存在铺开的地毯，对他们各自来说，只意识到了面前那个人的存在，只有两个人的思想在屋子的中央会合——"他就是盖尔·华纳德"——"他就是霍华德·洛克"。

接着华纳德站起身，伸手一指桌旁的椅子，做了个简单的邀请动作。洛克走到跟前坐下。两人都没有意识到他们没有互致问候。

华纳德微微一笑，说出了他从没打算要说的话。他非常坦率地说：

"我认为你是不想为我工作的。"

"我想为你工作。"洛克说,他来时本计划要拒绝的。

"你见过我建造的东西吗?"

"见过。"

华纳德微微一笑:"这个项目有所不同。不是为我的公众,而是为我个人而建的。"

"你以前从没为自己建过什么吗?"

"没有——如果不算我在一座楼顶上那牢笼似的东西和这儿的这座旧印刷厂的话。你能告诉我为什么我从未修建过自己的建筑吗?只要我愿意的话,我可以建起整座城市。我不知道。我觉得你会知道。"他忘记了他不许员工对他个人进行推测。

"因为你一直不快乐。"洛克说。

他说得很坦诚,并无傲慢之意。对他来说,仿佛在这儿只有完全坦诚的分儿。这不是面谈的开头,倒像是中间的一段,就像是在延续某种早就开始了的事情。华纳德说:"愿闻其详。"

"我想你明白。"

"我想听你解释个中缘由。"

"大多数人依照自己的生活修建房屋,把建筑当作某种日常行为和无意义的附带事件。可是有少数人懂得,建筑是一个伟大的象征。我们生活在自己的内心世界里,而存在便是把心里的生活变成具体现实的尝试,将它诉诸形式和姿态。对于一个懂得这个道理的人来说,他所拥有的房子便是他生活的写照。尽管他具有那种财力，但如果他不修建房子，便说明他的生活一直未能如他所愿。"

"你不觉得在所有人当中，对我说这些话是十分荒谬可笑的吗？"

"我不觉得。"

"我也不觉得。"洛克笑了。"不过你和我是仅有的两个会这么说的人。或者说出它的一部分：我并不曾拥有过我想要的东西，或者我可以算是一个被认为能理解任何伟大象征的人。你还是不想收回你说的话？"

"不想。"

"你多大了？"

"三十六岁。"

"我三十六岁时，拥有我现在拥有的大多数报纸。"他又说，"我说这个的意思不是人身攻击。我不知道我为什么要说这些。我只是碰巧想到这件事。"

"你希望我为你修建什么？"

"我家。"

华纳德感觉到，除了它们所传达的正常意义之外，那两个字应该对洛克还有某种冲击力。他毫无理由地感觉到了这一点。他想问"怎么了"，可是不能问，因为洛克实际上什么也没有表现出来。

"你判断得对。"华纳德说,"因为你知道,现在我真的想修建一座我自己的房子。现在我不再担心我的生活不落地了。如果你想让我说得直截了当些,就像你刚才那样,那么,现在我是快乐的。"

"什么样的房子?"

"在乡下。我已经买好了地。在康涅狄格州建造一座房子,占地五百英亩。哪一种房子?由你来决定好了。"

"是华纳德夫人选我来建造的吗?"

"不是。华纳德夫人根本不知道此事,是我想从城里搬出去,而且她同意了。我确实请她选择过建筑师。我妻子就是以前的多米尼克·弗兰肯。一个建筑方面的作家。可是她宁愿让我来选择。你想知道我为什么选择了你吗?我花了好长时间才决定。起初我非常迷茫,我以前从未听说过你。我根本不认识任何建筑师。我是说差不多是这样——我没有忘记我做房地产的那些年,我没有忘记我修建的那些东西和建造它们的那些低能儿。这可不是一个'石脊',这是……你刚才称它什么?生活的写照?后来我看到了摩纳多克,那是令我记住你名字的第一件东西。可是我对自己进行了长时间的考验。我走遍了全国,看着一座座房屋、饭店和各式各样的建筑。每当我看到一个我喜欢的建筑,询问是谁设计的,答案总是一样:霍华德·洛克。所以我就给你打了电话。"他又说,"要不要我来告诉你我对你的作品有多欣赏?"

"谢谢你。"洛克说。他将眼睛闭上了一会儿。

"你知道,我并不想认识你。"

"为什么?"

"你听说过我的艺术陈列室吗?"

"听说过。"

"我从来不与那些我所热爱的作品的创造者见面。那些作品对我来说具有太大的意义。我不想让那些人来破坏它们。他们往往会破坏的。你不是这样,我不介意跟你交谈。我对你说这些,仅仅是因为我想让你知道,在生活中,我几乎对所有东西都毫无敬意,可是我尊敬我艺术陈列室里的东西,还有你的建筑,以及能创造出那种作品的人的才能。或许那是我所信仰过的唯一宗教。"他暗示说,"我觉得我已经破坏、歪曲和腐蚀了几乎所存在的东西,可是我从没动过那个。你为什么那样看着我?"

"对不起,请告诉我你想要的房子的情况。"

"我想让它成为一座宫殿,只不过宫殿还不够舒适。宫殿太大了,又杂乱而公开。一个小房子才是真正的奢侈。只是供两个人使用的居所,只有我妻子和我两个人。它没有必要容纳一家人,我们并不打算要孩子。也不为来访者而建,我们并不打算招待客人。只要一间客房,以应我们的实际之需,但是顶多就是这些:起居室、餐厅、图书室、两间书房、一间卧室、仆人们住的地方、车库。那是个大概的想法,过后我会把细节提供给你。成本——随便你需要什么都行。外观嘛——"他笑了,耸耸肩,"我见过你设计的建筑。想告诉你一座房子应该是什么样子的人应该是能把它建得更出色的人,否则就该闭嘴。我只想说我的房子要具有洛克的品质。"

"那是什么样的品质呢?"

"我想你懂。"

"我想听你解释一下。"

"我觉得有些建筑只是可鄙的夸耀或卖弄——所有的正面;有些是懦夫,在用每一块砖头替它们自己道歉;有些则是永久的不适宜居住,工艺粗拙,随意补缀,心存不良,有意假造。最重要的是你的建筑有一种感觉——一种快乐的感觉。不是那种平静的快乐。而是一种难得的、挑剔的快乐,让人觉得体验到那种快乐是一种成就,让人看见它就会想:如果我能感受到那种快乐,我就是一个更完美的人了。"

洛克缓缓地说,语调并不是在回答:"我想这是不可避免的。"

"什么?"

"你会看出那些。"

"你为什么这么说,好像你……遗憾我能看出那些?"

"我不感到遗憾。"

"听我说,不要拿那些东西来反对我——那些我以前建造的东西。"

"我没有。"

"所有那些,'石脊'呀,诺伊斯·贝尔蒙特酒店,还有华纳德报业,是它们使你为我建造房子成为可能。这难道不是它们奢侈而有价值的成就吗?怎么建的又有什么关系呢?它只不过是手段,而你才是目的。"

"你不必在我面前替自己辩护。"

"我不是在辩护……是的,我想我刚才是在证明我自己有理。"

"你不必这么做。我刚才想的不是你所建造起来的东西。"

"那你在想什么?"

"我在想,如果一个人能在我的建筑作品中看到你所看到的东西,那我在他面前就是无助的。"

"你觉得你需要寻找帮助来与我抗衡吗?"

"不。只不过我并不会经常感到无助。"

"我也并不经常立即为自己辩护。那么都扯平了,不是吗?"

"是的。"

"我必须告诉你更多有关我想要的房子的情况。我设想一名建筑师就像一位告解神父,有关那些要住进他建造的房子里去的人的一切,他必须知道,因为他要给予他们比衣食这类东西更加个人化的东西。就请以这种精神来考虑吧。我从来没有去告解过。你知道,我之所以要建这座房子是因为我不可救药地爱着我的妻子……怎么了？你以为这是不相干的东西吗？"

"不，继续说。"

"我无法忍受我妻子和别的人在一起。那并不是妒忌，那要远远甚于妒忌，而且比妒忌更糟糕。我无法忍受看着她走在城市里的大街上。我不能与他人分享她，甚至不能与商店、剧院、出租车或者人行道分享她。我必须把她带走，我必须得把她放在别人够不着的地方。在那里，任何东西都碰不着她，任何意义上的接触都没有。这座房子必须是一个堡垒。我的建筑师将成为我的警卫。"

洛克坐在那里，两眼直视着他。他得把眼睛盯在华纳德身上才能听下去。华纳德感觉到了他眼神里的那种努力。他没有认识到那是一种努力，以为只不过是力量罢了。他感觉自己受到了那个眼神的支持，他发现要做到坦白并不是什么困难的事。

"这座房子将成为一座监狱。不，不完全是那样。是一座宝库——一座用来对无法示人的宝贵东西严加保护的保险库。可它一定还不只这些。它必须是一个独立的世界，美丽得让我们绝不会留恋我们离开的那个世界。一座只拥有自己完美力量的监狱，既没有城门与关卡，也没有栅栏与城墙——只有你的才干像墙一样立在我们和外面的世界之间。那就是我对你的要求。还有更多。你以前建造过庙宇吗？"

一时之间，洛克没有力气回答，可是他明白那个问题是真诚的。华纳德不知道。

"建过。"洛克说。

"那么以你想象庙宇的方式去设想这个项目吧。一座为多米尼克·华纳德建造的庙宇……我想让你在设计房子前见见她。"

"我几年前见过华纳德夫人。"

"是吗？那么你就明白了。"

"我确实明白。"

华纳德看见洛克的一只手放在桌子边上，修长的手指压在玻璃上，就挨着《纽约旗帜报》的那几份校样。那些校样随意地折着。他看到了里面一个版面上的标题——《微声》。他看着洛克的手。他想，让人按那只手做一只铜制的镇纸，放在他的办公桌上，那会多么漂亮啊！

"现在你知道我要的是什么了。去设计吧。马上开始。把你手头做着的任何事都停下来。我会支付你想要的一切。我要你赶在夏天之前修好它……噢，原谅我。因为与蹩脚的建筑师合作得太多了，我还没问你想不想建这座房子呢。"

洛克的手先动了一下。他把那只手从桌子上拿了下来。

"是的，我愿意做这个项目。"

华纳德看见了印在玻璃上的手指印，那么清晰，仿佛他的皮肤在玻璃表面刻上了沟槽，而且那沟槽还是湿的。

"要花多长时间？"

"你在七月份之前就可以搬进去了。"

"当然,你得去看一看房址。我要亲自带你去看。我明天早晨开车带你去好吗?"

"随你。"

"九点钟到这儿来。"

"好的。"

"你需要我起草一份合同吗?我不知道你更喜欢哪种工作方式。按照常规,在我与任何人就任何事务打交道之前,我必须了解从他出生或者更早开始的一切情况。我从未调查过你,我只是忘了,似乎没有这个必要。"

"我可以回答你想问的任何一个问题。"

华纳德微笑着摇了摇头。

"不,我没有问你事情的需要,除了造房子的事。"

"我从来不讲条件,只有一条:如果你接受房子的粗样,那么房子就会按照我设计的样子去建,不作任何类型的改动。"

"当然。这一点可以理解。我听说如果不那样你就不干。不过你介意我不为这座房子作任何宣传吗?我知道,从职业的角度考虑,宣传对你有好处,可是,我想让这座建筑避开新闻界。"

"我不介意。"

"你能答应我不把它的照片透露给媒体吗?"

"我答应。"

"谢谢你。我会做出补偿的。你可以把华纳德报业当成你个人的通讯社。如果你需要，我会为你做你其他任何作品的广告。"

"我不想做任何广告。"

华纳德放声大笑起来："在这个地方竟然说这样的话！我想你并不知道，换成你的其他同行，在这样的会谈中会怎样行事。我想你在任何时候都没有真正意识到你正在同盖尔·华纳德说话。"

"我意识到了。"洛克说。

"这就是我感谢你的方式。我并不总是喜欢做盖尔·华纳德。"

"这我知道。"

"我要改主意了，我要问你一个私人问题。你说过你愿意回答任何问题的。"

"我会回答的。"

"你总是喜欢做霍华德·洛克吗？"

洛克笑了。是一种觉得好笑、觉得吃惊的不自觉的轻蔑。

"你已经回答了。"华纳德说。

然后他站起身说："明天早晨九点钟。"说着伸出手来。

洛克走了以后，华纳德在桌子后面坐下来，脸上写满笑意。他伸手想去按一个塑料按钮——却停住了。他意识到他得换一种不同的态度，他一贯的那种态度。他现在不能像刚刚过去的半个小时那样说话的。然后他明白了这次会谈奇怪的地方：平生第一次，他跟一个人说话时没有感觉不情愿，没有压力感，没有与人说话时常常体会到的那种伪装；没有紧张感，也没有紧张的必要，仿佛他是在跟自己说话。

他按了一下按钮，对秘书说：

"叫资料室把关于霍华德·洛克的所有东西都给我送来。"

"你猜怎么了？"爱尔瓦·斯卡瑞特说，他的声音是在乞求对方来乞求他的消息。

埃斯沃斯·托黑不耐烦地挥挥手，做了个不客气的拒绝动作，坐在办公桌前连头都没有抬。"走开，爱尔瓦，我忙着呢。"

"不，这很有意思，埃斯沃斯。不骗你，真的很有趣。我知道你一定想知道。"

托黑抬头看着他，眼角微微透出的厌恶神色让斯卡瑞特明白，这片刻的注意是对他的莫大恩赐。他慢吞吞地说着，语气中有种刻意强调的忍耐："好吧。什么事？"

斯卡瑞特看不出有什么可以憎恨托黑态度的地方。托黑在过去的一年或更长的时间里就是这样对待他的。斯卡瑞特没有注意到其中的变化，要憎恨也为时已晚——他们两个都早已习惯了。

斯卡瑞特微笑着，那神气仿佛一个聪明的小学生，因为在教师的教科书里发现了一处错误，而期待着受到老师的表扬。

"埃斯沃斯，你的私人FBI在开小差呢。"

"你在说什么？"

"我敢断定你并不知道盖尔在搞什么——你还一直强调你消息灵通呢。"

"我不知道什么事情？"

"你猜今天谁去了他的办公室？"

"我亲爱的爱尔瓦，我可没有时间玩猜谜游戏。"

"你猜上一千年也猜不出来。"

"很好。既然摆脱你纠缠的唯一办法是当一个滑稽戏的配角，那我就来问这个配角该问的问题：今天谁去了盖尔的办公室？"

"霍华德·洛克。"

托黑将身子完全转过来，一时忘了控制他的注意力。他不敢相信地说："不会的！"

"是他！"斯卡瑞特说，得意于他的消息所带来的预期效果。

"唷！"托黑说罢哈哈大笑。

斯卡瑞特捉摸不透这一笑的原因，又急于和他一起大笑，脸上露出一种踌躇不决、似笑非笑的表情。

"是啊，真有趣。可……究竟是为什么？埃斯沃斯？"

"噢，爱尔瓦，这事说来话长。"

"我原本以为或许……"

"难道你对这么重要的事都没有感觉吗，爱尔瓦？你不是喜欢焰火吗？如果你想知道将会发生什么，就想一想同一宗教的不同教派之间的战争，或者同一种族的兄弟之间的争斗吧，那是最最残酷的战争。"

"我不大能跟上你的思路。"

"噢，老天，我的跟随者太多了。我随便梳一梳头发就能梳出一大堆。"

"好啦。很高兴你听到这个消息这么开心，可我原以为这是个坏消息。"

"当然是个坏消息。可对我们来说不是。"

"可是你瞧，你知道我们一直以来是多么冒险，尤其是你，关于洛克如何是纽约最差劲的建筑师的问题……可是如果我们自己的老板雇用了他——那不是让我们难堪吗？"

"噢，那个？噢，也许……"

"好吧。我很高兴你能那么想。"

"他去盖尔的办公室做什么？是为一宗委托来的吗？"

"这正是我不知道的。没法弄清楚。没有人知道。"

"最近你听说过华纳德先生在计划修建什么吗？"

"没有。你听说了吗？"

"没有。我想是我的FBI疏忽大意了。噢，算了，人只能尽力而为。"

"可是，埃斯沃斯，你知道的，我有一个想法。这个想法或许真的会对我们有所帮助。"

"什么想法？"

"埃斯沃斯，盖尔最近太不可思议了。"

斯卡瑞特一本正经地吐露出自己的心事，那神情就像是在发布一个重大的消息。托黑坐着，一副似笑非笑的神情。

"这个，当然了，都在你的预料之中。埃斯沃斯，你神机妙算。你总是对的。我要是能搞清楚这些问题，就是鬼上身了！他到底怎么了？是不是多米尼克或者别的生活上的变化，或者其他的什么，可是一定有什么事正在发生。他突然发起神经，开始读起该死的每一版报纸上的每一行来，而且还因为一些超级无聊的小事大发雷霆。他最近已经把我最棒的三篇社论都毙掉了，而他以前从没这么对过我。从来没有。你知道他对我说什么？他说：'爱尔瓦，母性是伟大的。不过，看在上帝的分上，不要急于写这样的无聊文章。就算理智上的堕落也是有限度的。'什么堕落？那是我写过的最最甜蜜的母亲节社论。坦白地说，连我自己都被感动了。他什么时候开始谈论起堕落来了？几天前，他当面把朱尔斯·佛格勒骂了个狗血淋头，说他脑子不够使，还把他写的一篇周日增刊的文章扔进了废纸篓，也是一篇相当漂亮的文章，是关于工人影剧院的。朱尔斯·佛格勒，我们最出色的作者！难怪盖尔在这个地方连一个朋友都没有。如果说他们过去恨透了他的话，你现在再听听他们怎么说！"

"我已经听见他们怎么说了。"

"埃斯沃斯，他越来越使人扫兴。如果不是因为你和你提拔的那些出类拔萃的精英们，我都不知道我该怎么办了。总之真正干活的是你的那些年轻人，而不是我们这些江郎才尽的老家伙。那些聪明的孩子们会把《纽约旗帜报》发扬光大的。可是盖尔……你听听，上周他把德怀特·卡森炒了鱿鱼。现在你知道，我觉得这一举动有着重大的意义。当然了，德怀特过去只不过是个累赘和该死的讨厌鬼，可他是最早受盖尔宠爱的，那孩子为了盖尔都出卖了自己的灵魂。所以，你知道，在某种程度上，我是喜欢留着德怀特的，那样没有什么不好，那样才正常，大有盖尔当年的风范。我过去常说那是盖尔的安全阀。所以当他突然之间将卡森辞退时——我不喜欢，埃斯沃斯，我一点儿也不喜欢。"

"爱尔瓦，这算什么？你是在对我讲述我所不知道的事情呢，还是趴在我肩膀上发牢骚呢——请恕我使用这样一个混合比喻。"

"我想是在发牢骚，我不喜欢找盖尔的茬儿，可是我都快气疯了，我忍了不是一天两天。不过我想问的是：这位霍华德·洛克，他让你有什么想法？"

"爱尔瓦，我可以写一篇专栏文章。还不到进行这项工作的时候。"

"是的，可我是说，我们所了解的有关他的那件事是什么呢？说他是个怪人，是个畸形，是个傻瓜，好吧，可是还有什么呢？你知道他软硬不吃——爱心打动不了他，金钱收买不了他，就是你拿一把十六英寸的枪指着他，也无法逼他就范。他比德怀特·卡森更糟糕，比盖尔宠爱的那帮人加在一起还要糟糕。好了，明白我的意思了吧？遇到这样一个人时，盖尔打算做什么？"

"几件可能做的事中的一件。"

"只会做一件事——如果我了解盖尔的话，我的确了解他。因此我才感到些许希望。这正是他长期以来所需要的东西——大口喝的老药——那个安全阀。他要打断那小子的脊梁骨——而这对盖尔有好处。这是再好不过的事了。让他恢复正常……这就是我的想法，埃斯沃斯。"他等着，可是从托黑的脸上看不出什么热情，便泄气地说，"好吧，我或许是错的……我不知道……或许这并不意味着任何事……只不过，我原本以为那是心理学……"

"就是那样的，爱尔瓦。"

"你认为情况会那样发展？"

"或许吧。也有可能比你想象的情况更糟。不过对于我们来说，那已经不再重要了。因为你知道的，爱尔瓦，考虑到《纽约旗帜报》，如果我们与老板之间不得不亮出底牌，我们就再也没必要害怕盖尔·华纳德先生了。"

资料室的小伙子拿着一个塞满剪报的档案袋进来时，华纳德从他的办公桌上抬起头说："那么多？我不知道他这么出名。"

"华纳德先生，这是斯考德审判。"

小伙子没有往下说。没有什么不对劲儿的地方——仅仅因为他看见了华纳德额头上那些皱纹，而他对华纳德的了解还没有深到明白那些皱纹的含义的程度。他纳闷到底是什么原因让他觉得他应该害怕。片刻之后，华纳德说："好，谢谢你。"

小伙子将档案袋放在办公桌的玻璃上，走了出去。

华纳德坐在那里，看着那个胀鼓鼓的黄纸袋。他看见它的影子反射在玻璃上，仿佛那个庞然大物已经侵蚀了玻璃，并且在他的办公桌上生了根。他看了看办公室的四壁，心中疑惑，那一道道根须是否具有一种力量，阻止他将那个档案袋打开。

然后他将身子坐直，将两只前臂沿着桌子边向前伸直，张开手指，向那个庞然大物伸过去。他的视线越过鼻梁，落在桌面上。在那一瞬间，他就这样坐着，庄重、自豪，镇定得像一具僵直的埃及法老木乃伊，然后他挪动一只手，将那个袋子拽过来，打开它，读了起来。

埃斯沃斯撰写的《亵渎》，爱尔瓦·斯卡瑞特撰写的《童年的教堂》，社论、布道辞、讲演、供述、致编辑的信件，《纽约旗帜报》发动的最强烈的全面攻击，照片、漫画、人物专访、对抗议者的解答。

他有条不紊地读着每一个字，两手放在桌边上，手指合拢。他并没有拿起剪报，也不碰它们，只是按照那堆剪报的次序由上往下挨个儿读下去，只有在翻过一张剪报开始读下一页时才动一下手指。他的手指以完美的节奏机械地起落，当目光看着最后一个字时，手指便自动抬起，剪报无须在他的视野里多做一秒不必要的停留。可是看到斯考德神庙的照片时，他停下来，久久地注视着。看到洛克的一张照片时，他停下得更久，那是一张题为"你快乐吗，超人先生？"的图片。他将那张照片从新闻稿中撕下来，塞进抽屉里。然后他接着往下读。

报纸报道了那次审判——引用了大家的证词——埃斯沃斯·托黑的、彼得·吉丁的、罗斯通·霍尔科姆的、高登·L.普利斯科特的，却没有引用多米尼克·弗兰肯的任何证词，只有一篇简要的报道——《被告方停止抗辩》。《微声》提到过几次，然后就是大段空白。下一张剪报上面的日期已经是三年后了，即摩纳多克峡谷。

等他读完那些剪报，已经很晚了。他的秘书们已经下了班。他感觉到了周围那些房间和走廊的空旷。但是他听见了印刷机发出的声音：那种低沉的隆隆声响彻每一间屋子。他永远喜欢那个声音，喜欢这幢大楼的心脏跳动的声音。他侧耳倾听，它们正在印刷明天的《纽约旗帜报》。他一动不动地坐了良久。

3

洛克和华纳德站在一座小山顶上，看着面前那片平缓的坡地，微微起伏，向下慢慢延伸开去。秃树从山顶一直延伸到湖边，它们的枝杈把天空切割成不同的几何图形。天空像一块易碎的透明蓝绿色玻璃，使空气显得更冷了。大地因为寒冷而失去了颜色，暴露出它们本来的面目——它们本身没有颜色，只是组成颜色的成分。那即将逝去的棕色并非完全的棕色，它蕴含着未来的绿色；而那精疲力竭的紫色也已经为光芒拉开了序幕；那灰色正是为收获的金黄色奏响的序曲。大地如同一个伟大奇观的轮廓，像一座建筑的钢筋框架，等待着被填充，被完成，在它那荒瘠的简单中蕴含着一切未来的光辉。

"你觉得房子应该建在哪儿？"华纳德问。

"在这儿。"洛克说。

"我也希望你会选这里。"

华纳德开着他的车从纽约来到了这里。他们已经沿着他新地产上的小路步行了两个小时，穿过一条条荒废的车道，走出一片树林，绕过一座湖，来到山丘上。此刻华纳德等在一边，洛克则站在那儿看着脚下延伸开去的乡野。华纳德不知道这个人要如何驾驭面前所有这些地形。

当洛克向他转过身来时，华纳德问："我现在可以和你说话了吗？"

"当然。"洛克微微一笑，因对方这种他并没有要求的顺从感觉好笑。

华纳德的声音听起来透明而易碎，犹如他们头顶上天空的色彩，透着同样质地的冰绿色的光泽。

"你为什么要接受这宗委托呢？"

"因为我本来就是个受雇于人的建筑师。"

"你知道我指的是什么。"

"我对此并无把握。"

"难道你就不对我恨之入骨？"

"不。我为什么要恨你？"

"你想让我先说出来？"

"说什么？"

"斯考德神庙。"

洛克微笑起来。"所以从昨天起，你真的调查起我来了。"

"我读了我们报社的剪报。"他等待着，可是洛克没有吭声，"我全读了。"他的声音很刺耳，半是挑衅，半是恳求，"我读了关于你的每一篇文章。"洛克脸上镇定的神色使他狂怒不已。他继续往下说,每一个词都说得很慢,字字句句都加以强调,"我们称你是不够格的白痴,生手,假内行,冒牌货,一个极端利己主义者。"

"别再折磨你自己了。"

华纳德闭上了眼睛,仿佛洛克给了他一击似的。过了一会儿,他说:"洛克先生,你并不十分了解我。你还是明白这一点的好。我不向人道歉。我从来不为我个人的行为向任何人道歉。"

"你怎么想到道歉了?我并没有要求过你。"

"我支持那些描述性说明中的每一个字眼。我支持印在《纽约旗帜报》上的每一个字。"

"我又没有要求你推翻它。"

"我知道你想的是什么。你明白昨天我并不知道斯考德神庙的事。我已经不记得卷入此事那个建筑师的名字了。你断定那场反对你的运动的领导人并不是我。你的判断是对的,并不是我,当时我不在报社。可是你并不明白那场运动遵循的正是《纽约旗帜报》的精神。那场运动是严格地与《纽约旗帜报》的功能相一致的。只有我一人为此负责。爱尔瓦·斯卡瑞特只是在做我教他做的事情罢了。假如我当时在纽约的话,我也会做同样的事情。"

"那是你的特权。"

"你不相信我真的会那么做吗？"

"我不相信。"

"我并没求你恭维我，也没求你同情我。"

"我不可能做你求我做的事。"

"那你以为我在求什么呢？"

"你求我扇你耳光。"

"那你干吗不扇？"

"我不能假装感觉到我并没有感觉到的愤怒。"洛克说，"那并不是同情。那比我可以做的任何事情都要残酷。只不过我并不是为了残酷才那么做的。如果我扇你的耳光，你就会原谅我建了斯考德神庙。"

"应该寻求原谅的人是你吗？"

"不，你希望我这么做。你知道应该有一出道歉的戏。你对谁是那个演员并不清楚。你希望我会原谅你，而且你相信那样就会使这起公案有个了断。可是，你看，我与此事毫不相干，我并不是其中的一个演员。我现在对此有什么感觉或者做些什么都不重要。你现在想的并不是我。我没法帮你。我并不是你现在害怕的那个人。"

"那么谁是那个人？"

"是你自己。"

"谁给你权利说这些的？"

"是你。"

"好吧,说下去。"

"其余的话你还想听吗?"

"说下去。"

"我想,知道你使我痛苦过,这伤害了你。你希望你没有那样做。然而,还有更令你恐慌的事情,那就是我并不痛苦这一事实。"

"说下去。"

"事实是,我现在既不善良也不慷慨,而是单纯的冷漠。这使你害怕,因为你清楚,像斯考德神庙这样的事通常是要付出代价的,而你却看到我并没有为此付出代价。我接受了这份委托书,你不胜惊讶。你认为我接它需要勇气吗?你雇用我需要比这大得多的勇气。你明白,这就是我对斯考德神庙的所感所想。我与它完全断绝了关系,而你没有。"

华纳德任凭自己的手指张开,掌心向外。他的肩膀稍稍下垂了一些,很放松。他率直地说:"好吧。你说得一点不假。所有的一切。"

然后他站直了身子,带着一种平静的顺从,仿佛他的身体故意摆出了易受伤害的样子。

"我希望你明白,你以你自己的方式痛打了我一顿。"他说。

"是的。而你也接受了它。所以你的目的达到了。我们扯平了？忘了斯考德神庙的事好吗？"

"你很聪明，要么就是我太明显了。无论怎样，这都是你的成就。以前从未有人让我这么明显过。"

"我还要做你想要的吗？"

"你认为我现在想要什么呢？"

"从我这儿得到个人认可。该我做出让步了，不是吗？"

"你这个人诚实得可怕，不是吗？"

"这有什么不对吗？我无法向你承认你曾经使我痛苦。不过你可以得到补偿——我承认我使我满意，行了吧？那好，很高兴你喜欢我。我想你清楚，这对我是个例外，正如你接受了我对你的痛打一样。通常情况下，我并不在乎自己是不是被人喜欢，可是这次我很在乎。我很高兴。"

华纳德放声大笑。"你天真专横得像个皇帝一样。当你夸奖一个人时，只是抬高了你自己。你说我喜欢你，有什么根据呢？"

"现在你并不想要任何类似的解释。你已经因为我使你那么明显而责备过我一次了。"

华纳德在一根倒地的树干上坐了下来。他没有说话，可是他的动作便是个邀请，是个要求。洛克在他旁边坐下。洛克脸色严肃，不过还留着一丝淡淡的微笑，愉快而机警，仿佛他听到的每一个字都不是告白，而是证实。

"你是白手起家的，对吧？"华纳德问，"出身寒门。"

"是的。你是怎么知道的？"

"只是因为想到给你任何东西：一句恭维，一个想法或是一笔财富——都是一种放肆。我也是从底层爬上来的。你父亲是谁？"

"钢厂的一个搅炉工。"

"我父亲是个码头装卸工。你小时候有没有干过各种各样的滑稽活儿？"

"各种活儿都干过。主要是在建筑行业。"

"我更糟糕。我几乎什么都做。你最喜欢干的是哪种工作？"

"接铆钉。"

"我喜欢在哈得逊河的渡口替人擦皮鞋。照理说，我应该痛恨这种工作，可是我不。替什么人擦皮鞋，我不记得了。我只记得那座城市。那城市永远屹立在那儿，在海岸上，敞开了胸怀，等待着，仿佛我是被一根橡皮筋拴在它上面似的。那根带子会抻开把我拽走，拖到对岸去，可是它总会猛地收回去，我也就回去了。它让我有一种感觉——我将永远无法逃离那座城市，而它也永远无法逃离我。"

从他说话的用词，洛克知道，华纳德很少向人提起他的童年。那些词语闪烁而吞吐，没有因为磨损而丧失光泽，就像没有经过多少人手的硬币。

"你有没有真的无家可归、饥肠辘辘过？"华纳德问。

"有过几次。"

"你在乎吗?"

"不。"

"我也不在乎。我在乎别的东西。儿时看到周围尽是些肥头大耳的无能之辈,明知道有很多事可以做而且你能做得很出色,却没有权力去做,没有权力将你周围那些愚笨的脑壳痛揍一顿;不得不听从别人的命令——那已经够糟糕了——可是不得不听从那些能力不如你的人的命令!那些时候,你有没有想过尖声喊叫?你有没有感受过这些?"

"有的。"

"你有没有强咽下胸中的怒气,把它埋藏起来,决定在有必要的时候,让自己粉身碎骨,只为了等到那一天——那时候你将会统治所有的人,支配你周围的一切?"

"没有。"

"你没有吗?你任凭自己将那些都忘了?"

"不。我痛恨无能。我觉得那很可能是唯一让我痛恨的事情。可我并不因此想要统治人们,也不想教他们什么。它促使我想以我自己的方式去做我自己的工作,如果有必要,粉身碎骨,在所不惜。"

"那你粉身碎骨了吗?"

"没有。在重要的方面从来没有过。"

"你不在乎回顾往事吗？回顾任何事情？"

"不。"

"可我在乎。有一个晚上，我挨了揍，筋疲力尽地爬到一扇门前。我还记得那条人行道——它就在我的鼻尖底下，我现在仍然看得见它。石头上有纹理和白色的斑点。我必须确定那人行道是移动的，因为我感觉不到自己是否在移动。我必须看清那些纹理和斑点是否改变了，我必须到达下一个图案或者六英寸开外的那条裂缝，爬到那儿要花好长时间，而且我知道我身子在流血……"

他的语气里没有自我怜悯的调调。它率直，漠然，有着一丝淡淡的惊奇。

洛克说："我愿意帮助你。"

华纳德的脸上慢慢地漾起一丝微笑，但不是快乐的笑意。"我相信你能帮我。我甚至觉得那也没什么不对。两天前，谁要是把我当成帮助对象，我一定会杀了他……当然了，你知道，我并不痛恨我过去生活中的那个夜晚。那并不是我惧怕去回顾的东西。那是能说出口的最不冒犯人的事。别的事情则连说都不能说。"

"我懂。我是说我懂那些别的事情。"

"它们是什么？你指出来吧。"

"斯考德神庙。"

"你想帮助我解决这个问题吗？"

"是的。"

"你这个该死的傻瓜。难道你没有意识到……"

"难道你没有意识到我已经在做了吗？"

"怎么做？"

"通过为你建造这幢房子。"

洛克看到华纳德额头上那些歪斜的皱纹。华纳德的眼白似乎比往常多了些，仿佛那蓝色的瞳孔已经从虹膜里衰退了，两个白色的椭圆在他脸上明亮地闪耀着。他说："还能拿一张酬金优厚的支票。"

他看到了洛克脸上露出的笑意，还未完全显现出来便被克制住了。那微笑本来是要说，这突如其来的侮辱其实是一个投降宣言，比任何自信的言论都要精彩。而洛克克制住了笑容，说明他并不愿帮助对方度过这个特殊的时刻。

"唔，当然。"洛克平静地说。

华纳德站起身来。"我们走吧。我们是在浪费时间。我办公室里还有更重要的事情等着我去做呢。"

在返回纽约的途中他们没有说话。华纳德以九十英里的时速开着车。速度使路的两边形成两堵模糊运动的墙壁，仿佛他们正飞驰在一条长长的封闭走廊上。

他在高德大厦门口停车放下了洛克。他说：

"洛克先生，你可以随时到现场去，去多少次都行。我不用跟你一起去。你可以从我的办公室得到测量图和你所需要的一切资料。不到万不得已，请不要再来拜访我。我会很忙。第一份图纸制好后告诉我。"

图纸制好之后，洛克打电话到华纳德的办公室。他已经有一个月没跟华纳德说话了。"请别挂断，洛克先生。"华纳德的秘书说。他等着。又传来秘书的声音，通知他说华纳德希望当天下午将图纸带到他的办公室来。她定了约见时间。华纳德不愿亲自接电话。

当洛克走进办公室时，华纳德说："你好，洛克先生。"他的语气谦和有礼而郑重其事。在他那漠然而彬彬有礼的脸上，过去的亲密友好荡然无存。

洛克把房子的设计方案和一幅巨大的透视图递给他。华纳德仔细地审阅了每一张图纸。他举着那张透视图看了良久，然后抬起头来。

"令人印象非常深刻，洛克先生。"是那种生硬得让人不快的语调，"我从一开始就对你印象深刻。我考虑过了，我想和你进行一笔特殊的交易。"

他直视着洛克，目光里流露出温和的强调，与温柔相差无几。那目光仿佛是在表明，出于自身的目的，他要小心翼翼地对待洛克,让他完整无缺。

他举起那幅透视图,用两根手指夹住,让所有的光线直射到它上面。一瞬间,那张白色的图纸就像一面反射镜似的发出夺目的光彩,使那些黑色的铅笔线条显得更加生动而意味深长。

"你想看着这幢房子建起来吗?"华纳德温和地问,"你非常想建起它?"

"是的。"洛克说。

华纳德的手并没有动,只是分开手指,任凭那张卡纸向下扣在他的桌子上。

"洛克先生,它会建起来的。就照你的设计,就照现在图上它的样子。只有一个条件。"

洛克坐着,身体向后靠去,双手插在衣袋里,神情专注,等待着他说下去。

"洛克先生,你不想问问那个条件是什么吗?很好。我来告诉你。我会接受这幢房子的设计,条件是你接受我提供给你的一笔交易。我希望签订一份合同——凭此合同,你将是未来我所兴建的任何一座建筑的唯一建筑师。正如你所理解的,那将是相当大的一笔业务。我敢说,在美国我控制着比任何其他个人都多的建筑工程。你们那行中,每个人都想过当我的专属建筑师。我打算把这个殊荣给你。作为交换,你必须遵守某种条件。在我说出来之前,我想指出,万一你拒绝我的话,会有什么后果。正像你听说过的，我不喜欢被人拒绝。我所掌握的权力以两种方式起作用。对我来说，安排一下，让你在全美国任何地方都得不到建筑委托书真是易如反掌。你有自己的一小批追随者，但是没有哪个预期的客户经受得起我所能施加的那种压力。你已经历过生命中的蹉跎岁月，但那与我所能强加给你的封锁相比，根本算不了什么。你或许还得回到某个大理石采石场去——噢，对了，我知道，一九二八年夏天，康涅狄格州那家弗兰肯开办的采石场——我是怎么知道的？——私家侦探，洛克先生——你或许还得回到某个大理石采石场去，只不过我会留点心，务必让那些采石场也对你关闭。现在我来告诉你，我想从你身上得到什么。"

在所有关于盖尔·华纳德的流言蜚语中，从未有人提及他那张脸此刻的表情。只有极少数人见过那种表情，但是没有谈起过它。在这些人当中，第一个要数德怀特·卡森。华纳德的嘴唇张开着，双眼焕发着强光。那是一种因痛苦而产生的感观上的愉悦——他猎物的痛苦，他自己的痛苦，或者他们共同的痛苦。

"我想让你设计我未来所有的商业建筑 就像公众希望商业建筑应该被设计的那样。你将修建殖民地风格的房屋，洛可可式的酒店和半希腊式的办公大楼。你将在民众的审美品位所选择的形式内发挥你无与伦比的新颖和独创性，而你会为我赚钱。你将打败你那惊人的才华并且使它服从你的意志，把独创性与奴性结合起来。他们称之为和谐。你将在你的领域内创造出我在《纽约旗帜报》上所创造的奇迹。你以为创造《纽约旗帜报》不需要什么才华吗？这将是你未来的事业。不过你为我设计的房子将会按照你设计的样子修建起来，它将是地球上由洛克设计的最后一座建筑。在我之后，谁也不会再有你设计的建筑。你读过古代统治者们的故事，他们会处死为他们建造宫殿的建筑师，以便没人再拥有他赐予他们的殊荣。他们杀死建筑师或把他的眼睛挖掉。现代的做法则有所不同。在你的余生里，你将遵守大多数人的意志。我不会试图提供给你任何论据，我只不过是在说明可采用的两种方法中的一种。你是那种能够理解直率语言的人。你有一个简单的选择：如果拒绝，你便再也建不成任何东西了；如果接受这个条件，你就能建造你想建的那幢房子，还有其他许多你不想建的而又能为我们两人赚钱的建筑。在你的余生里，你将设计租赁开发项目，比如'石脊'。那便是我想要的。"

他将身子探过来，等待着那他熟悉而又喜欢的反应：一副生气、愤慨或者极度自豪的表情。

"唔，当然。"洛克爽快地说，"我很高兴能这样做。这很容易。"

他伸出手，拿起一支铅笔和他在华纳德的办公桌上所能找到的第一张纸，那是一封印着醒目信头的信件。他迅速地在信的背面画起来。他手部的动作流畅而充满自信。华纳德看着他的脸俯在纸上,他看见那没有皱纹的额头,那笔直的眉毛,神情专注,却丝毫没有刻意的迹象。

洛克抬起头,将那张纸扔给桌子对面的华纳德。

"这就是你想要的吗?"

华纳德的房子画在那张纸上——有着殖民地风格的走廊,倾斜的屋顶,两根庞大的烟囱,几根小小的壁柱,几扇炮眼似的窗户。那并不是拙劣的模仿品,而是严肃的作品,任何教授都会赞叹其卓越的品位。

"天呐,不!"这透不过气的一声惊呼出自本能和直觉。

"那就闭嘴。"洛克说,"而且别再让我听到任何建筑学上的建议。"

华纳德跌坐在椅子上哈哈大笑,久久不能自已。那不是高兴的声音。

洛克疲惫地摇了摇头。"你明知道不该这么做。这种方法对我来说都老掉牙了。我身上反社会的固执是出了名的,任何人试图再次诱惑我都是浪费时间。"

"霍华德,在看到这个以前,我是有这个意图的。"

"我知道你有这个意图。我本不以为你是这么一个大傻瓜。"

"你知道你是在谈论某种了不起的机遇吗?"

"根本不是。我只是得到了一个可以信赖的盟友。"

"是什么？是你的正直吗？"

"是你的正直，盖尔。"

华纳德坐在那儿，注视着他面前的桌面。过了一会儿，他说：

"你弄错了。"

"我想我没有弄错。"

华纳德将头抬了起来，他的脸上露出疲倦的神色，他的声音听起来冷冷的。"又是你对付斯考德审判的那一套，不是吗？'被告方停止抗辩'……我希望我当时在法庭上，能听到那个判决……你的确又把那次审判踢给了我，不是吗？"

"可以这么说。"

"可是这一次，你赢了。我猜你知道我并不希望你赢。"

"我知道你不高兴。"

"别以为这种诱惑属于那种——你诱惑别人只不过是为了试探你的受害者，而且你也乐意被打败，你会笑着说，哎呀，终于找到了，这才是我要的那种人。这个你连想都不要想。别为我找那种借口。"

"我没有，我知道你想要的是什么。"

"以前我是不会这么容易就输掉的。这在以前可能仅仅是个开端。我知道我还可以做出进一步的尝试。我不想尝试。不是因为你很可能会坚持到底，而是因为我不愿意再坚持下去。不，我并不高兴，而且也并不因此对你心存感激……但是这不重要……"

"盖尔，你到底能对自己撒多大的谎？"

"我不是在撒谎。我刚才告诉你的一切都是事实。我以为你能理解。"

"是的，你刚刚对我说过的一切——我想的不是那个。"

"那你想错了。你留在这儿也是错误的。"

"你是想撵我走吗？"

"你知道我不能。"

华纳德的目光从洛克身上移开，停在桌上的图纸上。他看着那空白的硬卡纸，犹豫了片刻，然后把它翻过来，温和地问："我现在可以告诉你我对它有什么看法吗？"

"你已经告诉我了。"

"霍华德，你谈论的房子就像是在描述我的生活。你认为我的生活配得到这样的描述吗？"

"是的。"

"这是你实实在在的想法？"

"盖尔，是我实在的想法，我最真诚的想法，我最终的想法。无论将来在我们两人之间发生什么事。"

华纳德将图纸放下，又将设计方案审视了良久。再次抬起头时，他似乎已经恢复了一贯的平静。

"你之前为什么不到这儿来？"他问。

"你当时正和那些私家侦探忙得不亦乐乎呢。"

华纳德哈哈大笑。"噢，那个呀？我没法管住我的老毛病，而且我很好奇。现在我对你了如指掌，除了你生活中的女人以外。要么是你在这方面非常谨慎，要么就是没有多少女人。任何地方都找不到这方面的消息。"

"我没有多少女人。"

"我觉得我想念过你。那只是一种替代品——我是说收集关于你的过去的详细资料。你究竟为什么没来这儿？"

"是你叫我这样做的。"

"你一直这样唯命是从吗？"

"在我觉得可取的时候。"

"那么,我现在就下一道命令——希望你能将它置于可取的命令之列:今晚来和我们共进晚餐。我把这张图纸带回家去给我的妻子看看。关于房子的事,我在她面前还只字未提。"

"你还没有告诉过她?"

"是的。我想让她看看这个,而且我想让你见见她。我知道她过去一直没有善待过你——我读过她写的有关你的文章,但那是很久以前的事了。我希望现在它不重要了。"

"是的,它不重要了。"

"那么你会来吗?"

"会。"

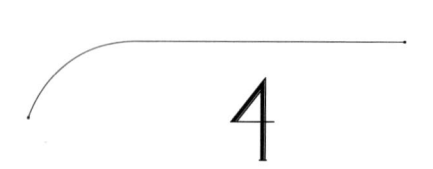

4

多米尼克站在她房间的玻璃门前。华纳德看见星光洒在屋顶花园的冰层上，看见星光反射中的她的轮廓，一抹模糊的亮光挂在她的眼睑上和双颊上。他觉得这样的彩饰在她身上真是恰到好处。她缓缓转过身来对着他，那一片星光又变成了一条线，环绕在她浓密的浅色头发边缘。她像往常一样冲他微微一笑，那是一种平静而了然的问候。

"你怎么了，盖尔？"

"晚上好，亲爱的，什么怎么了？"

"看样子你很高兴。用这个词还不太贴切，不过意思是对了。"

"'轻松'这个字眼更接近。我感觉轻松愉快，年轻了二十岁。并不是说我想变成二十年前的我，没有人想那么做。这种感觉只是意味着把人现在的状态原封不动地带回过去，带回最初的岁月。那不合逻辑，不可能发生，然而感觉太好了。"

"这种感觉通常意味着你认识了某个人。一般来说是个女人。"

"我是认识了一个人，不是女人，是个男人。多米尼克，你今晚真漂亮。我老说这句话。不过我原本想说的不是这个。我想说的是这句话：看到你这么漂亮，我今晚感到非常愉快。"

"有什么事，盖尔？"

"没什么。只不过是一种感觉——有多少事都不重要了，生活是多么轻松的事啊。"

他拿起她的一只手，贴到自己的嘴唇上。

"多米尼克，我从未停止思考这样一个问题——我们的婚姻能够持久可真是个奇迹。现在我相信它不会被破坏，什么样的人、什么样的事都不能破坏它。"她身子退回去，靠在玻璃门上。"我有一件礼物要送给你——别提醒我说我比任何人都更经常使用这个句子。在今年夏天结束前，我会送你一样礼物——我们的房子。"

"房子？这么长时间你都没有提过房子的事。我以为你忘了呢。"

"过去的半年里，别的事我都没想过。你没改主意吧？你真的想从城里搬出去住吗？"

"是的，盖尔，如果你那么想让我搬出去的话。你已经选好建筑师了吗？"

"岂止是选好了建筑师，我还拿来了房子的图纸。"

"噢，我想看看。"

"它在我的书房里。来吧。我想让你看看。"

她微微一笑，用手指按了一下他的手腕，那是短暂的一按，像是一个鼓励的爱抚动作，然后，她便跟他来到书房。他推开书房的门，让她先进去。灯开着，那幅图纸就立在他的办公桌上，面对着房门。

她停住了脚步，双手扶在门框上。她离得太远，看不清图纸上的签名，可是她认识那幅作品和那个唯一可能设计出那幢房子的人。

她的肩膀动了一下，慢慢扭动着画出了一个圈，仿佛她是被绑在一根柱子上，已经放弃了逃跑的希望，只是身体做了个最后的、本能的反抗姿势。

她想，即使是她正躺在洛克的臂弯里睡觉，并被盖尔看见了，亵渎的程度也会比现在轻一些；那幅图纸是为了回应来自盖尔身上的力量而创作的，它比洛克的身体更个人化。它对于她，对于洛克，对于盖尔都是一种侵害——然而，她突然知道，那是不可逃避的。

"不，那样的事情绝不会是巧合。"她低声说。

"什么？"

可是她举起一只手，温柔地将所有的对话都推了回去，她朝那幅图纸走去，她的脚无声无息地踩在地毯上。她看到了图纸一角的签名——"霍华德·洛克"。那名字没有图上房子的形状让人战栗。那是一个微小的证据，几乎算得上是一声问候了。

"多米尼克？"她的脸转向他。他看到了她的回答。他说，"我就知道你会喜欢它的。原谅我词不达意。我们今晚老是被词所困。"

她走到长沙发前坐下，背靠在垫子上，这让她可以坐直。她的眼睛没有离开华纳德。他站在她面前，倚在壁炉上，侧身对着她，看着那幅图纸。她逃不开那幅图纸：华纳德的脸就是它的反射镜。

"你见过他了，盖尔？"

"见过谁了？"

"那位建筑师。"

"我当然见过他了。不到一个小时前。"

"你初次见他是在什么时候？"

"上个月。"

"你认识他这么久了……每一个夜晚……你回家时……在晚餐桌上……"

"你是说，为什么我没有告诉你？我想拿草图给你看。我想的那房子和这幅图上的一样，可是我解释不出来。我没想到哪个人能理解我想要的房子是什么样的，并且能设计出来。他做到了。"

"谁？"

"霍华德·洛克。"

她一直想从盖尔·华纳德嘴里听到这个名字。

"盖尔，你怎么碰巧选了他呢？"

"我到全国各地都看了一遍。我所喜欢的每一座建筑都是他的作品。"

她慢慢地点了点头。

"多米尼克，我想当然地认为你不再在乎了，我知道我选择的是你在《纽约旗帜报》工作时一直都在声讨的建筑师。"

"你读过我的文章了？"

"我读了。你声讨的方式很奇特。很显然，你崇拜他的作品，但是憎恨他这个人。不过你在斯考德审判中为他辩护了。"

"是的。"

"你甚至一度为他工作过。多米尼克，那座雕像就是为他的神庙而创作的。"

"是的。"

"真奇怪，你因为为他辩护而丢了《纽约旗帜报》的工作。当我选择他的时候，我并不知道这些，我不了解那次审判的事情，我都忘了他叫什么名字了。多米尼克，在某种程度上，是他把你给了我。那座雕塑——来自他的庙宇的。而现在他即将给予我们这所房子。多米尼克，你过去为什么恨他呢？"

"我没有恨过他……都隔了这么长时间了……"

"我猜那些事情现在都不重要了,是吗?"他指着那幅图纸。

"我有好几年没见过他了。"

"再过一个小时左右,你就要见到他了。他要来这儿吃晚饭。"

她动了动她的手,摸索着沙发扶手上的一个螺纹,像是不相信自己的手可以动似的。

"这儿?"

"是啊。"

"你邀请他来吃晚饭?"

他笑了。他想起了他一向讨厌家里有客人来。他说:"这次不一样。是我要他来的。我想你不怎么记得他了——否则你不会吃惊的。"

她站起身来。

"好吧,盖尔。我吩咐他们去准备。然后我去换衣服。"

他们站在盖尔·华纳德顶楼公寓的客厅两端面对着彼此。她想这多么简单。他一直在这儿。他一直是她在这些房间里迈出的每一步的动力。他把她带到了这里,而现在他到这儿来,重新获得这里的承认。她注视着他。她看到他的神情一如那天早晨她最后一次在他的床上醒来时一样。她知道横在她与那鲜活而完整的记忆之间的不是他身上穿的衣服,也不是过去的岁月。她觉得从一开始这就是不可逃避的,从她在一个采石场的山脊上居高临下地俯视着他的那一刻起——事情就注定了要这样发展,在盖尔的房子里——而现在她感觉到了尘埃落定般的宁静,清楚该她做的那份决定已经做完了。她一直是演戏的那个人,可是从现在起,就该他来表演了。

她笔直地站着,高昂着头。她的脸同时具有军人的肃整和女性的娇弱。她的双手一动不动地垂着,与她黑色礼服上长长的直线平行。

"洛克先生,您好。"

"华纳德夫人,您好。"

"为了您为我们设计的那幢房子,我可以谢谢您吗?那是您设计的建筑里面最漂亮的。"

"因为这个设计任务的性质,它必须得漂亮,华纳德夫人。"

她缓缓地将头转过去。"盖尔,你是怎么给洛克先生布置任务的?"

"就像我跟你说起的那样。"

她想象着洛克听到华纳德说的话,然后接受了这个项目。她走过去坐了下来,那两个男人也坐了下来。

"如果您喜欢这幢房子,最有功劳的是华纳德先生关于它的构想。"洛克说。

她问:"您是在与您的客户分享荣誉吗?"

"从某种意义上来讲,是这样的。"

"我想这与我记忆当中您的职业信条是背道而驰的。"

"可是它与我个人的信条是相符的。"

"恐怕我过去不了解这一点。"

"我信仰矛盾,华纳德夫人。"

"在这幢房子的设计中也牵涉到什么矛盾了吗?"

"那种不受我的客户影响的愿望。"

"通过什么方式?"

"我一直喜欢为一些人工作,而不喜欢为另一些人工作。可是哪一类人都不重要。而这一次我知道,这幢房子会成为什么样子,完全是因为它是为华纳德先生所设计的。我必须克服这一点。更确切地说,我必须既遵循这一原则又违背这一原则。这是最好的工作方式。这幢房子必须超越建筑师、客户和未来的住户。它做到了。"

"可是这幢房子——这就是你,霍华德。"华纳德说,"它仍然是你。"

那是她脸上第一次露出情感的痕迹——当她听到"霍华德"这个字眼时,显示出一种不动声色的震惊,华纳德并没有注意到这个表情。洛克注意到了。他瞥了她一眼——那是他与她之间的第一次目光接触。她无法从中读出任何评价——只是特意肯定那个令她震惊的念头。

"谢谢你的理解,盖尔。"他回答说。

她不太肯定他在说出那个名字时是否强调了一下。华纳德说:

"真是奇怪,我是那种地球上最令人不快的具有占有欲的人。凡事我都要'做'出点什么来。某个一角店的烟灰缸,我买下了,付了钱,放进我自己的口袋——它就变成了一只特殊的烟灰缸,与地球上任何一只烟灰缸都不一样了,因为它是'我'的。这是这件东西所具有的一种特质,如同神像后面的光环一样。我对我所拥有的东西都有这样的感觉。从我的大衣到排字间的排版机,到报摊上的一份份《纽约旗帜报》,到这套顶楼公寓,到我的妻子。然而,霍华德,我最迫不及待的,比任何东西都更想拥有的,就是你即将为我修建的这幢房子。我从没这样迫不及待过。我很可能会因为多米尼克住在其中而妒忌她呢——我会为了那种事情而精神错乱。然而,我并不觉得我拥有它,因为无论我做什么或说什么,它仍然是你的。它将永远是你的。"

"它必须是我的。"洛克说,"不过盖尔,从另一种意义上来说,你拥有这幢房子和我所修建的任何其他东西。每一栋能让你驻足的建筑,能让你有所回应的建筑,都属于你。"

"在哪种意义上呢?"

"在那个性化的回答上。你从所欣赏的事物的存在中感受到的只有一个词——'是的'。是肯定，接受，那个认同的象征。而'是的'这两个字超出了对于一件事的答复，那是一声'阿门'，说给支撑这一事物的地球，说给创造了它的那个思想，说给自己——因为你能够看到它。但是有能力说'是的'和'不是'是一切所有权的本质所在。那是对于自我的所有权，如果你希望的话，也是你的灵魂。你的灵魂有一个单纯的基本功能——行使价值判断。'是的'或'不是'，'我希望'或'我不希望'。你不可能脱离'我'而说'是的'。没有那个进行肯定的人，肯定本身便是不存在的。在这个意义上，一切你赋予爱的东西都是你的。"

"在这个意义上，你与别人分享事物？"

"不。那不是分享。当聆听我喜爱的一首交响乐时，我无法从中获得作曲家所能获得的感受。他所谓的'是'不同于我的'是'。他可以对我的感受毫不在意，可以对我的感受没有确切的概念。那个答案对于每一个人来说都太过个人化了。但是，通过给予自己他想要的东西，他也给予了我一种伟大的体验。盖尔，当我设计一座房子时，我是独自一个人，你永远无法了解我拥有它的方式。可是，如果你对它说了自己的'阿门'——它便也是属于你的。而且我很高兴它是你的。"

华纳德微笑着说："我喜欢这么想——我拥有摩纳多克峡谷、恩瑞特公寓和高德大厦……"

"还有斯考德神庙。"多米尼克说。

她一直在听他们讲。她感觉麻木。华纳德从没在他们家里像这样与一个客人交谈过,洛克从没这样与一位客户交谈过。她清楚这种麻木随后会变为怨气、拒绝和愤怒。此刻它只不过在她说话的语气中加上了一种伴音,以此来摧毁她所听到的。

她觉得她成功了。华纳德答话了,语调一下子降了下来:"是的。"

"盖尔,忘了斯考德神庙的事儿吧。"洛克说。他的语气中充满了天真率直、毫不介意的欢乐气氛,没有什么灵丹妙药比这种气氛更有效。

"好的。霍华德。"盖尔微笑着说。

她看到洛克的目光转向她。

"我还没有谢过您呢,华纳德夫人,感谢您接受我做你们的建筑师。我知道,虽然华纳德先生选择了我,但您是可以拒绝我的。我想告诉您,我很高兴您并没有拒绝。"

她想,我相信他是因为这一切都不能相信。今晚我会接受任何事情,我正在看着他。

她说话时礼貌中透着冷淡:"拒绝你所设计的房子,这种假定不是对我眼光的一种怀疑吗,洛克先生?"她想今晚她无论说什么都无关紧要。

华纳德问:"霍华德,那个'是'一旦说出,还能收回来吗?"

她简直不敢相信自己的耳朵,她愤怒得想大笑。问这个问题的是华纳德的声音。那句话本该由她来问才对。他回答的时候必须看着我,她心想。他必须看着我。

"绝不能收回。"洛克注视着华纳德回答说。

"关于人类的反复无常与感情的短暂易变,有那么多胡言乱语,"华纳德说,"我一直认为变化的情感一开始就是不存在的。有些书我十六岁的时候就喜欢,现在还喜欢。"

管家用托盘端了鸡尾酒进来。她握着自己的酒杯,看着洛克从托盘上端起他的。她想,此刻,他手指之间的杯柄摸起来就跟我手指间的一样,我们有这么多共同点……华纳德端着一个杯子站着,以一种表示怀疑的惊异眼神注视着洛克,像是他的拥有者,而又不大相信自己所拥有的……她想,我没疯。我只不过有点歇斯底里,但是没有关系。我在说什么,我不知道我说的是什么,可是一定没出什么问题。他们两人都在听,都在回答,盖尔还在笑,我说的话一定很得体……

晚餐开始了,她顺从地站起身。她引领着去餐室的路,就像一只姿态优美、举止高雅的动物,由于条件反射而做着歪头的动作。她坐在餐桌的一头,位于两侧相对而坐的两个男人中间。她打量着洛克指间的银制餐具,那几件光亮的餐具上都刻有"D. W.[1]"的字样。她想:我举办晚宴这么多次了——我是高雅的盖

---

[1] 多米尼克·华纳德的首字母。——编者注

尔·华纳德夫人——招待过参议员、法官、保险公司总裁，都坐在我右手的位置——而这就是我接受这种专门训练的目的，这就是为什么盖尔经历了这么多年曲折的岁月，爬到了现在这个能设晚宴招待参议员、法官、保险公司总裁的位置——那都是为了这样一个夜晚，坐在他对面的客人是霍华德·洛克。

华纳德谈到了报业。他与洛克毫不勉强地谈论着这个话题，而她也在必要时插上一两句话。她的声音简单明了，她在他们的交谈中随声附和着，什么也不否定。似乎任何人的反应都是多余的，无论是痛苦还是恐惧。她想，如果在谈话当中，华纳德说出的下一句话竟然是"你和他睡过觉"，她就会回答，"是的，盖尔，当然睡过"。就像现在一样简单明了。可是华纳德很少看她。当他看她时，她从他的脸上看出自己是正常的。

之后，他们回到了客厅。她看见洛克站在窗前，映衬着他身影的是城市的灯光。她想，盖尔修建了这样一个地方，作为他胜利的象征——让这个城市永远展现在他的面前——这座他终于管得着的城市。但这才是它被建造的真正目的——让洛克站在窗前——而且我想盖尔今晚也清楚这一点——洛克的身体将那数英里的远景挡在了窗外，只留下星星点点的灯火和几个亮着灯的玻璃立方体，在他身体的轮廓四周依稀可见。他在抽烟，她观察着他手里的香烟，它被放在两唇之间，然后夹在伸开的手指里，在黑色的夜空中慢慢移动，她想，他身后天空中闪烁着的点点灯火,只不过是他烟头上的火花而已。

她轻轻地说:"盖尔一向喜欢在夜晚看着这座城市。他爱上了摩天大楼。"

接着,她注意到她刚才用的是过去时,纳闷这是为什么。

她不记得当他们谈论新房子时她说了些什么。华纳德从书房拿来了图纸,将设计方案铺在桌子上,他们三个人一起弯腰看着。洛克的铅笔移动着,指点着,穿过白纸上纤细的黑色线条组成的坚实的几何图案。她听得见他的声音,与她近在咫尺,作着解释。他们说的并不是美与肯定,而是壁橱、楼梯、食品储藏室、浴室。洛克问她,她觉得那种安排是不是方便。她觉得很奇怪,他们三人说话的感觉,就好像他们真的相信她会住进那幢房子里去似的。

洛克走了以后,她听见华纳德问她:"你对他怎么看?"

她感觉愤怒而危险,如同体内一股突如其来的绞痛,她半出于惧怕,半出于故意引诱地说:"难道他没有让你想起德怀特·卡森吗?"

"噢,忘了德怀特·卡森吧!"华纳德的语气中毫无刻薄,毫无内疚,跟他说"忘了斯考德神庙吧"时的语气完全一样。

接待室的秘书面对这位贵族气派的绅士不由得惊呆了,她在报纸上看到这张面孔的次数实在太多。

"盖尔·华纳德。"他颔首自我介绍说,"我想见洛克先生,如果他不忙的话。如果他正忙着,请不要打扰他。我没有预约过。"

她从没料到华纳德会来,而且是怀着庄重的敬意请求准许入内。

她通报了有人来访。洛克从里面走出,来到接待室,微笑着,仿佛对这样的来访并不觉得有什么不同寻常。

"你好,盖尔,进来吧。"

"你好,霍华德。"

他跟着洛克进了办公室。在宽敞的窗户外面,黄昏已经将城市融进了黑暗之中;正下着雪;黑色的雪沫猛烈地翻卷着掠过路灯。

"如果你在忙,我不想打断你,霍华德。我没有什么要紧事。"自从那次共进晚餐后,他有五天没与洛克见过面了。

"我不忙。把大衣脱下来。要我把那些图纸都拿进来吗?"

"不。我现在不想谈房子的事。实际上,我到这儿来毫无理由。我整天待在办公室里,略微有些厌倦,就觉得想到这儿来。你咧着嘴笑什么?"

"没什么。只不过你刚才说没什么要紧事。"

华纳德看着他,微笑着点了点头。他在洛克办公桌的边沿上坐下来,那种安适是他在自己的办公室里从来都没有感觉过的。他把双手放在口袋里，一条腿来回晃着。"霍华德，跟你讲几乎没用。我总感觉仿佛是在对你宣读一本我的复写本，而且你已经见过原型了。你似乎提前一分钟就听见我说的话了。我们是不同步的。"

"你把这叫不同步吗？"

"好吧，是太过同步。"他的双眼缓缓地来回打量着房间，"如果我们对着什么说声'是'便拥有了它们的话，那么这间办公室就是我的了。"

"那它就是你的了。"

"你知道我在这儿有什么感觉吗？不，我不会说我有宾至如归的感觉——我想我在任何地方都不曾有过宾至如归的感觉。也不是我在参观过的宫殿或者欧洲大教堂里的那种感觉。我的感觉就像我还在'地狱厨房'一样，在那些我所度过的最美好的日子里——那种日子不多。可是有时候，当我像这样坐着时，只是码头边垒起来的几堵破墙，在我周围的货垛上面有数不清的星星，那条河散发着贝壳腐败的气味……霍华德，当你回首往事的时候，是不是这样——仿佛你所有的日子都平稳地向前滚动着，就像某种打字练习一样，都很相似？或者说，停顿一下——该加上标点了——然后打字才继续往下进行？"

"有停顿。"

"你在当时就知道那些停顿吗？你当时就知道那是停顿吗？"

"是的。"

"我当时不知道。后来才知道。但是我过去从来不知道原因。有一次——当时我十二岁，站在一堵墙后，等待着被人杀死。只不过我知道我不会死。不是我后来所做的事情，也不是我打过的架，而是就在我等待着的那一刻。我不知道为什么那是一个停顿，让我铭记在心，也不知道我为什么因此自豪。我不知道为什么非得在这儿想起这件事来。"

"不要寻找原因。"

"你知道原因吗？"

"我说过我不寻找原因。"

"我一直在思考我的过去——自从我认识你的那天起，而我已经好多年没有思考过去了。不，你不要因此得出什么神秘的结论。像这样回首往事，我并不感到痛苦，然而也没有什么快乐。那只不过是种观望。不是一种探求，甚至连旅程都算不上。只是某种随意的溜达，好像人傍晚累了时在乡野里的徘徊……要说与你有什么联系的话，那只不过是一个念头——总是不时地让我想起。我一直认为你和我是以同样的方式开始的。遵循同一条路线。无所依靠，白手起家。我只是思考这个，不作任何评价。我在其中似乎并没有发现任何特别含义。只发现'你我是以同样的方式开始的'。想告诉我这意味着什么吗？"

"不。"

华纳德扫视了房间一周——发现一个文件柜顶上有一份报纸。

"到底是谁在这儿读《纽约旗帜报》呢？"

"我。"

"从什么时候开始读的？"

"大约一个月前。"

"受虐狂吗？"

"不。只不过是好奇。"

华纳德站起身来，拿起那份报纸，粗略地浏览着几个版面，在其中一版停下来咯咯笑了。他把报纸举起来。那一版上刊登着"世纪征程"博览会上各种建筑的设计方案的照片。

"太丑陋了，不是吗？"华纳德说，"我们非得为那伙人做宣传，真是令人作呕。不过一想到你是怎么对付那些赫赫有名的官员时，我就觉得好受些了。"他高兴地笑着，"你对他们说你既不合作，也不与人协作。"

"可是盖尔，那并不是做做样子而已。那是个简单的常识，人是不可能与人合作来做自己的工作的。如果那就是他们所谓的合作的话，那我可以合作，与那些修建大楼的工人们合作。可是我无法帮他们铺砖，他们也没法帮我设计房屋。"

"那正是我想摆出的姿态。我被迫在我的报纸上为那些官员提供免费的版面。可是没关系。你已经替我扇了他们一记耳光了。"他将那份报纸往旁边轻轻一扔,并无怒意,"就像我今天出席的午餐会,那是一个全国广告商会议。我必须得为他们作公开宣传,一个个忸怩作态,满口胡言,做出过分高兴的样子。我对此厌倦得要命,我觉得我都要失去控制,打烂谁的脑壳了。然后,我就想到了你。我想到你并未受到任何习气的浸染,在任何方面都不受影响。只要有你关注,全国广告商会议便不存在了。它像是在某种永远无法与你建立任何联系的四维空间。我想到了这个——感到特别欣慰。"

他向后靠在文件柜上,两脚朝前一滑,抱着双臂,轻轻地说:

"霍华德,我有过一只小猫。那个该死的小东西依恋着我——一只从阴沟里爬出来的浑身长满了跳蚤的小畜生,只剩皮包骨头和一身烂泥巴——跟着我回家了。我喂了它一点东西,就把它踢出门,可是第二天它又来了,所以最后我收养了它。那时我十七岁,正在为《新闻公报》工作,正学着以我必须终生学习的那种特殊方式工作。我可以接受它,那没什么问题,可是不能接受全部。有些时候情况特别严重。通常是在夜晚。有一次,我想自杀。不是因为愤怒——愤怒会使我更卖力地工作。不是恐惧,而是厌恶,霍华德。那种厌恶让人觉得似乎整个世界都被水淹没了,而且是一潭死水,那种下水道堵塞后溢出来的水。一切都被侵蚀了,甚至天空,甚至我的大脑。然后,我看看那只小猫。我想，它并不知道我所厌恶的东西，它永远不可能知道。它是干净的，是抽象意义上的干净，因为它没有能力去相信这个世界的丑恶。我没法告诉你——当我努力地去想象那小脑袋里的意识状态，竭力地去分享它，那种活生生却干净而自由的意识状态时——我无法告诉你那是多大的慰藉。我常常在地板上躺下来，把我的脸贴在那只小猫的肚子上，听着它咕噜噜地叫着。然后我就会感觉好受些……喂，你瞧，霍华德，我已经把你的办公室称作烂货堆，并且把你称作一只弄堂里的小猫了。这就是我表示尊敬和臣服的方式。"

洛克笑了。华纳德看见，那是感激的微笑。

"待着别动。"华纳德锐声说，"什么也不要说。"他走到窗前，站在那儿，向窗外眺望，"我不知道我到底为什么要和你说这些。这几年我过着有生以来初次得到的幸福生活。由于想为我的幸福建一座纪念碑，我认识了你。我来这儿是寻求安心的，而且也找到了，却谈了这些话题……好吧，别介意……瞧，这恶劣的天气。你这儿的工作干完了吗？可以下班了吗？"

"是的。马上。"

"我们在附近找个地方一起吃晚饭吧。"

"好。"

"可以用一下你的电话吗？我要告诉多米尼克一声，叫她不要等我一起吃晚饭了。"

他拨了号。洛克走到了制图室门口——走之前他有些事情要吩咐。可是他在门口停住了。他不由自主地停下来听着。

"你好，多米尼克吗？……是的……你累了……不，你只是听起来像是累了……我不回家吃晚饭了，可以原谅我吗？我最亲爱的……我不知道，或许会晚一些……我在市区吃……不是，我要和霍华德·洛克一起吃晚饭……喂，多米尼克……是啊……什么？我正在他的办公室里给你打电话……一会儿见，亲爱的。"他放下了话筒。

在顶楼公寓的图书室里，多米尼克的手还没有从电话上拿开，仿佛它们还有某种联系似的。

过去的五个日日夜夜里，她一直在与一个单纯的欲望斗争——去找他。独自去见他——无论在什么地方——他家里或者他的事务所里或者街上——说上一句话，或者哪怕看上一眼——只要单独在一起。她不能去。属于她的那个情节已经结束了。他会在他想来的时候来。她知道他会来的，也知道他想让她等。她等了，她一直抓住一个念头不放——抓住一个地址——高德大厦里的一家事务所。

她站在那儿，手握在话筒上没有松开。她没有权利到事务所去，可是盖尔·华纳德有。

被召进华纳德的办公室时，埃斯沃斯走了几步，然后停了下来。华纳德办公室——旗帜大楼里仅有的一个奢华房间，四壁用软木和紫铜色镶板装饰，上面从未贴过任何图片。现在，在正对着华纳德的那堵墙上，他看到一幅镶在玻璃框里的放大的洛克的照片：是洛克在恩瑞特公寓剪彩仪式上的那张照片。洛克站在河畔的栏杆旁，头向后仰着。

托黑转身朝着华纳德。他们对视着。华纳德向一把椅子指了指，托黑坐了下来。华纳德微笑着说：

"托黑先生，我从没想过我会赞同你的部分社会理论，不过我发现我被迫赞同了。你一直谴责上层阶级的虚伪，鼓吹下层社会的美德。而现在我为不再享有我以前作为无产阶级时所享有的优势而感到遗憾。假如我还在'地狱厨房'的话，在我们这次面谈一开始，我会这样说：听着，寄生虫！——不过既然现在我是个受到约束的资本家，我就不会这么做。"

托黑等待着，看起来有些好奇。

"我应该这么开头：听着，托黑先生。我不知道你有什么动机，我也不喜欢分析你的动机，我可没有医学系要求学生所具有的胃口。所以我不会问任何问题，而且我也不听任何解释。我只告诉你，从现在起，有个名字你永远不要再在专栏中提起。"他指指那张照片，"我本可以强迫你公开彻底地改变自己的观点，我也会享受其中的乐趣，可是我更喜欢完全禁止你谈论这个话题。托黑先生，一个字也不许写，绝不要再写了。现在不要提你的合同或上面的任何一项条款，那样做并不可取。继续写你的专栏，不过记住它的标题，写一些适合的题材。保持很小的规模，托黑先生，很小很小。"

"好的，华纳德先生。"托黑轻松地说，"我目前不需要写有关洛克先生的文章。"

"就说这些吧。"

托黑站起身来："是，华纳德先生。"

5

盖尔·华纳德坐在办公桌前,读着一篇关于赡养大家庭的道德观的社论。文章中的语句就像是咀嚼过的口香糖,一嚼再嚼,啐掉,然后再捡起来,从一个人的嘴里传到另一个人的嘴里,吐到人行道上,粘到人的鞋底上,再送到人的嘴里,传到人的大脑里……他想了想霍华德·洛克,又继续读《纽约旗帜报》,这样一来就容易多了。

"美丽是一个女孩子最大的财富。每晚一定要洗烫你的内衣哟,而且要学会谈论一些文雅的话题,那样你的约会就越来越多,想有多少次,就有多少次。""你明天的天宫图主要显示出行善的局势。勤勉和真挚将会在工程学、公共会计学和冒险故事等领域为你带来奖赏。""亨廷顿夫人的业余爱好是园艺、歌剧和收藏早期美式糖罐。她把时间分摊给小儿子'古特'和大量的慈善活动。""我只不过是米粒儿,我只不过是个孤儿。""要想获取完整的食谱,请寄十美分和写好地址,贴足邮票的信封来。"……他一页页地翻着,心里想着霍华德·洛克。

他与克雷姆·普丁签署了五年的广告合同,在整个华纳德报业刊登广告,占各种报纸的周日版满满两个版面。他桌前的那些人坐在那儿,就像人体的凯旋门,胜利的纪念碑,为了那些耐心和精打细算的夜晚,为了饭馆的桌子,为了一饮而尽的空酒杯。为了那一张张会思考的嘴,他的精力,他的活力,就像玻璃杯中的液体一样流入那张开的厚嘴唇;流入那树桩似的、粗短的手指间;隔着一张办公桌,流入每个周日版的满满两版;流入那些用草莓装饰的黄色线脚和那些用奶油糖浆装饰的黄色花边里。他越过那些人的脑袋,看着办公室墙壁上的那张照片:那天空,那河流和一个男人扬起的脸。

可是,那张照片使我心痛,他想——每当我想到他时,我就心痛。它使一切都变得容易了——人群、社论、合同——可容易是因为它那么伤人。痛也是一种刺激。我恨那个名字。我要不断地重复这句话。那是我希望忍受的痛。

然后,当他与洛克面对面地在他顶楼公寓的书房里坐下来时,他却感觉不到那种痛,唯有毫无恶意地大笑的渴望。

"霍华德,根据人类已阐明的理想,你一生中做过的事都是错误的。然而现在你却在这里。不知为何,你似乎跟全世界开了一个天大的玩笑。"

洛克坐在壁炉旁的一把扶手椅上。壁炉里放射出的摇曳火光照耀着整个书房。那火光像是在有意识地摇曳着,欢喜于房间里的每一样物品。它自豪地强调着自己的美，给完成这个布景的人的品位盖上印戳表示赞同。他们单独坐在一起。多米尼克吃过晚饭后就找理由离开了，她早就知道他们想单独在一起。

"对我们所有人的玩笑。"华纳德说，"对街上每一个人的玩笑。我总是留心观察着街头的行人。我以前乘坐地铁纯粹是为了看看有多少人手里拿着《纽约旗帜报》。我以前痛恨他们，有时又惧怕他们。可是现在，看着他们中的每一个，我都想说：'喂，你这可怜的傻瓜！'我讲完了。"

一天早晨，他打电话到洛克的事务所。

"霍华德，能和我共进午餐吗？半小时后在诺得兰德和我碰头。"

当两人相对坐在这家餐馆的桌前时，他微笑着冲洛克耸了耸肩。

"什么事都没有，霍华德。没有什么特殊的理由。只不过是度过了令人恶心的半小时，想把那味儿从我嘴里除去而已。"

"什么令人恶心的半小时？"

"和兰斯洛特·克鲁格合影。"

"兰斯洛特·克鲁格是谁？"

华纳德哈哈大笑，忘了他那克制的优雅，也忘了侍者那不胜惊讶的一瞥。"说的是，霍华德。这正是我必须和你共进午餐的理由。因为你能说出这样的话。"

"那么到底是怎么回事？"

"你平时不读书吗？难道你不知道兰斯洛特·克鲁格是'国际局势的最敏感的观察家'吗？批评家是这么说的——在我的《纽约旗帜报》上。兰斯洛特·克鲁格刚刚被某个组织评选为年度作者或其他什么的。我们正在周日增刊上连载他的自传，而且我还得拿胳膊搂着他的肩膀与他合影。他穿着真丝衬衫，还有一股姜酒的味道。他的第二本书讲的是他的童年和那段时期是如何帮助他理解国际局势的。那本书卖出了十万册。可是你从未听说过他。来，继续吃你的饭，霍华德。我喜欢看你吃饭的样子。我希望你破产，没有一分钱，那样我就可以请你吃这顿饭，而且知道你确实需要它。"

在某一天快要结束的时候，他总是会不告而来，到洛克的事务所或到他家里。洛克在恩瑞特公寓有一套房子，是东河边那几个六边形单元中的一个：一间工作室，一个图书室，一间卧室。家具是他自己设计的。华纳德无法理解为何这个地方会让他感觉奢华，直到他发现人们根本注意不到那些家具：只是一片干净的空间和一种来之不易的简朴的奢华。而在财务价值上，这是二十五年来华纳德作为客人所走进的最朴素的一个家。

"霍华德，我们同样白手起家。"他扫视着洛克的房间说，"根据我的判断和我以往的经验，你应该还待在贫民窟，可是你没有。我喜欢这个屋子，我喜欢坐在这儿。"

"我喜欢看你坐在这儿。"

"霍华德,你是否曾有过支配和控制一个人的权力?"

"没有。而且如果有人给我这种权力,我也不愿意接受。"

"我无法相信。"

"有过这样一次,盖尔。我拒绝了。"

华纳德吃惊地看着他。这是他第一次在洛克的声音中听到努力。

"为什么?"

"我必须拒绝。"

"是出于对那个男人的尊重吗?"

"是个女人。"

"噢,你这个讨厌的傻瓜!出于对一个女人的尊重吗?"

"是出于对自己的尊重。"

"你别期望我能理解。我们是完全相反的两个男人。"

"我这么想过。我曾经想这样。"

"你现在不想了吗?"

"是的,不想了。"

"难道你不蔑视我所做的吗?"

"我蔑视我知道的你的每一个行为。"

"而你仍然愿意看我坐在这儿吗?"

"是的,盖尔。过去有一个人,认为你是那种特别邪恶的象征,那邪恶摧毁了他,也将摧毁我。他把他的恨留给了我。还有另一个原因。我想我是恨你的,在我见到你之前。"

"我知道你恨我。是什么原因让你改变了想法?"

"我无法向你解释。"

他们一起开车到康涅狄格州去,在那里,房子的墙正从冰冻的地面上升起。华纳德跟在洛克身后,穿过那些未来的房间,他站在一边,看着洛克下达指令。有时,华纳德独自一人来这里。建筑工人们看见一辆黑色的跑车沿着蜿蜒的山路爬上山顶,看见华纳德的身影站在远处看着这幢建筑。他的身影里含有他的地位所具有的一切特征。大衣的素净优雅,帽子的角度,以及姿势里所显示出的自信,紧张中透着随意,让人不由联想到华纳德帝国;想到以雷霆万钧之势响彻大洋两岸的印刷机的轰鸣声;想到他办的各种报纸;想到流光溢彩的杂志封面;想到新闻短片中抖动的闪光灯的光线;想到缠绕地球几圈的电缆;想到那种流过每一座宫殿、每一座首都、每一间秘密的重要房间的力量,那种力量夜以继日地穿过这个男人生命中宝贵的每一分钟。他站立的身影映在灰得像洗衣房污水一般的天幕上,雪花懒洋洋地从他的帽檐旁纷飞而过。

四月里的一天,在一连几周没去工地之后,他独自开车到康涅狄格州去。黑色的跑车从乡间飞驰而过,简直不是一个物体在跑,而是一连串的速度线。在玻璃与皮革制成的正六面体中,他感觉不到一丝颠簸和晃动；对他来说，似乎他的车是纹丝不动的。车在地面上方悬着，而双手的控制使得地球从他旁边飞过，他只要等待他希望去的地方滚到他面前就可以了。他就像喜欢旗帜大楼里他的办公桌一样喜欢方向盘：二者都让他感觉到他手指熟练控制下的脱缰的怪兽。

什么东西从他的视野里飞逝而过，已经到了一英里开外，他才觉得真是奇怪，居然能看到那样东西，那不过是路旁的一簇野草；再过一英里以后，他越发奇怪了：那簇野草竟然是绿的。在隆冬草不该是绿的，他想，随后明白过来，充满惊讶，现在已经不再是冬天了。过去几周他一直很忙，忙得无暇顾及。现在他看到了，周围的田野里随处都是，一抹绿意，犹如一声耳语。他听到了自己心中三句平静的陈述，精确地衔接在一起，就像相互咬合的齿轮：已经是春天了，不知道我还能看到几个春天，我已经五十五岁了。

只是平静的宣言，没有强烈的感慨。他没有任何感觉，既不渴望，也不惧怕。可他觉得奇怪的是，他居然体验到了时间感。他从未将他的年龄与任何衡量尺度联系在一起过，他从未否认过他在 个有限过程中的位置问题，他压根就没有想到过程或者限度。他一直是盖尔·华纳德，一直屹立不动，如同这辆车，岁月从他旁边匆匆而过，如同这地球，他身体里的发动机在控制着岁月的飞逝。

不，他想，我没什么可遗憾的。我错过了一些东西，可是我并没有质问，因为我是爱过的，一如既往地深爱着，甚至于那些空虚的时刻，甚至于那些无法回答的问题——我爱过，这是我生命中无法回答的问题，可是我爱过。

有个古老的传说，说人最终会站在某个最高审判者面前历数自己的过去。如果真是这样，那么，我将带着我所有的骄傲供述，并非我所做过的任何行为，而是我在这个世界上从未做过的那件事：我从来没有追求过最高制裁。我会站起来理直气壮地说，我就是盖尔·华纳德，我犯过了所有罪行，唯有一个最重要的例外：我从没把无益的事和轻浮的言行归咎于生存这一令人惊叹的事实，并为自己寻求力所不及的辩护。这就是我的骄傲所在：现在，想到死，我并没有像所有那些处在我这个年龄的人那样哭喊：何为用处，何为意义？'我'就是用处和意义，我，盖尔·华纳德。我所骄傲的是我活过，我做过。

他把车开到小山脚下，猛地一踩刹车，抬头看时，不由大吃一惊。在他没来的这几个星期里，那座房子已经粗具规模，现在可以辨认出它的样子了——它看起来跟图纸一模一样。刹那间，他感到孩子般的好奇——它的确是从那幅草图里走出来的，仿佛他从来就不怎么敢相信似的。它矗立着，在淡蓝色天空的衬托下，看上去仍然像一幅图画，还未完成，石造建筑的各个平面像是涂上了水彩，而那裸露的脚手架就像铅笔的线条，简直是画在一张淡蓝纸上的巨幅画卷。

他离开汽车走上山顶。他从那些建筑者中认出了洛克。他站在工地外,看着洛克穿过房屋行走的样子,看着他举手投足还有指点的方式。他注意到洛克停步不前的样子:分开双腿,两臂笔直地垂于身体两侧,头高高地扬起;那是出自本能的自信的姿势,在那一刻——那种控制自如的干劲和活力——把他设计的建筑结构上的整洁赋予了他的身体。华纳德想:结构是一个已被解决的关于张力、平衡力和反作用力安全的问题。

他想,在建造房子的行为中是不掺杂情感的;那只是一种机械的工作,跟铺设排水管道和造汽车没什么两样。可是,不知道为什么,在观察洛克时,他有一种置身于自己艺术陈列室的感觉。华纳德觉得,与竣工后的房子相比,与设计中的房子相比,洛克更适合它现在的状态,它是适合于他的背景;那与他是相称的——就像多米尼克说那游艇与我相称一样。

后来,洛克走了出来,他们一起沿着山脊在树林间散步。他们在一根倒下的树干上坐下来,透过密集的树干,他们可以看见远处的房子。树丛里枯干的叶柄上还没有长出叶子,可是它们向上伸展的欢乐的傲慢里,洋溢着一种春天的特质,一种任性、自负而逞能的骚动。

华纳德问:"霍华德,你有没有爱过谁?"

洛克转身直视着他,平静地回答:"我现在还一直爱着。"

"可是当你穿过一幢建筑时,你的感觉比爱情更伟大?"

"伟大得多,盖尔。"

"我在想那些说世上不可能有快乐的人。你瞧他们,怎样苦苦地在生活中寻找一点快乐。你看他们,为那一点快乐在怎样挣扎。为什么任何生命都要在痛苦中生存呢?一个人凭借什么样的权利,能要求人类只为自己的快乐而生存呢?他们中的每一个人都想得到快乐。他身体的每一个部位都渴望快乐。可是谁也没有找到过。我想知道为什么。他们哀叹,说他们不懂生命的意义。我特别瞧不起一种人。他们寻求某种所谓的更高理想或者说'普遍的目标',却不知道活着是为了什么,他们悲叹说他们必须要'找到自我'。在我们身边,你到处都可以听到这种悲叹。这好像是这个世纪公认的陈词滥调。在你打开的每一本书里,在每一段喋喋不休的自白里。似乎那是件值得坦白的高尚之事。而我却觉得那是最无耻的一件事。"

"瞧,盖尔。"洛克站起身,伸手从树上折下一根粗粗的树枝,将它握在手中,两只拳头分别握住树枝两端,然后,手腕和关节都绷紧,慢慢地将那根树枝弯成一个弓形,"现在我能用它制造出我所需要的东西:一张弓,一把标枪,一根手杖,或者一根栏杆。那才是生命的意义。"

"是你的力量吗?"

"是你的工作。"他将那根树枝丢到一边,"地球赋予你的材料和你用这些材料所创造出来的东西……你在想什么,盖尔?"

"想我办公室墙上挂着的那幅照片。"

如他所希望的那样,要保持节制,要有耐心,要将耐心理解为每天以积极的态度有意识地履行职责,要站在洛克面前,让自己宁静安详地对他说:"这是你要求我做的最困难的事情,可是我很高兴,如果这就是你想要的。"这就是多米尼克的生存准则。

作为洛克和华纳德的旁观者,她站在一边,默不作声地观察着他们。她曾经想去理解华纳德。这就是答案。

她接待洛克来他们家拜访,还接受了一个事实——夜晚的这几个小时内,他归华纳德所有,而不是归她所有。她作为一个高雅庄重而又谦和有礼的女主人来迎接他,面带微笑,一副满不在乎的样子。此时的她不是一个人,而是华纳德家里的一件精致摆设。晚饭时,她坐在餐桌前女主人的位置上,饭后便起身离开,让他们待在书房里。她则独自一人,坐在客厅里,关掉灯,开着门。她安然静坐,双眼盯着走廊对面书房门下那道窄缝里透出来的一线灯光。她想,这就是我的任务,甚至在独处的时候,在黑暗中,除了我谁也不知道,就像我看着他在这儿一样看着那扇门,毫无怨言地……洛克,如果这就是你选择的惩罚我的方式,我会通通承受,不是当面扮演的一个角色,而是独自履行的一份职责——你知道,暴力对我来说是不难忍受的,唯有耐心才是最难的。你选了我最难承受的，所以我必须履行好这个职责，向你交付……我的……最爱……

洛克注视她时，眼神里并没有对回忆的否认。那眼神只是在说一切都没有改变，一切都不必说出来。她仿佛感觉到他在说：你为何如此震惊？我们曾经分开过吗？你的客厅，你的丈夫，以及窗外你所畏惧的这座城市，它们现在是真实的吗，多米尼克？你明白吗？你开始明白些了吗？"是的。"她常常会说出声来，相信那个词与当前的谈话会很契合，知道洛克会听到这个词，作为给他的回答。

那并不是他为她选择的惩罚。那是加在他们两人身上的准则，是最后的考验。当她发现她能够感觉到她对他的爱被这间屋子，被华纳德，甚至是被他和她对华纳德的爱，被这不可能的处境，被她那强制性的沉默所证明时——这一切障碍都向她证明，障碍是无法存在的——她便理解了他的意图。

她没有单独见过他。她等待着。

她不愿意去视察建筑工地。她对华纳德说："等房子修好了我再看吧。"她从未向华纳德问起过洛克的事。华纳德深夜回到家，告诉她说他在洛克的公寓——一间她从未见过的公寓——度过了一个夜晚。她将手放在椅子扶手上视线可及的地方，从而使自己的任何极端举动都被压了下来。

有一次，她忍不住问道："盖尔，你这是怎么回事？着迷了吗?"

"我猜是的。"他又说,"真奇怪,你竟然不喜欢他。"

"我可没那么说过。"

"我看得出来。我并不是真吃惊。那是你的方式。你会讨厌他——确切地说,因为他是你应该喜欢的那种人……别怨恨我的着迷。"

"我不怨恨。"

"多米尼克,如果我告诉你,自从认识他以后,我更加爱你了,你能理解吗?甚至——我想说的是——甚至当你躺在我的怀里时,意义都远大于此。我觉得现在我对你有了一种更大的权利。"

他以纯粹信任的口气说着,他们在过去三年里都是这样跟对方说话。她像往常一样坐在那里看着他。她的眼中透出毫无讥讽之意的温柔和毫无怜悯之心的悲哀。

"盖尔,我理解。"

过了一会儿,她问:"他对你来说算是什么呢?盖尔?是一座神殿?"

"一件苦行者穿的粗毛衬衣。"华纳德说。

她上楼以后,他伫立在窗前,久久地凝望着天空。他将头高高地扬起,感觉得到喉结处肌肉的拉力。他在想,凝望天空时那种特别的庄严,是否并非来自人的沉思默想,而是来自扬起头的动作。

6

埃斯沃斯·托黑说："现代世界的最基本问题是理性的谬误——以为自由和强制是对立的。要解决这一在当今世界普遍存在的问题，我们必须澄清思想上的混乱。我们必须获得某种哲学上的洞察力。在本质上，自由与强制是统一的。让我举个简单的例子来说明这个问题。交通灯限制了你随时过马路的自由，可是这种限制却使你免遭被卡车撞死的危险。如果给你一份工作，而又禁止你离开，那这个工作会限制你的职业生涯，但是同时却给予你不用担心失业的自由。无论何时，当新的强制施加于我们时，我们便自然而然地获得了一种新的自由。这两者是不可分割的。只有接受完全的强制，我们才能获得完全的自由。"

"说得对！"米切尔·兰登尖声叫道。

那可真是一声名副其实的喊叫，声音又细又高，像吓人的火警声那样突如其来。客人们都将目光集中到米切尔·兰登身上。

他半躺半坐在客厅的一把饰有绣花罩毯的扶手椅里，双腿和腹部向前凸出，就像一个该受谴责的孩子在夸耀着自己难看的姿势。关于米切尔·兰登本人，无论从哪方面看，都离恰到好处差了一点点：他的身体一开始是往高长的，可是中途改变了主意，最终使他有一副长长的躯干，下面则长着两条短粗的腿。他面部骨骼精巧，可是那些肉跟它们开了个大玩笑，像发面似的膨胀起来，还不足以患上肥胖症，仅仅够得上向人们暗示——那是永久性的流行性腮腺炎。米切尔·兰登噘着嘴。那并不是一个临时性的表情，也不是面部的布局问题。那是他的品性，影响着他的整个人格。他的全身都在噘着嘴，发着脾气。

米切尔·兰登继承了两亿五千万美元，他生命中的三十年时间都花在了努力把那些钱消耗掉这件事上。

埃斯沃斯·托黑穿着晚礼服，懒洋洋地靠在一个橱柜上。他的漫不经心里透出一种潇洒的随意和些许的不耐烦，仿佛周围的人都不配得到他面面俱到的礼貌似的。

他的眼睛在屋子里四处打量着。屋子不完全是现代的，也不具有殖民地时期的特点，只缺了一点儿法兰西帝国时代的味道。房子的装饰有着垂直的平面和鹅颈一般的支撑，黑色的镜子，防风电灯和绣花罩毯；它们具有唯一的共同特质：昂贵。

"说得对。"米切尔·兰登挑衅般地说，仿佛预料到每一个人都不会同意，所以在提前侮辱他们，"人们对自由这个东西太他妈的小题大做、庸人自扰了。我的意思是说，这是个暧昧的滥用词。我甚至没法确定那是不是某种见鬼的神赐。我认为，在规范化的具有一定模式和统一格式的社会里，人类要快乐得多——就像跳民间舞一样。你知道民间舞是多么漂亮，节奏感也很强。那是好几代人共同创作出的，容不得任何机会主义的白痴来改变它们。那正是我们所需要的模式。我是说，有节奏，充满美感。"

"那真是个恰当的比喻，米奇。"埃斯沃斯说，"我一直跟你说，你有一个创造性的大脑。"

"我的意思是说，人们不快乐的原因不是选择的机会太少，而是太多。"米切尔·兰登说，"要做出抉择，一直要作，一直在左右为难。而今，在模式化的社会里，人便有了安全感。在这样一个社会里，没有人老是来缠着你做这做那。没有非得要做的任何事，当然了，我的意思是说，以共同利益为目标的工作除外。"

"重要的是精神观念。"休谟·斯劳顿说，"必须要赶上时代，而且与世界保持同步。这可是个精神的世纪。"

休谟·斯劳顿长着一张大脸，两只眼睛令人昏昏欲睡。他的衬衫纽扣是用红宝石和绿宝石做的，就像凉拌沙拉从他硬挺的前领上掉下来了似的。他拥有二家百货商店。

"应该有条法律强制每个人都研究古老的神秘奇迹，"米切尔·兰登说，"那些奇迹都记载在埃及的金字塔里。"

"此话不假，米奇。"休谟·斯劳顿同意他的看法，"关于神秘主义，很值得一说，这只是一方面。另一方面，辩证唯物主义……"

"那并不矛盾。"米切尔·兰登拉长腔调傲慢不恭地说，"未来的世界会把两者结合起来。"

"实际上，"埃斯沃斯·托黑说，"二者是同一事物的不同表现形式，具有相同的目的。"他的眼镜反射着耀眼的光芒，仿佛光是从里面照射出来的。他似乎得意于自己说话的这种独特方式。

"我只知道一点——无私是唯一的道德原则，是最高尚的原则，是一个神圣的职责，而且要比自由重要得多。无私是实现快乐的唯一途径。我想把所有拒绝无私的人都枪毙，好使他们脱离不幸和苦难。反正他们是不可能快乐的。"杰西卡·普拉特沉思着说。她的脸温和而苍老，上面敷满粉，但没有化妆，给人这样一种感觉：轻轻碰一下，手指上就会留下一点白色的粉尘。

杰西卡·普拉特出生在一个古老的家族，没钱，但有份深情：那便是对她妹妹瑞妮的爱。她们早年就成了孤儿，她将自己的人生献给了抚养瑞妮。她牺牲了一切；她从未结过婚；这么多年，她挣扎过，算计过，图谋过，诈骗过——终于成功地把瑞妮嫁给了休谟·斯劳顿。

瑞妮·斯劳顿蜷缩着身子，坐在一只小凳上，正在嚼着花生。每隔一会儿，她便将手伸到旁边的水晶碗里再取一颗花生。

她做的就是这些，没有表现出进一步的努力。一双苍白的眼睛在她苍白的面孔上无神地睁着。

"又扯远了，杰西。"休谟·斯劳顿说，"你不可能期待所有人都变成圣徒。"

"我不期待任何东西。"杰西卡·普拉特温顺地说，"我很久以前就放弃了期待。可是，我们需要教育。我认为托黑先生明白这个道理。如果每个人都接受某种强制性教育，世界将会变得更美好。如果强迫人们做善事，他们便会快乐。"

"这是完全没用的讨论。"夏娃·兰登说，"当今没有一个聪明人会信仰自由。自由已经过时了。未来属于社会计划。强制是一种自然规律。就是这样。这是不言自明的。"

夏娃·兰登很漂亮。她站在枝形吊灯的光影里，乌黑光亮的头发披在头上，浅绿色的锦缎长袍好似一注清水，仿佛马上就要从身体上流淌下来，将她那柔软的、晒成棕褐色的皮肤全部暴露出来。她有一种特殊的才华，能将锦缎和香水弄得像铝皮桌面一样摩登。她活脱脱是一个从海底潜艇的升降孔中升起来的维纳斯。

夏娃·兰登相信她的人生使命就是成为先锋人物——做什么样的先锋倒无关紧要。她自有妙法——常常是漫不经心地一跳，便扬扬得意地远超别人着陆了。她的哲学由一个句子构成："任何事情都别想让我落水。"在交谈的时候，她将它阐释成她偏爱的语句："我呀？我就是未来。"她骑术精湛，不仅是一名赛车手，而且是一名技艺超群的飞行员，还是一名游泳冠军。当她发现时代的重心已经转移到思想领域时，她又跃进了一大步，就像她从任何沟渠上越过去一样。她着陆时还是远远在别人前方，仍然是前卫的。等她着陆后，她惊奇地发现居然有人要对她这一身好本事提出质疑——还从不曾有人怀疑过她的成就呢。对不赞同她政治观点的人，她形成了一种不耐烦的愤怒。那是个私人问题。既然她是未来，那她就肯定是对的。

她的丈夫——米切尔·兰登，很讨厌她这一点。

"这是一场完美而有理有据的讨论，"他厉声说道，"我亲爱的，不是每个人都像你那么能干。我们必须帮助别人。那是凭理性办事的领袖们的道德责任。我的意思是说，应该抛开对强制这个词谈虎色变的无端惊恐。当它有利于慈善事业时，便不再是强制了。我的意思是说以爱的名义。可是我不知道如何才能使我们的国家理解它。美国人是这么不开化。"

他无法原谅这个国家，因为它让他得到了两亿五千万，然后却拒绝将等量的威望赋予他。人们在接受他支票的同时却不肯接受他有关艺术、文学、历史、生物学、社会学和形而上学的观点。他抱怨人们过于从钱的方面认同他。他恨他们，因为他们对他的认同还远远不够。

"对于强制这东西，还有很多值得推崇的地方。"休谟·斯劳顿申明,"假如能进行民主规划的话,共同的利益总是第一位的,不管你喜欢与否。"

具体说来,休谟·斯劳顿的观点包含两个相互矛盾的部分。但这种对立的观点并没有使他困惑,它们同时完好地并存于他的意识之中。首先,他认为抽象的理论是无稽之谈,如果顾客对此情有独钟的话,那就给他们好了,反正是万无一失的,而且还能确保他的生意兴隆。其次,他觉得因忙碌而忽略了不管人们称其为什么的精神生活,他于心不安,也许像托黑一样的人对此会有看法,即使他的商店被没收了,那又有什么要紧?像一个国营百货商店的经理那样生活,不是更容易吗?难道一个经理的薪水还不足以维护他的威望和他现在所享受的舒适生活吗?——又不用承担业主的风险?

"在未来社会,任何女人都会跟任何她喜欢的男人睡觉,这是真的吗?"瑞妮·斯劳顿问。这句话本来是当作问题提出来的,可是她说话的语调渐渐低落下去,结果听起来倒像下了一个断语。她并不是真的想知道答案。她只是感到无聊的好奇,好奇拥有一个自己想要的男人是怎样的感觉,这种想要本身又是怎样的。

"谈论个人的选择是愚蠢的。"夏娃·兰登说,"那已经过时了。个人是不存在的。只有一个集体性实体。这是不言而喻的事情。"

埃斯沃斯·托黑微微一笑，没有说话。

"得对群众采取点措施。"米切尔·兰登宣称，"他们非得有人领导不可。他们不会知道对他们来说什么是有益的。我是说，令我无法理解的是，为什么像我们这样有文化有地位的人可以把集体主义理解得这样透彻，而且自告奋勇地自愿牺牲个人利益，而那些要从集体主义中获取一切利益的劳动大众却那么愚蠢而漠不关心。我无法理解这个国家的劳动者为什么对集体主义缺乏同情心。"

"难道你真的不理解这一点吗？"埃斯沃斯·托黑说，他的眼镜片上闪烁着光芒。

"我对这个话题厌烦了。"夏娃·兰登厉声说，在房间里踱着步，灯光从她肩头流泻下来。

话题又转到艺术和当今艺术各个领域中公认的领袖身上。

"洛伊丝·库克说过，词语必须从理性的压迫下解放出来。她还说理性对词语的束缚不亚于资本家对劳动大众的剥削。必须允许词语和理性通过讨价还价来进行磋商。她就是这么说的。她这个人说话真逗，令人有耳目一新的感觉。"

"爱克——他叫什么名字来着？我怎么又给忘了！——他说戏院是爱的乐器。他说，说戏在舞台上上演是不对的——戏是在观众的心里上演的。"

"朱尔斯·佛格勒在上星期的《纽约旗帜报》增刊上说，在未来的世界里，剧院根本就是没有必要的。他说，普通人的日常生活就如同莎士比亚最出色的悲剧一样，是一件艺术作品。在未来，没有对戏剧家的需求。批评家将只是简单地观察群众的生活，并为公众评估出一个分数。朱尔斯·佛格勒就是这么说的。现在我不知道自己是否同意他的看法，不过他看问题的角度倒是蛮新鲜有趣的。"

"兰斯洛特·克鲁格说大英帝国注定要灭亡。未来没有战争，因为全世界的劳动者是不会允许战争发生的，发动战争的是国际银行家和军需品标记员，他们已经被踢下台了。兰斯洛特·克鲁格说宇宙是一个谜团，还说他母亲是他的挚友。他说保加利亚的总理早餐吃的是鲱鱼。"

"高登·普利斯科特说，四壁和天花板就能成为一座建筑。地板可有可无。其余的则都是资产阶级的卖弄。在地球上的每一个居民头上都有一个屋顶之前，谁都不该被允许在任何地方修建任何建筑。那么，巴塔哥尼亚人又怎么办？教会他们要一个屋顶是我们分内的工作。普利斯科特称之为辩证的跨越空间的互相依赖。"

埃斯沃斯·托黑一言不发。他站在那儿，冲着心中巨大的打字机幻想，脸上露出微笑。每一个他听到的著名的名字都是键盘上的一个键，每一个键都控制着一个特殊的领域，每一下敲击都会留下它的印记，而这些加起来又会在一张巨大的白纸上造出互相关联的语句。他想，做一个打字员的前提是他必须有一只手去敲击键盘。

他听到米切尔·兰登生气地说："噢，是啊，又是《纽约旗帜报》，见它的鬼！"便连忙收回了注意力。

"它出错了，"休谟·斯劳顿说，"它肯定是出错了。对我来说那可真是个好投资。那是埃斯沃斯犯过的唯一一个错误。"

"埃斯沃斯从不犯错。"夏娃·兰登说。

"可是，那次他是错了嘛。是他建议我买那种烂股票的。"他看见托黑的眼睛里流露出天鹅绒一样的韧性，赶紧又说，"我不是在抱怨，埃斯沃斯。那没什么大不了，甚至还能帮我分担一些个人所得税呢。可是那肮脏下流的保守小人肯定是在走下坡路。"

"有点耐心好不好，米奇。"托黑说。

"难道你不觉得我应该将那些股份抛出去吗？"

"不，米奇，我不这样想。"

"好吧。如果你这么说的话。我出得起这个钱。有多少我都吃。"

"可是我赔不起！"休谟·斯劳顿的语气激烈得令人吃惊，"我不敢在《纽约旗帜报》上做广告了。倒不是它的发行量——那还好——可是有一种感觉……埃斯沃斯，我一直在考虑终止我的合同。"

"为什么?"

"你知不知道'我们不读华纳德报纸'运动?"

"我听说了。"

"那场运动是由一个叫古斯·韦伯的人指挥的。他们把海报贴在停车场里车辆的防护板上和公共厕所的墙上。他们在影院里对华纳德的新闻短片发出嘘声,并表示反感。我本来想那个团体并不大,可是……上周,一个令人大倒胃口的女人在我的百货商店里大发脾气——在五十街的那个分店,她把我们称作劳动者的敌人,因为我们在《纽约旗帜报》上刊登广告。那个倒可以忽略。可是事情后来变得严重了,我们商店的一位老顾客,一位来自康涅狄格州的温和老太太,三代都是共和党员,打电话对我们说,或许她可以取消她的消费账户了,因为有人告诉她说,华纳德是一个独裁者。"

"盖尔·华纳德除了最基本的一点知识外,对政治一窍不通。"托黑说,"他还是在用'地狱厨房'的民主党俱乐部的方式想问题。那时候对于政治上的腐败,人们当然一无所知了,你不这样看吗?"

"我才不管呢。我说的不是那个。我是说,《纽约旗帜报》正逐渐变成一种障碍。它对生意不利。现在这个世道,人还是当心些好。你没有跟对主儿,受了拖累,首先,你要知道,有人在冲着另一个人泼脏水,稍不留神,你也会被溅一身的。我可蹚不起这个浑水。"

"那还不完全是浑水嘛。"

"我不管。无论是不是真的，我都不管。盖尔·华纳德的事，我伸那么长脖子干什么？我是谁呀？如果大家都怨恨起他来，我就该尽快躲远点。而且又不是我一个。和我一样想法的人多了。菲利斯-西梅斯公司的吉姆·菲利斯，威姆-福力克公司的比利·舒尔兹，托德-托克斯公司的巴德·哈珀，还有……见鬼，这些人你们都认识，他们都是朋友，是我们一伙儿的，自由主义的商人。我们都要求赶紧将我们的广告从《纽约旗帜报》上撤下来。"

"休谟，稍微再耐心点嘛。我不会着急的。凡事都有个火候，不是还有最佳时机这个说法吗？"

"那好吧。我就听你一句话。可是还有——空气中还有一种味道，有朝一日会有危险的。"

"或许吧。我来告诉你什么时候有危险。"

"我还以为埃斯沃斯·托黑是为《纽约旗帜报》工作的呢。"瑞妮·斯劳顿大感不解，茫然地说。

其余的人都转向她，既生气又怜悯。

"你很天真，瑞妮。"夏娃·兰登耸了耸肩。

"可是《纽约旗帜报》出什么事了？"

"哎呀，孩子，你就不要为那些肮脏的政治操心了。"杰西卡·普拉特说，"《纽约旗帜报》是一家不道德的报纸。华纳德先生呢，是个邪恶的人。他代表有钱人的自私利益。"

"我觉得他很英俊，"瑞妮说，"我认为他很性感。"

"噢，看在上帝的分上！"夏娃·兰登叫出声来。

"喂，得啦，毕竟，瑞妮有权发表她的见解。"杰西卡·普拉特立刻生气了。

"有人告诉我说，埃斯沃斯是华纳德集团的工会主席。"瑞妮拉长了腔调说。

"噢，我的天呐。不，瑞妮。我绝不是任何组织的主席。我不过是平头百姓。就像任何送稿生一样。"

"他们有'华纳德集团工会'吗？"休谟·斯劳顿问道。

"开始那只是个俱乐部。"托黑说，"去年变成了工会。"

"是谁组织的？"

"谁知道呢？多多少少是自发的，就像所有的群众运动一样。"

"我觉得华纳德是个杂种。"米切尔·兰登断言，"无论如何，他以为他是谁？我是来参加股东会议的，而他竟然像对待奴才一样地对待我。我的钱不如他的好使？我不也拥有该死的报纸的股份吗？关于新闻出版，我都能教他一两招。我有的是创意。他到底牛气什么？就因为他自己创下了一份产业？就因为他是从'地狱厨房'来的？他有必要这么势利吗？如果别人不幸没有发家于'地狱厨房'，没有跳出苦海，那是他们的错吗？没人知道生在有钱人家是多大的不幸。因为人们会想当然地认为,既然你天生就是个富人,如果你不那样,大家都会觉得你不行。我的意思是说,假如我有盖尔·华纳德那样的运气,现在我会和他一样有钱,而且名气是他的三倍。可他竟然如此自高自大,而且还全然无知!"

没有一个人吭声。他们听到米切尔·兰登歇斯底里的语调又升高了。夏娃·兰登看着托黑,面露求救的神色。

托黑微微一笑,向前迈了一步。"米奇,我都为你羞愧。"他说。

休谟·斯劳顿倒吸一口凉气。关于这个话题,人们从不责备米切尔·兰登,人们从不责备米切尔·兰登谈论任何话题。

米切尔·兰登噘起的下嘴唇缩了回去。

"我为你感到羞愧,米奇。"托黑又严厉地说了一遍,"竟然拿自己和盖尔·华纳德那么卑鄙的人作比较。"

米切尔·兰登绷紧的嘴唇放松了,换上了某种和微笑一样柔和的表情。"此话一点不假。"他温顺地说。

"不,你永远没法与盖尔·华纳德的事业相比。你有敏感的心灵和博爱主义者的天性,你比不过他。米奇,正是这个因素压制着你,而不是你的钱。现在谁在乎钱?钱的时代已经成了过去。是你的本性太好了,不适应资本主义制度下残忍的竞争。不过，这一时代也快过时了。"

"这是明摆着的事。"夏娃·兰登说。

托黑离开的时候已经很晚了。他感到很兴奋，于是决定步行回家。周围的街道空旷而肃穆，黑压压的楼群高耸入云，大胆自信而又毫不设防。他记得有一次他对多米尼克说过："一台复杂的机器，例如我们的社会……然而，将你小巧的手指在某一位置一按……所有重力的中心……你就可以轻而易举地将它化为一堆废铜烂铁……"他想念多米尼克，希望她能和他一起听听今晚的谈话。

那种无人分享的感觉在他胸中沸腾。他站在寂静的大街中央，仰头大笑，目光落在摩天大楼的顶部。

一名警察拍拍他的肩膀，问："怎么了，先生？"

托黑看到一排纽扣和宽阔胸膛上的蓝色制服，一张忠实可靠的面孔，严厉而又耐心；一个和周围的建筑一样坚定可靠的男人。

"警官，在值勤吗？"托黑问道，他笑声的回音就像声音在痉挛一样，"在保护法律和人类生活的尊严和秩序吗？"那名警察用手挠挠后脑勺。"你应该逮捕我，警官。"

"好吧，朋友，好吧。"警察说，"走开吧。我们偶尔都会喝醉的。"

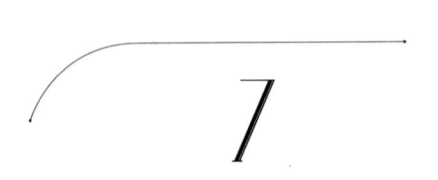

7

最后一名油漆工走了以后,彼得·吉丁才感觉到孤独,肘弯内侧一阵麻木酸痛。他站在大厅里,抬头看着天花板。在油漆刺目的光彩下面,拆除楼梯留下的那个缺口痕迹依稀可辨。盖伊·弗兰肯的旧办公室不见了。吉丁-杜蒙特事务所现在只剩下了一层楼。

他想起了那段楼梯,想起指尖捏着一幅图纸,第一次沿着那红色丝绒台阶走上楼的样子。他想起盖伊·弗兰肯的办公室里那流光溢彩的蝴蝶倒影。他想起了那间办公室属于他的那四年。

他已明白在过去的几年里公司出了什么问题。当穿着工作服的人将那段楼梯拆掉,将天花板上的缺口堵上时,他已经明白了。然而是那白色油漆下面方形的痕迹使这件事变得真实起来,而且已成定局。

他早就对每况愈下的生意听之任之了,并不是他选择了听天由命——那样反倒是一个积极的决定——只是悲剧已经发生了,他便听之任之。那种情形简单而毫无痛苦,就像困倦时没有什么比一场期待已久的睡眠更好一样。他之所以有这种迟钝的痛苦，根源在于他想了解这一切发生的原因。

先是"世纪征程"博览会，可是单那一件事还没什么。"世纪征程"在三月份开幕。那是一个转折点。有什么用呢？吉丁想，干吗不用个贴切一点的词呢？彻底的失败。那是一个可怕的失败。"这个冒险的标题是非常合适的。"埃斯沃斯·托黑曾经这样写道，"我们可以假定，那几个世纪是骑在马背上走过去的。"其余有关博览会建筑价值的描写都如出一辙。

吉丁苦苦沉思着，想起他们当时是如何认真负责地工作，他与其他七位建筑师一起设计着那些建筑。那时，他爱出风头，竭力引人注目，而且贪婪地争抢向新闻界宣传的机会。这都是事实。可是在设计方面，他几乎什么都没有做。他们工作得协调一致，通过一次又一次的会议，各自对其他人做着让步；抱着一种真正的集体主义精神，没有一个人想把自己个人的偏见或者自私的想法强加于他人。就连罗斯通·霍尔科姆都忘了他的文艺复兴风格。他们把那些建筑设计得很现代，比斯劳顿百货商店的展示窗都现代，比任何人所见过的都现代。他觉得它们看起来并不像一位评论家所说的"一堆被人用脚从牙膏管里踩出来的牙膏卷或者程式化的低等腔肠动物"。

可是，公众似乎是这么认为的，如果公众也有什么观点的话。他无法判断。他只知道"世纪征程"的门票是在电影院的宾戈[1]场上硬塞给观众的,而且还知道博览会的轰动人物,财务救星,是一个叫朱安塔·费的人,他和一只活孔雀跳舞,并以此作为唯一的服装。

可是,就算博览会彻底失败了,那又有什么关系?顾问团其他几位建筑师的声誉并没有因此而受损。高登·L.普利斯科特比以前更吃香了。并不是因为这个,吉丁想。事务所的每况愈下早在博览会之前就已经露出了端倪。他也说不准是从什么时候。

可以有很多种解释。大萧条使他们都遭受了打击;其他人都或多或少地得到了恢复,而吉丁-杜蒙特事务所却没有。随着盖伊·弗兰肯的退休,为他们提供客户的那个圈子中的某种东西已经不复存在。此时,吉丁才意识到,在盖伊·弗兰肯的职业生涯中,有着微妙的艺术和技巧,而且散发着其自身某种不合逻辑的力量——即使那种艺术只包括他的社会魅力,而那种力量只用以诱惑那些糊里糊涂的百万富翁。在人们当初对盖伊·弗兰肯的反应中,存在一种扭曲的情绪。

他看不到现在人们有所反应的事物中存在任何理性的痕迹。律筑行业的领袖是高登·L.普利斯科特——只是规模已大不如前,无论从哪方面讲,都没有当年那种规模了——他是美国建筑师行会的主席。高登·L.普利斯科特主持关于建筑的先验实用主义和社会规划的讲座,将脚踩在客厅的桌子上,出席荷兰人后

---

[1] 一种赌博游戏。——编者注

裔的晚宴，大声地批评汤的味道。社交界的人说，他们喜欢自由主义建筑师。全美建筑师行会还在，仍然保持着那份僵死的威严，可是人们在提到它时，只当它是"老人之家"。统治这个行业的美国建筑家委员会正在讨论一家封闭式工厂，尽管还没人想出该怎么实现它。每当有一个建筑师的名字出现在埃斯沃斯的专栏里时，总会是那个奥古斯特·韦伯。在三十九岁的时候，吉丁就已经被描述为一个过了时的建筑师。

他放弃了努力去理解的念头。他模模糊糊地知道，那种吞噬着整个世界的解释方式正在改变，它们具有一种他不愿知道的特性。在他的青年时期，他对盖伊·弗兰肯和罗斯通·霍尔科姆的作品持有亲切友好的藐视，努力赶上并超过他们似乎仅仅是一种没有恶意的大话。不过他清楚，高登·L.普利斯科特和奥古斯特·韦伯代表的是无礼和不道德，以至于他想视而不见都很难。他以前相信人们从霍尔科姆身上看到了伟大，而且觉得从他"借鉴"来的伟大中再"借鉴"一些也能令人满足。现在他知道，从高登身上，任何人都不会看到任何东西。他从关于高登天赋的谈论中，看到某种黑暗的、斜眼睨视的神态，仿佛他们并不是在向高登表示敬意，而是在藐视和侮辱。曾经一度，吉丁无法理解民众；甚至连他都清楚，公众的偏爱已经不再是一种对于优点的承认，而几乎已经变成了一种耻辱的烙印。

他受惯性的驱使，继续苦心经营。他已经负担不起那一大层楼的办公室了，而且他连一半的房间都没派上用场，可他仍然留着它们，把亏空的数额从自己的腰包里掏出来垫上。他非继续下去不可。他在一次股票投机中赔掉了大部分财产；不过他还剩下足够的钱，可以为余生提供舒适生活的保障。这个问题并没有使他感到不安。钱已经不再是左右他视线的主要因素了。令他感到惧怕的是无事可做；如果工作的常规注定要被改变的话，这才是那个从远处阴森森地向他逼近的问号。

他慢慢地走着，胳膊紧贴着身体，肩膀弯成弓形，仿佛对抗着永久的寒冷。他一直在发福。他的脸肿胀着；他低着头，衣褶一样的双下巴在领结上压平了。他过去的风采依稀可辨，反而让他现在看上去更糟；仿佛脸部的线条被画在一张吸墨纸上，而墨水已经洇开，变得模糊。他的两鬓已经染上了岁月的风霜。他经常喝酒，但并不快乐。

他求母亲回来跟他一起生活。她回来了。漫长的夜晚，他们一起坐在起居室里，相对默默无语；没有带着怨恨，而是在对方身上寻找着安慰。吉丁太太不再提建议，也不再责备。相反，她对待儿子的方式里，增添了一种新的诚惶诚恐的温驯。尽管他们雇了一个女仆，她还是常常为他做早餐；她总是做他最喜欢吃的菜——法式煎饼，是他九岁得麻疹时喜欢吃的那种。如果他注意到她的良苦用心，并且高兴地有所表示的话，她便点点头，眨着眼睛转过身去，问自己，这为什么让她觉得快乐？而如果她真的快乐的话,为什么她的眼中满含泪水?

沉默一会儿之后,她会冷不丁地问:"皮迪,会没事的,不是吗?"他并不问她指的是什么,而是平静地回答:"是的,妈妈,会没事的。"把他最后的一点怜悯能力变成一种努力,让他的声音听上去令人信服。

有一次,她问他:"你快乐吗,皮迪?你不快乐吗?"他注视着她,发现她并不是在取笑他;她的眼睛睁得大大的,一副惊恐的样子。他无法回答。她哭道:"可是你必须快乐!皮迪,你得快乐!我活着还能为了什么呢?"他想站起来,把她搂在怀里,告诉她,没有关系的——可就在那时,他想起了在他结婚当天,盖伊·弗兰肯说道:"我想让你为我感到自豪,彼得……我想感觉这有一定的意义。"接着他就动不了了。他感觉自己面对着某种他抓不住的东西,他绝不能允许它进入自己的心灵。他转过身去,背对着她。

一天晚上,她直截了当地对他说:"皮迪,我觉得你应该结婚了。我想,如果你结了婚会好一点。"他一时无从回答,而正当他要找点高兴的话题说时,她又说,"皮迪,你为什么不……你为什么不娶凯瑟琳·海尔西?"他慢慢地朝母亲转过身来,感到眼睛中充满了愤怒。他感觉到了浮肿眼皮上的压力,接着他看见了站在他面前那矮胖的小身子,僵直而且毫不设防,怀着一种绝望的骄傲,似乎愿意主动承受他所希望给予她的任何打击,并且提前就已经宽恕了他——而且他知道，那是她摆出过的最为勇敢的姿势。那种愤怒消失了，因为比起自己的震惊来，他更能敏锐地感觉到她的痛苦。他举起一只手，又任凭它无力地垂下去，让这个姿势来掩盖一切，嘴里只说："妈妈，我们不要……"

周末，他会从城里消失。并不经常发生这样的事，而是一个月有那么一两次。没人知道他去了哪里。吉丁太太很着急，可是也没有对此提出质疑。她怀疑他在什么地方有个女人，而且还不是一个好女人，要不然他对这个话题就不会表现得那么愁容满面了。吉丁太太发现自己希望他已落入最坏、最贪婪的坏女人魔掌之中，并希望这个女人有足够的头脑逼他娶她。

他待在一间圆木小屋里——是租的，在一个不出名的偏僻小村里。在这间小屋里，他置办了颜料、画笔和帆布。他在山中作画来消磨时光。他也说不清为什么想起了少年时代未竟的抱负——他的母亲把它从他的心中挤干了，使他走上了建筑的道路。说不清是怎么回事，那种冲动竟然变得不可抗拒。他只是找到了这个小屋，并且喜欢到这儿来。

他不能说他喜欢画画。那既算不上乐趣，也算不上消遣，而是一种自我折磨。可是，不知道什么缘故，那些都不重要。他坐在一只帆布凳上，面前支着一个小画架，遥望空旷绵延的群山，注目树林和天空。他要表达的唯一思想是心中的隐痛——对于周围景象那谦卑而难以忍受的柔情，以及表达它那种紧张而无力的方式。他继续着，尝试着。他看着帆布，知道在那幼稚的粗糙里，什么也没有捕捉到。那并不重要。又没有人要看它们。他把它们小心地堆在小屋的一个角落里。在他返城之前，他把门锁上。此中并无乐趣可言，没有自豪，更没有解决之道。独自坐在画架前时，他只有一种平静的感觉。

他努力不去想埃斯沃斯·托黑。一种模糊的直觉告诉他，只要不触及这个话题，他就能够维持本来已经摇摇欲坠的安全感。托黑对他的行为只会有一种解释，可是他宁愿不说出来。

托黑已经疏远了他。他们见面的间隔在逐渐加长。他接受了这个事实，告诉自己说托黑太忙。托黑在报纸上不发表有关他的评论，而是保持沉默，这令他难以理解。他告诉自己说托黑有更重要的事情要写。关于"世纪征程"，托黑的评价对他来说无异于当头棒喝。他告诉自己说他的作品就配得到这样的评价。他接受了任何指责。他还能够怀疑自己。但他不能怀疑托黑。

是奈尔·杜蒙特强迫他再次想到了托黑。奈尔·杜蒙特气急败坏地谈论世界局势，说到徒然的怨天尤人，说到生存原则的改变，以及适应性和讲求实际的重要性。吉丁从那冗长混乱的话语中推断出，正如他们已经清楚的，商业性的局面结束了，政府会接管，不管你情不情愿，建筑行业即将灭亡，而政府很快便会成为唯一的建筑者，所以如果他们想插手的话，还是现在就插手比较好。"看看高登·L.普利斯科特，"奈尔·杜蒙特说，"他快活地垄断了安居工程和邮局建设。看看奥古斯特·韦伯，他也正往这个行业中挤呢。"

吉丁没有回答。奈尔·杜蒙特把自己尚未忏悔过的想法一股脑儿地抛给他。他早就清楚他很快就要面临这个问题了，却竭力推迟那个时刻的到来。

他不愿想起科特兰德家园的事情。

科特兰德家园是政府打算在爱斯托利亚兴建的一个安居工程，位置就在东河边上，本来的计划是一个规模宏大的廉租房实验，以便为全国、全世界提供一个样本。吉丁听建筑师们谈论这件事有一年多了。经费已经批了下来，地方也选好了，只是建筑师还没有选好。吉丁不愿承认他是多么想得到科特兰德这个设计项目，而得到它的可能性又是多么渺茫。

"听我说，彼得，我们最好还是打开天窗说亮话。"奈尔·杜蒙特说，"朋友，我们正在走下坡路，而你也清楚这一点。好吧，仰仗着你的声望，我们能再挺上一两年。可是然后呢？那并不是我们的过错。只是因为私营企业不景气，而且以后还要更不景气。这是个历史发展的阶段，是未来的浪潮。所以我们最好还是趁有能力的时候置办好冲浪板。现在就有一个结实牢靠的冲浪板在等待着聪明伶俐的男孩去拿呢，科特兰德家园。"

现在，他听见这个词被说了出来。他奇怪为什么那名字听起来就像捂住的门铃发出的声音；仿佛那个声音的开合已形成一个连续不断的序列，他不可能将它停下来。

"你是什么意思，奈尔？"

"科特兰德家园。埃斯沃斯·托黑。现在你明白我的意思了。"

"奈尔，我……"

"你怎么了，彼得？听我说，人家都在谈论这件事呢。谁都说，如果是托黑特别偏爱的人，像你这样的，就能得到科特兰德家园这样的设计项目。"他咬着自己修剪整齐的指甲，"就是那样，而且谁都不理解你在等什么。你知道，负责这个项目的人是你的朋友埃斯沃斯。"

"这不是真的。不会是他。他并没有正式的官职。他从没担任过任何官职。"

"你在骗谁？每个部门里的重要人物都是他的人。该死，不知道他是怎么打进去的！可是他的确打进去了。怎么了，彼得？你是害怕求埃斯沃斯帮忙吗？"

只有这条路了，吉丁心想，现在没有退路了。他不能向自己承认他不敢去求埃斯沃斯。

"不。"他说，声音听起来很迟钝，"我不是怕，奈尔。我会……好吧，奈尔。我会找埃斯沃斯谈。"

埃斯沃斯摊开四肢坐在一张沙发上，身穿一件晨袍。他的身体摆成一个懒散的X形——胳膊顺着靠垫的两边伸过头顶，两腿张开，像一把巨大的叉子。他的晨袍是用真丝做的，上面印着科蒂牌蜜粉的商标——黄色背景上的白色粉扑：看起来大胆而快活，纯粹的傻气中透着无上的优雅。在晨袍下面，托黑穿着葱绿色的亚麻睡衣裤。睡裤松垮地罩在他细瘦的脚踝周围。

吉丁心想，起居室过分讲究的样子像极了托黑，他身后的墙上只挂着一幅出自名家的油画——房间其余的地方都不起眼，如同小修道院一般。不，他想，就像是流放中的国王的避难所，藐视和嘲笑着一切物质上的炫耀。

托黑的目光是高兴、热情和令人鼓舞的。托黑亲自接的电话，并立刻答应了他的约会。吉丁想，受到这样非正式的接待很好。我还怕什么呢？我还有什么疑虑？我们是老朋友了。

"噢，天呐，怎么这么困呢？"托黑打着哈欠说，"每个人一天中都有疲倦得想像醉鬼那样放松的时候。我回到家，感觉衣服再多一分钟都穿不住了。像个讨厌的庄稼人——简单的渴望——不得不摆脱它们。彼得，你不会介意吧？和有些人在一起时，就必须表现得死板而中规中矩，可是和你在一起，就完全不必如此。"

"不，我当然不介意。"

"我想过一会儿洗个澡。没有什么比热水澡更让人觉得像个寄生虫了。你喜欢洗热水澡吗，彼得？"

"唔……是的……我想是的……"

"你在发胖,彼得。很快,你在浴缸里看起来就会使人厌恶了。你在发胖,然而你看起来很憔悴。这可不大对头啊。从审美的角度讲,这样完全不应该。胖人应该是快乐的。"

"我……我还好。埃斯沃斯,只是……"

"你过去性情不错的嘛,可千万不能丢了。人们会对你感到厌烦的。"

"我没有变,埃斯沃斯。"他突然加重了语气,"我真的一点儿也没变。我还是设计考斯摩-斯劳尼克大厦时的样子。"

他满怀希望地看着托黑。他觉得这是一个再赤裸不过的暗示了,托黑不会不明白的。托黑对事情比这要敏感得多。他还等着托黑帮他摆脱困境呢。托黑继续打量着他,目光亲切而空洞。

"哎呀,彼得,你这样说可不符合哲学。变化是宇宙的基本原理。一切都在变化。季节、树叶、花鸟、道德观念,人和建筑什么的,都在变化。是个辩证的过程,彼得。"

"是的,当然。事物在变化,如此之快,又是以如此奇特的方式。你甚至都没注意到是怎么变的,突然有一个早晨,就变了。记得,就在几年前,洛伊丝·库克、高登·普利斯科特、爱克,还有兰斯——他们根本就是些无名小卒。可是现在——哎呀,埃斯沃斯,他们现在都出人头地了,而且他们都是你的人。

无论我往哪里看,我听到的任何知名人士——无不是你的人。埃斯沃斯,你真是神通广大。哪一个人能做到——才几年的工夫……"

"那要比表面上看起来容易得多,彼得。那是因为你从个性的角度去思考。你以为那是一点一滴逐渐完成的。可是我的老天,一百个新闻发言人用一辈子的时间来完成这个过程都嫌不够。它可以来得更为快捷一些。我们这个时代是一个节约时间、讲求方法的时代。如果想让什么东西生长,你并不是分别为每一颗种子施肥,只要撒一些肥料就行了。大自然会完成其余的工作。我相信,你会觉得我是唯一懂得这个道理的人。可我并不是。老天,不。我只是许许多多中的一个,一场非常巨大的运动中的一根杠杆,一场非常巨大而古老的运动,只不过我凑巧选择了你感兴趣的领域罢了——艺术领域——因为我认为它将所有决定性因素都集中在了我们必须完成的使命上。"

"是的,当然,不过我是说,我觉得你是那么聪明。我的意思是,你有能力挑选有才华、有前途的年轻人。我就是不明白你怎么会有那样的先见之明。还记得我们给美国建筑家委员会找的那间可怕的阁楼吗?没有人拿我们当回事儿,而且人们还常常取笑你把时间浪费在各式各样的组织上。"

"我亲爱的彼得,人们凭借这么多假定来行事。譬如,古老的那个——分裂和征服。没错,它有它的实用之处。可是,我们这个世纪仍然有待于去发现比这更有效的模式。联合和统治。"

"你指的是什么？"

"是你不可能领会的。而我不能使你过于劳神。你看起来精力不怎么够用。"

"噢，我没事。我可能看上去有点着急，因为……"

"焦虑是在耗费人的情感储备。焦虑是愚蠢的，是不值得一个有知识的文明人去做的事。既然我们都是能够新陈代谢的生命之躯，而且身上具有这个时代的经济因素，那就没有哪一件该死的事是我们能左右的。所以为什么要着急呢？当然了，也有一些表面上的例外。只是表面上的。当周围的环境欺骗我们时，我们误以为那是一种可以自由行动的暗示。譬如，你到这儿来谈论科特兰德家园的事。"

吉丁眨着眼睛，对他报以充满感激的微笑。他觉得这才像托黑，能猜透他的心思，并且省去了他的尴尬和窘迫。

"你猜对了，埃斯沃斯。那正是我想跟你谈的。你这个人真是太好了。你就像了解一本书那样了解我。"

"是哪种书呢，彼得？一角一本的小说？一个爱情故事？一部犯罪惊险小说？或者只不过是抄袭的手稿？不，让我们这样说：像一部连载的小说。一部优秀而刺激的长篇连载小说——分期连载的最后一部分是缺失的。最后那部分被错放到了什么地方。不会有最后的部分了。除非，当然了，那是科特兰德家园。

是的，那会是一个得体的大结局。"吉丁等着他的下一句，目不转睛地、赤裸裸地表明他的心态，忘了羞耻，忘了本该掩饰起来的恳求神色。"科特兰德家园是一个巨大的设计项目。比'石脊'还要大。你还记得'石脊'吗，彼得？"

他正在和我一起放松下来，吉丁心想。他累了，他不可能老是那么机智圆滑，他还没有意识到他……

"'石脊'。由盖尔·华纳德开发的伟大安居工程。你有没有想过盖尔·华纳德的职业生涯，彼得？从一个码头工人到'石脊'——你知道那样的飞跃意味着什么吗？你介意计算一下盖尔·华纳德为了每一步的跨越所付出的努力、精力和痛苦吗？而我在这里，手中攥着一个比'石脊'工程大得多的项目，不费吹灰之力。"他把他的手放下来，又说，"如果我真的掌握着那个项目的话。或许只是个修辞的问题。别照字面上的意思去理解我的话。别那么没有想象力，彼得。"

"我恨华纳德。"吉丁一边说，一边低头看着地板。他的嗓音含混不清，"我恨他超过恨任何活着的人。"

"华纳德？他是个非常天真的人。他天真到居然以为人的原始动机是钱。"

"你就不是，埃斯沃斯。你是一个完整意义上的人。就是因为这个，我信任你。你就是我的一切。如果我不再信任你了，就没有了……一切。"

"谢谢你,彼得。你真可爱,虽然歇斯底里,不过很可爱。"

"埃斯沃斯……你知道我对你有什么感觉。"

"我相当清楚。"

"你看,那正是我之所以不能理解的原因。"

"什么?"

他得说出来。他已经下定了决心,最重要的是千万不要说出来,可是他非说出来不可。

"埃斯沃斯,你为什么会与我断绝来往?你为什么再也不写有关我的事了?为什么你总是有机会在你的专栏里和其他地方,摆布每一宗委托业务?为什么总是奥古斯特·韦伯?"

"可是,彼得,我为什么就不该那么做呢?"

"可是……我……"

"看到你根本不明白我的意思,我感到很遗憾。这么多年来,你对我的原则一无所知。我是不相信个人主义的,彼得。我不相信任何个人会是什么不能超越的人。我相信我们都是平等的,可以相互转化。你今天拥有的地位,明天任何人,每一个人都可能拥有。平等的轮换。我不是总跟你讲这个道理吗?你猜我为什么会选择你?我为什么又把你放回了原处?为了保护这个领域,使之免受那些将会变得不可取代的人控制。给这个世界上的奥古斯特·韦伯们留下一点机会。你想我为什么会反对,比方说,霍华德·洛克?"

吉丁的心就是一个疮疤。他觉得它会是一个疮疤，因为感觉就像是一个扁平的、沉重的东西压在了上面，而且那个疮疤将会青一块紫一块，之后还会肿起来。现在，除了一种甜丝丝的麻木之外，他毫无感觉。他能够分辨出来的思想碎片告诉他，他所听到的观点具有很高的道德原则，是他一贯接受的原则，因此，从那些观念中，不可能有什么邪恶的东西进入他的心灵。根本没有一丝邪恶的用意。托黑直视着他，那双眼睛乌黑、亲切、仁慈。或许以后……他会知道的……可是有一样东西穿透了他的大脑，并且抓住某些碎片不放。他知道那是什么。那个名字。

正当他将唯一一点希望系于托黑身上时，某种莫名其妙的东西却弯弯曲曲地钻进他的心中。他向前探身，心知这会伤人，却希望刺伤托黑，所以他的嘴唇不可思议地翘上去，挤出一丝微笑，露出牙齿和牙龈："埃斯沃斯，你摔了个跟头，不是吗？看看他现在都混到什么程度了，霍华德·洛克。"

"噢，上帝，跟那种一个劲在明明白白的事情上钻牛角尖的人讨论真无聊！彼得，你是一个完全无法领会原则的人。你仅仅从孤立的个人角度看问题。你真的以为，除了为霍华德·洛克的具体命运操心之外，我生活中就没别的使命了吗？洛克先生只不过是许多细节当中的一个。我在方便的时候已经与他打过交道了。我现在还在与他打交道——尽管不是直接地。不过我承认，霍华德·洛克先生对于我来说是个巨大的诱惑。有时我觉得，如果以后不能当面向他发难，那将是我的耻辱。可是，也许根本没有这个必要。彼得，当你按原则办事时，它就替你省去了个人冲突的麻烦。"

"你是什么意思？"

"我的意思是，你可以遵循两个步骤中的一个。你可以终身致力于拔除每一棵杂草——然而，十倍于你一生的时间都不够来完成这个工作。或者，你可以用这样的方式来准备你的土壤——通过喷洒某种化学药剂，让我们打个比方——它将使得杂草不可能生长。而后一种方法更为快捷。我说'杂草'是因为那具有传统的象征意义，它不会吓着你。当然，同一种技巧在处理你希望根除的其他植物时一样有效：荞麦、甘薯、兰花或者牵牛花什么的。"

"埃斯沃斯，我不知道你在说什么。"

"你当然不懂。每天我都在这样说，这是我的优势——虽然没有人懂得我说的是什么。"

"有人说霍华德在修建一幢房子，他为盖尔·华纳德修建的，他自家的房子，你听说了吗？"

"我亲爱的彼得，你以为我得等着从你这里听说这个消息吗？"

"那么，你怎么看？"

"这跟我有什么关系？"

"你听说了吗？洛克和华纳德是最要好的朋友。根据我所听说的，那算什么友谊！怎么样？你知道华纳德会搞些什么名堂。你清楚他能把洛克训练成什么样的人。现在得设法阻止洛克！设法阻止他！设法……"

他哽住了，没有再说下去。他发觉自己正盯着埃斯沃斯的脚踝，毛茸茸的羊皮拖鞋与睡裤之间露出的光脚踝。他从没看过托黑裸露。不知为何，他从来不认为托黑拥有肉体。那只脚踝略带着一丝庄重，皮肤呈青白色，绷在看起来过于脆弱的骨头上，那使他想到了晚餐后盘子里的鸡骨头，已经干透了，如果有人碰它，不费吹灰之力，它们就会突然折断。他发觉自己很想伸出手去，用大拇指与食指把那只脚踝捏住，只需将他的指尖捻动一下就可以了。

"埃斯沃斯，我是来谈科特兰德家园的事儿的！"他无法将他的目光从那只脚踝上移开。他希望这些话语能将他解救出来。

"别那样大声嚷嚷。怎么了？科特兰德家园？那么，关于那个工程，你想说些什么呢？"

他现在只得抬起头来，不胜诧异地看着托黑。托黑毫无恶意地等待着。

"我想设计科特兰德家园。"他的声音听起来像是从布里挤出来的糨糊，"我想让你把它交给我。"

"我为什么该交给你呢？"

没有回答。如果他这样说，因为你写过我是当代最伟大的建筑师，这样的提醒或许会证明，托黑不再相信这一点了。他不敢面对这样的证据，也不敢面对托黑可能做出的其他回答。他盯着托黑的脚踝——青色的关节上长着两根黑汗毛，一根笔直，另一根则扭曲成圆环状。他可以相当清楚地看到它们。过了良久，他才回答说：

"因为我特别需要它，埃斯沃斯。"

"我知道你需要。"

再没有什么要说的了。托黑挪开他的脚踝，抬起脚，将它平放在沙发扶手上，舒服地伸开双腿。

"坐直，彼得。你看上去像一个滴水兽。"

吉丁坐着没有动。

"你凭什么认为科特兰德项目的建筑师由我负责选择呢？"

吉丁抬起头，感到一种如释重负的刺痛。他做了过多的揣测，冒犯了托黑。那便是原因，那便是唯一的原因。

"唔，我理解成……都在这么说……有人告诉我说你对这个特殊的工程有着举足轻重的影响……与那些人一起……还有华盛顿方面的人……还有其他地方……"

"严格地讲，是以非官方的能力，跟一个建筑事务专家所起的作用一样。仅此而已。"

"是啊，当然……我……正是那个意思。"

"我可以推荐一名建筑师。就这样。我可什么都不能担保。我说的话不是最终决定。"

"埃斯沃斯，我要的就是这个，一句你说的推荐的话……"

"可是，彼得，如果我推荐什么人，我就得说明理由。我不能只是为了推举一个朋友，就去利用可能具有的影响，我能那么做吗？"

吉丁盯着那件晨袍，心想，粉扑，为什么是粉扑？我就错在那个地方，他要是把那件晨袍脱下来该有多好。

"彼得，你的职业立场跟过去不一样。"

"你说'推举一个朋友'，埃斯沃斯……"他说话的声音像是在耳语。

"哎呀，当然，我是你的朋友，我一直是你的朋友。你该不会怀疑这一点吧？"

"是的……我无法怀疑，埃斯沃斯……"

"喂，那就鼓起点劲头来！瞧，我跟你实话实说。我们被该死的科特兰德缠上了。又有个难搞的小家伙搅了进来。我一直在为高登·普利斯科特和奥占斯特·韦伯争取这个项目——我原以为那个工程比较适合他们。没想到你会这么感兴趣。可是他俩谁也达不到要求的标准。你知道安居工程最难解决的问题是什么吗？彼得，是经济问题。如何设计出一套庄严而现代的单元房，而一个月只收十五美元的租金。你曾经试图解决过这样的问题吗？那么，这就是那个设计安居工程的建筑师要解决的问题——如果他们能找到这样一名建筑师的话。当然，租户的选择也有助于解决问题，他们对租金数额犹豫不决，那些年收入一千二百美元的家庭为了租到同样的公寓要交更多的钱，以便帮助那些年收入六百美元的家庭——地位低下的人挤出奶来救助那些地位更低下的人——可是，建筑成本和维护费用仍然必须尽可能达到人力所及的最低标准。华盛顿的那帮家伙可不想再要一座那样的建筑——你听说过的，一个小小的政府开发工程，在那里，每户的成本高达一万美元，而私人开发商只要每户两千就可以修起来。科特兰德家园就是要树立一个样板工程，为全世界树立一个榜样。它必须是任何地方曾经取得过的最卓越的成就，必须是规划的独创性和结构的实效性方面最具实力的展示。这就是那些大人物们想要的。高登和奥古斯特都没法完成这个项目。他们作了尝试，但是他们的设计都被驳回了。知道有多少人试过吗？你听了会吓一跳的。彼得，我甚至在你如日中天时都不可能将你卖给他们。我怎么跟他们说你呢？你所代表的一切就是豪华、镀金和大理石，老盖伊·弗兰肯，考斯摩-斯劳尼克大楼，弗林克银行大厦，还有'世纪'那点小小的失败——花在它上面的成本永远都赚不回来。他们要的是用佃农的收入来修一座百万富翁的厨房。你想你能做成这个项目吗？"

"我……我有一些想法，埃斯沃斯。我观察过那块地皮了……我已经……研究过新的方法……我可以……"

"如果你可以，那它就是你的了。如果你不行，那我所有的友谊都帮不了你。而且，天知道，我是想帮你的。你看起来就像一只落汤鸡。彼得，我来为你做点事：明天到我的办公室来，我把所有的特别情报和内部消息都给你，拿回家去，看看你想不想碰个头破血流。如果你喜欢，那就抓住机遇。先给我拟出一个初步方案来。我可不能向你作任何保证。可是如果你做得有那么点意思，我会把它交给适当的人，而且我会以身家性命去推它。我能为你做的只有这些。决定权并不在我。这件事情的成败真的是完全在你身上。"

吉丁坐在那里，两眼注视着托黑，目光里透出焦急、热切和绝望。

"愿意试一试吗，彼得？"

"你愿意让我试一试吗？"

"我当然会让你试一试的。为什么不让呢？如果你从所有的竞标者中脱颖而出，我自然高兴。"

"关丁我现在这副样子……埃斯沃斯，"他突然说，"关于我的样子……并非因为我那么在意我是个失败者……是因为我无法理解——我为什么会跌得那么惨……从最高处……而且毫无理由……"

"喂,彼得,钻牛角尖是很可怕的。那些无法说明的事总是那么可怕。不过,如果你停下来问问自己有没有什么理由——你为什么会从最高处……噢,得了,彼得,笑一笑,我只是说着玩的。当人失去了幽默感的时候,人就失去了一切。"

次日早晨,吉丁在参观了埃斯沃斯·托黑在旗帜大楼那舒适的小办公室后,带回了一个公文包,里面装着科特兰德工程的有关数据。他将那些文件在他办公室里的一张大桌子上铺开,锁上门,让一个制图师中午给他带份三明治,还预订了一份三明治晚上吃。"想让我帮忙吗,彼得?"奈尔·杜蒙特问,"我们可以相互咨询,相互讨论,而且……"吉丁摇了摇头。

他整夜地坐在办公桌前。不久,他不再阅读文件。他一动不动地坐着，思考着。他并不是在想面前铺开的图表和数据。他已经研究过了。他明白那是他无法做到的事情。

当他发现天已大亮，当他听到那扇锁着的门外面的脚步声，听到人们回来上班的响动时，他知道办公时间已经开始了，这里和城市其他地方都一样——他站起身，走到办公桌前，伸手去拿电话号码簿。他拨了那个号码。

"我是彼得·吉丁。我想约见洛克先生。"

亲爱的上帝，等待时他想，可别让他见我，让他拒绝我吧。亲爱的上帝，让他拒绝我，那样我就有权恨他，直到我老死的那一天。别让他见我。

"明天下午四点钟您方便吗，吉丁先生？"秘书用平静、温和的声音说，"洛克先生想在那时和您见面。"

8

第一眼看到吉丁时，洛克知道他不能将那种震惊表现出来。然而，已经太晚了。他看到吉丁嘴角一丝淡淡的苦笑，那是一种承认自己的崩溃，听天由命的苦笑。

"霍华德，你才比我小两岁吗？"这是看到六年没有见面的人时，吉丁问的第一句话。

"我不知道，彼得，我想是吧。我三十七岁。"

"我三十九岁——就是这样。"

他走到洛克桌子前面的一把椅子上，摸索着坐下来。因为洛克办公室那三堵玻璃墙透进来的光线太亮了，他的眼睛一时有些花。他凝视着天空和城市。在这儿，他没有高度感，那些建筑似乎躺在他的脚趾底下，不是一座真实的城市，而是著名地标的缩模，近得那么不相宜，又是那么小。他感觉他能弯腰把它们中的任何一座捡起来拿在手中。他看见那些黑色的短杠，是汽车，它们看上去像是在爬行一样，爬过他手指所在的一段街区就要花老长的时间。他看到石头和石膏，就像一种能吸收光线，又能将它抛回去的物质。一排排平坦的、垂直的平面上有点点窗户，每个平面都是一面反光镜，玫瑰色、金黄色和紫色——参差不齐的烟蓝色条纹在它们中间流动，赋予它们形状、角度和距离。光从建筑向上流泻到天空，将清澈的夏日蓝天变成了熊熊火焰上暗淡的水。吉丁心想，我的天，创造了这一切的那个人是谁？——然后，他记起他曾经也是他们中的一员。

有那么一瞬间，他看见了洛克的身影，衬在办公桌后面的两块玻璃前，是那么笔直而瘦削，然后，洛克在他对面坐了下来。

吉丁想到了在沙漠中迷路的人、在海上死去的人，当他们面对着永恒的天空时，他们必须讲真话。而现在他也必须讲真话，因为他就在地球上最伟大的城市面前。

"霍华德，你允许我到这儿来，就是他们所说的'掴了你的左脸，再把你的右脸送过去'那个可怕的典故吧？"

他并没想到自己的语气，他不知道那语气中还有尊严。

洛克默默地注视了他好一会儿。与彼得肿胀的脸相比，这是更大的变化。

"我不知道，彼得。不，如果他们的意思是指真正的原谅的话。如果我曾经受过伤害，那我是永远不会原谅的。是的，如果他们是指我所做的事情。我觉得一个人是不可能伤害另一个人的，在任何重要的方面都不可能。既伤害不了，也帮助不了。我对你真的没有什么好原谅的。"

"如果你觉得你受到过伤害,那样反倒会好些,就不会这么残酷了。"

"我想是这样。"

"你没有变,洛克。"

"我想也是。"

"如果这是我必须接受的惩罚——我想让你明白我正在接受它,而且我能理解。过去,我经常以为我会侥幸逃脱处罚。"

"你变了,彼得。"

"我知道我变了。"

"如果这种变化是惩罚的话,我很遗憾。"

"我知道你遗憾。我相信你。可是没关系。这是最后一次遗憾了。我前天晚上就真正接受了。"

"在你决定要来这儿的时候?"

"是的。"

"那么,现在不用担心了。是什么事?"

吉丁坐得笔直,很镇定,并不像三天前他坐在一个穿着晨袍的男人面前时那个样子,而是感到了一种近乎自信的平静。他慢慢地说着,毫不可怜:"霍华德,我是一个寄生虫。我一生都在做寄生虫。在斯坦顿的时候,我最出色的项目就是你为我设计的。我所承建的第一幢房子也是你设计的。你还设计了考斯摩-斯劳尼克大厦。我依赖你吃饭,依赖所有在我们出生以前像你一样生活的人吃饭。那些设计了帕特农神庙的人,设计了哥特式大教堂的人和那些建造了第一座摩天大楼的人。如果不是他们存在过,我就不知道砖瓦是怎么堆在一起的。有生以来,我从未给在我之前的人类所做过的事情增加哪怕一丁点儿新的东西。我窃取了那些并不属于我的东西,可我却从未付出过回报。我无以为报。这并不是在演戏,霍华德,而且我清楚我在说什么。我到这儿来是求你再救我一次的。如果你希望赶我走,现在就这么做吧。"

洛克缓缓地摇了摇头,默默地动了一下他的手,允许吉丁说下去。

"我猜你心里也清楚,作为一名建筑师,我已经完蛋了。噢,并不是实际上的彻底完蛋,不过也差不多了。像这样的状况,别人可能会维持好几年,可是由于我一贯的行为,或者说人们一贯对我的看法,我是没法支撑那么久的。人们不会原谅一个设计质量正在下降的人。我必须配得上他们原来对我的看法。我只能以我一生中处理其他事情的方式来处理这件事。我需要通过并非我所取得的成就赢得声望,以此来挽救我无权享有的名声。我已经得到了最后的一个机会。我知道那是我最后的机会。我知道我没有本事设计好它。我也不想拿着一件设计得一塌糊涂的东西来让你修改。我打算请你来设计它,而且允许我签上我的名字。"

"是什么工作?"

"科特兰德家园。"

"那个安居工程?"

"是的,你听说过?"

"我了解它的所有情况。"

"你对安居工程感兴趣吗?"

"是谁把这个给你的?条件是什么?"

吉丁解释着,准确而无动于衷,他讲着他与托黑的谈话,仿佛那是很久以前读过的一本宫廷故事的梗概。他把那些文件从公文包里掏出来,放在办公桌上,继续讲述着,而洛克则浏览着那些文件。洛克打断过他一次。"等等,彼得。先别讲。"他等了好一会儿。他看见洛克随意地翻着那些文件,可是他清楚洛克并没有看。洛克说:"接着往下说。"吉丁顺从地继续讲下去,不让自己开口发问。

"我想,你没有理由帮助我。"他最后说,"如果你能解决他们的问题,你可以直接去找他们,独自来做这个项目。"

洛克笑了。"你觉得我过得了托黑那一关吗?"

"不,不,我想你过不了。"

"谁告诉你说我对安居工程感兴趣?"

"哪个建筑师会对此不感兴趣呢?"

"这么说吧,我是很感兴趣,可并不是你想的那样。"

他站起身来,动作迅捷,不耐烦并有些紧张。吉丁第一次允许自己有了一个观点:看到洛克表现出克制的激动,他觉得有些奇怪。

"让我考虑一下吧,彼得。这些东西就放我这儿。明晚到我家来,到时候我再跟你说。"

"你不是想……拒绝我吧?"

"还没有。"

"你可以……在发生了这一切之后……"

"让那些事都见鬼去吧。"

"你打算考虑……"

"我现在还不能说,彼得。我必须仔细考虑一下。不要抱太大的希望。我或许会向你提出某种你做不到的要求。"

"提什么要求都行,霍华德。尽管提。"

"我们明天再谈这个问题吧。"

"霍华德,我……我怎么感谢你呢?甚至为了……"

"不要谢我。如果我要做,我就会有自己的目的。我希望得到的和你所希望的同样多——很可能会更多。只是你要记住,我做事从不带任何附加条件。"

次日傍晚,吉丁来到洛克家。他说不出他是否等得不耐烦了。那块疮疤已经扩大。他可以有所行动,可以不重视一切。

他站在洛克的屋子中央,慢慢地四处打量着。他对洛克没有说出口的那些东西心存感激。"这是恩瑞特公寓,不是吗?"

可是，他这一问，便让那些东西有了声音。

"是的。"

"是你建的？"

洛克点点头，说："坐，彼得。"一副了然于心的样子。

吉丁带来了公文包。他将包靠着椅子放在地板上。公文包鼓鼓的，看样子很沉。他小心翼翼地摆弄着。然后，他伸开双手，保持着那个姿势，问："怎么样？"

"彼得，你会认为——哪怕只有一会儿——你在这个世界上是独自一人吗？"

"三天来我一直在这么想。"

"不。我说的不是那个意思。你能不能忘掉那些你不断重复的东西，想想，好好想想，用心去好好想想。有些东西我想让你明白——那是我的第一个条件。我来告诉你我想要什么。如果你像大多数人那样看待这个问题，你就会说那算不了什么。可是如果你这样说，我就没法帮你设计这个项目。除非你完全明白它有多重要，用你全部的心思，否则我是不会做的。"

"我会努力的，霍华德。昨天……我对你是真诚的。"

"是的。如果不是那样，昨天我就拒绝你了。现在，我想你或许能理解，做你分内的事。"

"你想做这个设计了？"

"我或许会做。只要你给我的足够多。"

"霍华德，有什么条件你尽管提。什么都行。我愿意出卖我的灵魂……"

"那正是我想让你弄明白的事。出卖灵魂是世界上最容易不过的事情，那是每个人在生命的每时每刻都在做的事情。如果我要求你保全你的灵魂——你能理解为什么这更难吗？"

"是的……是的，我想我明白。"

"嗯？说下去。我想让你给我一个理由，我为什么要设计科特兰德。我要你给我出个条件。"

"你可以拿走他们付给我的所有钱。我并不需要它。你甚至可以得到两倍的数目，我会付给你他们所付的设计费的两倍。"

"彼得，你心里清楚，那就是你打算用来诱惑我的东西吗？"

"你会救我的命。"

"你能想出别的理由吗——我为什么要救你的命？"

"我想不出。"

"怎么？"

"霍华德，那是一个伟大的公益项目，是一个人道主义的任务。想想那些住在贫民窟里的穷人，如果你能给予他们一点有限的舒适，那你就会有做好事的满足感。"

"彼得，你昨天比现在说得更真诚一些。"

吉丁的目光垂下去，声音也低了下去，他说："你会喜欢设计这个项目的。"

"对了，彼得，现在你开始用我的方式说话了。"

"你想要什么？"

"现在，听我说。多年来我一直在研究廉租房这个问题。我从未想过贫民窟里的穷人。我想到的是我们这个现代社会潜在的可能，那些可以采用的新材料、新手段和新的可能性。而今，在我们周围有这么多人类天才的成果，有这么大的可能性有待于去开发和利用，去发挥聪明才智，建造造价低廉、简单朴素的房屋。我花了大量的时间来研究。在斯考德工程以后，我一直没有什么突破。这样做的时候，我并没有期待什么结果。我之所以工作，是因为看着任何材料，我都不能不想可以用它来做什么。每当我这样想时，我就必须去做，去寻找答案，去突破这个难题。我对这个问题研究了多年。我喜欢这个问题。我之所以做这样的工作，是因为这是我想要解决的问题。你希望知道怎样才能建造一个月租为十五美元的单元吗？我让你看看租金为十美元的单元是怎么一种建法。"

吉丁下意识地向前迈了一步。

"不过，首先，我要让你想想并且告诉我，到底是什么原因让我花那么多年时间去作这样的研究。是为了金钱吗？是为了名誉吗？是因为慈善？还是因为利他主义？"吉丁缓缓地摇了摇头。"好吧。你已经开始有点明白了。所以无论我们做什么，别让我们谈论什么住在贫民窟里的穷人。他们跟此事无关，尽管我不会羡慕任何试图对牛弹琴的工作。你明白,我从不关注我的客户们,我只关注他们在建筑上的要求。我把这当作我所设计的建筑的主题和问题的组成部分,是我的建筑素材——就像我对待砖瓦和钢筋一样。砖瓦和钢筋并不是我的动因,那些客户也一样不是。二者只不过是我工作的手段。彼得,在你为人们做事之前,你必须是那种能解决问题的人。可是为了将事情做好,首先你得喜欢做这件事,而不是喜欢这件事的结果,那仅仅是第二位的。重要的是工作本身,而不是那些你为之工作的人。是你自己的行为,而不是任何你的爱心可能涉及的对象。如果那些需要房子的人发现住在我设计的房子里是一种更好的生活方式,我会喜出望外,可那并不是我工作的真正动机。它不是我工作的理由,也不是对我工作的奖赏。"

他走到窗前,停下来,看着窗外城市的灯火在黑漆漆的河面上闪烁。

"你昨天说,哪一个建筑师对安居工程不感兴趣呢?整个该死的观点我都不喜欢。我觉得那是一件值得去做的工作——为每周仅挣十五美元的人提供一套像样的公寓,可并不是用以牺牲别人为代价的方式来做。如果它使税收提高了,使所有租金都上涨了,而让那些挣四十美元的人去住老鼠洞,那将不是我所喜欢的方式。纽约正在发生这样的事情,除了那些富人和那些按照救济法才能得到救济的人之外,没有人负担得起一座现代化的公寓。你见过普通工薪阶层夫妻住的那种改造过的褐砂石建筑吗？你见过他们衣橱似的厨房和管道装置吗？他们是被逼那样生活的——因为他们还不够无能。他们一周挣四十美元，不被允许享受安居工程。可正是他们为这个该死的工程出钱。他们是纳税人。而那些税金又提高了他们的房租。所以他们不得不从改建过的褐砂石建筑再搬进没有改建过的房子里，然后再搬到筒子楼里。我并不想让那些一周只值十五美元的人受到惩罚。可我就是不明白为什么一定要惩罚一个值四十美元的人——让能力低的惩罚能力高的。当然，有关这一主题的理论真可谓是卷帙浩繁。可是，看看结果吧。建筑师们还是一窝蜂地涌向政府安居工程。你见过哪一个建筑师不高声呼吁城市规划？我倒想问问他，怎么会有那么大的把握认定会采用他的设计？而如果当真是他的，他又有什么权利把自己的设计强加于别人呢？如果不是他的，又会对他的工作产生什么样的影响？我想他会说，这两种结果他都不要。他想要一个顾问团，要开会，合作，协作，而其结果将会变成'世纪征程'。彼得，如果你们当中的任何一个人单独设计，结果都会比你们八个人集体设计出来的作品出色。有时你也问问自己，到底是什么原因。"

"我想我知道……可是科特兰德……"

"是啊，科特兰德。好吧，我已经告诉了你所有我不相信的东西，以便你能理解我想要的是什么，以及我有什么权利想要它。我不相信政府的安居工程。我不想听任何有关它的高尚目的的东西。我觉得它们并不高尚。可是,即使如此,那些也并不重要。那并不是我首先关心的问题。我关心的既不是谁住在那些房子里,也不是谁下令修建它们。我所关注的只是房子本身。如果非修不可,那还是修得合理一些为好。"

"你……想设计这个项目了?"

"这么多年来,我一直都在研究这个问题,我从来不奢望看到我的研究在实际应用中有什么样的结果。我强迫自己不要有此奢望。我知道我不能期望这样一个机会,能充分展示该如何解决这一问题。你所谓的政府安居工程,还有许多别的东西,已经使所有的建筑代价如此高昂,以致私人业主负担不起这样的工程,或者任何类型的廉租房。而且,我是永远不会得到任何来自政府的工作的,这一点你心里很清楚。你说过,我是过不了托黑这一关的。不止他一个,我从未得到过任何组织、董事会、顾问团,或者委员会的工作,不论公开或私下,除非有人像肯特·兰森那样为我据理力争。这是有原因的,不过现在我们没必要讨论这个问题。我只想让你明白,我意识到了我需要你做什么,这样我们所做的事情便是一个公平的交换。"

"你需要我?"

"彼得,我喜欢这个项目。我想看到它修建起来。我想让它真实,鲜活,发挥作用。可是任何有生命的东西都是完整的。你知道那意味着什么吗？完整，纯粹，完美，没有遭到任何破坏。你知道是什么构成了整合原则吗？是某种思想，是那种统一的、纯粹的思想，没有人能改变或触及的思想。我想设计科特兰德项目。我想看到它变成现实。我想看到它严格地按照我所设计的样子修建起来。"

"霍华德……我不会说'那算不了什么'。"

"你懂我的意思吗？"

"我懂。"

"我喜欢从我的工作中赚到钱，可是这次我可以破例；我喜欢让人们知道我的作品是我设计的，可是这次我可以破例；我喜欢通过我的工作使住户们快乐，可是那并不太重要。唯一重要的是——我的目的、我的奖赏、我的开端、我的结局都是工作本身。我的工作按照我的方式来做。彼得，除了这个，世界上没有任何东西是你能给我的。答应我这个条件，你便可以拥有我所能给予你的全部东西。我的工作按照我的方式来做。一个私人的、个人的、以自我为中心的动因。那是我发挥作用的唯一方式。那就是完整的我。"

"好的，霍华德。我完全理解你的意思。"

"那么，这就是我要提出的条件：我设计科特兰德项目，你在上面签上你的名字，所有的设计费都归你，可是你要保证它会严格地按照我所设计的样子来修建。"

吉丁注视着他,慎重而平静地看了良久。

"好,霍华德。"他说,"让我来向你表明:我明白你要求的到底是什么,也明白我要向你承诺什么。"

"你知道事情不会那么简单。"

"我知道,那会非常困难。"

"会很困难。因为它是那么巨大的工程。尤其特别的是,那是一个政府兴建的工程。会有那么多的人卷进来,每个人都具有权威性,每个人都想以这样那样的方式来行使职权。你要打一场硬仗。你还必须得有勇气怀有我这样的信念。"

"我会努力做到,霍华德。"

"你不会,除非你明白我正在赋予你一种更神圣的信任,如果你喜欢这个词的话——比起任何你叫得出名字的利他主义都更为高尚的东西。除非你明白这并不是我要向你或者那些未来的住户施行恩惠,我这样做是为了我自己,而且在这些条件之外,你没有任何权利来做这件事。"

"是的,霍华德。"

"你必须得想出履行这个承诺的办法。你必须得与你的老板们签署严格的合同,然后,在接下来的一年或者更长的时间里,去和那些每隔五分钟便来为难你的官僚们作斗争。除了你的承诺,我什么保证都没有。你希望向我保证吗?"

"我向你保证。"

洛克从他的口袋里掏出两张打印好的文件，将它们递到他手里。

"签上你的名字。"

"那是什么？"

"我们之间的一份协议，说明了我们达成一致的条件。我们两人各执一份。它很可能不具有任何法律效力，但是我可以拿它来控制你。我不能起诉你，但是我可以将它公之于众。如果那是你要的名誉，那你就不会让他人知道。如果你在任何一个关键的地方失去了勇气，你最好记清楚，一旦让步，你就会失去一切。不过，要是你能信守诺言——我也向你保证——那上面也写着——我将永远不向任何人泄露秘密。科特兰德是你设计的。在它竣工的那一天，我会把这份文件还给你。如果你希望的话，你可以将它烧毁。"

"好的，霍华德。"

吉丁签好了字，把笔递给洛克，洛克也签了字。

吉丁坐在那里看了他一会儿，然后，仿佛是要打消自己某种暧昧的念头似的，他缓缓地说：

"每个人都会说你是个傻瓜……所有人都会说我即将得到一切……"

"你会得到社会所能赋予一个人的一切。你将得到所有的设计费。你将捞到任何人或许想要给你的任何名声或荣誉。你也将接受住户可能会给你的感激之情。而我——我得到的是除了我自己之外谁都没法给予的东西。我将建成科特兰德家园。"

"霍华德，你得到的比我更多。"

"彼得！"那声音扬扬得意，"你明白了？"

"是啊……"

洛克靠在一张桌子上，低声笑了起来，那是吉丁听过的最愉快的声音。

"这样能行，彼得。这样能行。一切都会没事的。你做了件极好的事情。你没有因为感谢我而把一切搞砸。"

吉丁默默地点点头。

"现在，放松一下，彼得。想喝点什么吗？今天我们先不谈任何具体的细节。只要那样坐着陪我。不要再害怕我了，忘掉你昨天说过的一切。这杯酒会把它抹去的。我们从头再来。现在我们是搭档了。你有你要做的分内事。那是正当合法的工作。顺便告诉你，这就是我对合作的想法。由你去与人打交道，由我来进行项目设计。我们都尽可能老老实实地做我们最拿手的工作。"

他走到吉丁跟前，伸出手去。吉丁一动不动地坐着，没有抬头，将对方伸过来的手握住了。他的手指紧紧地握着它，良久。

当洛克把酒端来时，吉丁连饮了三大口，坐在那里打量着那间屋子。他的手指紧紧地握住玻璃杯，胳膊很平稳，那杯中的冰块却时不时地叮当作响，尽管看不出明显的晃动。

他的目光沉重地掠过屋子，掠过洛克的身体。他想，那不是故意的，不是为了伤害我。他是情不自禁的，他自己甚至不知道这一点——可那却在他的整个身体里，那种生物因为活着而愉快的神情。他认识到，他从来没有真正相信过，任何生物竟然会因被赐予生命而快乐。

"你……这么年轻，霍华德……你这么年轻……我过去还指责过你，说你老气横秋呢……你还记得在弗兰肯事务所你为我工作的事吗？"

"忘了吧，彼得。别去回忆那些事情，我们不是好好的吗？"

"那是因为你善良。等等，你别皱眉头。让我说。有些事情我必须说。我知道，这是你不想提起的。上帝，过去是我不想让你提！那天晚上，我必须武装自己——来应对所有你会摔向我的东西。可是你没有那么做。如果现在换个位置，这里是我的家——你能想象我会怎么做，我会说些什么吗？你还不够自负。"

"什么？不。我是太自负了。如果你想称之为自负的话。我从不作比较。我从不将自己同别人挂起钩来。我不愿意把自己当作任何事物的一部分来加以衡量。我是一个十足的自我主义者。"

"是的，你就是个自我主义者。不过自我主义者并不善良。而你却那么善良。你是我所认识的最自我和最善良的人了。那讲不通啊。"

"或许是那些概念本身就没有任何意义。或许它们根本就没有人们去思考的那种意义。不过，现在我们别谈这个了。如果你非得说点什么的话，就让我们谈谈我们将来要做什么。"他斜着身子，从开着的窗户朝外看，"它会矗立在那个地方。就是那个黑糊糊的地方——那就是科特兰德家园的位置。等它竣工后，我从我的窗口就可以看到它。然后，它将会成为城市的组成部分。彼得，我告诉过你我有多爱这个城市吗？"

吉丁将杯中的酒一饮而尽。

"我想我宁愿现在就走，霍华德。我……今天晚上……不太舒服……"

"过几天我会给你打电话。我们最好就在我这儿见面。别到我的办公室去。你可不想让人看见你去过那儿——有人会起疑心的。顺便告诉你，等我把草图制好以后，你得以自己的风格复制一份。有人会认出我的制图风格的。"

"是啊……好的……"

吉丁起身，站在那儿拿不定主意地看了他的公文包好一会儿，然后提起它。他咕咕哝哝地说了好些含含糊糊的告别话，拿起他的帽子，走到门口，然后停住，又低头看了一眼他的公文包。

"霍华德，我带了一些东西来，我想给你看看。"

他又走回屋里，将那公文包放到桌子上。

"我从来没给任何人看过。"他笨手笨脚地摆弄着,将那些皮带解开,"没有给妈妈或埃斯沃斯·托黑……我只想让你告诉我……是否有……"

他把自己画的六幅油画递给洛克。

洛克看着它们,一幅接一幅。他看的时间比实际需要的要长。当他相信自己可以抬起眼睛的时候,他默不作声地摇了摇头,作为对吉丁没有说出来的那个问题的答复。

"太晚了,彼得。"他轻声说。

吉丁点点头。"我想我……清楚这一点。"

吉丁离开以后,洛克靠在门上,闭上了双眼。他同情得要吐了。

他以前从没有过这种感觉——当卡麦隆在办公室里突然倒在他的脚下时,他没有。当斯蒂文·马勒瑞倒在他面前的床上啜泣时,他也没有。那些时刻是干净的。可这是同情——对一个毫无价值、毫无希望之人的彻底认识,对不可救赎之物的终结感。在这种感觉里夹杂着羞耻——他为自己感到羞愧——他竟然能对一个人下那样的断语,他竟然有那种毫无敬意的情感。

他想,这就是同情,接着他怀疑地将头抬起来。他觉得这个世界肯定是出了什么严重的问题,在这样的世界里,这种可怕的情感被称作美德。

9

他们坐在湖岸上。华纳德垂着头坐在一块大卵石上。洛克伸开腿坐在地上。多米尼克坐得笔直,她的身子僵硬地挺着,淡蓝色裙子在她四周的草地上铺开。

华纳德的房子就矗立在他们上方的山上。地面呈阶梯状,坡度缓缓升高,最后形成一座小山。那座房子形如一个个水平放置的矩形,冲劲十足地垂直向上发射。一组逐层的凹陷各自形成一个独立的房间,房间的大小和形式构成了在一系列相互咬合的地面标线上相互承接的阶梯。仿佛从第一层的宽敞大厅开始,有一只大手缓缓地移动着,通过不断的碰触塑造出下一组台阶,然后停住,继而又继续一个个单独的动作,一个比一个短促,一步比一步陡峭,到了最后,戛然而止,停留在天际。结果,那上升的坡度加快了它那缓慢的节奏,被加上了重音,旋律越来越快,在分解为一组断奏音后一曲终了。

"我喜欢从这里看它。"华纳德说,"昨天我在这儿待了一整天,看着它上面光影的变幻。霍华德,你设计房子的时候,确切地知道太阳每时每刻照射的角度吗?你控制太阳光线吗?"

"当然。"洛克说道,并没有抬头,"不幸的是,我没法在这儿控制它。挪过去一点,盖尔,你把我的阳光挡住了。我喜欢太阳晒在我背上的感觉。"

华纳德扑通一声躺在草地上。洛克则平平地趴下,脸埋在臂弯里,橘红色的头发散在白色的衬衫袖子上,一只手向前伸着,手掌贴在草地上。多米尼克注视着他手指间的青草。那几根手指不时地动一下,把那些绿草压在掌下,懒洋洋地享受着那种感官上的快感。

湖面在他们身后延伸开去,像一张平整的纸,边沿的颜色逐渐加深,仿佛远处的树林正聚拢过来要将它围住,因为夜晚即将到来。阳光在湖面上切割出一条光彩夺目的带子。多米尼克仰视那座房子,想着她愿意站在那边的某个窗口前,看着小山脚下湖畔草地上的这个白色身影,看着他手放在地上,精疲力竭,耗尽了一切。

她已经在这座房子里生活了一个月。以前她从没想过她会住进来。洛克说:"再过十天,房子就为您装修好了,华纳德夫人。"而她回答说:"好的,洛克先生。"

她接受了这幢房子,接受了手放在楼梯扶手上的感觉,接受了四周的墙壁,呼吸着那些墙壁拢住的空气。她接受了每当夜晚来临时摁下的一个个开关,以及铺设在墙壁里面那些牢固的电线。她接受了当她拧开水龙头时，清水从他所设计的管道里流出来。她接受了在按照他的图纸堆砌而成的壁炉前，八月的夜晚温暖的火焰。她想，每时每刻……我生存的每一种需要……她想，有什么理由说不呢？它与我的身体是一样的——肺，血管，神经，大脑——在相同的控制之下。她觉得自己已经与房子融为一体了。

她接受了那些夜晚，她躺在华纳德的臂弯里，睁开眼就能看见洛克设计的卧室外形，咬紧牙关忍受着那种难以忍受的快乐——那种快乐一半在回应，一半在嘲讽她身体内那没有满足的渴望。她向那渴望屈服了，不清楚是什么样的男人给了她这个，是他们中的哪一个，或者是他们一起。

当她穿过一间屋子，走下楼梯，站在窗前时，华纳德观察着她。她听见他说："我原来并不知道一幢房子还可能为了一个女人而设计，就像一件礼服。你不可能像我这样看到你自己，你不可能看到这座房子与你多么相配。每一个角度，房间的每一个部分都是你的背景。它与你的身高和身材成比例。就连墙壁的色调也与你的肤色神奇地和谐一致。它就是斯考德神庙，但只是为了一个人而修建的，而且它是我的。这正是我所要的。在这儿，那座城市碰不到你。我一直感觉那座城市会把你从我身边夺走。它曾经给予了我一切，有朝一日它会要我偿还的。可是在这儿，你是安全的，你是我的。"她想哭：盖尔，在这儿我属于他，一如我以前不属于他一样。

洛克是华纳德唯一允许进入新家的客人。她接受了洛克周末的来访。那是最难以承受的。她知道他并不是来折磨她的,是华纳德要请他来,而且他也喜欢和华纳德在一起。她记得在傍晚的时候跟他说过的话,当时她的手扶在通向卧室楼梯平台的栏杆上:"洛克先生,你随时可以下来吃早餐。只要按一下餐室的按钮就行了。""谢谢您,华纳德夫人。晚安。"

有一次,她看见他一个人待着,只有一会儿。那是一个清晨。想到他在走廊对面的那个房间里,她彻夜无眠。她在这座房子醒来之前就出来了。她走下山坡,在周围大地那不自然的静寂中,在太阳升起前充满光明的宁静里,在一动不动的树叶中,在明晃晃的、等待着的静默里,她找到了一丝慰藉。她听到身后的脚步声,便停住了,倚在一根树干上。他肩膀上搭着一件泳衣,正要到湖里去游泳。他在她面前停住了,他们与周围的大地一样静默地站着,注视着对方。他一语不发,转过身去,继续向前走。她仍然倚在树干上,过了一会儿,她走回了房子里。

现在,坐在湖边,她听到华纳德在对他说:"霍华德,你看起来像世界上最懒惰的动物。"

"我就是。"

"我从没见过谁像你那么放松。"

"试试熬上三个晚上吧。"

"我告诉过你叫你昨天到这儿来的。"

"我来不了。"

"你打算就在这儿断气吗?"

"我巴不得呢。那样就太美妙了。"他抬起头,眼睛笑着,仿佛他并没有看到山上的房子,仿佛他不是在说房子,"这就是我所喜欢的那种死亡方式,在某个像这样的湖畔伸展全身,只要闭上眼睛,就再也不要醒过来。"

她想,他想着我所想的——我们仍然一起拥有那一点——盖尔不会理解的——不是他和盖尔,仅此一次——是他和我。

华纳德说:"你这个讨厌的傻瓜。这可不像你,连玩笑都不像。你是在玩命地搞着什么名堂。是什么?"

"目前在设计通风管道,非常难以驾驭的通风管道。"

"为谁设计的?"

"客户……我现在什么样的客户都有。"

"有必要晚上加班吗?"

"是的——就为这些特殊的人,非常特殊的工作。甚至不能拿到办公室去。"

"你在说什么呢?"

"没什么。别往心里去。我半睡半醒。"

她想,这是对华纳德的赞颂,那种可以臣服的信任——他像猫一般地放松下来——而猫除了和自己喜欢的人在一起之外,是不会放松下来的。

"吃完晚饭后,我就把你一脚踢到楼上去,锁上门,"华纳德说,"让你睡上十二个小时。"

"好吧。"

"想早点起来吗?我们赶在太阳出来前去游一圈。"

"洛克先生累了,盖尔。"多米尼克尖声说道。

洛克用胳膊支撑着抬起上半身,看着她。她看着他的眼睛,直率而充满理解。

"盖尔,你把那些公交通勤者常犯的坏毛病全学会了,"她说,"把你这乡下人的作息时间强加给城里来的客人,人家会吃不消的。"她想,就让这一刻属于我吧——你向湖边走去的那一刻——别让盖尔把它带走,像带走其他一切一样。"你不能把洛克先生呼来唤去,好像他是《纽约旗帜报》的一个员工似的。"

"在这个世界上,除了洛克先生,还没有我更喜欢支使的人呢。"华纳德快活地说,"每当我想改掉这个习惯的时候。"

"你就要改掉了。"

"我不介意听从命令,华纳德夫人。"洛克说,"不介意像华纳德先生那样的人的命令。"

这一次,让我赢吧,她想,请让我赢这一次——那对你来说并不意味着什么——它毫无意义,根本不意味着什么——可是拒绝他,看在那不属于他的片刻回忆的分儿上,拒绝他吧。

"我觉得你应该休息,洛克先生。明天你应该晚点起来。我会告诉仆人们不要去打搅你。"

"什么话!不,谢谢。我过几个小时就没事了,华纳德夫人。我喜欢在早餐前游泳。盖尔,你准备好以后敲一下门,我们一起下山。"

她看着面前延伸的湖面和群山,没有一丝人的痕迹,任何地方都没有第二座房子,只有湖水、树木和阳光,一个他们自己的世界,因此,她觉得他说得对——他们属于彼此——他们三个人。

科特兰德家园有六座五十层建筑,每座建筑都呈一个不规则的星形。每个星星都有一个中央通风井,里面探出一条条臂膀。那些通风井里面包含电梯、楼梯、供暖系统和其他居住设施。公寓以大三角形的形式从中央向外辐射。臂膀之间的空间使得公寓三面都可以接触空气和阳光。天花板是提前浇铸成形的成品;内墙由塑胶合成的弹性花砖砌成,既不需要粉刷,又不需要上胶泥;所有的管道和电线都铺设在地板边缘的一个沟槽里,必要的时候,可以打开替换,无须支付高昂的费用;厨房和浴室都是作为完整单元用预制构件装配而成;内部的隔墙都是轻金属材料做的,可以向四壁折叠,形成较大的空间,或者拉开来,以便分成更小的空间;几乎没有大厅和门廊需要打扫,这个地方的维护只需要最小的成本。整个设计方案是一个三角形的合成物。用混凝土浇筑而成的大楼造型复杂而结构简明；没有装饰，不需要任何装饰；整个外观具有一种雕塑的美。

埃斯沃斯没有看吉丁铺在桌上的设计方案。他盯着那张透视图，目瞪口呆。接着，他扬起头，高声狂笑，说："彼得，你是个天才。"他又说："我想你确切地领会了我的意思。"吉丁面无表情地注视着他，毫无好奇之感。"我花费了毕生时间想要取得的成就，你成功地取得了。你在几个世纪以来我们背后的人们浴血奋战努力尝试的事情上成功了。我向你脱帽致敬，彼得，怀着敬畏和钦佩之情。"

"看看设计方案吧，"吉丁无精打采地说，"每个单元的租金只有十美元。"

"我毫不怀疑，没必要看。噢，对了，彼得，这个设计会通过的。别着急。它会被接受的。我向你表示祝贺，彼得。"

"你这个该死的傻瓜！"盖尔·华纳德说，"你在搞什么名堂？"

他把一份《纽约旗帜报》扔给洛克，一个版面折在外面。那一版上登着一张照片，配文是："科特兰德家园建筑师图纸，即将在爱斯托尼亚兴建的耗资一亿五千万的联邦安居工程，吉丁－杜蒙特建筑师事务所设计。"

洛克瞥了那张照片一眼，问："你是什么意思？"

"我是什么意思，你知道得太清楚了。你以为我艺术陈列室里的艺术品是凭上面的签名收藏的吗？如果彼得·吉丁能设计这个，我就把今天出版的每一份《纽约旗帜报》都吃下去。"

"盖尔，这是彼得·吉丁设计的。"

"你这个傻瓜。你想干什么？"

"如果我不想理解你说的是什么，那我就理解不了，无论你说什么。"

"噢，你可以，如果我刊登一篇报道，大意是某安居工程是由霍华德·洛克设计的，那会成为一篇轰动的独家报道，也能跟托黑先生开个玩笑，那些见鬼的安居工程的幕后人物。"

"你要是发表那样的文章，我就告死你。"

"你真的会吗？"

"我会的。忘了这件事吧，盖尔。难道你没看出我不想讨论这个问题吗？"

后来，华纳德把那张照片拿给多米尼克看，问她："这是谁设计的？"

她看了看照片。"当然。"这就是她全部的回答。

"什么'变化着的世界'，爱尔瓦？变成什么？从什么开始？谁在进行着这种变化？"

爱尔瓦扫了一眼放在华纳德桌子上的那篇社论——《变化着的世界中的母道》，他脸上呈现出焦虑，但更多的是不耐烦。

"盖尔，到底怎么了？"他满不在乎地嘟哝了一句。

"那正是我想知道的——到底怎么了？"他拿起校样，朗声读道，"'我们所了解的世界已经消失了，毁灭了，自我欺骗是没有用的。我们无法回到那个世界去了，我们必须向前看。当今的母亲们必须通过拓宽自己的情感视野，把她们对于孩子的自私的爱提升到更高的层面上来，以此来包容每一个人的小孩。母亲们应该爱社区里、街道上、城市里、各国各州各民族的，以至整个广大的世界上的每一个孩子——确切地说，就跟爱自己的小玛丽和乔尼一样。'"华纳德挑剔地皱皱鼻子，"爱尔瓦……滔滔不绝地说教也可以。但是，干吗非得弄这样的垃圾？"

爱尔瓦·斯卡瑞特看都不想看他一眼。

"盖尔，你与时代脱节了。"他说。他说话的声音很低，里面透着一种警告——就像什么东西在龇牙咧嘴，试探性地，只是为了下一步的行动。

让爱尔瓦·斯卡瑞特摸不着头脑的是，华纳德没有了继续与他谈话的兴趣。他在社论上画了一道线，可是那蓝色的铅笔线条似乎累了，模模糊糊地结束了。他说："再去仔细琢磨出点什么来，爱尔瓦。"

斯卡瑞特站起身，拿起那张纸，一言不发地转身离开了办公室。

华纳德看着他的背影,大惑不解,觉得好笑,还有一点轻微的厌恶。

他知道他的报纸正令人难以觉察地、未经他的任何命令,逐渐向着某种趋势靠拢,这种状态已经有好几年了。他已经注意到那些新闻报道的谨慎"倾斜",似是而非的暗示,模棱两可的引喻,那些放在异常位置上的异常形容词,对于某些主题的强调,在不必要的地方插入政治性结论。如果一篇报道是有关雇主和受雇者的,无论事实如何,一定会用简单的措辞把雇主写成是有罪的。如果一个句子指的是过去,它便总是"我们黑暗的过去"或者"我们死一样的过去"。如果一个句子与某人的个人动机有关,它就一定是"受自私心理的唆使"或者"受贪婪的怂恿"。有一个字谜的谜面是"逐渐被废弃的个人主义",而谜底竟然是"资本家"。

对此,华纳德总是不以为然地耸耸肩,报以轻蔑的一笑。他想,他的员工训练有素:如果这就是当今的流行语,他的那帮家伙自然会采用。那没有任何意义。他只要把它们从社论那页划掉,在报纸的其余部分是不要紧的。那不过是一时的时髦而已——他对时尚变化可说是久经沙场了。

他对"我们不读华纳德"运动并没有在意。他从男厕所里撕下一张海报,把它粘在他林肯车的挡风玻璃上,而且还在上面加了"我们也不"几个字,并让它在上面保留了足够长的时间,直到一家中立报纸的摄影师发现并拍了照。在他的职业生涯中,他曾经被他那个时代最伟大的出版商和最精明的金融团伙反对过,诅咒过,指责过。他没法去理解那个叫古斯·韦伯的人的行为。

他清楚《纽约旗帜报》正在失去一部分读者。"一场暂时流行的风潮而已。"他对斯卡瑞特说,同时不以为然地耸耸肩。他会举办一次打油诗比赛,或者提供一系列购买维克多牌唱片的赠券,来大幅度提高报纸的发行量,然后立刻将此事抛诸脑后。

他没法振作起来采取充分的行动。他的工作欲望从没像现在这么强烈过。每天早晨,他都带着一种迫切的渴望走进办公室。可是不到一小时,他就发现自己研究起办公室墙壁嵌板之间的接头,而且情不自禁地背诵起记忆中的童谣。那并不是厌倦,不是打哈欠的惬意,而更像是满心希望去打个哈欠,却又打不出来。他不能说他不喜欢工作,只不过它变得令人不愉快而已,不足以逼他做出决策,不足以使他握紧拳头,只能让他收缩一下鼻孔。

他隐隐约约地认为,事情的起因是公众品位的新趋势。他没看到自己有什么理由不该像以前那样轻车熟路地追逐并驾驭这次潮流。但他无法追逐了。他没有道德上的顾虑。它不是一个理智地选择出来的积极立场;不是一场以伟大事业为名进行的挑战;只是一种苛求的感觉,一种几乎属于贞节的东西:是那种在把脚踩上湿粪之前的犹豫不决。他想：不要紧——它不会持久——当浪头转向另一个主题的时候，我会回来的——我想这一次我还是静观其变。

他说不出为什么这次看见爱尔瓦时会有不安的感觉。让他莫名其妙的是，爱尔瓦居然说出那句废话，真是古怪。可是还有别的东西；爱尔瓦退出去的时候，透着一种个人特征；几乎是一个宣告——他再也没有考虑老板意见的必要了。

我应该解雇爱尔瓦，他想——然后又笑自己，被这个想法吓了一跳：解雇爱尔瓦？——最好还是想想阻止地球转动吧——或者——想想那件不可想象的事情——停办《纽约旗帜报》。

可是在那年夏天和秋天的几个月，他也有喜欢《纽约旗帜报》的时候。那时，他坐在桌前，手放在面前铺开的几个版面上，新鲜的油墨弄脏了他的手，而当他看见霍华德·洛克的名字印在《纽约旗帜报》上时，他笑了。

命令从他的办公室传达到每一个相关部门：大肆宣传霍华德·洛克。在艺术栏，在房地产栏目，在社论里，专栏里，提到洛克和他建筑作品的文章开始定期出现。人们很少会为建筑师做宣传，而建筑作品的新闻价值又不多，可是《纽约旗帜报》却将洛克的名字以各式各样别出心裁的借口抛给公众。每一个字都是经过华纳德编辑的。《纽约旗帜报》的选材令人吃惊：文章行文雅致。没有那种引起轰动效应的故事，没有洛克早餐时的照片，没有凡人皆有的兴趣，没有推销一个人的企图；只有经过深思熟虑的，对一个艺术家的伟大所表达的谦和有礼的尊敬。

他从没对洛克说起过此事，而洛克也从未提及。他们不谈论《纽约旗帜报》。

每天晚上回到新家，华纳德总能看到桌子上放着的《纽约旗帜报》。自从结婚以后，他从不允许家里有《纽约旗帜报》。第一次看到它时，他微笑了一下，并没有说什么。

然后，有一天晚上，他说起了这事。他翻着一个个版面，直到他看到一篇讨论避暑胜地的文章，其中用了很大的篇幅描写摩纳多克峡谷。他抬起头瞥了对面的多米尼克一眼。她坐在房间对面壁炉边的地板上。他说："谢谢你，亲爱的。"

"为什么谢我，盖尔？"

"为了你懂得我什么时候喜欢在家里看到《纽约旗帜报》。"

他走到她跟前，在旁边的地板上坐下来，将她瘦削的肩膀搂在臂弯里。他说："想想《纽约旗帜报》这些年来极力吹捧的所有政客、电影明星、来访的大公和重量级杀人犯。想想我那伟大的讨伐市内有轨电车的运动，讨伐红灯区的运动和家种蔬菜的运动。多米尼克，这一次，我可以说出我所相信的东西了。"

"是的，盖尔……"

"所有这些我过去想要的、得到过的却从来没有使用过的权力……现在他们会看到我可以做什么了，我要强迫他们给予他应得的认同。我要把他应得的名誉还给他。公众舆论吗？公众的舆论正是我要去制造的。"

"你觉得他想要这个吗？"

"很有可能不想要。我不在乎。他需要它，他就要得到它了。我想让他接受它。作为一名建筑师，他是公众的财富。如果一家报纸要写他，他也阻止不了啊。"

"那些文章全部——是你自己在写吗？"

"大部分是的。"

"盖尔，你本来可以成为一名多么出色的记者呀！"

那场运动有了结果，那是一种他没有预料到的结果。一般大众仍然漠不关心。而在知识界、艺术界和建筑行业，人们都在嘲笑洛克。他们的评论被报告给华纳德："洛克？噢，对了，他是华纳德的红人。""《纽约旗帜报》的魅力男孩。""黄色报刊的天才。""《纽约旗帜报》现在出售艺术了——给它寄去两箱一流的佳作和一个价钱公道的摹本。""你难道不知道？那正是我一直以来对洛克的看法——适合于华纳德报纸的那种天才。"

"我们等着瞧。"华纳德不屑地说 继续着他的私人圣战。

他为洛克争取到了每一个可能的重大项目。从春天以来，他已经给洛克的事务所介绍了一座哈得逊河畔的游艇俱乐部，一座办公大楼，两座私人住宅。"我要给你多介绍一些，让你应付不过来，"他说，"我要让你把这些年被他们荒废掉的时间补回来。"

奥斯顿·海勒有一天晚上对洛克说："恕我冒昧地直言一句，我觉得你需要听听别人的忠告，霍华德。是啊，当然了，我是指盖尔·华纳德所做的这件反常的事情。你和他是形影不离的好朋友，这把我一直抱有的种种理性的概念都推翻了。毕竟，人类有着清楚的阶级之分——不，我不要采用托黑的话。可是，在那些无法相处的人之间是有某种界线的。"

"是有界线。可是谁也没有说明这种界线应该画在哪里。"

"好吧，友谊是你个人的私事。可是有个方面必须停下来，你就听我这一次劝吧。"

"我在听。"

"他抛给你的一大堆项目，我觉得很好。我肯定他会因此在地狱里受到奖励并被提升好几层的，他肯定要下地狱的。可是他必须停止在《纽约旗帜报》上为你所作的那些公开宣传，你必须阻止他。难道你不知道华纳德报业的支持足以让任何人丧失名誉？"洛克默不作声。"那对你的职业不利，霍华德。"

"我清楚这一点。"

"你要让他停下来吗？"

"不。"

"到底为了什么？"

"我说过我会听的，奥斯顿。我并没说过我要谈论他。"

秋天的一个下午，很晚了，华纳德来到洛克的事务所，就像往常在快要下班时他常做的那样。当他们一起走到外面的时候，他说："今晚天气真不错。我们去散步吧，霍华德。有一块地产，我想让你看一看。"

他把他带到了"地狱厨房"。他们绕了一个大长方形——第九街和第十一街之间的两个街区，自北向南有五条街道。洛克看到一片破败荒凉的低级公共住宅区，塌陷下去的红砖房屋残骸，歪扭的门廊，朽烂的木板，狭窄的天井里挂着一串串灰白的内衣，那不是生命的标记，倒像是腐烂在恶意地生长。

"这块地是你的吗？"

"整个儿这一块全是。"

"为什么让我看？难道你不知道让一个建筑师看这个，比让他看尸横满地的战场更糟糕吗？"

华纳德指着街对面一家小餐馆的白瓷砖门面，"我们到那里去。"

他们在窗边一张干净的金属桌子前坐下来，华纳德点了咖啡。他看上去舒适自在，与在城里最好的餐馆里完全一样。他的忧雅在这里具有一种奇怪的特质——他并没有侮辱这个地方，反而改造了它，就像国王驾临一般，似乎任何他走进的地方都会变成宫殿。他将胳膊肘支在桌子上，向前探过身来，透过咖啡上冒着的热气看着洛克。他眯着眼睛，兴致勃勃。他伸出一根手指，指着街对面。

"那是我买的第一块地，霍华德。很久以前的事了。买了它以后，我一直没动过。"

"你给谁留着？"

"你。"

洛克将那只沉甸甸的白色咖啡杯从他的嘴唇上挪开，他的目光接住华纳德的目光，眯了起来，报以嘲讽的一瞥。他知道华纳德想听他迫切的提问，而他却回之以耐心的等待。

"你这个倔强的杂种。"华纳德咯咯笑了起来，投降了，"好吧，听着。这就是我出生的地方。当我有能力开始考虑购买地产时，我就买了这块地。一家又一家、一个街区又一个街区地收购。花了好长的时间。我本来可以去买更好的地产，更快地赚钱，就像我后来做的那样，可是我一直等待着，直到我有了这块地。尽管我知道它好多年都派不上用场。你知道，我那时候就知道，有朝一日这儿就会是华纳德大楼矗立的地方……好吧，保持平静——我刚才已经看到你脸上的神情了。"

"噢，天呐，盖尔！"

"怎么了？想修建它吗？特别想吗？"

"我想我几乎愿意为此献出我的生命——只有到那时我才不能修建它。那是你想听到的吗？"

"差不多是吧。我不要你的命。可是，能把你吓成这样一次真好。谢谢你表现出来的震惊。这意味着你理解了华纳德大厦的意义。全纽约最高的建筑,而且是最伟大的。"

"我知道那才是你想要的。"

"我还不能建它。可是我已经等了这么多年。而现在你要和我一起等下去。你知道吗,我喜欢以某种方式折磨你,一向都喜欢。"

"我知道。"

"我把你带到这儿来,只想告诉你,等我要去建它时,它就是你的了。我一直等待着,因为我觉得我还没有准备好。自从认识你以来,我就知道我已经准备好了——我并不是指你是一名建筑师。可是我们还得稍微再等等,就等一两年,等待这个国家走上正轨。现在不是建它的好时机。当然了,谁都说摩天大楼的时代已经过去了,说那是陈旧过时的东西。可我不那么想。我要让它自给自足。华纳德集团的办事处遍布全城。我要让它们通通搬到一座大楼里来。而且我还控制着一些举足轻重的人物,能逼他们租用剩下的地方。或许,那将会是纽约修建的最后一座摩天大楼。这样更好。最伟大的,也是最后的。"

洛克坐在那里,看着街对面那一串废墟。

"霍华德,要拆。通通都拆除。夷为平地。这块我管不着的地方将由一座公园和华纳德大楼取而代之……纽约最出色的建筑都被浪费掉了,因为它们彼此紧挨着,挤在街道上,人们看不到它们。但人们将看见我的大楼。它会改造整个街区。让别人仿效。位置不好，他们会这么说吧？好位置是谁造就的？他们会亲眼看见。当这个城市再一次生机勃勃时，这儿可以变成纽约新的中心。当《纽约旗帜报》还是四流报纸的时候我就谋划好了。我并没有算错吧，啊？那时候我就知道我会成为什么样的人……霍华德，那是我为我的一生所设计的一座纪念碑。还记得你第一次来我办公室时所说的话吗？对我生活的陈述。我的过去有我所不喜欢的东西。可是所有那些让我引以为豪的东西都会留存下来。我死之后，这幢大楼就是盖尔·华纳德……那个时候我就知道我会找到合适的建筑师的。我当时并不知道他远远不只是我雇用的建筑师。我很高兴事情能有这样的结果。那是一种奖赏。仿佛它已经被原谅了。我最后的最伟大的成就也是你最伟大的成就。它将不仅仅是我的纪念碑，还是我送给世界上对我来说最重要的那个人的一份厚礼。别皱眉头，你知道你对于我的意义正是那样。看看街对面那副可怕的景象。我想坐在这儿，观看你看着它时的神态。那正是我们要毁灭的东西——你和我要毁灭的东西。那正是它将来要矗立的地方——由霍华德·洛克修建的华纳德大楼。我从出生的那天起就在等待它。从你出生的那天起，你就一直在等待这个伟大的机遇。它就在那里，霍华德，就在街道对面。它是你的——我送给你的。"

10

雨已经停了，可是彼得·吉丁希望它还会下起来。人行道上的雨水泛着光。建筑物的墙壁上喷上了几大片污渍，似乎这些不是从天而降的雨水，而更像是城市出的一身冷汗。空气因那提前到来的黑暗而变得格外沉重，就像未老先衰一样令人不安，从窗户里透出模糊的黄色灯光。吉丁并没有淋雨，可是他感觉浑身湿透了，寒彻肺腑。

他早早就离开了事务所，步行回家。办公室给他一种不真实的感觉，一如往常。他只能在夜晚时找到那种现实感，他鬼鬼祟祟地摸到洛克的公寓。他并不是偷偷进去的，也没有鬼鬼祟祟，他这样愤怒地对自己说——可他心里清楚，事实就是那样。尽管他像办正事的人一样穿过恩瑞特公寓的大厅，乘坐电梯上楼。那是那种模糊的焦虑，是那种想瞥一眼周围每一个人的脸的冲动，是那种害怕被人认出来的恐惧；那是一种无名的犯罪感，不是针对任何人的，却比有受害者更为恐怖。

他从洛克那里拿来科特兰德工程每一个细节的草图——再

让他自己的制图师把它们转成施工图。他倾听着洛克的教导，默记着对付每一条反对意见的论据。他就像一台录音机一样录入。然后，当他向制图师们解释的时候，他的声音听起来就像是在播放一张唱片。他并不介意。他什么问题都不提。

此刻，他慢慢地走着，穿过弥漫着雨后气息的街道。他抬头仰视，看着本该是那些熟悉建筑的那片空白。那看起来不像是雾或者云，而像是进行了一种巨大而无声的破坏之后的一大块灰蒙蒙的天空。看见建筑物在天空中消失总会令他感到不安。他继续走着，低头看着脚下。

他首先看到的是一双鞋。他知道他肯定见过那个女人的脸，自我保护的直觉让他把视线猛地扭开，有意识地又打量起那双鞋。那是一双平底的棕色牛皮鞋，舒服得有些让人不悦，在泥泞的人行道上闪着过于惹眼的光泽，全然没把雨水和美感放在眼里。他的目光掠过那棕色的裙子；掠过那剪裁得体的上衣——那裙子和上衣如同制服一样奢华，一样冷漠；掠过那只戴着昂贵手套的手，手套的一个指头上有个洞；掠过西装上衣的翻领上一个十分可笑的装饰——一个穿着红色搪瓷短裤的罗圈腿墨西哥人——笨拙地赶时髦似的粘在那儿；掠过她薄薄的嘴唇，那副眼镜，那双眼睛。

"凯蒂。"他说。

她站在一家书店的橱窗前。她的目光在他与她一直查看的一个书名之间摇摆了一下；接着，她脸上漾起一个微笑，分明是认出来了。然后，那目光又回到了那本书的名字上去，完成先前的那个动作，并做了笔记。之后，她的视线才回到吉丁身上。她的微笑是愉悦的：不是努力克服痛苦，也没有热情，仅仅是愉悦而已。

"哎呀，彼得·吉丁，"她说，"你好，彼得。"

"凯蒂……"他的手伸不过去，脚也无法挪得更近一些。

"是啊，就这样碰到你，哎呀，纽约就像是一个小镇，尽管我觉得它的样子并不比小镇好。"她的语气中并没有紧张感。

"你在这里干什么？我还以为……我听说……"他知道她在华盛顿有一份好工作，两年前她搬到那儿去了。

"只是来出差。明天就得赶回去。我也不是多介意那些。纽约看起来死气沉沉的，节奏这么慢。"

"那么，我很高兴你喜欢你的工作……如果你是指……你是那个意思吗？"

"喜欢我的工作？这样说多傻！华盛顿是这个国家唯一发达的地方。我不明白人们在别的地方是怎么生存的。你一直在做些什么呢，彼得？我几天前在报纸上看到你的名字了，好像是什么重要的事情。"

"我……在工作……你没怎么变，凯蒂。确实没有变，是吗？——我是说，你的脸——你看上去跟过去一样……在某些方面……"

"我只有这一张脸。为什么人们一两年没有见面，总爱说变不变的？我昨天碰到了格雷丝·帕克，她也非得研究一下我的外表，好像要列出一张清单似的。她还没开口，我就能听到她要说什么了——'你看上去不错——一点都没有变老，真的，凯瑟琳。'人真是俗气。"

"可是……你的确看着很漂亮……看见……看见你真高兴……"

"我也很高兴看到你。建筑业怎么样了？"

"我不知道……你读到的一定是科特兰德……我在设计科特兰德家园，一个安居……"

"是啊，当然。是这样的。我觉得那对你很有好处，彼得。去做一件工作，不仅仅为了个人利益和丰厚报酬，而是为了社会。我觉得建筑师应该停止捞钱，花点时间来为政府工作，扩大扩大视野。"

"喔，大多数人能捞还是会捞的，那是最难经受的考验。那是一场封闭的……"

"是啊，是啊，我知道。要让那些门外汉理解我们的工作方式的确不可能。那就是为什么我们会听到所有那些愚蠢的、讨厌的抱怨的原因。彼得，你可不能读华纳德报纸。"

"我从来不读华纳德的报纸。那到底和它有什么……噢,我……我不知道我们在说什么,凯蒂。"

他觉得她不欠他什么,她可以表现出各种愤怒和讥诮。然而她对他依然有一种人道主义的责任:她欠他这次相遇的一丝紧张。她毫无紧张之感。

"我们确实有很多事要谈,彼得。"这话本来可以让他精神一振,如果它们不是那么轻松就说出来的话,"可是我们总不能这样站一天呀。"她瞥了一眼她的腕表,"我还有大约一小时的时间,我想你应该带我去什么地方喝杯茶,你可以喝点热茶,你看上去冻僵了。"

那是她对他外表的第一句评价。那个,连同毫无反应的一瞥。他想,就连洛克看到他外表的变化都感到震惊。

"是的,凯蒂,那样很好,我……"他希望提出建议的人不是她,那正是适合他们去做的事。他希望她没有思考合适事情的能力,不是这么快就想到了。"我们找一个好的、安静的地方……"

"我们去托普斯吧。街角就有一间。他们有最好的水片三明治。"

她拉起他的胳膊过马路,走到另一边又将它松开。姿势很自然,她并没有觉察到。

在托普斯餐馆的门里边有一个糕点和糖果柜台。一大盆裹着糖衣的大杏仁,绿色和白色的,对吉丁闪着光。那个地方闻起来有一种橘味糖霜的味道。灯光很暗淡,像是笼罩在闷热的橘子味的烟雾里;那种气味使得灯光看上去黏糊糊的。桌子都很小,一个紧挨着一个。

他坐下来,低头看向放在黑色玻璃桌面上的纸编花边桌布。可是当他抬眼看凯瑟琳时,他知道根本没有必要小心谨慎:她对于他的观察根本没有反应,不管他研究的是她的脸还是邻桌那个女人的脸,她都是那副神态。她似乎对她自己是没有意识的。

变化最大的是她的嘴,他想。嘴唇缩了进去,只有苍白的边缘露在开口那专横的线条周围,那是一张惯于下命令的嘴,他想,但下的并不是什么重大命令或者残酷命令,只是一些无谓的琐碎小事——有关铅管铺设或者消毒剂什么的那类事情。他看见了她眼角的细小皱纹——皮肤像折起的纸又被抹平了一样。

她跟他讲着她在华盛顿的工作,他忧闷地听着,没有听到她说什么,只听到她说话的语调,干脆而生气勃勃。

一名穿着浆过的淡紫色制服的女服务员走过来请他们点饮料。凯瑟琳大声吆喝着说:

"请来一杯茶,外加一份特制三明治。"

吉丁说:"一杯咖啡。"他看见凯瑟琳的目光落在他身上,出于突如其来的尴尬的惊慌,他觉得自己万万不能坦白他连一口食物也吃不下去——那种坦白会惹恼了她,他又补充说,"一个火腿夹黑面包，我想。"

"彼得，多可怕的饮食习惯！等等，服务员。你别点那个，彼得。那对你不好。你应该要一份新鲜的沙拉。而且这个时间喝咖啡也不好。美国人喝的咖啡太多了。"

"好吧。"吉丁说。

"茶和一份混合沙拉，服务员……还有，噢，服务员！——沙拉里面不要放面包——你在发胖，彼得——请来点健康脆饼。"

吉丁一直等到那身淡紫色制服离开，才满怀希望地说："我变了，不是吗，凯蒂？我看起来真的特别糟糕？"甚至一句贬损的话都可能成为一种个人联系。

"什么？噢，我想是这样的。那并不健康。可是美国人对合理的营养平衡一窍不通。当然，男人的确对单纯的外表过于大惊小怪。他们比女人的虚荣心还要强。现在，负责生产性工作的是女人，而且女人会建设一个更美好的世界。"

"人怎么能建设一个更美好的世界呢，凯蒂？"

"唔，如果你考虑决定性因素，当然，是经济上的……"

"不，我……我并不是这个意思……凯蒂，我一直非常不快乐。"

"听到这个我很遗憾。现在听到很多人这么说。那是因为这是一个过渡时期，人们觉得像是无根的草一样。可是，彼得，你性格一向挺好的。"

"你……还记得我过去的样子吗？"

"天呐，彼得，好像你是在谈论六十五年前的事情似的。"

"可是，发生了那么多的事情。我……"他冒险尝试着，他必须冒这个险，最崎岖的路似乎才是最好走的，"我结了婚，又离婚了。"

"是的，我从报纸上读到了。我很高兴你离了婚。"他的身子朝前凑过去。"如果你的妻子是那种能嫁给盖尔·华纳德的女人，那么摆脱她算你幸运。"

说这几句话时，她那种习惯性地把词语串起来的调子没有改变。他不得不相信这个事实：这个话题的意义也不过如此。

"凯蒂，你很机敏，很善良……可是不要再演戏了。"他说，并且恐惧地知道那并不是在演戏，"别演戏……告诉我你当时对我是怎么想的……把一切都说出来……我不介意……我想听听……难道你不明白吗？如果我听了，我会好受些。"

"当然了，彼得，你不是想让我开始一场反诉吧？我会说你当时狂妄自负，如果不是那么孩子气的话。"

"你有什么感受——那天——我没有来——接着，你就听说我结婚了。"他不知道是什么样的本能在驱使着他，通过一种麻木，把残忍作为他唯一的手段，"凯蒂，那时你难过吗？"

"难过，当然难过了。在那种情形下，所有的年轻人都会难过的。后来想想真是愚蠢。我大声哭喊，冲着埃斯沃斯舅舅尖声说了一些可怕的话，他不得不给医生打电话，给我打了一针镇静剂，然后，几周后，我毫无原因地在街上晕倒了，可真丢人。那些常见的东西，我想，每个人都会经历，就像出疹子。为什么我居然期望自己能得到豁免呢？——正如埃斯沃斯舅舅说的。"他觉得他本来不知道还有比活生生的痛苦记忆更糟的东西：那就是死去的记忆。"而且当然了，我们当时就知道那样的结局是最好的。我都无法想象我嫁给你会是什么样子。"

"你无法想象，凯蒂？"

"是无法想象，我是说，我无法想象嫁给任何人。那样本来就不行，彼得。我的气质不适合家庭生活。那样太自私，太狭隘了。当然，我明白你现在的感受，而且我很感激。你会感受到像良心谴责一样的东西，因为你曾经抛弃了我，"他瑟缩了一下。"你明白那些事听起来有多愚蠢。你有一点悔悟的表现也是正常的——一种正常的反应——可是我们必须客观地看待这个问题。我们都是成年人，有理性的人，没有什么事情太过严重，我们对所做的事无可奈何，我们注定是那样，我们只能总结经验，跌倒了自己爬起来，再继续往前走。"

"凯蒂，你不是在说某个跌倒的女孩走出了自己的困境。你是在说你自己！"

"有什么本质上的不同吗？每一个人的问题都是相同的，就像每一个人的情感都是相同的一样。"

他看到她一点一点地咬着薄薄的一条面包,上面涂了一些绿色的东西,注意到他点的东西也端了上来。他在沙拉碗中搅动着叉子,强迫自己在一块灰色的健康脆饼上咬了一口。然后他发现,一个人失去了自己吃东西的能力而又要有意识地努力去吃东西时,有多么奇怪。那块脆饼似乎永远吃不完。他无法完成咀嚼的过程。他动着嘴巴,而嘴里的东西却一点都没有下咽。

"凯蒂……六年了……我想过有朝一日我将如何请求你的谅解。现在我有了这个机会,但是我又不想要这种谅解了。似乎……似乎有点跑题。我知道这样说很可怕,可是给我的感觉就是这样的。那是我一生中做过的最坏的事情——可那并不是因为我伤害了你。我的确伤害了你,凯蒂,而且或许比你自己知道的伤得还要深。可那不是我最大的罪过……凯蒂,我本想娶你的。那是我唯一真正想做的。而那就是无法原谅的罪恶——我并没有做我想做的事情。那感觉如此肮脏,空洞,无比荒谬,就像人对精神病的感觉一样,因为没有意义,没有尊严,除了痛苦什么也没有——而且是枉然的痛苦。凯蒂,为什么他们一直告诉我们,去做我们想做的事是容易而邪恶的,而且我们必须克制自己呢?那是世界上最难的事情了——做我们想做的事情。而且那需要付出最大的勇气。我是说,我们真正想要的,就像是我想娶你的那一刻,不是我想跟某个女人睡觉的那一刻,或者喝醉的那一刻，或者报纸上登了我名字的那一刻。那些事情，它们甚至连希望都不是。那是人们为了逃避希望而做的事情，因为想做某种事情是那么重要的一种责任。"

"彼得，你说的事情是非常丑恶和非常自私的。"

"或许是吧。我不知道。我一直都在想，我必须把真相告诉你，关于一切。即便你不问。我必须这么做。"

"是的，你的确必须这么做。那是值得赞美的品质。你是个有趣的家伙，彼得。"

是柜台上那碗裹着糖衣的大杏仁伤害了他，他迟钝而愤怒地想。那些大杏仁是绿色的和白色的，在一年中的这个时候，它们没有权利是这种颜色。那是圣帕特里克节的颜色——那个时候，所有商店的橱窗里都有这种糖果——而圣帕特里克节意味着春天到了——不，比春天还要好，那是春天即将开始时奇妙的期待时刻。

"凯蒂，我不想说我还爱着你。我不知道我是否还爱你。我从未问过自己这个问题。现在它不是那么重要了。我这样说不是因为我还抱着希望，或者想试着……我只知道我深爱过你，凯蒂。我爱过你，无论我把它搞得多糟，即便这是我最后一次这样说，我也要说：我爱过你，凯蒂。"

她注视着他——而且看样子似乎是高兴的。不是激动，不是幸福，不是怜悯，而是某种随便的高兴。他想，假如她真是个完完全全的老处女,那种受过挫折的社会工作者,正如人们眼中的那种女人一样,以自己的美德和傲慢的幻想来藐视和嘲笑性,那也是一种认可,只是怀有敌意。可是这种乐在其中的宽容似乎承认,恋爱只不过是人性使然,人必须得接受它,像其他任何人那样,它只是个没有什么重大意义的普遍弱点。她很喜悦,跟她听到任何别的男人说同样的话时一样喜悦,就像她的翻领上那个红色搪瓷的墨西哥人一样,向人们对虚荣的需要报以轻蔑的让步。

"凯蒂……凯蒂,让我们说这并不重要——这,现在——不管怎么说,重要的是过去,不是吗?这并不能触及过去的样子,是吗,凯蒂?人们总是遗憾过去已成定局,什么也不能改变它——可是,我很高兴它能不变。我们不可能毁坏它。我们可以想起过去,不是吗?为什么不应该呢?我是说,正如你刚才说的,像个成年人,不要自欺欺人,不要试图希望,而只是回首过去……你还记得我第一次到你纽约的家里时的情景吗?你看着那么瘦,那么小,而你的头发乱七八糟。我当时告诉你,我不会爱上其他任何人。我把你抱到我的膝盖上,你根本就没什么重量,而我对你说,我永远不会爱上别人。你说你知道。"

"我记得。"

"当我们在一起时……凯蒂,我为那么多事情感到羞愧,可是从不为我们在一起的时刻羞愧。当我求你嫁给我时——不,我从来没有求过你嫁给我——我只是说我们订婚了,而你说'是的'——那是在公园里的一条长凳上——下着雪……"

"是的。"

"你戴着滑稽的羊毛手套。就像拳击手套。我记得——在茸毛上还有水珠——圆圆的，像水晶——它们闪闪发光——因为有一辆汽车开过。"

"是的，我觉得偶尔回想一下过去是可以理解的。可是人的视野在扩大，随着年岁的增长，人在精神上变得更富有了。"

他沉默不语，良久，然后淡然地说："对不起。"

"为什么？你真可爱，彼得。我就老说嘛，男人是感伤主义者。"

他想，那不是演戏——人不可能那样演戏——除非这本身就是一场戏，演给自己看的，然后，就会没有限制，没有出路，没有现实……

她继续跟他交谈着，过了一会儿，她又谈起了华盛顿。他只在必要时点点头以示回答。

他想，以前认为那是个简单的顺序，过去与现在，如果人在过去有所失落，就会以现在的痛苦作为补偿，而痛苦使它具有了不朽的形式——可他以前并不知道人会像这样去摧毁，去杀戮，以至于对她来说，过去根本就不存在。

她看了一下她的腕表，不耐烦地喘着气说："我已经迟到了。我得赶紧走了。"

他沉重地说:"如果我不陪你去,你会介意吗,凯蒂?不是无礼。只不过我觉得那样会好一些。"

"当然,没关系。我能找到路,而且老朋友之间也没必要那么拘礼。"她说着拿起包和手套,把一张纸巾揉成一团,灵巧地扔进茶杯,"下次我来城里的时候会给你打电话,我们再一起吃东西。尽管我不能保证我什么时候会再来。我很忙,我得去很多地方,上个月是底特律,下周要飞去圣路易斯,等他们再派我来纽约时,我就给你打电话,就这样,彼得,碰到你真是太愉快了。"

II

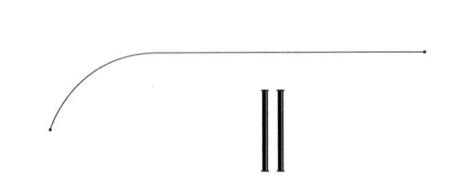

盖尔·华纳德看着游艇甲板上光亮的木头。那木头和一个铜门钮变成了一抹火焰，使他感受到了周围的一切：烈日当空，照耀在炽热的海天之间，足有数英里。正是二月，在南太平洋上，游艇静静地躺着，发动机闲着没动。

他靠在栏杆上，低头看着水中的洛克。洛克仰面漂浮着，身体伸展成一条直线，张开双臂，眼睛闭着。他皮肤的古铜色意味着这样的日子已经有一个月了。华纳德想，这就是他喜欢的理解空间和时间的方式：通过游艇的燃料，通过洛克的棕色皮肤，或者通过他自己蜷在面前的胳膊上的黝黑。

他有好几年没开过游艇了。这一次他想让洛克做他唯一的客人，多米尼克被留在了家里。

华纳德说："你是在玩命，霍华德。你那样的速度是没人能承受多久的。自从摩纳多克以来就是这样，不是吗？——去休息吧。"

洛克不加争辩就同意了。华纳德很吃惊。洛克大笑。

"如果是这个令你惊讶的话，我可不是在逃避工作。你知道什么时候停下来，可我停不下来，除非是完全停止。我知道我劳累过度。我最近一直是在浪费大量的纸张，出了些粗制滥造的东西。"

"你出过烂活儿吗？"

"很可能比任何建筑师都多，而借口更少。我唯一可以声明的不同之处在于，我的烂活儿是在我的废纸篓里告终的。"

"我警告你，我们要离开好几个月。如果你后悔了，一周后就为你的制图台叫屈，就像你从来学不会混日子那样，我可不会带你回来。上了我的游艇后，我就成了最坏的独裁者。你可以拥有任何你能想象的东西，除了铅笔和图纸。我甚至不给你任何言论自由。一旦你上了甲板，就别提什么直梁啦，塑胶啦，或者钢筋混凝土什么的。我会教你吃和睡，像大多数毫无价值的百万富翁那样生存。"

"我想试一试。"

接下来的几个月，事务所里也没有多少活要求洛克在场。他目前的工作已经完成了。两个新的项目要等春天才开工。

他已经把吉丁所需要的所有科特兰德工程的草图都制好了。工程马上就要破土动工。开航前，十二月末的一天，洛克最后一次去视察了科特兰德的工地。在一群无聊而好奇的闲杂人等中间，他站在那里，看着挖掘机在铲土，在为未来的地基开路。东河像一条慵懒的黑色带子，远处是稀疏的雪花，城市里的塔楼都像是变软了，矗立在那里，在某种程度上使人想起蓝紫色的水彩。

当盖尔告诉她说他想与洛克出海长期巡游时，多米尼克没有反对。"宝贝儿，你明白我不是从你身边逃跑。我只是需要时间把一切理出个头绪来。与霍华德在一起就像与我自己在一起一样，只不过更加和谐。"

"当然，盖尔，我不介意。"

可是他看着她，突然放声大笑起来，高兴得令人难以置信。"多米尼克，我相信你是妒忌的。很好，我比以前更感激他了，如果他能使你妒忌我的话。"

她不能告诉他她是否妒忌或者妒忌谁。

游艇在十二月底起航。洛克看着，咧嘴笑着。当华纳德发现他不必去强制执行他的纪律时，他很失望。洛克并不谈论建筑，在甲板上的太阳底下一躺就是几个小时，懒散地消磨着时光。他们很少说话。有好几天华纳德都不记得他们交谈过什么。他们根本没有说话，这对他来说也是可能的。他们的安静就是他们之间交流的最好方式。

今天，他们一起跳到水里去游泳，华纳德先爬了上来。他一边站在栏杆旁看着水中的洛克，一边想着他在这一刻所具有的力量：他可以命令游艇马上起航开走，把那个红头发的身体留在阳光和海水里。这个念头带给他某种快感：权力感和向洛克屈服的感觉——心里明白，没有什么可知的力量能让他行使那种权力。每一种有形的手段都在他一边：只要伸缩几下他的声带发出一个命令，某个人的手就会开动一个阀门——而这部驯服的机器就会开走。他想，那不仅是一个道德上的问题，不仅是行为上的恐怖，如果一块大陆的命运取决于这一举动的话，人抛弃一个人是可以想象的。可是没有什么能使他抛弃这个人。尽管脚下是坚固的甲板，但他，盖尔·华纳德，此刻才是那个无助的人。而像一块浮木一样漂浮着的洛克，则拥有比游艇腹部的引擎更大的力量。华纳德心想，这种力量正是那个引擎能来这儿的原因。

洛克爬回甲板。华纳德注视着洛克的身体，看着串串水珠从那有棱有角的肌肉上滴下来。他说："霍华德，你在斯考德神庙上犯了一个错误。那座雕塑本不该是多米尼克，而应该是你。"

"不，我还没自我到那个地步。"

"自我？一个自我主义者会爱死它的。你的用词真是奇怪。"

"我用词最准确。我不想成为任何东西的象征。我只做我自己。"

华纳德伸展身体躺在一张甲板椅上，惬意地仰头看着提灯。在他身后的舱壁上有一个磨砂玻璃圆盘：它切断了海洋的黑色空虚，在灯光笼罩的四壁中给他一种隐私感。他听着游艇运动的声音,感受着他脸上夜晚空气的温暖,除了四周的甲板之外,他什么也看不见,甲板是封闭的,确定的。

洛克站在他面前的栏杆旁,一个黑色空间映衬下的白色身影。他的头扬着,就像华纳德在一座未竣工的大楼里所见过的那个姿势。他的手抓在栏杆上,短袖衬衫把他的手臂暴露在灯光下,一道道竖直的影子突出着他胳膊上绷紧的肌肉和颈部的筋腱。华纳德想到了游艇的发动机,想到了摩天大楼,想到了横贯大西洋的洲际电缆,想到了人类做过的一切。

"霍华德,这就是我过去想要的东西:让你在这儿陪着我。"

"我知道。"

"你知道它实际上是什么吗?贪婪。我对世界上的两样东西是个财迷:你和多米尼克。我是个百万富翁,却从未拥有过什么。还记得你说的有关所有权的话吗?我就像个野人一样,发现了私有财产这个东西,就疯狂地占有它。真可笑,想想埃斯沃斯·托黑。"

"为什么想他?"

"我是说他宣扬的那些东西,我最近一直在想,他是不是真的理解他所提倡的东西。绝对意义上的自私吗?哎呀,那正是曾经的我。他知道我就是他理想的象征吗?当然,他不会赞成我的动机,可是动机从来改变不了事实。如果他所追求的东西就是真正的无私——那种哲学意义上的无私的话——而托黑先生正是一位哲学家——在某种程度上超越金钱意义的哲学家，喔，让他来看看我吧。我从未拥有过任何东西。我什么都没想要过。我才他妈的不在乎——用托黑一直希望的那种最出色的方式。我使自己变成了一个承受整个世界压力的气压计。他的广大民众推着我几经起伏。当然，在这个过程中，我积聚了财富。可这影响这幅图景的内在现实吗？想想我把这笔财富的每一分钱都送人了。想想我从不希望赚任何钱，而是以纯粹的利他主义动机为人民服务。那我得做什么？恰恰是我所做过的。把最大的快乐给予最多的人。表达大多数人的观点、愿望和趣味。那大多数人就是那些每天早晨在报摊上花三分钱硬币，以此给我赞同和支持的人。华纳德报业呢？三十一年来，它们代表着每一个人——除了盖尔·华纳德。我以任何修道院里的圣徒都做不到的方式抹杀了自我的存在。然而，人们说我是腐败的。为什么？修道院里的圣徒牺牲的只是物质财富：那只不过是为他灵魂的光荣所付出的小小代价。他保留灵魂却放弃了世界。可是我，我拿了汽车、丝绸睡衣、顶楼公寓，把灵魂交给世界作为交换。谁牺牲得更多呢——如果牺牲就是对美德的考验的话？谁是真正的圣徒？"

"盖尔，我没想到你会向自己承认这一点。"

"为什么不？我知道我在做些什么。我想要的是驾驭集体灵魂的力量并且得到了。一个集体灵魂。那是某种肮脏的概念，可是如果谁想看看它具体是什么东西，那就让他买一份《纽约旗帜报》吧。"

"是啊……"

"当然,托黑会告诉我说,那并不是他所谓的利他主义。他的意思是我不应该让人们自己决定他们想要什么。应该由我决定。我应该决定,既不是我喜欢什么,也不是他们喜欢什么,而是我认为他们应该喜欢什么,然后再强行塞进他们脑子里。既然他们自愿选择《纽约旗帜报》,那就不得不塞进去。呃,当今世界有好几种这样的利他主义呢。"

"你认识到了?"

"当然。如果人必须服务于人民,那他还能有别的什么可做?如果人必须为了他人而活?或者迎合每个人的愿望而被称作腐败;或者将有利于每个人的理想强加于每个人。你还能想到其他的途径吗?"

"我想不出。"

"那最后还剩下什么?正派从何而来?利他主义之后又会有什么?你明白我热爱着什么吗?"

"明白,盖尔。"华纳德发觉洛克的声音中透露着不情愿,听起来几乎像是悲哀。

"你怎么了?你怎么听起来那样?"

"对不起,请原谅。我只不过想到了某种东西。我考虑这个问题很长时间了。特别是在你让我躺在甲板上消磨时光的这些日子。"

"关于我吗?"

"关于你——还有许多别的事情。"

"你得到了什么结论?"

"盖尔,我不是个利他主义者。我从不为他人作决定。"

"你不必担心我。我已经出卖了自己,可是我对此并不抱有任何幻想。我从没有成为爱尔瓦·斯卡瑞特,他确实相信公众所相信的任何东西。我藐视公众。这是我唯一要辩白的。我出卖了生命,可是我卖了个好价钱,我得到了权力,我从未使用过它。我以前支付不起实现个人愿望的代价。可是现在我自由了。现在我可以用它来购买我想要的东西。我所信仰的东西。多米尼克。你。"

洛克转过身去。当他回头看着华纳德时,他只说:"盖尔,我希望如此。"

"在过去的几周里,你一直在想的是什么问题?"

"那个把我从斯坦顿开除的系主任背后的原则。"

"什么原则?"

"那种正在毁灭世界的东西。那种你一直谈论着的东西。真实的无私。"

"他们说不存在的那种理想?"

"他们错了。那种理想确实存在,尽管不是以他们想象的方式。那正是长期以来我没法理解人们的地方。他们没有自我,生活在别人的意识里。他们是活在别人的阴影里的,是第二位的。看看彼得·吉丁吧。"

"你去看他吧。我对他恨之入骨。"

"我已经看过了——看看他还剩下些什么——那已经帮我理解了这个问题。他正在为此付出代价,琢磨着什么是罪恶,而且告诉他自己,他一直都太过自私。他的所做所思中可曾有过一个自我?他生活的目标是什么?是伟大——在别人眼中的伟大。是名誉、羡慕和妒忌心——都来自于他人。别人宣布说,他犯下了他根本就没有犯的罪行,他反而很满意人家这么认为。他人就是他的动力和首要关注的东西。他想要的不是伟大,而是被人认为伟大。他原本并不想搞建筑,他只是想被人称作建筑师,让人羡慕。他借鉴别人的东西,因为他想给别人留下好印象。这才是你们所谓的真正的无私。他所放弃和背叛的是他的自我。可是所有人却都说他是自私的。"

"那是大多数人所遵循的模式。"

"对!而这不正是每一个卑鄙恶劣的行为的根源吗?并不是自私,而是没有自己。看看他们。有人到处行骗,谎话连篇,却打着人格高尚的幌子。他知道自己是不诚实的,可是别人觉得他是诚实的,而他因此从中得到自尊,二手的。有人把并非他自己取得的成就归功于他自己。他清楚自己有多么渺小,可是在他人的心目中他是高大的。那个垂头丧气的卑鄙小人对弱者示爱，依附于比他有天赋的人——目的是通过对比来建立自己的优势。有人以赚钱为唯一目的。我并没看出赚钱的欲望有什么邪恶。可钱只不过是达到某种目的的手段。如果一个人需要它是为了个人的目的——给他的产业投资，去创造，去学习，去旅行，去享受奢侈的生活——那他完全是合乎道德的。可是那些把钱摆在第一位的人却远远超越了这些。个人享受是一种受到限制的努力。他们想要的是卖弄：是去向他人展示，令他人目瞪口呆，娱乐他人，哗众取宠。他们是二手货。看看所谓的文化努力吧。一个演讲者滔滔不绝的是无谓的滥调翻新。那些言论对他来说毫无意义，而那些听演讲的人毫不在意，他们坐在那里只是为了告诉朋友们，他们出席了某某名人所做的演讲。全都是些二手货。"

"如果我是埃斯沃斯·托黑，我就会这样说：你举的不正是自私的例子吗？他们不都是根据自私的动机行事——为了被他人关注、喜爱、敬仰吗？"

"以牺牲自尊作为代价。在最重要的领域——价值观、判断、精神、思想——他们将别人置于自我之上，恰恰是以利他主义要求的方式。一个真正自私的人是不为他人的赞扬所动的。他不需要那些赞扬。"

"我觉得托黑明白这一点。正是这一点在帮助他传播邪恶荒唐的念头。只是软弱和怯懦。投奔别人很容易。坚持自己的见解则很困难。你可以为听众伪造美德，但你不可能在自己的心中伪造它。你的自我就是最严厉的法官。他们从自我身边逃跑了，他们一生都是在逃避中度过的。捐几千块钱给慈善机构就以为自己很高尚——这种做法比起把自尊建立在个人成就的标准上要容易得多。为能力寻觅一个替代品是很简单的——唾手可得的替代品：爱，魅力，宽厚，仁慈。可是能力是没有替代品的。"

"准确地说，那就是二手货的致命伤。他们并不关注事实、思想和工作。他们所关注的只是人。他们不问：'这是真的吗？'他们问：'别人认为这是真的吗？'不是去判断，而是去重复。不是去做，而是为了给人留下做的印象。不是创造，而是夸耀。不是靠能力，而是靠友谊。没有美德，但有影响力。如果没有了那些实干的人、思考的人、工作的人和创造的人，这个世界会变成什么样子？那些人便是自我主义者。你并不是在通过别人的大脑进行思考，你也不是借助别人的双手去干你的工作。当保留自己的独立判断能力时，你便保留了意识。丧失了意识便是丧失了生命。二手货没有现实感。他们的现实并不在他们自己的意识里，而在某个空间里——那个空间将一个人体与另一个人体分离开来。不是一个实体，而是一种关系——锚泊于虚无之上。那便是人们身上存在的我无法理解的空虚。那正是每当我面对一个委员会的时候就止步不前的原因。一群没有自我的人。没有推理过程的观点。没有刹车或引擎的运动。没有责任的权力。二手货们也有所行动，但是他们行动的根源分散在每一个别的活人身上。它们无处不在也无处可寻，所以你是不能与他理论的。他对理性一窍不通。你没法同他交谈——他不可能听你的。你被一个空空如也的法庭审判了。一大群盲目的群众疯狂地冲过来，毫无感觉毫无目的地把你碾得粉碎。斯蒂文·马勒瑞没法为这个怪物下定义，可他是清楚的。那就是他所害怕的流口水的怪兽。那些二手货。"

"我想你所说的二手货是明白这一点的，尽管他们竭力向自己否认。留意他们是如何接受一切事物的——他们唯独不接受的是一个坚持独立的人。他们一眼就认出了他——凭的是直觉。他们对这样的人有一种特殊的、潜伏的仇恨。他们原谅罪犯。他们仰慕独裁者。犯罪和暴力本来是兄弟，相互支撑，相互需要。他们需要这些联系。他们不得不逼他们碰上的每一个人认同他们那点可怜的小个性。而独立的人则会要了他们的命——因为他们没办法依存于独立的人，可那是他们知道的唯一生存方式。留意那种对所有独立思想的恶意怨恨。留意针对一个独立者的邪恶吧。回顾一下你自己的人生。霍华德，看看你所遇到的那些人。他们知道。他们害怕。你是一种耻辱。"

"那是由于始终留在他们身上的某种尊严感。他们毕竟是人类。可是他们一直被教导着在别人眼中寻找自己。然而，任何人都不可能达到任何一种不需要自尊的谦恭。那样的人是无法生存下来的。所以，在接受了利他主义就是最终理想这一概念长达几个世纪的反复灌输以后，人类已经以它唯一可被接受的方式接受了它。通过在别人身上寻找自尊。通过一种'二手'的生存方式。而它为各种各样的恐怖开辟了道路。它已经变成了连真正'自私'的人都无法想象的可怕的自私形式。而现在，为了治愈一个即将死于'自私'的世界，我们被要求毁灭自我。听一听当今社会宣扬的东西吧。看一看我们周围的每一个人。我们一直不理解他们为何遭受痛苦，不理解为何他们追求幸福，却永远找不到幸福。如果任何人停下来扪心自问，自己是否真正拥有过真正的个人愿望，那么他会找到答案。他会看清楚所有的希望，明白自己的努力、梦想和抱负都是由他人激发的。他并非真的在为追求物质利益而奋斗，而是为了那个二手货的幻想——名望。一个受到赞扬的印戳，不是他自己的。他在这种奋斗中找不到快乐，成功时也没有快乐。他连这样一句话都不能说：'这就是我想要的，因为我想要它，而不是因为它会让我的邻居们对我刮目相看。'接着他又疑惑为什么他不快乐。每一种类型的快乐都是个人化的。我们生命中最伟大的时刻是个人的，自我激发的，而非被触动的。对我们来说神圣和珍贵的东西，就是那些从不加区别地与人分享中所拿回的东西。可是现在，有人又教我们把内心的一切都扔到大众的眼皮底下，扔到众人的手里。到一个集会大厅去寻找快乐。我们甚至还没找到一个词来描述我所指的品质——人类精神的自我满足。很难将它称作自私或者自我主义，这两个词都被曲解了，它们现在被用来描绘彼得·吉丁。盖尔，我觉得人世间唯一的基本邪恶就是将自己的首要关注放在别人身上。我一贯要求我喜欢的人身上具有某种品质，我总是一眼就能分辨出来——那是人们身上我唯一尊敬的东西。我就是根据这种品质来选择朋友的。现在我知道那是什么了。一个自我满足的我。其他一切都不重要。"

"我很高兴你承认你有朋友。"

"我甚至承认我爱他们。但是，假如他们成了我活着的主要原因，我就不可能爱他们了。你有没有注意到彼得·吉丁连一个朋友都没有了？你明白是为什么吗？如果一个人不尊重自己，那他既不可能爱他人，也不可能尊重他人。"

"让彼得·吉丁见鬼去吧！我想到的是你，还有你的朋友们。"

洛克微微一笑。"盖尔，如果这条船要沉了，为了救你，我会放弃我的生命。并非因为那是任何一种责任，仅仅是因为我喜欢你，因为我个人的理由和标准。我可以为你去死。可是我不能也不会为了你而活。"

"霍华德，那些理由和标准是什么呢？"

洛克注视着他，意识到他已经把所有他努力不对华纳德说的话都说出来了。他回答说："那就是——你生来就不是一个二手货。"

华纳德微笑着。他听到了这个句子——别的什么也没有听到。

之后，华纳德去了船舱里，洛克一个人留在甲板上。他站在栏杆旁，望向大海，什么也没看。

他想，我还没有向他提及最恶劣的那种二手货——追求权力的人。

19

洛克和华纳德回到纽约的时候,时令已至四月。在蓝天的映衬下,摩天大楼呈现出粉色。这是瓷器的颜色,与石头极不协调。街道上的树木已经露出一丝绿意。

洛克去了事务所。员工们与他握手,他看到他们脸上故意压制的笑容。然后一个年轻小伙子突然说:"到底怎么回事?!为什么就不能说看到你回来我们很高兴,老板?"洛克哈哈大笑。"说吧,我都说不出回来有多高兴。"随后,他坐在制图室的一张桌子上,而他们则争先恐后地向他报告过去三个月的情况。他手中摆弄着一把尺子,却没有意识到这一点,就跟一个农夫离开后回来时在手指间摆弄泥土的感觉一样。

下午,他独自坐在桌前,打开一份报纸。他已经有三个月没翻过报纸了。他注意到一则有关科特兰德工程施工情况的消息。他看到了这样几行字:"彼得·吉丁,建筑师。高登·L.普利斯科特与奥古斯特·韦伯,联合设计师。"

他一动不动地坐着。

当晚，他去察看科特兰德施工现场。

第一幢楼快要竣工了。它孑然独立于那片广阔而空旷的地面上。工人们已经收工了，一盏小灯照着守夜人的窝棚。大楼有着洛克设计的骨架，而十种不同血统的残骸堆在那可爱匀称的骨架上。他看到设计方案经济的一面还保留着，可是却增加了令人费解的昂贵元素。各种模块不见了，代之以单调而唐突的立方体；增加了一个有拱形屋顶的侧楼，像个肿瘤一样凸出于墙外，里面是一个健身房；增加了一串串的阳台，金属围栏漆成了一种刺眼的蓝色；楼角毫无目的地增加了一排窗户；一个角被砍掉了，添加了一扇毫无用处的门，还有一个用一根柱子支撑的金属遮阳篷，活像一家百老汇街头的男子服饰用品店；三条垂直的带形装饰，不知何去何从；整个儿是行家所谓的"布朗克斯摩登鸡尾酒"；主入口上方镶了一块浅浮雕面板，可以分辨出三个或四个人的躯体，其中一个人举着胳膊，手里拿着一把螺丝刀。

崭新的玻璃窗格上画着白色的十字，看上去很合适，就像一个被"×"抹去的错误。天空中有一抹红色，向曼哈顿以西延伸，城市里的一座座高楼拔地而起，衬着那一抹红霞，成了黑色。

洛克站在科特兰德的第一幢大楼前将来要变成道路的地方对面。他笔直地站在那儿，喉部的肌肉拉紧了，手腕向下伸着，与身体保持着距离，就像是站立在一个射击班前面一样。

谁也说不清事情是怎么发生的。并没有人存心要这么做。它就是发生了。

首先，一天早晨，托黑对吉丁说，高登·L.普利斯科特和奥古斯特·韦伯也要作为联合设计师列入发薪簿。"彼得，你计较什么呢？那钱又不是从你的设计费里支出，也不会对你的声望有丝毫损害。因为你是大老板。他们充其量只不过是你的制图师罢了。我想做的只不过是给那些家伙一个宣传的机会。那对提高他们的知名度有好处，在某种意义上沾沾这个工程的光。我对提高他们的声望非常关心。"

"可是为了什么呢？没有他们可做的事了。都已经完成了。"

"噢，任何后期的制图工作都可以。为你自己的人员省省力气嘛。花销可以与他们一道分担。有了好处别一个人独吞嘛。"

托黑告诉他的是实情，他心里并没有别的目的。

吉丁没弄明白普利斯科特和韦伯有着什么样的关系，与谁，在哪个部门，与那些牵涉进这个工程的官员们达成了什么条件。责任错综复杂，以致谁也不能十分肯定任何一个人的权威性。唯一清楚的是，普利斯科特和韦伯有朋友，所以吉丁没法把他们从这个工程中踢出去。

改动首先从健身房开始。负责住户选择的那位女士要求有一个健身房。她是一个社会工作者，她的使命就是结束工程的启动事宜。她通过当上科特兰德娱乐中心主任获得了一份永久性的工作。原来的方案里没有健身房。在小区步行就可以到达的地方有两所学校和一家基督教青年会。她声称这是对穷孩子的侮辱，于是普利斯科特和韦伯提供了这个健身房。其他的改动接踵而至，而且属于纯粹的审美性质。额外部分为节约起见是经过仔细认真的考虑后添加到建筑成本上去的。那位科特兰德娱乐中心主任动身去了华盛顿，以讨论小影剧院和会议大厅的事，她想把这两个设施加进下两栋楼。

图纸的改动是循序渐进的，每一次只动一点儿。批准改动的人来自工程指挥部。"可是我们准备好要开工了！"吉丁大叫。"有什么大不了的？"古斯·韦伯拖着腔调说，"大不了再给他们摆出个两三千的费用来，不过如此嘛。""现在，关于阳台，"高登·L.普利斯科特说道，"它们借鉴了一种现代风格。你不想让这该死的东西看上去光秃秃的，对不对？那会很郁闷的。而且，你不懂心理学。到这儿来住的人都习惯坐在外面的防火楼梯上。他们喜欢那个，他们会想念的。你得给他们提供一个能在新鲜空气中坐下来的地方……成本？该死，如果你那么为成本操心的话，我倒有个可以省下很多成本的办法。我们别装壁橱门。他们要壁橱门做什么？那已经过时了。"所有的壁橱门都被省去了。

吉丁抗争过。这是那种他从未参加过的战斗，却用尽了对他来说一切可能的努力，达到了他能力真正的极限。他去了一个又一个的部门，争论着，威胁着，恳求着。可是他没有影响力。而与此同时，他的联合设计师们却似乎控制了一条支流旁生的地下河流。那些官员们耸耸肩，让他去找别的某个人。没有人关心一个美学问题。"那有什么不同？""那钱又不是从你口袋里出，对不对？""你是谁？凭什么就你说了算，让那些家伙也作点贡献嘛。"

他向埃斯沃斯·托黑求助，可是托黑对此没有兴趣。他正忙于其他的事情，而且他也不想挑起官僚之间的争端。说实话，虽然他并没鼓励他的被保护者们去进行艺术创造，可也看不出有什么理由要阻止他们。吉丁被整个局势搞得哭笑不得。"可是，那太可怕了，埃斯沃斯！你知道那很可怕！""噢，我想是这样的。你计较什么呢，彼得？你那些贫穷肮脏的房客没有欣赏建筑艺术细节的能力。就当那是个管道工程吧。"

"可是为了什么？为了什么？为了什么？"吉丁冲着他的联合设计师们大喊大叫。"怎么，为什么我们就不应该有发言权？"高登·L.普利斯科特说，"我们也想表达我们的个人见解。"

当吉丁求助于他的合同时，有人告诉他："好啊，请吧，试着去对政府提出诉讼吧。试试看。"有时候，他有一种杀人的欲望。没有人可杀。就算他被赋予了这样的特权，他也没法找出一个牺牲品。没有人对此负责。既没有目的，也没有缘由。可它就是发生了。

吉丁在洛克回来的第二天晚上来到洛克家。他是不请自来的。洛克打开门说："晚上好，彼得。"吉丁却一句话也说不出来。他们默不作声地走进工作室。洛克坐下来，可是吉丁仍然站在地板中央，呆滞地问：

"你打算怎么办？"

"你现在必须把这件事留给我来处理。"

"我是身不由己，霍华德……我身不由己！"

"我想事情还不致如此。"

"你现在能怎么办？你又不能起诉政府。"

"是啊。"

吉丁觉得他应该坐下来，可是椅子看起来是那么遥远。他觉得如果他走动一下会太显眼了。

"霍华德，你打算把我怎么样？"

"我不把你怎么样。"

"你要我把事情的真相向他们坦白吗？向每一个人？"

"不。"

过了一会儿，吉丁低声说：

"你要让我把设计费都交出来吗？……一切……和……"

洛克微笑起来。

"我很抱歉。"吉丁低声说着，眼睛看着别处。他等待着，然后，那个他知道他不能说的托词跑了出来："我吓坏了，霍华德。"

洛克摇摇头。"无论我做什么，都不是要伤害你，彼得。我也有罪。我们都有罪。"

"你有罪？"

"是我毁了你，彼得。从一开始。通过帮你。有些事情，人既不能请求帮助，也不能给予帮助。在斯坦顿的时候，我本来不应该帮你做设计作业。我本来不应该设计考斯摩-斯劳尼克大厦，也不应该设计科特兰德。我给你加载了超过你承受能力的东西。就像电流对于电路来说太强了一样，会把保险丝烧断。现在我们俩都得为此付出代价。对你来说会很难，可是对我来说更难。"

"你宁愿……我现在回家去吗，霍华德？"

"是的。"

走到门口的时候，吉丁说："霍华德，他们并不是故意那么做的。"

"正是因为那样，才让情况更糟。"

多米尼克听到汽车驶上山路的声音，以为是华纳德回来了。回纽约后的两周，他每天都在城里工作到很晚才回家。

汽车马达的声音打破了乡间春夜的沉寂。房子里没有一丝响动，只有当她向后靠在椅垫上时，她的头发所发出的轻轻摩挲声。她没有立刻意识到汽车驶近的声音。在这个时间，那个声音是那么熟悉，是屋外那荒凉隐蔽的一部分。

她听到汽车在门口停了下来。门是从来不上锁的，也没有什么邻居或者客人要来。她听到门开了，听到楼下大厅里的脚步声。那脚步并没有停，而是熟悉并确定地走上了楼梯。一只手转动了她房间的门钮。

是洛克。当她站起身来的时候，她想，他以前从来没有进过她的房间。可是，就像他熟悉她的身体一样，他熟悉他所设计的这座房子的每一部分。她并没有感到震惊，只是想起了过去的一次震惊。她想，当我看到他时，我一定会震惊，但不是现在。现在，她站在他的面前，看起来非常简单。

她想，在我们之间，最重要的事情是从来都无须说出来的。一直是这样交流。他不想看到我一个人待着。现在他来了。我等待着，并且已经准备好。

"晚上好，多米尼克。"

她听到这个名字被说出来，五年的空白得到了填补。她平静地说：

"晚上好，洛克。"

"我想让你帮帮我。"

她又站在了俄亥俄州克莱顿的站台上，站在了斯考德案审判庭的证人席上，站在了陪审团的旁边，让她自己——一如当时一样——分享她此刻听到的这个句子。

"好的,洛克。"

他穿过他为她设计的房间,坐了下来,面对着她,他们之间隔着房间的宽度。她发现自己也坐着,但只意识到他的动作,而没有意识到自己的,仿佛他的身体里包含着两套神经系统,他自己的和她的。

"多米尼克,下周一晚上十一点半,我想让你开车到科特兰德家园的施工现场。"

她发现她意识到了她的眼睫毛;不是因为痛苦,只是意识到了;好像它们被拉紧了,不会再动。她见过科特兰德的第一幢大楼。她知道她要听到什么了。

"你必须一个人在车里,而且你必须是从某个事先约好去的地方回来,正在回家的途中。一个从这儿经过科特兰德才能到达的地方。事后你必须有办法证明这一点。我要你的汽车正好在科特兰德前面没有汽油,在十一点半。按响你的汽车喇叭。那儿有一个年老的守夜人。他会出来的。请他帮助你,打发他到最近的加油站去,在一英里之外。"

她坚定地说:"好的,洛克。"

"等他走了以后,你从车上下来。路边有一大片空地,在大楼的对面,越过它就有一条壕沟。尽快去那条壕沟那儿,下去,在沟底趴下来。趴平。过一会儿你就可以回到车上了。你得知道什么时候回去。保证有人看见你在车里，而且你的状况与车的状况大体吻合。"

"好的，洛克。"

"你明白了吗？"

"是的。"

"一切？"

"是的。一切。"

他们站在那儿。她只看见他的眼睛，还有他的微笑。

她听见他说："晚安，多米尼克。"他走了出去，她听见他的车开走了。她想到了他的微笑。

她知道在他即将做的事情中，他并不需要她的帮助，他可以找个别的办法将守夜人支开。他让她在其中扮演了一个角色，因为——如果他不这么做的话，接下去发生的事她便无法承受。她知道那是考验。

他不想把事情说透。他希望她能明白，而且不表现出惧怕。她没能承受住斯考德审判，看见他受到世人的伤害，她被吓跑了，可是她决定在这件事情上帮助他。她非常平静地答应了。她是自由的，而他清楚这一点。

穿过长岛的黑暗漫长的路是平的，可是多米尼克觉得她好像在上坡。有这种感觉是不正常的：是上升的感觉，仿佛她的汽车在垂直加速。她一直把眼睛盯在路面上，可是她视野边缘的仪表盘看着就像飞机的两翼一样。仪表盘上的时钟指向十一点过十分。

她觉得有趣，心想，我从没学过开飞机，现在我知道那是什么感觉了。就像现在这样，畅通无阻，毫不费力，而且没有重量。那种感觉理应是在平流层才有的——或者是在星际太空？——那是人开始飘起来的地方，没有重力法则。任何重力的法则都没有了。她听到自己在大声笑。

就是上升的感觉……否则的话，她就会感觉正常了。她开车从没开得这样好过。她想，开车是枯燥的机械工作，所以我知道我现在头脑清醒；因为开车似乎很容易，就像呼吸和吞咽一样，是不需要注意力的即时功能。她在一个不知名郊区的十字路口的红灯前停车，她拐过街角，她超过其他的汽车，她肯定今晚她不会遇上交通事故；她的车由一个遥控器导航——是她曾经读到过的自动射线——那是灯塔？还是无线电波？——而她只是坐在方向盘前而已。

这使她可以有空意识到一些琐碎的小事，感觉到漫不经心而且……不严肃，她想，完全不严肃。那是一种普通的，平常得不能再平常的，一如比空气更加透明的水晶一样透明的感觉。只不过是些小事：她的黑色薄丝绸短裙，套在她的膝盖上，她挪动脚的时候，脚趾在她那浅口无带的轻便舞鞋中伸展，黑色玻璃上的"丹尼餐馆"几个金色大字一闪而过。

她在某个银行家夫人举办的晚宴上十分开心,他们都是盖尔的重要朋友,名字她现在记不大清楚了。晚宴在长岛的一个大庄园里举办,非常成功。他们看到她的到来是那么高兴,又是那么遗憾盖尔没有一起来。她吃光了摆在她面前的所有食物。她的胃口好极了——一如她童年少有的几次,那是当她在树林里玩了一天回来时,她妈妈是那么高兴,因为她妈妈怕她长大后得贫血症。

她在餐桌上讲述她童年的故事逗客人们开心,她把他们逗得哈哈大笑,那是她的东道主记忆中最开心的一次晚宴。后来,在一间窗户开向黑色夜空的起居室里——没有月色的夜空延伸在树林和草坪之外,一直到东河岸边——她谈笑风生,妙语连珠,对周围的人们投以热情的微笑,令他们自由自在地谈论起对他们来说最最亲密的话题,她爱那些人,而且他们也知道他们被人爱着,她爱世界上任何地方的任何人,有个女人说:"多米尼克,我不知道你竟然这么棒!"而她回答说:"我在世上无忧无虑。"

可实际上,除了注意到她手表上的时间外,她对其他的一切都不曾在意过——她想着必须在十点五十分以前离开那座房子。她不知道她应该说什么话来告辞,但是到了十点四十五的时候,她说得很得体,又令人信以为真,到了十点五十分的时候,她的脚已经踩在油门上了。

那是一辆上了篷的黑色跑车，内饰是红色的。她想，司机约翰真好，把那红色的皮革擦得那么亮。车上什么也不会剩下，它就像是为自己的最后一次出行作了最漂亮的打扮，实在是最合适不过了。就像是一个女人为她的初夜打扮一样。我没为我的初夜打扮过——我没有初夜——只是什么东西从我身上被扯掉了，还有牙齿间那采石场尘土的味道。

当她看到汽车侧窗上映满黑色垂直条纹和很多光点时，她想玻璃怎么了。然后她意识到她在沿着东河行驶，而玻璃上映出的是纽约，就在河的对岸。她笑出了声，心想：不，这不是纽约，这是一张贴在车窗玻璃上的私人照片，它的全部，在这儿，在一块玻璃上，在我的手底下，我拥有它，它现在是我的了——她用一只手从炮台公园一直划到皇后区大桥——洛克，它是我的，我要将它送给你。

远远看去，那个守夜人的身影只有十五英寸高。等它变成十英寸时，我就开始，多米尼克心想。她站在车旁，希望那个守夜人能走得快一点。

那幢大楼就像在一个点上支撑着天空的一团黑色物体。大空其余的地方垂下来，亲密地从地面上低低掠过。最近的街道和房屋也离得很远，在那块空间边缘很远的地方，像小小的不规则凹痕，又像是一把破锯的锯齿。

她感觉她的轻便舞鞋底下有一块大卵石,很不舒服,可是她不想动她的脚,那会发出声响的。她并不是一个人。她知道他就在大楼里的某个地方,就在离她一条街远的某个地方。大楼里没有灯光,也没有声息,只有黑色窗户上的白色十字。他不需要灯,他对每一条走廊、每一个楼梯井都了如指掌。

那个守夜人越走越远。她猛地将车门拉开,把她的帽子和包往里一扔,然后用力把车门关上。穿过马路的时候,她听到砰的一声。她跑过那片开阔的土地,远离那座大楼。

她感觉到丝绸裙子贴在她的腿上,正是飞行时那种可触知的目的,她要推开它,要尽快破除障碍。地面上有坑洞和干硬的麦茬。她跌倒过一次,可直到又跑起来时她才发现。

黑暗中,她看见了那条壕沟。然后她便在壕沟底部跪下来,摊开四肢趴下去,她的嘴挨到了地面上。

她能感觉到大腿的肌肉在跳动,她在一次长时间的震动中将身子扭了一下,用她的腿、她的胸部、她胳膊上的皮肤去感受大地。那就像是躺在洛克的床上。

那声音简直像是一拳砸上了她的后脑勺。她感觉地面猛地往上一抛,把她震得站了起来,甩到了壕沟边缘。当天空像划破的一道口子慢慢穿过科特兰德大楼时,大楼的上半部分翘了起来,悬在那里不动,仿佛天空要将那大楼劈成两半。然后,那道口子变成了蓝绿色的光。接着大楼就没有了上半部分,只有窗棍、直梁在空中翻飞。大楼在空中散开,一长条细细的红色火舌从中央喷射而起,又是一声爆炸,接着又是一声,一道刺眼的闪光,然后,河对岸那些摩天大楼的玻璃窗格像装饰灯一样闪烁了起来。

她忘记了他命令她趴倒,忘记了自己还站着,忘记了玻璃和扭曲的钢筋雨点般落在她的周围。在那闪光中,大楼的墙体向外倒去,整座楼就像喷薄而出的朝阳一样敞开了。她想到他在那里,那边的某个地方,那个不得不去破坏的建筑师,他对大楼的关键部位了如指掌,他在压力和支撑之间进行过最细致的权衡;她想到他选择这些关键的部位,安放好炸药——一个医生成了杀人凶手,立刻便熟练地刺透了心脏、大脑和肺部。他在那里,他看见了这一切,然而这对他比对大楼更为残忍。可是他就在那儿,而且欢迎着它。

她看见城市在半秒之间被笼罩在光明之中,她能看见被炸到几英里外的窗架和上楣,她想到被这火舌舔舐的黑暗的房间和天花板,她看见天空映衬下被照亮了的塔尖。这是她的城市,也是他的。"洛克!"她尖叫。在爆炸的轰鸣中,她听不见自己的声音。

然后,她跑过那片空地,来到那冒着烟的废墟前,跑过碎裂的玻璃,每一步都踩得很结实,因为她喜欢那种痛。现在再也没有什么痛苦能让她觉得痛了。一片尘土停滞在那片空地上空,像个凉篷。她听到警报的尖叫声在远处响起。

尽管汽车的后轮被一块锅炉烟囱压扁了,还有一扇电梯门压在车篷上,但它还是一辆车。她爬到座位上。她必须看上去就像坐在那里没有动过一样。她一把一把地将碎玻璃从地板上收集起来撒在自己的膝盖上,头发上。她捡起一片锐利的碎玻璃,划破了颈上、腿上、胳膊上的皮肤。她感觉不到疼痛。她看着鲜血从胳膊上涌了出来，顺着膝盖流下去，浸透了那黑色的丝绸，在她的大腿之间滴落。她的头向后倒过去，嘴张着，喘着气。她不想停下来。她自由了。她做得天衣无缝。她不知道她割破了一根动脉血管。她感觉自己那么轻。她在嘲笑重力法则。

赶到现场的第一批警察发现她时，她已经不省人事，体内只剩下了几分钟的生命。

13

多米尼克扫视了一圈顶楼公寓的卧室。这是她准备熟悉的第一个环境。她知道经过很多天的住院治疗后，她被送到了这里。卧室似乎涂上了一层光做的漆，是那种照亮一切的水晶的透明，她想；它还在；它会永远存在。她看见华纳德站在她的床前。他观察着她，看上去很开心。

她记得在医院里见过他。那时他看着可不开心。她知道医生告诉他她活不下来了。她本想告诉他们所有人，她会活下来的，说她现在别无选择，只有活下来。只不过，告诉那些人任何事情似乎都不重要，从来都不重要。

现在她回来了。她能感觉到绷带缠在她的喉咙上、腿上、左胳膊上。不过她的手放在面前的毛毯上，纱布已经取掉了，只留下一些淡红色的伤疤。

"你这个该死的小傻瓜！"华纳德高兴地说，"你为什么做得这么出色？"

她靠在白色的枕头上，她光滑的金色头发，以及那白色的高领病号服，使她看上去甚至比儿时都要年轻。她脸上流露出安详的神色——人们曾期望在儿时的她身上出现却从未见过的神色：完全意识到确定、单纯和宁静。

"我没有汽油了。"她说，"我在车里等着，突然……"

"我已经把这个故事告诉警察了。那个守夜人也讲过了。可是你难道不知道使用玻璃要谨慎？"

盖尔看上去很安心，她想，也很自信。对他来说，这件事同样改变了一切；以同样的方式。

"并不痛。"她说。

"下一次你想扮演无辜的局外人时，让我培训一下你。"

"不过他们还是相信了，不是吗？"

"噢，是的，他们相信了。他们不得不相信。你差点死了。我不明白他为什么非得去救那个守夜人的命，却几乎搭上了你的性命。"

"谁？"

"霍华德，我亲爱的。霍华德·洛克。"

"他跟这个有什么关系？"

"宝贝，你不是在接受警察的质询。不过，你会的，而且你还要表现得比这更令人信服一些。可是，我确信你会成功的。他们不会想到斯考德审判的事儿上去的。"

"噢。"

"你那时做了,就永远会做。不管你对他怎么看,你对他作品的看法总是与我的一致。"

"盖尔,你高兴我这么做吗?"

"是的。"

她看到他正低头注视着她放在床上的那只手。然后他跪下来,把嘴唇压在她手上,他并没有举起她的手,也没有用手指去碰它,只是用嘴唇去吻它。他只能允许自己这样承认他为她住院的那些日子付出了什么。她举起另一只手,抚摸着他的头发。她想,如果我死了,对你来说反而会好一些,盖尔,可是你会没事的,那是不会伤害你的。世界上已经没剩多少痛苦的事了,没有什么能比我们还在一起这个事实更令人痛苦:他,你,还有我——所有重要的事情你都已经明白了,尽管你还不知道你已经失去了我。

他抬起头,站起身来。"我不是有意要责怪你。原谅我。"

"我死不了,盖尔。我感觉好极了。"

"你看上去是好极了。"

"他们逮捕他了吗?"

"他已经获得了保释。"

"你很高兴?"

"我很高兴你这样做,而且是为他做的。我很高兴他做了这件事。他必须这么做。"

"是啊，而且又会有一场斯考德审判。"

"不完全相同。"

"这么多年来，你一直想再有一次机会，是吗，盖尔？"

"是的。"

"我可以看一下报纸吗？"

"不行。等你能下床了再看。"

"连《纽约旗帜报》都不行？"

"尤其不能看《纽约旗帜报》。"

"我爱你，盖尔。如果你坚持到最后……"

"不要向我行贿。这不是你我之间的事。甚至也不是他和我之间的事。"

"而是你和上帝之间的？"

"如果你想这么说的话。不过在事情结束之前，我们不谈论这个。有个拜访者正在楼下等你。他每天都来这儿。"

"谁？"

"你的情人。霍华德·洛克。想让他现在来向你道谢吗？"

那种快乐的嘲讽，那种他认为是在说出最为荒谬之事的语调告诉了她，他还远远没有猜到其余的事情。她说："是的，我想见他。盖尔，如果我决定让他做我的情人，会怎么样？"

"我会宰了你们俩。现在别动，躺平，医生说你得慢慢来，你身上一共缝了二十六针。"

他走了出去,她听到他下楼的脚步声。

第一名赶到爆炸现场的警察在大楼背后的河岸上发现了用来引爆炸药的短路器。洛克站在那个短路器旁,双手揣在衣兜里,正注视着科特兰德大楼的余烬。

"哥们儿,你对这起爆炸都知道些什么?"那名警察问。

"你最好逮捕我。"洛克说,"我会在法庭上讲的。"

他对接下来所有的正式质询都没有回答一个字。

是华纳德一大早将他保释出来的。华纳德在急救室里看见了多米尼克的伤势,医生告诉他说她活不成了,他一直表现得很镇定。打电话把一个县级法官从被窝里叫起来为洛克交保取释时,他也一直镇定自若。可是当他站在一个县级看守所小小的办公室里时,他却突然间发起抖来。"你们这些该死的蠢货!"接着就是一连串他在码头上学来的脏话。他忘了一切,除了——洛克在牢房里。他又是当年"地狱厨房"那个电线杆华纳德了,他有的只是那种火冒三丈的愤怒,那种他站在一堵快要倒塌的墙后,等待着被杀死时所感受到的愤怒。不同的是,眼下他清楚他还是盖尔·华纳德,一个帝国的统治者,但他无法理解为什么某种法律程序是必要的,为什么他不能将这个监狱砸个稀巴烂,用他的拳头或是他的报纸。此刻,那对他来说都是一回事。他想杀人,他必须杀人,一如那个夜晚在那堵墙后面一样,为了捍卫他的生命去杀人。

他努力撑到了签字，努力等到了洛克被带到他的面前。他们一起走了出来，洛克抓着他的手腕带他往前走，来到车前时，华纳德平静了下来。在车上，华纳德问："这件事当然是你干的，对吗？"

"当然。"

"我们一起斗争到底。"

"如果你想让它成为你的战役的话。"

"据目前的估算，我的个人财产有四千万美元。那应该雇得起任何一个你想请的律师或者整个律师界。"

"我不请律师。"

"霍华德！你不是又要上交照片吧？"

"不，这一次不那么做。"

洛克走进卧室，在床前的一把椅子上坐了下来。多米尼克静静地躺着，看着他。他们相视一笑。一切都无须说出来，这一次也一样，她想。

她问："你坐牢了？"

"坐了几个小时。"

"那是什么感觉？"

"别像盖尔那样演戏了。"

"盖尔演得很糟糕吗?"

"糟透了。"

"我不会的。"

"我也许得回去坐上好几年的牢。你同意帮我时就明白这一点了。"

"是的,我明白。"

"如果我走了,就要靠你来救盖尔了。"

"靠我?"

他注视着她,摇了摇头。"最亲爱的……"那声音听起来像是一声责备。

"什么?"她小声说。

"难道你到现在还不明白那是我为你设的一个圈套?"

"怎么设的?"

"如果我没有请你来帮我,你会怎么做?"

"我会和你在一起的,在你的公寓里,在恩瑞特公寓,就现在,而且是公开的,当众的。"

"没错。可是现在你不能这么做了。你是盖尔·华纳德夫人,你是无可怀疑的,而且每一个人都相信你的在场纯属巧合。如果让人知道我们现在的关系——就相当于招认说一切都是我干的。"

"我明白了。"

"我想让你保持安静。如果你有任何与我共命运的念头,那就打消吧。我不会告诉你我打算做什么，因为那是我所拥有的唯一控制你的办法——直到审判那天。多米尼克，如果我被判有罪，我想让你仍然和盖尔在一起。我就指望着这个，我想让你仍然和他在一起，永远不要告诉他我们之间的事，因为他和你都需要对方。"

"可如果你被判无罪呢？"

"那么……"他扫视着屋子——华纳德的卧室，"我不想在这儿说。但你明白的。"

"你非常爱他？"

"是的。"

"足以牺牲……"

他笑了。"自从我第一次来这儿，你就一直在为这个担心？"

"是的。"

他直视着她。"你认为那可能吗？"

"不。"

"多米尼克，这既不是为我的工作，也不是为你。从来都不是。可是我却能为他做到这个分儿上：如果我必须走，我可以把这留给他。"

"你会被判无罪的。"

"那不是我想听你说的话。"

"如果他们判你有罪——如果他们把你关在大牢里，或者拿铁链把你锁起来，如果他们在每一条肮脏的头版头条新闻里玷污你的名字，如果他们连一座大楼都不再让你设计了，如果他们不让我再见到你，那都没关系。没有什么大不了。只是痛苦沉到了一个特定的点而已。"

"这就是七年来我一直等着听的话，多米尼克。"

他拿起她的手，贴在自己的唇上，而她感觉着他的嘴唇，就在华纳德吻过的地方。然后，他站起身来。

"我会等你。"她说，"我会保持安静，我不会靠近你，我向你保证。"

他微笑着点点头。然后他离开了。

"在极少数情况下，那种强大得难以理解的世界力量会碰巧集中反应在某一事件上，就像聚光镜将光线聚集到一个高亮度的光点一样，亮得足以让我们所有的人都能看见。这一事件就是科特兰德所遭受的暴行。在这个微观的世界里，我们可以看出一种邪恶，自从它诞生于宇宙淤泥的那一刻起，它就摧毁了我们可怜的星球。个人的自我与所有的仁慈、博爱和兄弟情义都背道而驰，一个人毁灭了那些——尢所有的人的未来家园。一个人让成千上万的人受到诅咒，把他们推进贫民窟、污秽、疾病和死亡的恐惧。当逐渐觉醒的社会，以一种全新的人道主义责任感，做出非凡的努力来拯救那些社会地位低下的阶层时，当社会中最出色的精英们团结起来为他们创造一个像样的家园时——某个人的自我主义却将他人的成就炸成了碎片。而这又是因为什么呢？因为某种暧昧的个人虚荣心，因为某种无谓的空虚和自负。我很遗憾，我们州的法律只能对这种罪行实行坐牢的惩罚。那个人应该被剥夺生命。社会需要权利来除掉像霍华德·洛克这样的人。"

在《新前沿》上，埃斯沃斯·托黑这样写道。

从全国各地传来的共鸣对他做出了回应。科特兰德大楼的爆炸持续了半分钟之久，公众愤怒的爆炸则如狂涛般此起彼伏。空气中弥漫着硝烟的味道，铁锈和垃圾暴雨一样劈头盖脸而来。

洛克已经接受了大陪审团简单的质询，他也作过"无罪"的抗辩，而且拒绝再作进一步的供述。他已经由于华纳德提供的保证金而获得假释，目前正在候审。

关于他的犯罪动机众说纷纭。有人说那是出于职业上的妒忌，也有人声称科特兰德的设计风格与洛克的风格有些相似的地方，认为吉丁、普利斯科特和韦伯可能从洛克那里借用了一点——"合法的改造"——"并不存在理念的所有权"——也有人说，洛克是受到了一种艺术家的报复欲望的驱使——他认为自己的作品遭到了别人的剽窃。

哪种说法都不是十分清楚，但没有人太过在乎动机。这件事很简单：一个人反对多个人。

一个家园，出于慈善的目的而建，为的是穷人。这个家园建立在一万年的历史根基之上,在这一万年里,人类一贯接受着这样的教育——慈善和自我牺牲是毋庸置疑的绝对真理,是美德的检验标准,是人类的终极理想。一万年的历史传达着服务和牺牲的心声——牺牲是生命的首要原则——服务或被服务,压制或被压制——牺牲是高尚的——你怎么理解都行,要么是这个极端,要么是另一个极端——服务和牺牲——服务服务服务……

与之相对的,是一个既不愿意服务也不愿意统治的人。因此,他犯下了唯一不可饶恕的罪过。

这是一起轰动一时的丑闻,具有一切私刑所应具有的那种一贯的骚动和义愤填膺的欲望。可是,在每一个谈论这起丑闻之人的义愤中,都流露出强烈的个人攻击色彩。

"他只不过是个丧失了一切道德意识的自我狂。"

——一个社会妇女在义卖时如是说。假如慈善不是可以宽宥一切的美德,那她想都不敢去想还有什么别的自我表现的手段,她想都不敢去想她如何才能把她的卖弄强加于她的朋友们——

——一个社会工作者如是说。他找不到生活目标,也不可能从他贫瘠的灵魂里形成任何目标,而是通过用手指抚摸别人的伤痛来表达善意,他沐浴在美德的恩泽里,并且依法占有着来自所有人的尊敬——

——一位小说家如是说。如果他被剥夺了就奉献和牺牲的话题进行创作的权利,那他便无话可说。他泣不成声地在意见听取会上告诉千万人说他爱他们,爱他们,能不能请他们也给他一点点爱作为报答。

——一位女专栏作家如是说。她刚刚购买了一座乡村庄园,因为她是那么体贴入微地描写着小人物。

——所有的小人物如是说。他们想听到关于爱的东西,那种伟大的爱,那种过分讲究的爱,那种爱包容一切,宽恕一切,许可他们一切事情。

——每一个二手货如是说。那些离开了别人的灵魂就不能生存的吸血鬼。

埃斯沃斯·托黑向后靠着坐在那里,观察着,倾听着,脸上露出了微笑。

高登·L.普利斯科特和奥古斯特·韦伯在鸡尾酒会上受到人们的款待。他们接受着人们体贴而又好奇的关怀,就像一场灾难的幸存者。他们说无法理解洛克可能有的任何动机,而且他们要求正义得到伸张。

彼得·吉丁哪儿也不去。他拒绝见新闻界的人。他拒绝见任何人。可是他发表了一篇书面声明,说他相信洛克是无罪的。声明里面包含着一个奇怪的句子,就是最后一句话。它是这样说的:"让他一个人,求求你们别干涉他了好不好?"

美国建筑家委员会的警戒队在高德大厦前来回踱着步。这样做没有任何目的，因为洛克的事务所根本就没有工作。他要开工的建筑项目都被取消了。

这就叫同仇敌忾。正在修脚指甲的初入社交界的少女——正在从手推车上买胡萝卜的家庭主妇——本想当钢琴师，却托词说要养活妹妹的书店老板——那个痛恨生意的商人——痛恨工作的工人——痛恨所有人的知识分子——都因共同的愤怒而像兄弟一样团结起来，那种愤怒医治好了他们的百无聊赖，把他们从自我中释放了出来。而他们非常清楚，把他们自己从自我中释放出来是莫大的幸事。读者们都异口同声。新闻界也是异口同声。

盖尔·华纳德则逆流而行。

"盖尔！"爱尔瓦·斯卡瑞特喘着气说，"我们不能为一个爆炸犯辩护！"

"安静点，爱尔瓦，"华纳德对他说，"趁我还没有把你的牙打下来。"

盖尔·华纳德独自站在办公室中央。他高高扬起头，很高兴他还活着，一如他在一个黑暗的夜晚面对城市的灯光站着时的心情一样。

"在所有我们周围污秽的嗥叫声中，"一篇刊登在《纽约旗帜报》上，以大字署名为"盖尔·华纳德"的社论中写道，"似乎没有人记得霍华德·洛克向他自己的自由意志让步了。如果他炸毁了那座大楼——他有必要待在现场等着人去逮捕他吗？可是我们并没有等着去发现他的犯罪理由。我们还没有举行听证会就已经判他有罪了。是我们想让他有罪。我们对这个案子欣喜若狂。你们所听到的不是愤怒——而是沾沾自喜。任何无知的疯子，任何令人恶心的谋杀犯，都得到我们大声疾呼的同情，并集合一大群人文主义者为之辩护。可是一个天才却被判定为有罪。假若仅仅因为一个人软弱渺小便宣告其有罪，这样的做法是罪恶的不公正行为。那么，一个社会已经下降到何等堕落的程度——竟然会仅仅因为一个人坚强伟大而定他有罪？然而，这，就是我们这个世纪的整个道德风气——二手货的世纪。"

华纳德的另一篇社论里写道："我们听见有人高喊，霍华德的职业生涯都花在了出入法庭上。此话一点不假。一个像霍华德这样的人，一辈子都在受到社会的审判。该指控的到底是谁——洛克还是社会？"

"我们从未努力去理解什么是人身上的伟大，如何去认识这种伟大，"另一篇华纳德的社论说，"我们在一阵感伤的茫然若失中开始坚信，伟大就是用自我牺牲来测量的。我们愚蠢地说，自我牺牲就是我们的最高美德。让我们停下来略作思考。牺牲是一种美德吗？一个人能牺牲他的正直吗？能牺牲他的荣誉吗？能牺牲他的自由、他的理想、他的信念、他的真挚情感和思想的独立吗？可这些都是一个人至高无上的财富。他为了它们而放弃的任何东西都不是一种牺牲而是一种交易。然而，它们高于为任何原因或考虑而做出的牺牲。因此，难道我们还不应该停止宣扬那些危险而邪恶的胡说八道吗？自我牺牲？可是严格地讲，不可能牺牲，也绝不能牺牲的正是自我。尊重人，首先就是要尊重不可牺牲的自我。"

这篇社论被《新前沿》和许多其他报纸转载，它被翻印出来，加了方框，标题是：瞧是谁在说话！

盖尔·华纳德大笑。阻挠滋养了他，使他更加强大。这是一场战斗，而自从在整个报业抗议的呐喊声中为他的帝国奠定了基础以后，他有好多年没参加过一场真正的战斗了。他被赋予了难以置信的、每个人都梦寐以求的东西：机会和青春活力，他将连同他那从经验中得出的智慧一起来使用。一个新的开端和高潮，一起来了。这，我已经等了好久；这，是我生存的目的，他想。

他的二十二种报纸、杂志、新闻短片都接到了这样的指示：保卫洛克。向公众推销洛克。阻止动用私刑。

"无论事实是什么，"华纳德对他的员工说，"这都不会成为根据事实所进行的一次审判。这是一次由公众舆论所决定的审判。我们一直在制造公众舆论。这次让我们继续制造吧。推销洛克。至于你们怎么做，我不在乎。我已经训练过你们。你们是推销专家。现在让我看看你们有多出色。"

迎接他的是一片沉默，员工们面面相觑。爱尔瓦·斯卡瑞特擦着额头上的汗。可是他们都服从了命令。

《纽约旗帜报》上印了一张恩瑞特公寓的照片，配着这样的图片说明："这就是那个你们要毁灭的人吗？"一张华纳德家房子的照片："有能耐的话，就来比一比。"一张摩纳多克峡谷的照片："这就是那个对社会没有贡献的人吗？"

《纽约旗帜报》连载了洛克的传记，谁也没听说过标题下那个作者；它是盖尔·华纳德写的。《纽约旗帜报》上连载了一系列关于著名审判的故事，都是无辜者因大多数人的偏见而被宣判有罪。《纽约旗帜报》还连载了一批关于个人受到社会迫害的文章：苏格拉底、伽利略、巴斯德，思想家、科学家，一长串英雄事迹——他们中的每一位都孤身一人对抗着公众。

"可是，盖尔，看在上帝的分上，那只不过是一个安居工程！"爱尔瓦·斯卡瑞特哀号着说。

华纳德无可奈何地看着他。"这和那个安居工程根本无关，想让你们这些傻瓜明白这一点简直是不可能的。好吧，那我们就来谈谈安居工程。"

《纽约旗帜报》连续刊载了对安居工程热潮的大曝光：贪污，不称职，以私人建筑队五倍的成本修建起来的工程，刚修好就被废弃的新住宅区，被利他主义领域中神圣不可侵犯的人物们所承认、所钦佩、所原谅、所保护的可怕业绩。"据说地狱的地面铺的是善良的意图。"《纽约旗帜报》说，"是不是因为我们从来没学会去辨认是什么样的意图构成了善？还没到该学习的时候吗？世界上从来没有这么多善良的意图得到过这样大张旗鼓的歌颂。看看吧。"

《纽约旗帜报》的社论是由盖尔·华纳德在创作室的桌前站着写成的，像往常一样，写在一大块印刷纸张上，用蓝色的铅笔、一英寸高的字母写成。他在结尾处用力写上ＧＷ两个字母，这两个著名的首字母从没像现在这样透着一种不计后果的骄傲。

多米尼克已经康复，回乡间宅子里去了。华纳德每天很晚才开车回家。他尽可能经常地带上洛克。他们一起坐在客厅里，窗户向春天的夜晚敞开着。黑暗的山脊从墙壁脚下渐渐没入湖水，湖水在底下的树林中闪着光。他们不谈论这个案子，也不谈论即将来临的审判。可是华纳德不带感情地提起了他的这场圣战，仿佛这与洛克丝毫无关一样。华纳德站在房间中央，说："好吧，那是可鄙的——《纽约旗帜报》的整个生涯。但是，这场圣战将证明一切的清白。多米尼克，我知道你一直理解不了我为什么从来不以我的过去为耻。为什么我爱《纽约旗帜报》。现在你就会看到答案了．权力。我掌握着我从来未曾验证过的权力。现在你们就会看到这个验证了。他们将会去思考我要他们去思考的问题。他们会照我的命令去做。因为这是我的城市，这儿的事就是我管的。霍华德，等到你接受审判的时候，我会让他们全部改变主意,没有一个陪审团敢站出来判你的罪。"

晚上他睡不着觉。他没有睡觉的欲望。"去睡觉吧。"他会这样对多米尼克和洛克说,"我过一会儿就上来。"然后,多米尼克在卧室里,洛克在走廊对面的客房里,会听到华纳德的脚步在露台上踱来踱去,一连好几个小时,声音里有一种快乐的躁动不安,每一步都像是一个锚泊的句子,一句重重敲进地板的陈述。

有一次,深夜,被华纳德打发上楼后,洛克和多米尼克在第一段楼梯平台上停了下来,他们听到下面大厅里传来用力划火柴的声音,那声音传递着这样一副景象——一只手不顾一切地猛地一划,点燃了第一支香烟,那些香烟会一直燃到天亮,一点小小的火星在那咚咚的脚步声中,在露台上来回穿行。

他们从楼梯上向下看,然后相对而视。

"真可怕。"多米尼克说。

"真伟大。"洛克说。

"无论他做什么,他都帮不了你。"

"我知道他没法帮我。那无关紧要。"

"为了救你,他正在背水一战。他并不知道,如果他救了你,他就会输了我。"

"多米尼克,哪一种结局对他来说更糟呢?输了你还是输了他的圣战?"她理解地点点头。他又说,"你知道,他想要拯救的并不是我,我只不过是一个借口。"

她抬起一只手，摸到了他的颧骨，指尖传来轻微的压力。她能允许自己做的就只有这么多。她转过身，继续朝她的卧室走去。她听到他关上了客房的门。

兰斯洛特·克鲁格在多家报刊上同时发表文章写道："华纳德各大报纸正在为霍华德·洛克辩护，这恐怕不大合适吧？如果任何人怀疑这起骇人听闻的案件中的道德问题，这里有一个证据，它能说明谁是谁非，说明谁站在什么立场上。华纳德报业——那个黄色新闻、粗俗语言、腐败堕落、丑闻连天的据点，那个对公众品位和公众行为进行侮辱，那个由一个对原则的看法连食人者都不如的人所统治的知识分子的活地狱——华纳德报业正是霍华德·洛克适合的支持者，而霍华德·洛克就是它们适合的英雄。在终身致力于对新闻业之正直的大肆攻击之后，现在对盖尔·华纳德来说，支持一个更为粗鲁的爆炸犯同伙再合适不过了。"

奥古斯特·韦伯在一次公开演讲中说："所有这些满天飞的言论都是废话。有一个显而易见的内幕消息：那个盖尔·华纳德存了很多钱，我是说很多，那都是他在这些年的房地产热中，从那些涉世未深的人手里剥夺的。现在政府进行干涉，要把他排挤出去，以便那些小人物可以有个干净屋顶，娃娃们可以有个现代化的厕所，他能喜欢吗？他是绝对不会喜欢的，一点儿都不会。那是他们事先密谋好的。华纳德和他那个红头发的哥们儿，要我说，那个哥们儿干这个勾当还拿了华纳德先生不少钱呢。"

一家激进的报纸写道："我们从一个无懈可击的来源得知，科特兰德事件只是第一步，他们在策划一个大阴谋，要炸毁美国所有的安居工程、每一座公共发电厂、每一所邮局和学校。这一阴谋的首领就是盖尔·华纳德——正如我们所看到的——以及其他像他那样的资本家，包括我们最大的某些富翁。"

萨里·布伦特在《新前沿》上写道："人们太不注意从女性的角度来看这个案子了。至少，盖尔·华纳德夫人所扮演的角色相当可疑。是华纳德夫人碰巧在那个时候那么方便地将那个守夜人支开了，而她的丈夫则在大肆为洛克先生辩护，这不是最可爱的巧合吗？假如我们不被对一个所谓漂亮女人的愚蠢的、毫无意义的、过时的骑士风度蒙蔽了双眼的话，我们就不会让案件的这一部分被轻易地掩盖过去。如果我们不是慑于华纳德夫人的社会地位和她丈夫所谓的威望的话——他正在耍活宝——我们就会对她在那场灾难中差不多丢了性命这样一个故事提出一些质疑。我们怎么知道这是真的？医生是可以被收买的，就像任何人一样，而盖尔·华纳德先生又是干这种事的老手。如果我们把所有这些都考虑进去，我们便可以看清某种东西的轮廓——那个东西看上去就像是最令人恶心的'生存计划'。"

一家不起眼的保守报纸写道："盖尔·华纳德所持的立场是令人费解而不光彩的。"

《纽约旗帜报》的发行量每周都在下降，而且速度还在加快，如同一架失控的电梯。墙壁上，地铁杆上，汽车玻璃上和西服翻领上，写着"我们不读华纳德"字样的贴纸越来越多。华纳德公司的新闻短片被禁止在影院银幕上放映。《纽约旗帜报》从街头的报摊上消失了。摊贩们不得不带着《纽约旗帜报》，可是他们将它藏在柜台下面，只等有人要求时才不情愿地拿出来。地基已经打好了，柱子早已被腐蚀透，科特兰德案件带来了最后的冲击。

在反对盖尔的怒潮中，洛克几乎被忘记了。最愤怒的抗议来自华纳德自己的公众：来自妇女俱乐部，部长们，母亲们，小商店的老板们。爱尔瓦·斯卡瑞特被迫远离那间屋子——那里每天都堆满了写给编辑的信件；读那些信件时，他惊呆了——而员工中他的那些朋友们则要防止他重复同样的经历——担心他中风。

《纽约旗帜报》的员工们默默地工作着。不再有人偷窥，不再有人低声诅咒，不再有人在洗手间传闲话。有几个人辞职了。其余的继续工作，缓慢而沉重，那样子就像是扣紧了安全带，等待着不可避免的命运。

盖尔·华纳德注意到他周围的所有行动中都有一种拖延的节奏。他走进旗帜大楼，他的员工们看见他便停下手头的工作；他向他们点头致意时，他们问候他的动作总是慢那么一秒钟；他继续向前走,转过身来时,总是发现他们在瞪大眼睛看着他的背影。他们用来回复他的命令的那句"是,华纳德先生",以前在他的最后一个音节和他们回答的第一个字母之间没有丝毫间隔,现在却来得迟了点,而且中间的停顿具有某种切实的形状,结果,那个回答听起来不像是在问号之后,倒像是在问号之前。

《微声》对科特兰德爆炸案保持沉默。华纳德在爆炸案发生的第二天就把托黑叫到他的办公室,对他说:"你,听着。在你的专栏里,一个字也不许写,明白吗?你在报社以外嚷嚷什么、做什么都与我无关——暂时无关。可是如果你嚷嚷得太厉害的话,事后我会收拾你的。"

"是,华纳德先生。"

"至于你的专栏嘛,你就当自己是聋子、哑巴、瞎子。只要你还在这栋大楼里,你就从来都没听说过爆炸案的事情。你从来都没听说过一个叫洛克的人。你不知道科特兰德是什么意思。"

"是,华纳德先生。"

"而且,别让我看见你总在这边晃悠。"

"是,华纳德先生。"

华纳德的律师,一位为他服务了多年的老朋友,试图劝阻他。

"盖尔,怎么了?你的行为就像个小孩子似的,像个外行的生手。控制下你自己,伙计。"

"闭嘴。"华纳德说。

"盖尔,你是……你曾经是世界上最了不起的报纸出版人。那些明摆着的事情——有必要让我来告诉你吗?一个不受欢迎的目标对于任何人来说都是件危险的事情。对于一家受欢迎的报纸来说——就是自杀。"

"如果你还不闭嘴的话,我就让你卷铺盖走人,我会再给自己请一个讼棍。"

华纳德开始与人争论起这个案子——与那些在生意午餐会上或者晚宴上认识的杰出人士。以前他从未就任何话题与人进行过争论,他从不辩论。以前他只是将最后的声明轻轻抛给充满敬意的听众。现在,他找不到听众了。他找不到那种满不在乎的沉默,半是厌倦,半是怨恨。那些曾经将他随便丢出来的关于股市、房地产、广告和政治的每一个字都要收集起来的人,却对他关于艺术、伟大和抽象的正义的看法不感兴趣。

他听到过少数几个回答:

"是的,盖尔,是的,当然。可是,在另一方面,我认为那个人特别自私。而这就是当今世界所存在的问题——自私。到处都充斥着自私。正如兰斯洛特·克鲁格在他的书中所说的 那是一本了不起的书,写的全是他童年的事,你读过的,我看过你和克鲁格的合影。克鲁格周游过世界,他清楚他在说什么。"

"是啊,盖尔,不过,关于这件事你不是表现得有点老土了吗？那些所谓伟大的人是什么啊？一个被过度吹捧的泥瓦匠有什么伟大可言？总之，谁是伟大的？我们都只不过是许许多多的分泌腺、化学物质和我们早餐所吃的随便什么东西。我认为洛伊丝·库克在那本漂亮的小书里解释得非常清楚——书名叫什么来着？——对了，《有胆识的胆结石》。没错，阁下。你自己的《纽约旗帜报》还大肆宣传过那本小书呢。"

"可是你看，盖尔，他应该在想到他自己之前先想到别人。我想，一个人如果心中没有爱，那他就好不到哪儿去。我听说在昨晚的一部戏里——那是一部宏大的戏——是爱克的新作——他到底姓什么来着？——你应该看看的——你的朱尔斯·佛格勒说，那是一首勇敢而温柔的舞台诗。"

"盖尔，你可真能自圆其说，我都不知道该怎么反驳你了。我不知道你错在哪里，可是我听着就是不对劲，因为埃斯沃斯·托黑——喂，你可别误会我的意思，我对于托黑的政治见解可是一点都不赞同，我知道他是一个激进主义者，可是从另一方面来看，你不得不承认，他是一个胸怀像房子那样宽广的伟大的理想主义者——嗯，埃斯沃斯说……"

这就是那些百万富翁、银行家、工业家和商人，正如他们在所有午餐会上的演讲中所呻吟的，他们无法理解世界为什么要完蛋了。

一天早晨，华纳德从停在旗帜大楼前的汽车里下来，穿过人行道，正在此时，一个女人向他冲了过来。她一直等在楼门口。她是一个中年妇女，身材肥胖，穿了一件脏兮兮的棉布裙子，戴着一顶压扁的帽子。她的脸上皮肤松弛，长着塌鼻梁、一张不成形的嘴和一双乌黑明亮的圆溜溜的眼睛。她在盖尔面前站住，将一把烂甜菜叶子照着他的脸上扔过去。只有叶子，没有甜菜根，软乎乎、黏糊糊的，用一根绳子扎着。那些烂菜叶砸在他脸上，又掉到了地上。

华纳德站着没动。他注视着那个女人。他看见她那白白的肉，嘴得意扬扬地张着，那是一张伪善的、邪恶的脸。过路人已经把她抓住，而她还在尖声骂着很难听的脏话。华纳德举起手，摇了摇头，示意他们让那个东西走，然后就进楼里去了，脸颊上带着绿绿黄黄的一团污渍。

"埃斯沃斯，你打算怎么办？我们怎么办？"爱尔瓦·斯卡瑞特悲叹道。

埃斯沃斯高高地坐在办公桌的边沿上，面露微笑，好像要亲吻爱尔瓦·斯卡瑞特似的。

"为什么他们还不把这件破事儿停下来，埃斯沃斯？为什么不来点什么事打断它，把它从头版上拉下来？难道我们就张罗不出点儿国际形势什么的？我长了这么大，还从来没见过有人这么小题大做。可真的成了一项爆炸性工作了。上帝呀，埃斯沃斯，那种故事只配登在最后一版。我们每个月都刊登这样的故事，特别是每一次罢工，还记得吗？毛皮加工者的罢工，洗衣工人的罢工……噢，见鬼！为什么这么多愤怒？谁在乎？他们为什么要在乎？"

"爱尔瓦，有时候，生死攸关的大事根本不是显而易见的事实。公众的反应似乎与此极不相称，可是，事实并非如此。你不该这么愁眉苦脸，你让我吃惊。你应该感谢你的幸运星才对。你看，这就是我所说的等待适当的时机。适当的时机总会来的。尽管如此，我绝对没料到它竟然会像这样送上门来。高兴起来，爱尔瓦。这正是我们接管的时候。"

"接管什么？"

"华纳德报业呀。"

"你疯了，埃斯沃斯。像他们所有的人一样疯了。你疯了。你是什么意思？盖尔持有百分之五十一的……"

"爱尔瓦，我喜欢你。你棒极了，爱尔瓦。我喜欢你。可是我向上帝祈祷,但愿你不是这样一个该死的傻瓜,这样你就能听懂我的意思了。但愿我能和什么人谈谈。"

一天晚上,埃斯沃斯·托黑试图和奥古斯特·韦伯交谈,可是大失所望。奥古斯特拉长了声音说:

"埃斯沃斯,你身上有个毛病,就是你太不切实际了,太他妈的形而上学了。你在沾沾自喜什么?这玩意儿根本没实际的价值,完全没必要关注它,顶多一两周就够了。我希望他炸毁大楼的时候里面住满了人——还有几个小孩子被炸成碎片——那样你就有东西可写了。那我才喜欢呢。运动也可以利用此事。可是这个?见鬼,如果是这样的话,他们会把那个傻瓜送到监狱里去的。你——是一个现实主义者吗?埃斯沃斯,你真是知识界一个不可救药的怪人,你充其量就是这么一个人。你以为未来在你手里吗?别自欺欺人了,宝贝儿。未来在我手中。"

托黑一声长叹:"你说得千真万确,奥古斯特。"

14

"托黑先生,你真好。"吉丁太太低声下气地说,"你能来我家,我真高兴。我不知道该拿皮迪怎么办。他谁都不想见,也不愿去事务所。托黑先生,我都吓坏了。原谅我。我绝不是在诉苦。或许你可以帮帮他。拉他一把,托黑先生,他是那么看重你。"

"是的,我相信。他在哪儿?"

"就在这儿,在他房间里。托黑先生,请往这边走。"

这次来访出乎意料,托黑好几年都没来过了。吉丁太太受宠若惊。她将客人带到走廊尽头,没有敲门便把门打开了。她不敢通报有客人到了,担心儿子会拒绝。她快活地说:"快看,皮迪,看谁来了!"

吉丁抬起头。他正躬着身子坐在一张杂乱的桌子前,桌子上面放着一盏光线暗淡的矮台灯。他正在解一个从报纸上裁下来的字谜。桌子上有一个装满了东西的玻璃杯,从上面干掉的红色渍圈可以看出是装过番茄汁的,还有一个装着锯齿状字谜纸的盒子，一副纸牌，一本《圣经》。

"你好，埃斯沃斯。"吉丁说，脸上漾起了微笑。他探身向前想要站起来，可是动作刚做到一半便忘了。

吉丁太太看到他脸上的微笑，便慌忙出去了，放心地关上了门。

还未完全笑出来，那一丝微笑便消失了。那只是一种记忆的本能。然后他记起了许多他竭力不去理解的东西。

"你好，埃斯沃斯。"他无助地把刚才的问候重复了一遍。托黑站在他面前，好奇地审视着那间屋子和那张桌子。

"令人感动，彼得。"他说，"非常令人感动。我敢确定，如果他看到了一定会感激涕零的。"

"谁？"

"最近这些日子不喜欢说话了，是吧，彼得？不喜欢交际了？"

"埃斯沃斯，我本想去找你的。我本想和你谈谈的。"

托黑抓住一把椅子的椅背，在空中挥出了大半个圆圈，像是在手舞足蹈，然后将它放在桌前，坐了下来。

"呃，我就是专为此事而来的。"他说，"来听你谈的。"

吉丁没有作声。

"嗯？"

"埃斯沃斯，你绝不要以为我是不想见你。只是……我对妈妈说过不放任何人进来……那是由于那些报社记者，他们不让我安静。"

"啊唷！真是太阳从西边出来了，彼得。我记得有一阵儿，见了报社的记者，拉都拉不走你呢。"

"埃斯沃斯，我一点幽默感也没有了。一点儿也不剩了。"

"那才叫幸运呢。否则你就会笑死了。"

"埃斯沃斯，我太累了……我很高兴你能来。"

光从托黑的眼镜片上反射过来，吉丁没法看清他的眼睛。只有两个满是污斑的金属圈，就像两盏熄灭的汽车前灯，反射着一定距离之外的东西。

"以为可以逃脱吗？"托黑问。

"逃脱什么？"

"你那种隐士行为呀。伟大的忏悔。忠实的沉默。"

"埃斯沃斯，你怎么了？"

"他是无罪的，对吗？所以你就想让我们别管他，是吗？"

吉丁动了一下肩膀，与其说是真的坐直了身子，不如说只是有这个想法，不过终究只是个想法而已。他动了一下嘴巴，勉强问出一个问题："你想要什么？"

"完整的故事。"

"为什么？"

"想让我把事情变得容易些吗？想要一个好借口吗，彼得？

我能办到，这你知道。我可能会给你三十三种理由，全是高尚的，而且你会不假思索地接受它们中的任何一个。可是我现在不想帮你把它搞得更简单。所以我就照直说了吧：送他去监狱，你的英雄，你的偶像，你慷慨大度的朋友，你的守护天使！"

"埃斯沃斯，我没有什么可以告诉你的。"

"在你吓破胆之前，你还是留口气想想清楚，你不是我的对手。我让你说什么你就说什么，我可不喜欢浪费时间。科特兰德是谁设计的？"

"是我设计的。"

"你知不知道我是一个建筑方面的行家？"

"是我设计了科特兰德。"

"就像考斯摩-斯劳尼克大厦一样？"

"你想从我这里得到什么？"

"我想让你出庭作证，皮迪。我想让你在法庭上讲述这个故事。你的朋友可不像你这样明显。我不知道他在搞什么名堂。他那招滞留案发现场也太狡猾了些。他知道他会受到怀疑的，而他又表现得那么难以捉摸。天知道他在法庭上打算说些什么。我可不想让他摆脱干系。动机就是他们所有的人都咬住不放的那些东西。我知道动机。如果我试图去解释它，没有人会相信我。可是你肯定要在法庭上宣誓作证的。你要讲出实情。你会告诉他们是谁设计了科特兰德，以及为什么。"

"是我设计的。"

"如果你想在证人席上这么说,那你可得在肌肉控制上下点功夫。你发什么抖啊?"

"别管我。"

"太晚了,皮迪。读过《浮士德》吗?"

"你想要什么?"

"霍华德·洛克的脖子。"

"他不是我的朋友。他从来都不是。你知道我对他的看法。"

"我知道,你个该死的白痴!我知道你终生崇拜他。你对他顶礼膜拜,同时却在他背后捅刀子。你甚至连那点蓄意害人的勇气都没有。你想方设法还是不行。你恨我——噢,难道你猜不出来我是清楚这一点的吗?——可你却跟随了我。你爱他,却毁了他。噢,皮迪,你确实把他给毁了,但现在没有退路了,所以你将不得不把这出戏演到底!"

"他对你有什么意义?对你有什么影响?"

"你很久以前就该问问这个问题。可是你没问。那就说明你清楚这一点。你心里一直清清楚楚。那就是让你发抖的原因。我为什么应该帮你欺骗你自己?我这样做已经十年了。那正是你来找我的原因。他们都是为了这个才来找我的。但是你不能白占便宜。从来都是如此。尽管我所持的是与此相反的理论。你从我这儿得到了你想要的。现在轮到我了。"

"我不想谈霍华德。你不能强迫我谈霍华德的事。"

"是吗？你为什么不把我从这儿轰出去？你干吗不卡住我的脖子把我掐死？你比我强壮多了。可是你不会这么做的。你不可能这么做。皮迪，你懂得力量的本质吗？体力的？是肌肉，是枪杆子，还是钱？你和盖尔·华纳德应该聚到一起。你有很多东西要教他。说吧，彼得。谁设计了科特兰德？"

"离我远点。"

"谁设计了科特兰德？"

"放了我吧！"

"谁设计了科特兰德？"

"这更恶劣……你现在的行为……恶劣得多……"

"比什么更恶劣？"

"比我对卢修斯·海耶所做的事。"

"你对卢修斯·海耶做了什么？"

"我把他杀了。"

"你在说什么？"

"那就是为什么那样会更好。因为我让他死了。"

"别再说胡话了。"

"你为什么想杀死霍华德？"

"我并不想杀死他。我想让他坐牢。你明白吗？坐牢。待在单人牢房里，在铁窗后面。被锁起来，被捆得紧紧的，用皮带抽打着——却让他活着。当他们叫他起来时,他就得起来。他们给他什么,他就得吃什么。叫他动他就得动,不叫他动,他就得停下。叫他往东,他不得往西。叫他干活,他就得乖乖地干活。动手推他,一高兴还会扇他耳光,当他不听话时,他们还会用胶皮管揍他。不过他会听话的。他会服从命令。他会服从命令!"

"埃斯沃斯!"吉丁尖声叫道,"埃斯沃斯!"

"你让我恶心。难道你就不能接受事实吗?不,你想裹上糖衣,要面子。那就是我更喜欢奥古斯特·韦伯的原因。到底还有一个不抱幻想的人。"

吉丁太太猛地推开了门。她听到了那声尖叫。

"滚出去!"托黑对她大声吆喝说。

她退了出去,托黑砰的一声将门摔上。

吉丁抬起头:"你无权那样和我妈妈说话。她跟你没有任何关系。"

"谁设计了科特兰德?"

吉丁站起身来。他拖着步子走到一个梳妆台前,拉开一个抽屉,取出一张揉皱的纸,将它递给托黑。那是他与洛克签署的协议。

托黑将那份协议读了一遍,轻笑了一声,冷淡而急促的一声。然后,他注视着吉丁。

"彼得,就我所知道的,你可是个完美的成功者。不过有时候，看见我的成功者们，我不得不想要掉过头去。"

吉丁站在梳妆台前，他的肩膀耷拉下去，两眼空洞无神。

"我没料到你会这样白纸黑字地写下来，还有他的签名。所以那就是他为你做的——可这就是你对他的报答……不，彼得，我收回我刚才对你的侮辱。皮迪，你当时别无选择。你是谁？你要使历史的车轮倒过来转吗？你知道这份契约意味着什么？令人无法忍受的完美，多少个世纪的梦想，人类所有伟大思想流派的目标。你给他套上了缰绳。你迫使他为你工作。你夺取了他的成就，奖赏，他的钱，他的光荣，他的荣誉。我们只不过是思考它、写写它而已，你却做出了实际的演示。自柏拉图以来的每一位哲学家都要为此而感激你。这就是它——哲学家的石头——用来将金子变成铅块。我本应该高兴的，可是我想我是普通人，所以我控制不了。我并不高兴，我只觉得恶心。其余的人，柏拉图和其他所有哲学家，他们真的认为那块石头能将铅块变成金子。我从一开始就知道真相。我对自己一向是诚实的，彼得，那是最难达到的一种真诚的形式，是那种你们所有人都不惜任何代价唯恐避之不及的诚实。可是现在我并不责怪你，那才是最难做到的，彼得。"

他疲惫地坐下来，两手握着那份契约。他说：

"如果你想知道那有多难，我就来告诉你：现在我想烧了这张纸。随便你怎么理解。我并没有自称是一个多么伟大的守信用的人，因为我知道明天我就会将它送到地方检察官那里去。洛克将永远不会知道，不过他知道了也没什么关系，但是坦白地说，有那么一瞬间，我的确想把它烧了。"

他小心翼翼地将那份文件折好，顺手将它装进他的衣服口袋里。吉丁跟随着这个姿势，整个头都跟着转动，就像一只猫盯着线上的小球。

"你让我恶心。"托黑说，"天呐，你多让我恶心，所有你们这些虚伪的感伤主义者都让我感到恶心！你跟随着我，你滔滔不绝地吟诵着我教给你的东西，你从中渔利——却连向我承认你在做什么事情的美德都没有。一看到事实的真相，你的脸色就发青。我以为那是本性使然，而且正是我的主要武器——可是天呐！我对此厌倦了。我必须躲开你一会儿。那是我一生中必须上演的一出戏——是为了像你这样的小庸才上演的。为了保护你的感伤情调，你的故作姿态，你的良心和你还没有的内心宁静。那就是我为了我所要的东西而付出的代价——不过至少我知道我必须付出这个代价。而且我对这个代价，或者说这笔交易，也并没有抱任何幻想。"

"你想……想要……什么，埃斯沃斯？"

"权力，皮迪。"

楼上的房间里传来脚步声，有人在快活地蹦来跳去，天花板上有么四五下敲击的声音。吸顶灯的灯座叮当作响，吉丁顺从地抬起头来。接着他又转回来看着托黑。托黑脸上挂着一丝几乎是漠然的微笑。

"你……过去总是说……"吉丁口齿不清地开口，却又停住了。

"我一直是这样说的。清清楚楚，明明白白，公开坦率。如果你听不懂，那并不是我的过错。当然，你是能够听懂的，你只不过是不想听懂而已。对我来说，你那样做反而更安全些。我说过我有统治他人的欲望，就像所有我精神上的前辈们一样，不过我比他们要幸运些。我继承了他们劳动的果实，而且我将成为那个目睹这一伟大梦想变成现实的人。现在我就能看到我身边的这种现实。我认识到了这种现实的存在。我不喜欢它。我本来也没想喜欢它。愉悦并不是我的目的所在。我将得到我的能力所赋予我的满足感。我要成为统治者。"

"对……谁进行统治？"

"统治你，统治全世界的人。只是找到控制杆的问题。如果你学会了如何去控制一个人的思想，那你就能够控制整个人类。是思想，彼得，要靠思想去控制，而不是靠皮鞭和棍棒，更不是战火或枪炮。这就是为什么恺撒们、阿提拉们，以及拿破仑们都是傻瓜，为什么他们都不能长久地进行统治。我们能。彼得，思想是无法统治的。必须要摧毁它。砸进一根楔子，伸手把它攥住——那个人就是你的了。你不必使用皮鞭——他自己就会将鞭子拿来，求你抽打他。上好他后背的发条——他自己的机械装置便帮你把工作全做了。利用他来对付他自己。想知道是怎么做到的吗？看看我有没有对你撒过谎。看看你是不是没有把这一切听进去，而且还不想听，所以过错在你，而不在我。支配人们思想的办法有很多。举一个例子来说——让人自觉渺小。让他自觉有罪。扼杀他的抱负和正直。这很难。连你们中间最坏的人都要以他自己曲折的方式探索他的理想。通过内心的腐败来扼杀一个人的正直。让它自己对付自己。把它导向一个破坏所有人的正直的目标。鼓吹无私。告诉人说他必须为了他人而活。告诉他说利他主义便是理想。没有一个人曾经实现过这种理想，将来也没有一个人能够实现。他身上的每一种生存动机都在呐喊着对此表示抗议。可是，难道你不明白你所取得的成就吗？人类意识到了他的无能为力——他无法拥有他所接受的那些崇高的美德——而这使他有负疚感和罪恶感，让他觉得自己一文不值。既然最高理想是遥不可及的，他便放弃了所有的理想、所有的渴望和抱负，放弃了一切个人的价值观。他认为，他鼓吹那种他无法付诸实践的东西是迫不得已。可是一个人不能做半个好人，或者说做个大体上诚实的人。维护一个人的正直，是一场艰苦的战役。明知道那是腐败，为什么还要去维护它呢？他的思想放弃了自尊，你便得到他了，而他则会对你唯命是从。他会乐意听命于你——因为他无法信赖他自己，他觉得没有把握，他觉得他的内心不够纯洁。这是其一。还有一种方式。毁灭人的价值观。扼杀他辨别伟大或者成就伟大的能力。伟大的人是无法统治的。我们不想要任何伟大的人。不要否认伟大这一概念本身。从它的内部去毁灭它。伟大是罕见的、困难的和例外的东西。设定一个关于成就的标准,向所有人开放,包括那些最差、最无能的人——那样你便将所有人内心自强不息的动力阻断了,无论他是伟大的还是渺小的。你把一切努力去提高、去实现优秀和完美的动机都阻断了。嘲笑洛克,而将彼得·吉丁奉为一名伟大的建筑师,便已经将建筑学摧毁了。吹捧洛伊丝·库克,便等于摧毁了文学。向爱克致敬,就等于摧毁了戏剧。赞美兰斯洛特·克鲁格,就等于摧毁了出版业。不要动手去捣毁所有的神殿——你会吓坏人们的。将平庸之辈也供奉在神殿里——神殿就被捣毁了。还有一种方式。以笑来扼杀。笑声是人类快乐的工具。要学会将它当作一种杀伤性武器来使用。将它变成一种讥笑。简单至极。告诉他们去嘲笑一切。告诉他们幽默感是一种无限制的美德。不要让人的思想中留存任何神圣的东西——那样他的思想对他来说就不再神圣了。毁灭敬畏,你就将人类心目中的英雄扼杀了。人不会边咯咯笑着边去敬畏。他会俯首听命,而且他的顺从永无止境——任何事情都成——什么事都不要太当真。还有一种方式。最重要的方式。不要让人们感到幸福。幸福是自我包容和自给自足的。幸福的人是无暇顾及你的,对你来说也是无用的。幸福的人都是自由的人。所以要毁掉他们生活中的快乐。剥夺那些对他们来说至关重要或者弥足珍贵的东西。永远不要让他们得到他们想要的。让他们认识到个人渴望这一简单的事实是一种罪恶。使他们处在这样一种境地——在这里，说"我想"不再是与生俱来的权利，而是一种可耻的事情。利他主义在其中大有用处。不幸的人会自动找上门来。他们需要你。他们会找你来寻求慰藉，寻求支持，寻求逃避。大自然是不允许有真空存在的。掏空人的思想——所得的空间就任凭你来填补了。彼得，我不明白你为什么竟然看起来如此震惊。这是一切方式中最老掉牙的一种了。回顾一下历史吧。看看从亚洲到欧洲的伟大伦理体系吧。它们宣扬的不都是对个人快乐的牺牲吗？在所有错综复杂的冗长措辞后面，不都有一个共同的主旨吗？——牺牲、自制和自我否定。难道你还没有理解它们的主题曲吗？——'放弃，放弃，再放弃'。看看当今的道德风气吧。一切令人愉悦的东西——从香烟到性，到野心和谋利动机，通通被认为是堕落的和有罪的。只要证明某样东西能使人快乐——就已经是在诅咒了。我们已经到了这样的程度，将快乐跟罪过捆在了一起。所以我们已经扼住了人类的喉咙。将你的新生儿扔进一个自我牺牲的大熔炉里，躺在一张撒满钉子的床上，到沙漠里去苦修肉体，不要跳舞，星期天不要去看电影，不要企图致富，不要吸烟，不要喝酒。那是一条同样的封锁线。伟大的封锁线。傻瓜们以为这种性质的禁忌只不过是胡说八道。有些过时的东西留了下来。可是胡说八道之中始终存在着一个目的。不要费心去检验一个愚蠢的念头——只要问问自己它能实现什么。宣扬牺牲的伦理体系最终都发展成了超级大国，而且统治着数以百万计的人。当然了，你得将它包装起来。你必须告诉人们，通过放弃一切使他们幸福的东西，他们将达到一种更高级的幸福。你无须对此十分了解，只要使用冠冕堂皇的词语就够了。'普遍的和谐'、'不朽的精神'、'神圣的目标'、'天堂和极乐'、'人种优越性'。彼得，内部的腐败，那是一切方式中最古老的。这种滑稽戏已经上演了好几百年，而且人们还在不断地为之前赴后继。然而，检验是如此简单：只要去听一听任何一位先知的宣讲，如果听到他提及牺牲——赶紧逃跑，跑得比逃避一场阴谋更快。理所当然，哪里有牺牲，哪里就有人收集祭品。有人服侍，就有人享受服侍。谁对你宣扬牺牲，宣扬奴隶与主人，谁就想成为主人。不过，如果有人告诉你说你必须幸福，说幸福是你与生俱来的权利，说你所要尽的第一天职便是对自己负责——那便是一个不想控制你灵魂的人。那个人对你一无所求。可是真让他为所欲为，你准会发疯地大叫起来，大声咆哮着说他是个自私的魔鬼。所以，这个骗局才得以延续许多许多个世纪。不过或许你也发现了点问题。我说过：'理所当然。'你明白吗？他们手里掌握着对付你的武器。理性。你必须有把握夺走他们的理性。斩草先要除根。可是要当心。不要公开否定理性，绝对不要公开否定任何东西，那样你就暴露了。不要说理性是邪恶的——尽管有些人已经这样做了，而且还取得了令人瞠目的成功。只要说理性是有限度的就行了。还有超越理性的东西。是什么？对此你也不必讲得十分清楚。这个领域是无穷无尽的。'本能'、'感觉'、'启示'、'神圣的直觉'、'辩证唯物主义'。如果你在某个关键的地方被人抓住了破绽，而且有人告诉你说，你的哲学没有意义——那么你早就做好了准备。你就告诉他——还有超乎意义之上的东西。告诉他，他不能去思考，他必须去感受。他必须相信。将理性暂时搁置，你就手到擒来了。无论什么时候需要，你都可以翻云覆雨。你已经得到他了。你能控制一个有思想的人吗？我们不需要任何有思想的人。"

吉丁在地板上坐下来，靠在梳妆台上。他感觉有些疲倦，但他只是将腿蜷了起来。他不想离开梳妆台。靠着它，他感觉更安全，仿佛它仍然保卫着那封他已经交出去的信。

"彼得，这一切你都听到了。你已经看到我实践了十年。你看到全世界到处都在这么做。你为什么还唾弃它呢？你没有权利坐在那里，带着吃了一惊的正人君子的优越感瞪眼看我。你也身处其中。你也有分儿，而且你必须继续走下去。你害怕看到它会造成什么后果。我可不怕。我来告诉你。那就是未来的世界。是我所希望的世界。那是一个顺从的世界，也是一个团结的世界。在这个世界里，每个人的思想都不属于他自己，而是一种去猜测邻居心思的企图，他的邻居也没有自己的思想，而是一种去猜测下一个没有思想的邻居心思的企图。如此反复，彼得，全世界都是这样。因为每一个人都必须与他人意见一致。在这样一个世界里，没有人会拥有自己的欲望，他所有的努力都是冲着满足邻居的欲望这一目的去的，而这个邻居除了去满足下一个没有欲望的邻居的欲望之外，并没有任何的欲望，全世界都是这样，彼得。因为所有的人必须为所有的人服务。这个世界里没有人会为了类似金钱这样单纯的动机而工作，而是为了那个无头的怪兽——声誉。追随者们的支持——他们良好的评价——那些无权发表任何评价的人们的评价，活像一只章鱼，全是触须，而没有脑袋。判断力，彼得！没有判断力，只有投票处。零的平均数——因为不允许有个性存在。拆掉了引擎的世界，只有一个靠手来起搏的心脏。我的手——其他极少数像我一样的人的手。那些人很清楚是什么让你们运转——你们这些伟大的、极好的平均数。当说你平均、渺小、普通时，你并没有愤怒地跳起来反驳，你喜欢并接受了这些称谓。你将高居于庙堂之上，受人供奉，你，这个渺小的人，这个令过去所有统治者忌妒得辗转反侧的绝对的统治者，绝对的、无限制的，神祇、先知和上帝的结合体。人民的声音。平均的、普通的、一般的。你知道'自我'一词的反义词吗？彼得，就是陈词滥调。就是陈词滥调的规则。可是有时候就连陈词滥调也得有人来创造。我们来创造。上帝的声音。我们将享受无限的服从——来自那些除了服从之外一无所长的人。我们会称之为'服务'。我们会为服务颁发奖章。这将使人人奋勇争先，看谁服从得更多更好。除此之外将不会有其他荣誉。没有别的个人成就可言。你能在这副图景中看到霍华德·洛克吗？看不到？那就别浪费时间来问愚蠢的问题了。一切不能被控制的东西必须消亡。而如果仍偶然有偏执狂持续出生，他们也将活不过十二岁。当他们的大脑开始发挥作用时，它会因为感受到压力而爆炸。那种压力形成了一个真空。你知道被带到阳光底下的深海生物的命运吗？未来洛克们的命运就是那样。你们其余的人会微笑着服从。你注意到了低能儿总是微笑吗？人类的第一次皱眉就是上帝第一次触摸他的额头。思想的触摸。可是我们将既没有上帝也没有思想。只有通过微笑来进行的投票。自动控制杆——通通都在说'是'……现在，如果你再稍微聪明一些——譬如，像你的前妻一样——你就会问：我们是什么人？是统治者吗？我是什么人，埃斯沃斯·蒙克顿·托黑？而我就会说，是的，你说对了。你将会和我样如愿以偿。我除了让你感到满意之外别无他求。撒谎，奉承你，称赞你，使你的虚荣得到满足。去做有关人民和共同利益的演讲。彼得，我可怜的老朋友，我是你所认识的人中最无私的。我不像你那么不独立，而我刚才还在强迫你出卖你的灵魂。你至少还利用过别人，以得到可能从他们身上得到的东西。我不为自己索取任何东西。我利用他们是为了我能为他们做的事情。那是我唯一的功用和满足。我没有个人目的。我要的是权力。我要的是未来的世界。让所有人为了所有人而活着。让所有人做出牺牲，而没有人从中获得利益。让所有人遭受痛苦，而没有人享受快乐。阻碍发展的脚步。让一切停滞不前。在停滞中实现平等。所有人服从所有人意志的支配。全面的奴隶制——甚至连一个主人的尊严都不存在。从奴隶制到奴隶制。一个巨大的圆圈——以及完全的平等。这就是未来的世界。"

"埃斯沃斯……你……"

"神经错乱？不敢说出来吗？你坐在那儿，周围是你最后的希望——被书写的世界。神经错乱？看看你的周围吧。随便捡起一份报纸，读一读那些标题。它不就来了吗？它不就在你面前了吗？跟我所告诉过你的一模一样？欧洲不是已经被吞没了吗？我们不也正在跌跌撞撞地亦步亦趋吗？我所说的一切都包含在一个词里——那就是集体主义。而那不正是我们这个世纪的神灵吗？共同行动。共同思想。共同感受。团结，一致，服从。服从，服务，牺牲。分裂和征服——这是第一步。然后——联合和统治。我们终于找到了真理。还记得那个罗马皇帝吗？他说但愿人类只有一个脖子，那样他就可以一刀将它砍下来。人们嘲笑了他好几百年。不过我们是笑到最后的。我们已经取得了他所没有取得的成就。我们已经教会了人们去团结。这就等于造就了一个脖子，为一条拴狗的皮带做好准备。我们找到了那句咒语。集体主义。看看欧洲吧，你这个傻瓜。难道你就不能透过废话看到其中的本质吗？整个国家都信奉这样一种信条：个人没有权利，集体高于一切。个人被视作洪水猛兽，而大众则被奉若神明。除了服务于大众之外，不得有任何动机和任何美德。那是一种版本。这儿还有另一种版本。整个国家信奉这样一种信条：个人没有权利，国家高于一切。个人被视作洪水猛兽，而种族则被奉若神明。除了服务于种族之外，不得有任何动机和任何美德。是我在说疯话吗？抑或这已成为两块大陆上的冷酷现实？注意观察这一钳形运动。如果你厌倦了一种版本，那我们就把你推到另一种版本里去。我们使你来回运动。我们已经把门关上了。我们已准备好了硬币——正面代表着集体主义，反面还是代表集体主义。用一种猛烈抨击个人主义的教条去反对一种猛烈抨击个人主义的教条。把你的灵魂让给一个委员会——或者让给一位领袖，但必须让、让、让。彼得，这是我的方法。以毒攻毒。在饰品上可以尽量花哨，可是要抱定一个主旨不放。给那些傻瓜们选择的机会，让他们高兴——可是别忘了那个你必须达到的唯一目的。把个人消灭掉。扼杀人类的精神。其余的就会自动跟上来。像现在一样对世界局势洞若观火。现在你还认为我是疯子吗？彼得？"

吉丁伸直两条腿坐在地板上。他抬起一只手，端详着他的指尖，然后把手放到嘴里，咬下一根倒刺。不过那动作是下意识的——这个人只剩下了一种感觉，听觉，所以托黑清楚，他别指望能得到什么回答。

吉丁顺从地等待着，似乎并没有什么不同。刚才的话音停了下来，而现在他的职责就是等着它们再度响起来。

托黑将双手放在椅子的扶手上，然后从手腕部位抬起他的两掌，又重重地落在木制扶手上，这声轻微的掌击代表他的话讲完了。他推动自己站起来。

"谢谢你，彼得。"他严肃地说，"诚实是一件根除不了的东西。我一生都在对大批的听众讲话，而这是我永远不会有机会做的一场演讲。"

吉丁抬起头。他的声音似乎是恐惧的首付款；不是被吓到了，而是预先抵达的下一个小时的回声："别走，埃斯沃斯。"

托黑站在他上方，温和地笑起来。

"彼得，这就是答案。这就是我的证据。你知道我是什么样的人，你知道我对你做过什么，你已经没有任何美德的幻象。可你无法离开我，永远无法离开我。你以理想之名服从了我。没有了理想，你也会继续服从我的。因为现在你只有这一样本事……晚安，彼得。"

15

"这是一个用来检验的案子。我们对它的看法将会决定我们的本质。在霍华德·洛克这个家伙身上，我们必须击溃那股自私的和反社会的个人主义势力。它是对现代社会的诅咒，它在这里显示出了它最终的后果。正如本文开头所说，地方检察官现在持有一份证据，暂时我们还无法泄漏它的性质，它毫无争论地证明，洛克是有罪的。我们，人民，现在应该要求正义。"

五月底的一个早晨，这篇文章出现在《微声》上。盖尔·华纳德正从机场往家赶，在他的车上读到了这篇文章。他飞去芝加哥是为了保住一个全国性的大广告客户而作的最后一次努力——此人拒绝续签一份三百万美元的广告合同。两天绞尽脑汁的努力付诸东流了，华纳德失去了这个客户。从纽瓦克机场刚下飞机，他就买了几份纽约的报纸。他的车正等着接他去乡间住宅，然后他就读到了《微声》。

有那么一刹那，他不知道自己拿着的是什么报纸。他看了看版头上的名字。可那就是《纽约旗帜报》。而且那个专栏就在那儿，在它该在的位置，第二部分，第一版，第一栏。

他屈身向前，吩咐司机开车到办公室去。他坐在车里，那张报纸在他膝头摊开着，直到汽车在旗帜大楼前停下来。

刚一走进大楼，他立刻就注意到了。从大厅里那两名刚刚从电梯出来的记者眼神里看出来了，从那个极力克制自己不回头看他的电梯工神态中看出来了，从休息室里所有人的一动不动中看出来了，从一个秘书办公桌上打字声的间歇中看出来了，从另外一个秘书举起来的手上看出来了——他看出了那种等待。接着他便明白了，那一切无法相信中所包含的言外之意，他报社的所有员工都心知肚明。

他第一次感觉到一种模糊的震惊，因为在他周围的等待中，包含着每个人内心对他与埃斯沃斯·托黑之间某个争论的结果所怀有的好奇。

可他没有时间注意自己的反应。除了紧张和压力感之外，他没有余力去注意任何东西，那种压力压迫着他的颧骨、牙齿、面颊、鼻梁骨——而他心里清楚他必须将那种感觉抑制住，压下去，控制它。

他没有问候任何人，便径直进了办公室。爱尔瓦·斯卡瑞特萎靡不振地陷在他办公桌前的一张椅子里，喉咙上缠着一根弄脏的白纱布绷带，而且两颊通红。华纳德在屋子中央停住了脚步。外面的人放心了：华纳德看上去神色镇定。但爱尔瓦·斯卡瑞特心里再清楚不过。

"盖尔,我当时不在,"他以一种根本不能称为嗓音的低哑声音说,"我有两天没来上班了。是喉炎,盖尔。不信你去问我的医生。我当时不在这儿。我刚刚下床,看看我,高烧一百零三度,医生本来是不让我起来的,但是我……盖尔,我的意思是我当时不在,我不在!"

他拿不准华纳德有没有听见。可是华纳德让他说完了,然后装出在听的样子,仿佛那声音正在向他传去,只是耽搁了。过了一会儿,华纳德问:"当时谁在编辑部值班?"

"……是艾伦和福克经手的。"

"解雇哈丁、艾伦、福克和托黑。买断哈丁的合同,但是不要买断托黑的。叫他们在十五分钟之内通通给我滚出这幢大楼。"

哈丁是主编;福克是文字编辑;艾伦是文字副主编,编辑部主任。他们在《纽约旗帜报》都有十年以上的工龄了。斯卡瑞特如同听到了一条插播的新闻:总统被弹劾,纽约被彗星撞毁,加利福尼亚州沉入了太平洋。

"盖尔!"他尖叫一声,"我们不能这么做!"

"出去!"

斯卡瑞特出去了。

华纳德按下桌子上的一个按钮,回答外面一个女人战战兢兢的声音:"不要让任何人进来。"

"是，华纳德先生。"

他又按下一个按钮对发行部经理说："截住街上的每一份报纸。"

"华纳德先生，太晚了！大多数都已经……"

"截住它们。"

"是，华纳德先生。"

他将头放在桌子上，静静地趴下来休息，只不过他所需要的休息方式并不存在——它比睡觉更伟大，比死更伟大，是从未有过的一种休息。那个愿望如同嘲弄着他自己的一个秘密，因为他清楚他脑袋里那种要爆裂似的压力感具有一种相反的意图——行动的冲动，那么强烈，以致他浑身无力。他摸索着找一些干净的纸张，一时忘记把它们放在哪儿了。他得写一篇社论，对此事做出解释，并抵消其影响。他得快点儿。他感觉自己没有权利在写好之前耽误一分钟的时间。

随着他写出第一个字，那种压力消失了。他想——手中的笔在飞快地写着——词语包含着多大的力量呀；过一会儿，对于那些听到它们的人，不过首先是对于那些看到它们的人，它将是一种疗愈的力量，一个解决方案，就像扫除了障碍一样。他想，或许科学家从未发现的基本秘密，生命的源泉，就在于思想借助语言逐渐成形的同时所发生的一切。

他听到了轰鸣声——从他办公室的四壁和地板中所传来的

震动。印刷机正在赶印他的晚报，一份文简图多的小报——《号角》。听着这种声音，他的脸上漾起了微笑。他的手写得更起劲了，仿佛那声音便是源源不断地注入他手指的能量。

他抛弃了以往社论中所使用的"我们"。他写道："……而如果我的读者和我的对手们希望就这一偶发事件嘲笑我的话，我会接受它，并且把它当作偿还一笔自己所招致的债务。我罪有应得。"

他想，那是这幢大楼的心脏，它跳动着——现在几点了？——我是真的听见了呢，还是我自己的心脏在跳？——有一次，一个医生把听诊器插在我的耳朵里，让我听自己心脏跳动的声音——它听起来就和这声音一样——他说我是只健康的动物，活很多年都会没事——活很多……年……

"我曾经把一个满口脏话的下流人强加给我的读者，此人的精神高度是我唯一的借口。我对社会的藐视还没有达到这样的程度，竟然会允许自己将他视作危险人物。我仍然持有对我那些追随者们的一份尊敬——他们有资格让我说埃斯沃斯不可能构成威胁。"

他们说声音从不消失，而是由空间传播——那么人的心跳又怎样呢——在五十六年当中有那么多次心跳——能否将它们再次收集起来，以一种浓缩的形式再次使用？如果它们能再次跳动的话，结果也会是那些印刷机的声音吗？

"但是，我一直在自己的报头做他的担保人，所以，如果说公开忏悔在现代社会里是不可思议的丢脸行为的话，这便是我给自己的惩罚。"

不是一个人从未听过的五十六年来点滴的轻微声音，每一声都是单一的，决定性的；不像一个逗号，而像一个句号，一个版面上长长的一串，集中起来去喂那些印刷机——不是五十六，而是三十一，另外那二十五年是让我做好准备的——在我把新的报头举到门口上方的时候，我二十五岁——出版人是不更改报纸名称的——而这个出版人却改了——《纽约旗帜报》——盖尔·华纳德的《纽约旗帜报》……

"我请求这份报纸的每一位读者宽恕。"

一只健康的动物——来自我的东西都是健康的——我必须将那个医生领到这儿来，让他听听印刷机的声音——他会善良地、得意地、满意地咧嘴笑笑，偶尔，医生喜欢一个完全健康的标本，那太稀少了——我要款待他一下——让他听听所听过的声音中最健康的——他会说《纽约旗帜报》是健康的，还可以活好多年呢。

办公室的门开了，埃斯沃斯·托黑走了进来。

华纳德任凭他穿过屋子走近办公桌，没有任何抗议的表示。华纳德心想，他所感觉到的只是好奇——如果好奇能从深渊吹进事物的三维空间的话——就像是《纽约旗帜报》周日增刊中那些房子一般大小的甲虫向着人类的身影前进——好奇，因为埃斯沃斯·托黑还在大楼里，因为托黑已经越过他所下达的命令获准进来了，还因为托黑在哈哈大笑。

"华纳德先生，我是来告几天假的。"托黑说。他的面色从容镇定，那并不是得意扬扬的表情，那是一张艺术家的脸。他明白过犹不及，所以便通过保持常态的方式来达到登峰造极的冒犯，"并且告诉你，我还要回来的。还干这份工作，还写这个专栏，还在这幢大楼里。在我离开期间，你会弄清楚你所犯的错误的性质。一定要原谅我，我知道这样做十分不得体，可是我已经等了十三年，我觉得可以给自己五分钟的奖励。那么，华纳德先生，你是一个占有欲很强的人，而且你喜欢拥有财产的感觉？你有没有停下来想过，它的基础是什么？你是否曾停下来以确保它的基础是稳固的？没有，因为你是一个讲求实际的人。讲求实际的人处理的是银行账户、房地产、广告合同和金边证券。他们留给像我这样不切实际的知识分子这样的消遣——通过对金边证券进行化学分析，了解金子的性质以及来源等情况。他们紧紧抓住克雷姆·普丁那样的大广告客户，而把不起眼的小事留给我们去做，比如剧院啦，电影啦，电台啦，学校啦，书评以及建筑批评什么的。只不过是一种贿赂——如果我们喜欢将时间浪费在生活中并不重要的这些小事上，而与此同时，你们却在赚钱。金钱就是权力。是吧，华纳德先生？那么，华纳德先生，你就是在追求权力了？是控制人的权力吗？你这个可怜的外行！你从没弄清过自己野心的本质,否则你早就会知道你并不适合此道。你不会利用它所要求的方法,而你又不愿接受这样的结果。一直以来,你连个无赖都算不上。我并不介意将这种方法传授给你,因为我不知道怎样对你来说更糟糕:是做个伟大的无赖好呢,还是做个伟大的傻瓜好。那就是我要回来的原因。而且当我回来时,我要来管这家报纸。"

华纳德平静地说:"等你回来。现在从这儿滚出去!"

《纽约旗帜报》本市新闻编辑室的员工走上街头进行罢工。

华纳德集团工会全体出动。还有许多非会员也加入了他们的行列。印刷厂的员工还在上班。

华纳德从没考虑过工会的事。他比其他出版商发的工资都要高,而且他们从来没有提过经济上的要求。如果他的员工们希望通过听听演讲这样的方式来消遣一下,他看不出什么理由要为此担心。多米尼克有一次试图提醒他:"盖尔,如果人们出于工资、工时,或者实际的需要而想要组织起来的话,那是他们的正当权利。可是既然没有什么实质上的目的,你还是盯紧点儿的好。""亲爱的,我得求你多少回?离《纽约旗帜报》远点。"

他从没费心去了解过都有谁属于这个工会。现在他才发现成员人数并不多——却是决定性的,包括他所有的关键人物,不是那些大的部门主管,而是下一级,都是经过专门挑选的活跃分子，那些小小的不可或缺的火花塞：那几个最出色的驻外记者，负责全面课题的作业人员，负责改写加工的编辑，助理编辑，等等。他查阅了他们的记录：大多数是在过去八年中录用的；由埃斯沃斯·托黑推举而来。

非会员走出去罢工是出于各种各样的理由：有些人是因为不喜欢华纳德；另外一些人是因为害怕继续留下来上班，而且罢工似乎要比分析问题容易些。其中有一个人，一个腼腆的小伙子，在大厅里碰到了华纳德，便停下来尖声说道："我们要回来的，甜心儿，那时就不是这个调子了！"有些人走了，以免看见华纳德。另外的人则采取稳妥的措施。"华纳德先生，我讨厌这么做，我讨厌得要命，我与那个工会毫无瓜葛，可是罢工终归是罢工嘛，我不能允许自己当工贼。""坦白地说，华纳德先生，我并不知道谁对谁错，我的确觉得埃斯沃斯是在耍卑鄙的手段，而哈丁又没有权利让他逃脱处罚，可是在当今这个世道，人怎么能吃得准谁是谁非呀？而且我不想做的事情之一就是做纠察队队员。不，先生。我的感觉就像是在纠察对或错一样。"

罢工者们提出了两个要求，让那四个被解雇的人复职，改变《纽约旗帜报》关于科特兰德一案的立场。

主编哈丁写了一篇文章来说明自己的立场，该文发表在《新前沿》上。"就政策而论，我的确忽视了华纳德先生的命令，这或许是一个主编所采取过的史无前例的行为。我完全意识到了此中的责任。托黑先生、艾伦、福克和我都是看在它的员工、它的股东,以及它的读者的分儿上想去拯救《纽约旗帜报》。我们希望通过和平手段让华纳德先生理智一些。我们希望一旦他看到《纽约旗帜报》采取了和全国大多数报社一样的立场,他就会欣然做出让步。我们老板的独断专行、无法预料以及肆无忌惮我们是知道的,可是我们抓住了这个机会,愿意为了我们的职业责任牺牲自己。在我们承认一个老板对他报纸的政治、社会和经济等诸方面问题享有统治权的同时,我们也相信,如果老板期望有自尊的人去支持一个普通罪犯的动机,那么情况已经超出了正义的界限。我们希望华纳德先生能够认识到,那个由一个人说了算的专制时代已经过去了。在对我们谋生之地的管理上,我们应该拥有说话的权利。那是为了出版自由而进行的斗争。"

哈丁先生六十岁,在长岛拥有一座庄园,业余时间平均分配在打飞碟和孵化野鸡上。他未生育的妻子是社会研究讲习班的理事会成员。是托黑,这个讲习班的演讲明星,介绍她参加的。这篇文章是她帮丈夫写的。

从编辑部解雇的两名员工并不是托黑工会的成员。艾伦的女儿是一位漂亮的年轻女演员,她在爱克写的所有剧本中担任女主角。福克的兄弟是兰斯洛特·克鲁格的秘书。

盖尔·华纳德坐在办公桌前,低头看着面前的一大堆报纸。他有许多事情要做,可是有一幅画面反复在他脑海里浮现,挥之不去。它带来的感觉萦绕在他所有的行动上——一个衣衫褴褛的男孩站在编辑办公桌前的画面："你会写'猫（cat）'这个字吗？"——"你会写'拟人形态（anthropomorphology）'这个词吗？"几种身份分裂了，又组合起来，对他来说，那个男孩此刻就在这儿，站在他的桌前等待着，有一次他还说出声来："走开！"他发现自己充满怒气，他想，你要垮掉了，你这个傻瓜，现在不是时候。他没有再大声说话，可是当他阅读、检查和签署文件的时候，那场对话却依然无声地继续着："走开！我们这儿没有工作。""我再转转，你们想用我的时候说一声。我不要工钱，你们认为我还行，想留住我时再付给我工钱。""他们会付你钱的，难道你不明白吗，你这个小傻瓜？他们会付你钱的。"声音很响亮——他的声音又正常了，他对着一个话筒说："告诉曼宁，我们得把字模安上……尽快把校样送上来……送一份三明治上来，哪种都行。"

还有为数不多的一些人仍然跟随着他：那些老人和送稿生们。清早，他们走进大楼，脸上经常带着伤痕，衣领上带着血迹。一个人跌跌撞撞地走进来，他的颅骨裂开了，被救护车送去了医院。那既非勇气也非忠诚，而是惯性。对他们来讲，丢了《纽约旗帜报》这份工作，就等于是世界末日。他们抱有这种想法的时间太久了。年老的员工不明白，而年轻的员工不在乎。

送稿生们被派出去报道新闻。他们送来的东西的质量逼得华纳德超越了绝望，高声狂笑起来：他从没读过如此卖弄的文章。他看得出野心勃勃的年轻人的得意——他终于成了一名记者。当这些报道出现在《纽约旗帜报》上的时候，他却没有大笑；负责改写的人手不够。

他试图雇用一些新人。他愿意出极高的薪水。他想要的人拒绝为他工作。有几个人响应了他的召唤，虽然他宁愿他们不这么做，但还是聘用了他们。他们是十年来都没有被一家知名报社聘用过的人。换上一个月前，那种人连旗帜大楼的门都进不来。其中有一些两天之内就不得不被扫地出门，其他人则留了下来。他们大部分时间都喝得醉醺醺的。有一些表现得好像是在对华纳德施予恩惠一样。其中一个说："盖尔，老伙计，别这么怒气冲冲的。"——他整个人被扔下了两段楼梯，一只脚踝骨折了。他坐在楼梯下，抬头看着华纳德，彻底惊呆了。其他人比较难于捉摸。他们只是昂首阔步地走来走去，狡猾地看着华纳德，几乎是在冲着他挤眉弄眼，暗示说，他们是一笔卑鄙交易的共犯，系在了同一根绳子上。

他向新闻学院求助。没有一个人来应聘。有一个学生团体寄来了一份由全体成员签名的决议书："……抱着对专业的高度尊敬，以高举出版业的荣誉为终生使命，我们认为我们中间谁也不能收起自尊，接受你提供给我们的聘书。"

新闻编辑还坚守着自己的岗位，本地新闻编辑则走了。华纳德自己身兼数职：本地新闻编辑，主编，线路工，改稿员，送稿生。他寸步不离大楼。他睡在办公室里的一张长沙发上——如早年《纽约旗帜报》刚刚开办时一样。他不穿外套，不打领带，衬衫的领子敞着，楼上楼下地跑，他的步伐听起来像是机关枪的咔嗒声。两个电梯工还在，其余的人都消失了，没有人知道是在什么时候，出于什么原因，是由于对罢工的同情、畏惧，或者仅仅是灰心丧气。

爱尔瓦·斯卡瑞特对华纳德的镇定自若无法理解。那台卓越的机器——这个字眼在他心里一直代表了华纳德，斯卡瑞特心想——运作状态从没像现在这样良好过。他言语简明，下达指令迅速，做出决断及时。在一片狼藉中——机器、导线、润滑油、墨水、废纸、没有打扫的办公室、无人占用的办公桌，当被楼下街道抛上来的砖头砸烂的玻璃像阵雨般从头顶倾泻而下时，华纳德躲闪的动作就像一个双重曝光的身影，叠加在背景上，偏离了位置，不成比例。斯卡瑞特心想，他并不属于这里，因为他看上去并不现代——正是这一点——他看上去并不现代，无论他穿着什么样的裤子——他就像某种来自哥特式大教堂的东西。他贵族的头颅挺得很直，无肉的面颊紧紧地缩在一起。一艘轮船的船长，除了他本人，所有人都知道这艘船正在下沉。

爱尔瓦·斯卡瑞特还在。他还没有意识到事件的真实性；他怅然若失地拖着脚步四处走动；每天早晨开车来到大楼，看见纠察队时,他心里都有一种新鲜而不知所措的震惊。除了车窗玻璃上被扔了几个西红柿以外,他没受什么伤。他试图帮助华纳德,他试图去干自己和另外五个人的工作,可是他连一天的正常任务都无法完成。他在无声地崩溃,他的关节被问号拧得松动起来。无论人们在做什么事,他都要打断他们,不停地问:"可是为什么?为什么?怎么突然之间就这样了?"他这样浪费着每个人的时间。

他看到一名穿白色制服的护士沿着走廊走过去——一楼建了个急救站。他看到她正将一个废纸篓搬到垃圾焚化炉去,里面全是一团团沾满血迹的纱布。他转过身去,感到恶心。并不是因为他所看到的景象,而是因为他凭着直觉所领会到的一种隐含其中的更强烈的恐惧:这座文明的大楼——上了蜡的干净地板令其显得安全,严格保持的现代企业的整洁令其显得体面,这是一个人们处理像写字和签订合同这种严肃事情的地方,一个人们接受婴儿服装广告和闲聊高尔夫球的地方——在几天的工夫里,变成了一个人们搬着血糊糊的垃圾从走廊里经过的地方。为什么?——爱尔瓦·斯卡瑞特想。

"我无法理解这一切。"他以没有口音的单调语气对他周围的每一个人这样说,"我无法理解埃斯沃斯怎么取得了这么大的权力……埃斯沃斯是个文化人,一个理想主义者,而不是一个卑鄙的站在街头闹事的激进分子,他是那么友善,又是那么机智,而且又是个多么博学的人啊！——一个总是开玩笑的人绝对不会是一个暴力分子——埃斯沃斯不是存心要这么干的——他并不知道会导致什么样的结果，他爱人们，我愿为埃斯沃斯·托黑押上所有的赌注。"

有一次，在华纳德的办公室里，他壮着胆子说："盖尔，你为什么不协商解决这个问题？为什么不至少与他们见见面？"

"闭嘴。"

"可是，盖尔，在他们那边或许也有一点点真理呢？他们是新闻记者。你知道他们说什么，出版自由……"

然后，他看见几天来一直期待并以为自己已经躲过去的愤怒发作了——那蓝色的虹膜消失在一团白色中，那没有聚焦的明亮的眼球，在一张全是凹陷的脸上，那颤抖着的双手。可是过了一会儿，他看到了他以前从没见过的东西：他看到华纳德将就要发作出来的东西消灭在萌芽状态，未发一言，没有半点解脱。他看到他凹陷的太阳穴上由于努力而沁出的汗珠，以及办公桌边上紧握的拳头。

"爱尔瓦……如果我当时没有坐在《新闻公报》的楼梯上……那个让他们自由的出版从何而来呢？"

外面和走廊里都有警察。那有些帮助，不过作用不大。有一天晚上，楼门口被倒上了硫酸，将一楼窗户的大块厚玻璃板都烧化了，而且在墙壁上留下了麻风病似的白斑。轴承上的沙子使一台印刷机停止了转动。一家无名的熟食店因为在《纽约旗帜报》上打广告而被砸得稀巴烂。一大批小广告客户退却了。华纳德报业的运输卡车遭到毁坏。一名卡车司机被打死。罢工中的华纳德工会发文抗议暴力行为。工会并没有教唆他们这样做。大多数成员都不知道是谁干的。《新前沿》上发文表达了对过激行为的遗憾,可是将其归咎于"人民正义的愤怒一时冲动的爆发"。

休谟·斯劳顿以一个自称"自由商人"的组织名义向华纳德发来一份通知,取消了他们的广告合同。"如果你希望的话,你可以起诉我们。我们认为我们有合法理由取消广告合同。我们签约是要在一家有声望的报纸上,而不是人尽皆知的不光彩的废纸上刊登广告,这张废纸将纠察队带到我们门口,毁掉了我们的生意,而且任何人都已不再读它。"该组织包括大部分《纽约旗帜报》最有钱的广告客户。

华纳德站在办公室的窗前,看着他的城市。

"尽管存在危险,但我曾一度支持罢工。我一辈子都在和华纳德作对。我从没想到会目睹这样一天,或者说这样一个问题——我居然不得不说——正如我现在所说的——我站在盖尔·华纳德一边。"奥斯顿·海勒在《时事报》上这样写道。

华纳德给他寄去了一张字条:"去你的,我没求你为我辩护。G.W."

《新前沿》把奥斯顿·海勒描述成"一个将自己出卖给了大

企业的保守分子"。知识界的淑女们说奥斯顿·海勒过时了。

盖尔·华纳德像往常一样站在本地新闻编辑室的桌前撰写社论。他那些玩忽职守的职员们并没看出他身上有什么变化。不紧不慢，不慌不忙，不发脾气。没有一个人注意到他的某些行为是新的：他常常来到印刷车间，看着那些轰鸣的巨人喷射出滚滚的白色河流，倾听它们所发出的隆隆声。他常常会从地板上捡起一块铅条，放在掌上心不在焉地用手指抚摸着，像是在摸一块玉，然后将它小心翼翼地放在桌子上，仿佛不愿将它白白浪费掉似的。他反对其他诸如此类的浪费形式，而自己却对此浑然不觉，那种动作是本能的：他找回用过的铅笔，花上大半个小时修理一台坏掉的打字机，尽管电话在一边一个劲地尖叫，却没人接听。那并不是省钱不省钱的问题。他连看都不看支票上的数字便在上面签字。斯卡瑞特不敢去想过去的每一个日子给他带来的开销。那个问题是这幢大楼的一部分，他爱这里的每一个门钮，属于《纽约旗帜报》的那些东西也都属于他。

每天下午很晚的时候他都给乡间的多米尼克打电话。"很好。一切都在控制之中。你别听那些制造恐慌的人瞎说……不，见它的鬼，我不想谈论那该死的报纸。跟我说说花园是什么样子……今天你去游泳了吗？……跟我说说湖……你今天穿的哪件衣服？……今晚听听WLX广播，八点。他们会播放你最钟爱的——拉赫玛尼诺夫第二协奏曲……我当然有时间来保持消息灵通……

噢，好吧，我明白我是骗不了一位前任女新闻记者的，我确实仔细看了广播节目那一版……我们当然有足够的人手，只不过我没法完全信赖新聘来的某些家伙，但我有能力抽出点时间……首先，不要进城来。你答应过我的……晚安，最最亲爱的……"

他挂断了，坐在那里看着电话，脸上漾起一丝微笑。想到乡间，如同想到了无法逾越的大洋彼岸。它给他一种身处被围攻的堡垒中的感觉，而他喜欢那种感觉——不是喜欢那样的事实，而是那种感觉。他的脸看上去返祖了，变成了在城堡壁垒上战斗的先祖的样子。

一天傍晚，他走出大楼到街对面的一家餐馆去。他有好几天没好好吃过饭了。当他回来的时候街上还是亮的——一片夏日的宁静的棕色暮霭，仿佛那感觉迟钝的阳光在暖暖的空气中伸展得太舒服了，以至于无法缩回，尽管太阳早已落了山。那种光亮使天空看起来很新鲜，而让街道看起来很肮脏。在老旧建筑物的角落里有着一块块的棕色痕迹和腐烂的橘子。他看见纠察队在旗帜大楼门口来回踱着步。他们一共有八个人，排成椭圆形的队列在人行道上一圈又一圈地绕行。他认出了其中的一个家伙，一个专门采访治安消息的记者，其他几个人他从未见过。他们扛着这样的标语："托黑，哈丁，艾伦，福克……""出版的自由……""盖尔·华纳德践踏人权……"

他的眼睛一直盯在一个妇女身上。她的臀部从脚踝处就开始了，堆在鞋子紧绷的细带上。她有着方形的肩膀，一件廉价的棕色粗花呢外套裹在她那硕大的方形身体上。她长着白净的小手，是那种会将厨房里的东西弄得到处都是的手。她有一张切口一样的嘴，没有嘴唇。她摇摇摆摆地蹒跚而行，可她的动作却惊人地轻快。她的步伐藐视那个要伤害她的世界，透出一种恶意的狡猾，似乎在说她不会更喜欢别的事情，因为如果这个世界企图伤害她的话，那将是对世界开了多么大的一个玩笑，不信就来试试看，只要试一试。华纳德清楚，她从未被《纽约旗帜报》雇用过，绝对不可能，教会她识字似乎都是不可能的，她的步伐似乎在暗示她当然不必非得识字。她举着这样的标语："我们要求……"

他想起了在破旧的旗帜大楼的长沙发上睡觉的那些夜晚，那是在起初的几年，因为新的印刷机等着付账，而且《纽约旗帜报》必须走上街头去面对竞争者们。有一天晚上他咳出了血，但拒绝去看医生，不过结果没什么事，只不过是劳累过度。

他匆匆走进大楼。那些印刷机还在转动。他站在那儿聆听了一会儿。

晚上，大楼是宁静的。它似乎更大了，仿佛是声音占据了空间，使它一无所有了。一道道灯光从开着的门里透出来，投射在昏暗的走廊里。一台寂寞的打字机在某个地方咔嗒咔嗒地响着，声音是那么连贯，就像是滴水的水龙头。华纳德穿过一条条走廊。他想，当他为了地方政府选举而宣传那些著名的骗子时，当他美化红灯区时,当他以诽谤文章去诋毁别人的名誉时,当他伏在歹徒母亲的肩膀上啜泣时,那些人是愿意为他工作的。才华横溢的人、德高望重的人都渴望为他工作。而现在,在他的职业生涯中,他头一次表现得这样诚实。他在领导着他最伟大的圣战——在一些讨厌家伙的帮助下:工贼,流动工,酒鬼,还有那些卑微的苦工,他们过于忍让,没法辞退。他想,或许罪责并不在那些现在拒绝为他工作的人身上。

太阳照在办公桌上的方形水晶墨水瓶上。它使华纳德想起草坪上的冷饮,白色的衣服,裸露的手臂压着青草的感觉。他努力不去看那欢快的发光的小东西,手不停地写着。那是罢工第二周的一个早晨。他返回办公室已经有一小时了,并且吩咐不要让人来打扰他。他有一篇文章要赶着写完。他知道他想找个借口,安心地待上一个小时,对大楼里所发生的一切视而不见。

办公室的门不宣而开,多米尼克走了进来。自从他们结婚以后,他一直不允许她到旗帜大楼来。

他站起身子,动作里有一种无声的顺从,允许自己不提任何问题。她身穿一套珊瑚色的亚麻套装,站在那儿,仿佛湖就在她的身后,而太阳正从衣褶的表面升起来。她说:"盖尔,我要我原来在《纽约旗帜报》的工作。"

他站在那儿,默不作声地注视着她,接着他笑了。那是一种康复期的微笑。

他转向办公桌,拿起他写好的几页纸递给她,说:"把这个送到后面去。把电报拿来给我。然后去本地新闻编辑部向曼宁报到。"

那种不可能的东西,那种无法用语言、眼神或者手势传达的东西,那种两个人之间完全理解的统一,通过一小沓纸从他的手到她手中的传递便做到了。他们的手指并没有接触。她转身走出了办公室。

不到两天,一切便像她从没离开过《纽约旗帜报》一样。只不过现在她不再写关于房屋的专栏,但一直没有闲着,哪里需要能干的人手,她便去填补这个空缺。"没关系的,爱尔瓦。"她对斯卡瑞特说,"剪剪贴贴正是适合女性干的活儿。我来这儿就是要在必要的地方打上那个补丁——可是伙计!这块布也破得太快了!一旦你那些新来的记者比平常更胡作非为时,尽管来叫我。"

斯卡瑞特无法理解她的语调、她的态度和她的出现。"多米尼克,你真是个救生队员啊。"他难过地咕哝着,"看见你在这儿,就像过去的日子一样——可是,噢!我多希望还是过去那些日子呀!我就是没法理解。当这儿还是个像样的地方时,盖尔连你的一张照片都不准贴——可是现在,这儿安全得实际上就跟一座正在经历囚犯暴动的监狱差不多,他竟然让你来工作!"

"停止你的评论吧,爱尔瓦。我们没那个工夫。"

她为一部她并没看过的电影写了一篇文采出众的影评。她为一场她并未出席的会议写了一份报告。有一天早晨，负责《每日佳肴》栏目的那位女士没来上班，她突击出一长串的食谱和配方。"我不知道你还会做饭。"斯卡瑞特说。"我也不知道。"多米尼克说。一天晚上，当发现唯一的值班记者醉倒在洗手间的地板上时，她出去采访了一场船坞大火。"干得不错。"读了这篇报道后，华纳德这么告诉她，"可是再试一次，你就会被解雇。如果你想留下来，就不要走出大楼一步。"

这就是他对她出现的唯一评论。必要时他才与她讲话，言简意赅，就像同其他任何员工讲话一样。他发号施令。他们经常会好几天见不到彼此。她在图书室的一个长沙发上睡觉。偶尔，在晚上，她会到他的办公室来，挤出一点时间稍事休息，然后他们交谈着，没有什么特殊的事情，谈的都是日常工作中的小事，快活地谈着，就像任何一对已婚夫妇在闲聊他们平淡生活的常规。

他们并没有提起洛克或者科特兰德。她发现墙上挂着洛克的照片，便问："那是什么时候挂上去的？""一年前。"那是他们唯一一次提到洛克。他们不谈论公众对《纽约旗帜报》越来越强烈的不满。他们也不展望未来。他们在对大楼四壁之外的问题的忘却中感受到了一种慰藉。它被忘却了，是因为那不再是他们之间的一个问题。那个问题已经得到解决，并且已经找到了答案，剩下的只不过是简单的和平——他们有工作要做——保持报纸运转的工作——而且是他们一起在做。

她会不请自来,在午夜端来一杯咖啡,而他则会满怀感激地抢过去,并不停下手头的工作。当他十分需要时,他总能在办公桌上找到新鲜的三明治。他无暇过问这些东西是从哪里弄来的。后来他发现,她在一间内室里装了一个电炉,并且贮藏了一些供给品。当他必须整夜工作时,她为他做早点,用一张硬卡纸当托盘,端着做好的菜走进来,窗外空旷的大街上一片静寂,屋顶迎来了清晨的第一道光明。

一次,他发现她手中拿着扫帚,正在打扫办公室。负责大楼维护的部门已经解散,女清洁工来了又走了,谁也无暇注意到这一切。

"我付给你的薪水包括做卫生吗?"他问。

"得了,我们不能在猪圈里办公。我没问过你给的薪水包括哪些工作,不过我要求加薪。"

"别干那活儿了,看在上帝的分上!真是荒唐。"

"什么荒唐?它现在干净了,也并没花多大工夫。我干得好吗?"

"很好。"

她靠在扫帚上哈哈大笑。"我相信你一直像其他所有人一样,认为我只不过是种奢侈品,一种高级情妇,对吧,盖尔?"

"你心血来潮的时候就是这样的吧?"

"我想一辈子都这样——如果我可以找到这样做的理由。"

他知道了她的耐力比他强。她从没表现出一丝精疲力竭的迹象。他猜她睡过觉,可是弄不明白是在什么时候。

在任何时候,在大楼的任何地方,一连好几个小时不见他,她都能意识到他的存在,他最需要她的时候,她总会知道。一次,他倒在桌子上睡着了。醒来时,他发现她注视着他。她关掉了灯,坐在靠窗的一把椅子上,在月光下,她的脸向他转过来,那么平静地看着他。她的脸是他看到的第一样东西。他费力地将头从手臂上抬起来,在最初的一刹那,在他完全恢复控制力和回到现实之前,他感到一阵突如其来的愤怒、无助和绝望的抗议,他想不起是什么把他们带到这里、带进这种状态,只记得他们俩都陷入了一种巨大而漫长的折磨,只记得他爱她。

在他完成直起身的动作之前,她从他脸上读出了这一切。她向他走过来,站在他椅子旁边,揽过他的头,拥抱着他,他没有反抗,倒在她的怀里。她吻着他的头发,在他耳边轻轻地说:"一切都会好的,盖尔,一切都会好的。"

在第三个星期结束的时候,有一天晚上,华纳德走出了大楼,不管他回来的时候它还能剩下什么,他得去看洛克了。

自从被围攻以来,他便没有给洛克打过电话。洛克经常给他打电话。华纳德接听他的电话,安静地,只是接听而已,不做任何陈述，也拒绝进一步交谈。一开始他便警告洛克："别试图到这儿来。我已经盼咐下去了。他们不会让你进来的。"他必须不去想他这场战斗所采取的实际形式，他必须忘掉洛克存在这一事实，因为一想到洛克，便会让他想到那个县级看守所。

他步行了很长一段路来到恩瑞特公寓；走路可以加长距离，而且更具安全感；而乘坐出租车会将洛克与旗帜大楼之间的距离拉得太近。他让视线落在前方六英尺人行道上的一点；他不想看见这座城市。

"晚上好，盖尔。"当他进来时，洛克平静地说。

"我不知道哪种不良的教养更为显眼，"华纳德一边说，一边将帽子随手扔在门旁的一张桌子上，"是脱口而出，还是视而不见。说吧，我看起来糟透了。"

"你的确看起来很糟。坐下来，休息一下，不要说话。我放水让你洗个热水澡——不，你看起来没那么脏，只是改变一下，这对你有好处。然后我们再谈。"

华纳德摇摇头，仍然站在门口。

"霍华德，《纽约旗帜报》不是在帮你，而是在毁你。"

准备好说出这句话，花了他八周的时间。

"当然，"洛克说，"那又如何？"

华纳德不愿往前走。

"盖尔，就我个人来说，没什么大不了的。不管怎么说，我靠的又不是公众舆论。"

"你想让我放弃?"

"如果它使你付出了拥有的一切,我想让你坚持到底。"

他看到华纳德明白了他的意思,那正是华纳德竭力不想去面对的,也是华纳德想让他说出来的。

"我并没有期待你来救我。我觉得我有赢的机会。罢工既没有使情况好转,也没有使之恶化。别为我担心,而且不要放弃。如果你坚持到最后——你就再也不需要我了。"

他看到了愤怒、抗议——以及认同的表情。他又说:"你明白我在说什么。我们将会是比以往更要好的朋友——如果有必要,你会到监狱里来看我。不要畏缩,不要让我说得太多。现在不要。对于罢工我很高兴。第一次看见你的时候,我就知道那种事终究会发生的。而在那之前很久你就清楚。"

"两个月之前,我答应过你……那个我想信守的诺言……"

"你正在信守你的诺言。"

"难道你真想蔑视我?我希望你现在就说出来。我就是到这儿来听这个的。"

"好吧,听我说。你一直是我生命中永远都不可能重复的一场遭遇。亨利·卡麦隆为了我的事业而死。而你却是一家下流小报的出版商。然而,这句话我不能对他说,却正在对你说。斯蒂文·马勒瑞从不向自己的灵魂妥协。而你除了以各种方式出卖你的灵魂之外，从没做过别的事。然而，这句话我不能对他说，却正在对你说。那就是你一直想听我说的吗？可是，不要放弃。"他转过身去，又说，"就这些。我们不要再谈论你那该死的罢工了。坐下来。我给你端杯喝的。休息一下，让你自己从那糟糕的样子中恢复过来。"

华纳德深夜才回到《纽约旗帜报》。他叫了一辆出租车。那没什么关系。他没有注意到距离。

多米尼克说："你见过洛克了。"

"是的。你怎么知道？"

"这是周日增刊的拼版。相当糟糕，可是又必须得做。我让曼宁回家去休息几个小时——他快要垮了。杰克逊辞职不干了，不过没有他我们也能行。爱尔瓦的专栏一团糟——他连语法都不能保证准确了——我改写了一遍，你可别告诉他，就说是你改的。"

"去睡觉吧。我来接替曼宁的岗位。我好着呢，还能挺上几个小时。"

他们继续着，日子一天天地过去，而收发室里退回来的报纸堆也日渐高了起来，蔓延到了走廊里，大堆的白纸就像大堆石板一样。随着每一期的出版，发行量越来越少，那纸堆却在不断地增大。日子一天天地过去，在英雄般地努力生产无人购买和无人阅读的报纸中过去了。

16

在为董事会保留的光滑的桃花心木长桌上,有着彩色木头制的GW两个字母——那是按照他的签名做的。它一直使那些董事们气恼。但现在他们却无暇注意到这个,只是偶然地将目光落在上面——然后,那就变成愉快的一瞥。

董事们围坐在会议桌周围。这是董事会历史上唯一一次不是由华纳德召集的会议。可是会议已经召集起来了,而且华纳德也来了。罢工已经进入第二个月。

在桌子的上首,华纳德站在他的椅子前。他看起来像是从男性杂志上走下来的人物画,过分讲究地修饰了一番,黑色西服的胸袋里插了一块白色的手帕。董事们陷入了各自的想入非非:一些人想到了英国裁缝,其他人想到了英国上议院——想到了伦敦塔——想到了被处决的英国国王——或者那是首席大法官?——死得很体面的人。

他们并不想看眼前的这个人。他们仰仗着对外面纠察队的想象——以及那些洒了香水,修了指甲,在起居室里尖声支持着埃斯沃斯·托黑的女人们——还有在第五街上举着"我们不读华纳德"牌子的扁平脸姑娘——以此来为说出他们即将要说的话寻求支持和勇气。

华纳德想到了哈得逊河边那堵摇摇欲坠的墙。他听到了几个街区外逐渐走近的脚步声。只不过这一次,他的手里没有绳索来让他的肌肉做好准备。

"已经失去理智了。这是一个商业组织,还是一个为个人的朋友们进行辩护的慈善组织?"

"上一周三十万美元……别介意我是怎么知道的,盖尔,那没什么可以保密的,是你的银行家告诉我的。好吧,那是你的钱,可是如果你期望靠报纸赚回来,就让我来告诉你,我们有足够的智慧,你的诡计骗不了我们。你可别让公司背那个负担,一分都不行,这一次你别想侥幸成功,太晚了,盖尔,你要花招的日子一去不复返了。"

华纳德看着那两片发出声音的多肉的嘴唇,心想:你管过《纽约旗帜报》,从一开始,你不了解它,而我了解,它曾经是你,它曾经是你的报纸,现在没什么可以挽救的了。

"是的,斯劳顿和他的组织愿意立刻回头。他们所要求的只不过是要我们接受工会的要求,他们会想办法妥协,以原来的条件,甚至不用等你的发行量恢复——那会是很费力的事情,朋友,让我告诉你吧——而且我觉得他们毫无恶意。我昨天同休谈过了，他也向我保证——他非常想从我嘴里听到具体的损失金额，华纳德，或者你不用我帮助就知道这个数字？"

"不，埃尔德里奇议员不会见你的……哦！省省力吧，盖尔，我们知道你上周飞到华盛顿去了。你不知道的是，埃尔德里奇议员到处说，这件事八竿子也打不着他。而波士·克莱格突然被叫到佛罗里达州去了，是不是？——去看护他生病的姑妈？他们没人会把你从这个处境中拉出来的，盖尔。这又不是一笔铺路的交易或者什么空头股票丑闻。你不再是过去的你了。"

华纳德心想，我从来都不是，我从没在这儿待过，为什么你们不敢看我？难道你们不清楚我是你们当中最无足轻重的吗？周日增刊上的半裸女人，影印页上的婴儿，还有关于公园松鼠的社论，它们便是你们灵魂的写照，你们灵魂中原封不动的本质——可是那时我的灵魂在哪儿呢？

"如果我能从中看到任何意义，我就见鬼了。现在，如果他们要求加薪，我是不能理解的，我会说，豁出身家性命，也要反对那帮狗娘养的。可这是什么——一个他妈的知识分子话题吗？我们是在为了原则或别的什么而输得精光吗？"

"你不明白吗？《纽约旗帜报》现在是一种教会出版物。盖尔先生，福音传道者。我们身处困境，但我们收获了理想。"

"好吧，如果那是一个真正的话题，一个政治话题——可那只不过是个炸毁了个什么破房子的傻瓜而已！每一个人都在嘲笑我们。坦白地讲，华纳德，我已经努力拜读了你写的社论，如果你想听我真诚的意见的话，那是最糟糕的印刷品。你以为你是在为大学教授写作呢？"

华纳德心想，我了解你——你就是那个宁肯把钱给一个怀孕的妓女，也不愿给一个快要饿死的天才的人——我以前就见过你这副嘴脸——我选了你，我把你带进来——尽管对你的工作还拿不准，记住那个人的脸，你就是在为他而写——可是，华纳德先生，人不可能记住他的脸——能，孩子，人能记住，它会回来提醒你的——它会回来要钱的——而且我也会支付的——我很久以前签了一张空头支票，而现在，它被拿出来悉数兑现——可是一张空头支票能够兑现的最终总是你所拥有的一切。

"这种处境是中世纪式的，是给民主脸上抹黑。"一个声音发着牢骚。讲话的人是米切尔·兰登，"该是有人站出来发表个人看法的时候了。一个人随心所欲地经营着所有的报纸——这算什么，十九世纪吗？"兰登噘着嘴说，朝桌子对面一个银行家的方向看着，"这里有人费心问过我的想法吗？我是有想法的。我们得群策群力嘛。我的意思是说团队合作，一个大管弦乐队。该是这份报纸拥有一种现代的、自由的、进步的政策的时候了！譬如，接受小佃农的质询……"

"闭嘴，米奇。"爱尔瓦·斯卡瑞特说。斯卡瑞特的太阳穴上淌下了汗珠,他不知道这是为什么。他想让董事会取胜,只是屋子里有某种东西……这儿太热了,他想,但愿谁能把窗户开一下。

"我不会闭嘴的!"米切尔尖声说道,"我实际上跟他一样好……"

"拜托,兰登先生,"银行家说。

"好吧,"兰登说,"好吧。别忘了除了超人之外,这儿谁持有最大份额的股票。"他把大拇指猛地指向华纳德,没有看他,"只是别忘了这一点。只是想想谁将来管这儿的事儿。"

"盖尔,"爱尔瓦·斯卡瑞特抬起头看着华纳德,他的眼神奇怪地坦诚而又痛苦,"盖尔,没有用的。但是我们还可以收拾残局。瞧,如果我们承认我们在科特兰德事件上是错误的,而且……而且只要我们接受哈丁回来,他是个有价值的人,或许……还有托黑……"

"在这次讨论中谁都别提托黑的名字。"华纳德说。

米切尔·兰登将他的嘴猛地张开又合上了。

"这就对了,盖尔!"爱尔瓦·斯卡瑞特大声叫道,"那太好了!我们可以谈谈,给他们出个价。我们要推翻在科特兰德事件上所采取的政策——我们必须如此,不是因为那个该死的工会,而是我们得把发行量恢复上去,盖尔——所以我们要答应他们那个条件,而且我们会接受哈丁、艾伦和福克回来,可是不要托……不要埃斯沃斯。我们让步，他们也让步。保全了大家的面子。是这样吗，盖尔？"

华纳德一言不发。

"我认为这就对了，斯卡瑞特先生，"银行家说，"我想这才是解决问题的途径。毕竟，必须允许华纳德先生维护他的声望。我们可以牺牲……一个专栏作家，而维护大家之间的和平嘛。"

"我不这么看！"米切尔·兰登大声嚷道，"我一点儿也不这么看！为什么我们应该牺牲埃……一个伟大的自由主义者，就因为……"

"我支持斯卡瑞特先生，"那个提到议员的人说，其他人随声附和，而那个批评社论的人却突然大声说道，"我觉得盖尔·华纳德是一个了不起的老板！"他在米切尔·兰登身上看到了不愿看到的东西。现在他看着华纳德，寻求保护。华纳德没有注意他。

"盖尔？"斯卡瑞特问道，"盖尔，你怎么看？"

没有回答。

"该死，华纳德，过了这个村就没这个店了！不能这样下去！"

"下定决心，否则就出局！"

"我要出钱买下你全部的股份！"兰登尖声叫道，"想卖吗？想卖掉它，彻底摆脱吗？"

"看在上帝的分上，华纳德，别傻了！"

"盖尔，是《纽约旗帜报》呀……"斯卡瑞特小声说，"是我们的《纽约旗帜报》……"

"我们会站在你一边的，盖尔，我们大家一起分担，我们会把这份老报纸扶起来的，我们会按照你说的去做，你来当老板——可是看在上帝的分上，现在就表现得像个老板！"

"安静，先生们，安静！华纳德，这是最后的决定：我们改变对于科特兰德事件的政策，我们接受哈丁、艾伦和福克回来，这样我们就会挽救残局。是还是不？"

没有回答。

"华纳德，你心里清楚，就得这样——否则你就得关闭《纽约旗帜报》。即使你把我们的股份都买下来，这种局面你也是维持不下去的。要么做出让步，要么把《纽约旗帜报》关掉。你最好还是让步。"

华纳德听到了那个词。他在所有人的话中都听到了。他在会议之前许多天就听到了。他比在场的任何人都更清楚。关掉《纽约旗帜报》。

他只看到了一幅画面：新的报头钉到了《新闻公报》的门楣上。

"你最好做出让步。"

他后退了一步。他后面并不是一堵墙。只不过是他椅子的靠背。

他想到在卧室里他几乎要扣动扳机的那一刹那。他知道他现在又要扣动它了。

"好吧。"他说。

那只不过是一个瓶盖，华纳德低头看着脚下一个发光的小点，心想，一个瓶盖落到了车道上。纽约的车道上到处是这样的东西——瓶盖儿，安全别针，竞选徽章，项链挂钩；有时候还有丢失的珠宝；现在它们那么相像，被压扁了，陷进了地面；它们让人行道在晚上闪闪发亮。城市的肥料。有人喝空了酒瓶，便把盖儿扔掉了。多少辆汽车从它上面轧过？人能将它找回来吗？人能跪在地上，徒手将它挖出来？我没有权利指望逃避。我没有权利跪在地上寻求补救。几百万年以前，当地球诞生时，就有像我一样的生物：被粘在树脂里变成琥珀的飞蝇，陷入沼泽里变成岩石的动物。我是一个二十世纪的人，我变成了人行道上的铁片，等待着纽约的卡车从上面轧过去。

他慢慢地走着，大衣领竖了起来。街道在他前面延伸着，空旷而寂寞，而前方的建筑就像摆放在书架上的书脊，没有秩序地挤在一起，各种大小的都有。他走过的街角通向黑暗的过道。街灯给城市罩了一个防护罩，可是一些地方有了破洞。看到前方一缕斜射的灯光时，他拐过了街角。那是一个三四个街区大小的去处。

灯光来自一家当铺的窗口。店铺已经打烊了,可是一个耀眼的灯泡吊在那里,以便使那些可能会沦为劫匪的人望而却步。他停下脚步,看着它。他想,人世间最粗鄙的景象,一家当铺的窗口。那些对于人来说神圣的东西,那些珍贵的东西,却在所有人的眼光里屈服了,向典当和讨价还价屈服,对于陌生人冷漠的目光而言无异于垃圾,一堆破铜烂铁,打字机和小提琴——梦想的工具,老照片和结婚戒指——爱情的标签,与脏兮兮的裤子、咖啡壶、烟灰缸、色情的石膏像放在一起;绝望的废料,被典当了,但并没有卖出,并没有彻底分离,只是抵押给了一个注定流产的希望,永远没有可能赎回。"你好,盖尔·华纳德。"他对着橱窗里的那些东西说,然后接着往前走。

他感觉到脚下有一个铁格栅,一种气味扑面而来,一种尘土、汗水和脏衣服的味道,比牲畜围栏的味道更难闻,因为它有一种家庭的、正常的品质,如同例行公事般乏味。那是地铁的栅板。他想,这是许多人加在一起的残渣,是人类的身体挤作一团的残渣,没有挪动的空间,没有呼吸的空气。这就是总体,即使是在下面,在紧压的肉体中间,人还可以找到浆过的白色衣裙的味道,干净的头发,健康的年轻的皮肤。这就是总体的本质,是用最小公分母求出的值。那么,许多人的内心加起来的残渣是什么?没有空气,没有空间,没有差别?《纽约旗帜报》,他想,又往前走。

我的城市,他想,这个我热爱过的城市,这个我认为我统治过的城市。

他从董事会的会议上走了出来。他说:"爱尔瓦,你接管吧,直到我回来为止。"他并没有停下来看曼宁在本地新闻编辑室里筋疲力尽的样子,像喝醉了酒,也没有看那个房间里的人,他们仍然在发挥着作用,等待着,心里清楚在董事会会议上会有怎样的决定;也没有看多米尼克。斯卡瑞特会告诉他们的。他从大楼里走了出来,回到他的顶楼公寓,独自坐在那间没有窗户的卧室里。没有人来打扰过他。

当他离开顶楼公寓时,已经安全了;天黑了。他经过一个报摊,看到最新一期晚报宣布华纳德罢工顺利得到了解决。工会接受了斯卡瑞特的妥协。他知道斯卡瑞特会照料好其余的事情的。斯卡瑞特会重新刻印明天《纽约旗帜报》的头版。斯卡瑞特会撰写将在头版出现的社论。他想,现在,那些印刷机又开始轰鸣了。明天早晨的《纽约旗帜报》再过一小时就要被送上街头了。

他信步走着。他一无所有,却被城市的每一个部分拥有着。城市现在应该指引他方向,他应该沿着偶然出现的拐角移动。我就在这里,我的主人们。我来向你们致敬和鸣谢,无论你们在何处需要我,我都会服从命令。我就是那个想要权力的人。

一个老女人坐在一所破旧褐砂岩房子的门阶上,她肥胖的白色膝盖叉开着——在一家富丽堂皇的酒店前挺着裹在白色绸缎下的肚皮的男人——在杂货店柜台前啜着啤酒的小个子男人——伏在出租房门口脏垫子上的妇女——停在拐角处的出租车里的司机——佩着兰花，在一家路边小酒馆喝醉的女人——叫卖口香糖的没牙老太太——靠在弹子房门口穿着衬衫的男子——他们都是我的主人。我的没有面孔的所有者、统治者。

站在这儿，他想，去数城市中亮着灯的窗户。你无法做到。可是就在那一个接着一个升向天空的黄色矩形后面——在每一个灯泡下面——就在那儿，看见河面上那朵火花了吗？它并不是星星——有你永远看不到的那些人，他们是你的主人。在晚餐桌前，在起居室里，在床上，在地下室里，在书房里，在卧室里。在你脚下的地铁里飞速而行。在你周围裂缝中的电梯里向上爬升。在每一辆公共汽车上从你身边颠簸而过。你的主人，盖尔·华纳德。有一张网——比缠绕在这座城市的墙壁中的电缆还要长，比输水、输气、输出废水的管网还要大——在你周围还有一张看不见的网；它捆着你，而那些线则通往这座城市的每一个人手中。他们猛地拽动那根线，你便会动。你是人们的统治者。你握着一根皮带。皮带只不过是一根两头各有一个套索的绳子。

我的主人们，这些匿名的、未被选择的人。他们给了我一套顶楼公寓，一个办公室，一艘游艇。我把霍华德卖给了他们，卖给任何一个想要他的人，只为了三分钱。

他走过一座开阔的大理石庭院，一个深深切入一座大楼的洞穴，里面充满了灯光，喷射出空调中突如其来的冷气。那是一座电影院，招牌上有用五彩装饰组成的字母：《罗密欧与朱丽叶》。票房玻璃柱旁的牌子上写着："比尔·莎士比亚不朽的经典之作！绝无卖弄！只是一个单纯的人类爱情故事。一个布朗克斯男孩遇到了一个布鲁克林女孩。就像邻家的民间故事。就像你和我。"

他从一家酒吧的门前经过。有过期啤酒的味道。一个妇女跌坐在那里，胸部压在桌面上。自动点唱机在旋转舞时间播放着改编过的瓦格纳的《致晚星》。

他看见了中央公园的树木。他走着，垂下眼睛。他正在经过阿奎亚娜酒店。

他来到一个街角。他躲过了其他像这样的街角，可是这一个吸引了他。那是一个昏暗的角落，是人行道的一段，夹在一间停业的车库的墙壁和一座高架车站的柱子之间。他看到一辆沿着街道开过去的卡车尾部。他并没有看清上面的名字，可是他清楚那辆卡车是干什么的。在那座高架车站的金属台阶下面蹲伏着一座报亭。他的视线慢慢地移动着。那堆新送来的报纸就在那儿，为他而摊开。是明天的《纽约旗帜报》。

他没再往前走。他站在那儿等待着。他想，我还有几分钟的时间可以不去了解其中的内容。

他看到没有面孔的人们陆陆续续地在报亭前停下来，他们来买不同的报纸，不过当他们注意到《纽约旗帜报》的头版时，他们也买了《纽约旗帜报》。他贴着墙站在一边等着。他想，这样是对的，我会是最后一个得知我所说过的话的人。

后来，他不能再拖了：没有顾客来，报亭前空无一人，报纸铺在灯泡射出的黄色灯光下，等待着他。他看不见灯泡那边黑暗小屋里的报贩。街道一片空旷。高架车站占满了一条长长的通道。石头铺砌的墙面遍布污渍，铁柱纵横交错。也有亮着灯的窗户，不过看起来墙内没有人走动。一列火车从他头顶上轰隆隆地驶过，一阵铿锵的轰鸣声颤抖着，从铁柱传到了地底。它看起来就像个金属的聚合体，无人驾驶，匆匆地穿过黑夜。

他等待着那阵轰鸣声消失，然后走到报摊前。"《纽约旗帜报》。"他说。他并没看清报纸是谁卖给他的，是男人还是女人。他只看见一只多骨节的棕色的手将一份报纸推到他面前。

他起步离开报亭，可是过马路时，他停住了。头版上有一张洛克的照片。那是一张拍得很好的照片。平静的脸，棱角分明的脸颊，桀骜不驯的嘴巴。他靠在车站的 根柱子上，读着那篇社论。

"我们一直毫不畏惧、毫无偏见地努力去告知读者事实的真相……

"……甚至对一个被控犯有危险罪行的人也要给予仁慈的体

恤和应有的恩泽……

"……但是,经过认真负责的调查,并且根据摆在面前的新证据,我们发现我们不得不诚实地承认,我们可能太过仁慈了……

"……清醒地意识到一种对被剥夺了特权的人们所负的社会责任……

"……我们加入了公众舆论的呼声……

"……霍华德·洛克的过去、事业、品行,似乎无一不支持这一广为流传的印象,他是一个应该受到谴责的、危险的、毫无原则的、反社会类型的人……

"……如果他被证实有罪,这似乎是必然的,必须使霍华德·洛克受到法律所能强加于他的最彻底的惩罚。"

社论署名为"盖尔·华纳德"。

当他抬起头时,他正身处一条灯火通明的大街,在街边整洁的人行道上,注视着橱窗里优雅地歪在缎面四轮马车上的一具蜡像。那具蜡像身着一件橙红色的长睡衣,一双透明合成树脂的凉鞋,举起来的一根手指上挂着一串珍珠。

不知道什么时候,他将那张报纸扔掉了。它已经不在他手里了。他回头扫了一眼。在某条他自己都不清楚他经过了的街道上找到一张被丢弃的报纸是不可能的。他心想,为什么要找?那样的报纸多的是,满城都是。

"你一直是我生命中永远都不可能重复的一场遭遇……"

霍华德，我四十年前就写好了那篇社论。是在我十六岁的一个晚上，当我站在一座出租房的屋顶上时写的。

他继续往前走。前面又是一条街，突然之间转入一片长长的空寂。一串绿灯排成一列，一直延伸到地平线，宛如一串没有尽头的念珠。他想，现在，从一颗绿色念珠走向另一颗绿色念珠。他想，这些并不是写在社论里的词语，却随着他迈出的每一步在他耳畔回响：是我的罪过——是我的罪过——我罪大恶极。

他从一个摆满穿破的旧鞋的橱窗前经过，从挂着十字架的贫民救济会的门前经过，从一名两年前参加竞选的政党候选人剥落的海报前面经过，从一家在人行道上堆满成桶烂菜的食杂店门前经过。街道在收缩，墙壁越来越近。他闻得到河的气息，偶尔出现的街灯上笼罩着一团团的水雾。

他在"地狱厨房"。

他周围那些建筑物的正面仿佛突然之间暴露在他眼前的秘密后院的墙壁上，毫无保留的朽败，超出了隐私和羞耻的需要。他听到从拐角处的酒吧里传来的一声声尖叫，不知是欢喜还是叫骂。

他站在街道的中央。他缓缓低头，俯视着一道道黑黢黢的豁口，抬头看着那一堵堵条痕遍布的墙壁，看着那些窗户和屋顶。

我从未走出过这里。

我从未走出过。我向杂货店老板投降了,向渡船甲板上一双双的手投降了,向弹子房的老板投降了。这儿的事你管不着。这儿的事你管不着。你从来就没有管过任何地方的任何事,盖尔·华纳德。你只不过是把自己也变成了他们管的事。

然后他抬头仰视,越过城市,看向一座座摩天大楼的轮廓。他看见一串灯火高悬在黑色的天幕之上,一座耀眼的小尖塔无所傍依,一个小小的、明亮的四边形挂在天幕上,却与天空保持着距离。他知道它们所属的著名建筑物的名字,他可以在空中重塑它的形象。他想,你们就是我的法官和证人。你们毫无阻碍地高高凌驾于那些下沉的屋顶之上。你们在松懈、疲惫和意外中将自己的光辉直射星辰。一英里开外的海上的人是看不到这些的,这并不重要,但你们将是那种存在,那座城市。几百年来,只有为数不多的人秉承着寂寞的公正,我们可以看着他们,并且说,我们身后有一个人类。人无法逃避你们。街道变了,可是人抬头仰视,你们却总是矗立在那里,庄严依旧。你们看见了我今晚在街头走过。你们见证了我所有的脚步和岁月。我背叛的是你们。因为我生来就是你们中的一个。

他继续走着。已经很晚了。灯柱下一圈圈的光晕抛撒在空寂的人行道上。偶尔响起尖厉的出租车喇叭声,仿佛门铃声在无人的室内走廊上回响。路过的时候，他看到被人丢弃的报纸：在人行道上，在公园的长椅上，在街角铁丝网围成的废物筐里。其中有许多是《纽约旗帜报》。今晚人们读了许多份《纽约旗帜报》。他想，我们正在使发行量上升，爱尔瓦。

他站住了。他看到他前面的明沟里有一份报纸，头版向上。是《纽约旗帜报》。他看到了洛克的照片，脸上有橡胶鞋的鞋印。

他弯下腰去，他的身体自己慢慢地折下去，先是双膝，然后是两臂，将那份报纸捡起来。他把头版向里折好，放入衣袋。他继续向前走。

一个未知的橡胶鞋印，在城市的什么地方，在一只我放它前进的未知的脚上。

我放了一切。我造就了每个要毁灭我的人。世上有一只野兽，因它自己的无能而该死地安全。我破坏了堤坝。他们本来仍然无助。他们什么也生产不出来。我给了他们武器。我给了他们我的力气，我的精力，我生活的力量。我创造出了一个伟大的声音，又让他们支配那些话语。那个向我脸上扔甜菜叶的妇女有支配话语的权利。是我为她造就了这种可能。

任何东西都可以被背叛，任何人都可以被原谅。不过，不是那些对自身的伟大缺乏勇气的人。爱尔瓦·斯卡瑞特可以被原谅，他没有什么可以背叛。米切尔·兰登可以被原谅。但我不能。我生来就不是一个二手货。

17

那是一个夏日，天气晴朗而凉爽，仿佛太阳被薄薄的一层水隔开了，而热能被转化成了更为明晰的清澈，从而使城市里的建筑物平添了几分鲜明的色彩。大街上到处都是《纽约旗帜报》，像是一块块泡沫的碎片。城市读着华纳德的放弃声明书，咯咯地笑着。

"就是这样。""我们不读华纳德"委员会的主席古斯·韦伯说道。"真是狡猾。"爱克说。"今天我想偷看伟大的盖尔·华纳德先生一眼，就一眼。"萨里·布兰特说。"是时候了。"休谟·斯劳顿说。"好极了，不是吗？华纳德投降了。"一个嘴唇绷得紧紧的妇女说，她几乎对华纳德一无所知，对这起事件也一无所知，可是她喜欢听说别人投降了。晚饭后，在厨房里，一个胖女人将剩饭剩菜倒在一张报纸上当作垃圾扔掉。她从不读头版，只读第二部分刊登的爱情小说连载。她将羊骨头和洋葱皮包在一份《纽约旗帜报》里。

"太惊人了，埃斯沃斯，"兰斯洛特·克鲁格说道，"可我就是对那个工会很恼火。他们怎么能那样出卖你呢？""别傻了，克鲁格，"埃斯沃斯·托黑说。"你什么意思？""是我告诉他们接受条件的。""你告诉的？""是的。""可是，上帝！《微声》……""你不能再等《微声》等上一个月了，不是吗？今天我已经向劳工局提起诉讼了，要求恢复我在《纽约旗帜报》的工作。剥猫皮的办法有的是，兰斯。一旦你把猫的脊梁骨打断，剥皮的事就不那么重要了。"

那天晚上，洛克按响了华纳德顶楼公寓的门铃。男仆开了门，说："华纳德先生不能见您，洛克先生。"洛克站在街对面的人行道上抬头向楼上看，看得见楼顶上华纳德书房的一方灯火。

早晨，洛克来到旗帜大楼华纳德的办公室。华纳德的秘书告诉他说："华纳德先生不能见您，洛克先生。"她用那种训练有素的礼貌语气又说，"华纳德先生让我转告您，他再也不希望见到您了。"

洛克给他写了一封长信："……盖尔，我明白。我本希望你能从中幸免，可是既然事情注定要发生，就从你现在的起点重新开始吧。我知道你在怎么对待自己。你并不是为了我的缘故，我并不能左右你，不过如果这样能对你有所帮助，我还是想说，现在我正在重复我对你说过的话。对我来说，一切都没有改变。你还是过去的你。我是在说，我原谅你，因为你我之间不可能存在这样的问题。可是，如果你不能原谅自己，能让我来原谅你吗？

让我说,这没有什么关系,这还不是对你的最后裁决。给我这个权利,让你将这件事忘掉吧。一定要坚持下去,直到你恢复过来。我知道,那是任何一个人都不能为别人做的事,可是如果对于你来说,我还是以前的我,你一定会同意的。就称之为输血吧,你需要它,接受吧。那要比对付罢工更困难。如果那样做对你有所助益,你就看在我的分上原谅自己吧,回来吧。还会有机会的。你认为失去了的东西是不可能失去的,也不可能找到。不要放过它。"

这封信被原封不动地还给了洛克。

爱尔瓦·斯卡瑞特管理着《纽约旗帜报》的业务。华纳德坐在他的办公室里。他已经将洛克的照片从墙上取了下来。他处理广告合同、开销和账目。斯卡瑞特全权负责社论的方针。华纳德并不看《纽约旗帜报》的内容。

当华纳德出现在大楼里的各部门时,员工们仍像以前一样对他俯首听命。他依然是一台机器,而他们清楚,那是一台比以前更危险的机器:一辆正在下坡的汽车,既没有点火,也没有刹车。

他在他的顶楼公寓里睡觉。他没有见过多米尼克。斯卡瑞特告诉他说,她已经回乡下了。有一次华纳德盼咐秘书往康涅狄格打电话。当秘书问管家华纳德夫人是否在家时,他就站在一边。男管家回答说她在。秘书挂上电话,华纳德回到了他的办公室。

他想他得给自己一些时日，然后他会回多米尼克身边去的。他们的婚姻将会是她最初希望的那样——"华纳德报业夫人"。他会接受的。

等待，他不耐烦地想，等待。必须学会以现在的样子去面对她。将自己训练成一个摇尾乞怜的人。对于那些你无权得到的东西，就一定不能伪装。在你与她力量的交锋中没有平等，没有抵抗，没有自豪。现在只有接受了。作为一个不能给予她任何东西的男人站在她的面前，并将靠她所选择给予他的东西而生存。那将会是鄙视，不过那种鄙视会来自于她，而且那会成为一种约定。告诉她你认识到了这一点。在对尊严的公开放弃中本身就蕴含着一种尊严。学会这样去做。等待……他坐在顶楼公寓的书房里，头靠在椅子的扶手上。空空的屋子里，他的身边并没有证人……他想，多米尼克，除了说我如此需要你之外，别的什么我都不想说。还有，我爱你。有一次我告诉过你，不要考虑这一点。现在我要将它当作一只锡杯，不过我会用它的。我爱你……

多米尼克伸展身子躺在湖岸上。她看着小山上的那座房子，看着她头上的那些树枝。她平平地躺着，两手交叉枕在头下，仔细地端详着映衬在天空下的树叶。那是一种认真的消遣，给她带来完全的满足。她想，那是一种可爱的绿色，植物的颜色就是和物体的颜色有所不同。这树叶的颜色里面透出光泽，它不仅仅是绿色，而且也是树木表现出来的生命力。我不必往下看，只消看一眼那些树叶的颜色，就可以知道树枝、树干和树根是什么样子的了。叶边上的火焰便是阳光，我不必去看，就能断定今天整个乡村的样子。波光粼粼，荡起一圈圈的涟漪——那是湖，是从水中折射过来的一种特殊的光，今天这座湖是美丽的，可是最好不要用眼睛去看它，只要透过这点点的波光去猜想就行了。以前我从没享受过其中的乐趣，大地的景色是那么伟大的背景，可是除了作为背景，它是毫无意义的。我想到了拥有它的那些人，那使我太痛苦了。现在我可以爱它了。他们并不拥有它。他们一无所有。他们从来就没有赢过。我已经见过了盖尔·华纳德的一生，而现在我明白了。人是不能以他们的名义憎恨大地的。大地是美丽的，而且它是一个背景，不过不是他们的。

她知道她必须去做的事情。不过她得给自己一些时日。她想，除了幸福，我已经学会承受任何事情。我必须学会如何承载，如何不被压垮。从现在起，那是我所需要的唯一准则。

洛克站在摩纳多克峡谷里他房子的窗前。他租了这座房子避暑。需要独处和休息的时候，他便到那里去。那是一个宁静的夜晚。窗外是一座小小的岩架，满山的树，就像是悬挂在天幕上一样。一抹落日的余晖洒在深色的树梢上。他知道下面还有房子，却看不见。他像其他任何租住者一样对自己修建这样一个处所的方式心怀感激。

他听到另一侧有汽车驶上山来的声音。他侧耳聆听，不由大吃一惊。他并没料到要来客人。汽车停下了。他走过去开门。看到多米尼克时，他没有惊讶。

她走了进来，仿佛她是半小时前才离开的似的。她没有戴宽边帽，也没有穿长筒袜，只穿了一双凉鞋和一件打算在回程的乡间公路上穿的裙子，那是一件深蓝色的短袖紧身亚麻连衣裙，像是做园艺时穿的罩衫。她看上去并不像是刚刚驾车穿过了三个州，倒像是刚刚从山下散步回来。他知道这应该是个庄严的时刻——而本来是无须庄严的；那无须强调，不容拆分，那并不是这个特殊的夜晚，而是他们身后所走过的七年的完整意义。

"霍华德。"

他站在那里，好像是在注视着他名字的声音。他已经拥有了他想要的一切。

可是，即使是在此时，他仍然有种痛苦的想法。他说：

"多米尼克，等他恢复过来吧。"

"你知道他不会恢复的。"

"对他有点同情心。"

"不要用他们的语言讲话。"

"他别无选择。"

"他本来可以将那家报纸关掉。"

"那是他的生命。"

"而这是我的生命。"

他不知道,华纳德曾经说过,所有的爱都是制造例外。而华纳德不会知道,在他试图妥协的那一刻,洛克爱他至深,制造了最大的例外。然后,洛克知道,那是没有用的,正如所有的牺牲一样。他说的话是她的决定下方他的署名:

"我爱你。"

她打量着这间屋子,让那些墙壁和桌椅那普普通通的现实来帮助她,使她遵守她为了这一时刻学会的准则。那些由他设计的墙体,那几把他用过的椅子,桌子上他的一包香烟,当生活变成了此刻这个样子,那些日常的生活必需品便增添了光彩。

"霍华德,我知道你打算在法庭上怎么做。那么,如果他们知道我们之间的事情,也不会有什么影响。"

"不会有什么影响。"

"那天晚上你来告诉我科特兰德的事情时,我并没有试图去阻止你。我知道你必须那么做,因为当时轮到你设定你可以继续前进的条款了。而现在,轮到我了。这是我的科特兰德人爆炸。你必须让我以我自己的方式去做。不要向我提出质疑,不要保护我,无论我做什么。"

"我知道你要做什么。"

"你知道我必须如此吗?"

"是的。"

她弯起一只胳膊,抬起手指,快速地向后猛地一晃,仿佛是将那个话题从她的肩膀上扔过去了。事情就这么决定了,无须再讨论。

她转身离开他,穿过房间,她步履中透露出的安适使这个房间变成了她的家,而且是在声明,他的存在会成为她未来岁月的规则,所以此刻她没有必要做她最想做的事:站着注视他。她也清楚她在拖延什么,因为她还没有准备好,永远也不会准备好。她伸出手去拿桌子上他的那包香烟。

他的手指握住了她的手腕,把她的手拉了回去。他将她的身子扳过来,面对着他,然后将她拥入怀中,他的嘴唇吻住了她。她知道,那七年中的每时每刻——每当她想要这一切却忍住了这种痛苦,并觉得自己赢了时——并没有过去,而且永远无法停止,一直活在她的心里,积蓄着,变成越来越强烈的渴望,而现在,她要体会那一切——他身体的接触,他的回应,以及那共同的等待。

她不知道是不是她的准则发挥了作用;发挥得并不是太好,她想,因为她看到他把她抱起,抱到一把椅子前,坐下来,将她抱到膝盖上。他不出声地笑着,那样子就像在取笑一个小孩子,可他的双手是那么紧地抱着她,表明他的关怀和一种沉着的谨慎。然后,事情似乎简单了,她并没有什么要向他隐瞒的,她轻声说:"是的,霍华德……那么强烈……"而他说:"对我来说很难——所有这些岁月。"而这些岁月终于结束了。

她滑下来,坐在地板上,将胳膊肘支在他的膝盖上,抬起眼睛看着他,笑了,她心里明白,她达不到那种白色的宁静,除非将它理解为所有颜色的总和,所有她知道的暴力的总和。"霍华德……心甘情愿地,完完全全地,而且始终如一地……毫无保留,对他们可以对你和我做出的行为无所畏惧……以你希望的任何方式……以你的妻子或者你的情妇的身份,秘密地或是公开地……在这儿,或在监狱附近租来的带家具的房子里,只要我能透过铁丝网看见你……那都没关系……霍华德,如果你赢了这次审判——甚至连那都没关系。很久以前你就赢了……我将仍是现在的我,而且我将一如既往地和你在一起——现在或是永远——以你想要的任何方式……"

他将她的手握在手里,她看到他的肩膀向她垂下来,她看到了他的无助,他对这一时刻的屈服,就像她一样——而她明白,甚至痛苦也可以坦白,可是要坦白幸福,就无异于赤裸着身体站在那儿让目击者看,然而,他们是可以让彼此看的,没有掩饰的必要。天色渐暗,房间里已经辨不清东西了,只有窗户还清晰可见,还能看见他的肩膀衬着窗外的天空。

她醒来时,已是满室阳光。她仰面躺着,注视着天花板,一如她注视着那些树叶一样。不要动，只凭借一些线索去猜想，通过更强烈的暗示去看每一件东西。天花板上塑胶砖那有棱有角的造型映着斑驳的光影，说明已经是早晨，而这是摩纳多克峡谷里的一间卧室，她上方就是由他设计的几何形状的建筑和火焰。那火焰是白色的——说明时间还早，光线透过乡村清新的空气照射进来，在这间卧室与太阳之间空无一物。毛毯的重量压在她赤裸的身体上，是那么厚重而亲切，这便是昨夜发生的一切。她能感觉到贴着她胳膊的肌肤——洛克就睡在她身边。

她溜下了床。她站在窗前，抬起胳膊，握在窗户两边的窗框上。她想，如果现在回过头去看，地板上是不会有她的身影的，她感觉阳光仿佛直接穿透了她的身体，因为她的身体没有重量。

但是，在他醒来之前，她得抓紧时间。她在梳妆台的一个抽屉里找出一套他的睡衣穿在身上。她来到起居室，小心翼翼地关好身后的门。她拿起电话，接通了最近的县治安官办公室。

"我是盖尔·华纳德夫人。"她说，"我是在摩纳多克峡谷霍华德·洛克先生的寓所里给你打来电话的。我想报告一下——昨天晚上我的星彩蓝宝石戒指被盗了……大约值五千美元……那是洛克先生送给我的一件礼物……你们能在一小时之内赶到这儿吗？……谢谢。"

她走进厨房，沏好了咖啡，站在那里看着咖啡壶下面闪耀的电线圈,心想,那是大地上最美丽的光。

她把起居室里那扇大窗子前的桌子摆好。他从卧室里走了出来,身上只穿了一件睡袍。看见她穿着他睡衣的样子,他笑了起来。她说:"别换衣服。坐下。我们来吃早餐。"

快要吃完早餐的时候,他们听到屋外有汽车停下来的声音。她微微一笑,走过去开门。

来了一名县治安官、一名副手和两名当地报社的记者。

"早上好,"多米尼克说,"请进。"

"……是华纳德……夫人吧?"那个治安官说。

"对,我是盖尔·华纳德夫人。进来。请坐。"

睡衣滑稽地打着褶,深色布料在缠紧的带子上方鼓了起来,长长的衣袖垂到了指端,但她的举止仍落落大方,优雅程度不亚于她穿着最好的女主人礼服时。在这样的情况下,她是唯一一个似乎并不觉得有什么不对劲的人。

治安官拿着个笔记本,好像不知该如何处理它似的。她帮助他找到了合适的问题,并且像一位出色的女记者那样准确地回答了这些问题。

"那是一枚镶嵌在铂金底座上的星彩蓝宝石戒指。我把它摘下来,放在了这儿,就在这张桌子上,紧挨着我的钱包,睡觉前放的……大约是昨天晚上十点钟左右……今天早晨起床后,它就不见了……是的,窗户是开着的……没有,我们什么声音也没有听到……没，没有保险，我还没来得及去买保险，洛克先生最近才送给我的……不，这儿没有佣人，也没有其他客人……好的，请在整个房子里搜一遍……起居室、卧室、浴室和厨房……是的，当然，你们也可以看看，先生们。媒体的人，我想？你们有问题要问吗？"

没有什么问题要问。这本身就是一个完整的故事。记者们从没见过这样的故事用这样的方式送上门来。

朝洛克脸上瞥了第一眼后，她便竭力不去看他。不过他遵守了诺言。他并没有设法阻止她或者保护她。当询问到他时，他便予以回答，说的话足以支持她的陈述。

然后，那些人走了。他们似乎很高兴离开。甚至连那个地方治安官都清楚，他不必带人去找那枚戒指。

多米尼克说："我很抱歉。我知道这对你来说太糟糕了。不过这是让新闻界知道此事的唯一办法。"

"你该事先告诉我一声我送给你的是哪一只星彩蓝宝石戒指。"

"我从来没有这样的戒指。我并不喜欢星彩蓝宝石。"

"这一招可比科特兰德事件具有更彻底的爆炸性。"

"是的。现在，盖尔又被炸回他原来的立场了。好吧，他认为你是一个毫无原则的、反社会类型的人？现在让他看看吧，《纽约旗帜报》也在诽谤我。为什么他就该得到豁免呢？对不起，霍华德，我没有你的慈悲心肠。我读过那篇社论了。不要对此进行评论。不要说任何关于自我牺牲的话，否则我就要崩溃了，而且……我可没有那个地方治安官所想的那么坚强。我不是为你这样做的。我把你的事情搞得更糟糕了——在他们抛向你的一切之上，我又增加了一条丑闻。可是，霍华德，现在我们站在一起——来对付他们所有的人。你将成为一个罪犯，而我将成为一个淫妇。霍华德，你还记得我害怕与午餐车以及陌生人的窗户分享你吗？现在我不怕让他们在报纸上毁掉刚刚过去的这个晚上。我亲爱的，你明白我为什么快乐，为什么自由吗？"

他说："我以后绝对不会提醒你——你哭了，多米尼克。"

这个故事连同睡衣、睡袍、早餐桌，以及单人床，全上了那天晚上纽约的各大报纸。

爱尔瓦·斯卡瑞特走进华纳德的办公室，将一张报纸扔在华纳德的桌子上。在此之前，斯卡瑞特从没意识到他有多么爱华纳德，而他现在太伤心了，只能以这种气急败坏的骂人话来表达他的情感。他气得喘不过气来："见鬼，你这个见鬼的傻瓜！你活该！你活该，而且我太高兴了，你他妈的没有脑子！现在我们该怎么办？"

华纳德读完那篇报道，坐在那里看着报纸。斯卡瑞特站在他的桌前。什么都没有发生。那只不过是一间办公室而已，一个男人坐在办公桌前，手里拿着一张报纸。他看见华纳德的手，报纸的两边各一只，静止不动。不，他想，正常情况下，一个男人是无法像这样抬着双手的——高高地举着，无所支撑，丝毫没有发抖。

华纳德将头抬了起来。除了一丝轻微的惊讶之外，斯卡瑞特从他的眼神里什么都没有看到，仿佛华纳德在问，斯卡瑞特，你在这儿干什么？然后，斯卡瑞特惊慌地低声说："盖尔，你打算怎么办？"

"我们要刊登它。"华纳德说，"这是新闻。"

"可是，怎么……"

"随便你怎么写。"

斯卡瑞特的话到了嗓子眼，因为他清楚，此刻不说，就再没有机会，他以后不会再有勇气做这样的尝试；而且因为他僵在了那里，他害怕朝门外退出去。

"盖尔，你必须跟她离婚。"他发觉自己还站在那儿。他继续往下说，没看华纳德的脸，为了把那句话说出来，他几乎是在尖叫，"盖尔，现在你非得做出选择不可！你必须保住你仅存的一点声望！你得跟她离婚，而且得由你提起诉讼！"

"好吧。"

"你同意了？立刻？你想让保罗马上就起草文件吗？"

"好吧。"

斯卡瑞特急忙走了出去。他冲到自己的办公室，砰地关上门，抓起话筒就给华纳德的律师打过去。他作了解释，又再三叮嘱："停止手头的一切事务，现在立刻起草离婚文书，保罗，现在，就今天，快点，保罗，趁他还没有改变主意！"

华纳德开车去了他的乡间宅子。多米尼克在那儿等着他。

当他走进屋子时，她站了起来。她向前走了几步，以便没有家具隔在他们中间。她希望他看见她的全身。他就站在空荡荡的房间那头，注视着她，仿佛他同时在观察他们两个人，他是一个旁观者——看着多米尼克和一个面对着她的男人，而那个男人并不是盖尔·华纳德。

"唔，盖尔，我为你提供了一个能够使发行量上升的故事。"

他听到了她的话，可是他看起来就好像当前的一切与他毫不相干似的。他看起来像一个银行出纳员，正在结算一位陌生人的账户，发现已经透支，而且必须关闭。他说："我只想弄清楚一件事，如果你愿意告诉我的话。那是我们结婚以来的第一次吗？"

"是的。"

"可你和他并不是第一次？"

"是的。他是我的第一个男人。"

"我本该明白的。你是在斯考德审判之后与彼得·吉丁结的婚。"

"你想知道一切吗？我想告诉你。我认识他的时候，他正在一家花岗岩采石场里干活。为什么不呢？你会将他送进监狱里干活，或者送进一家黄麻厂。他当时正在一家采石场干活。他并没有征求我的同意。他强奸了我。那就是事情的开端。想要利用这件事吗？想把它登在《纽约旗帜报》上吗？"

"他爱你。"

"是的。"

"然而，他为我们建造了这幢房子。"

"是的。"

"我只不过是想知道而已。"

他转过身要走。

"该死！"她喊道，"如果你能这样接受这种事情，说明你无权变成你当初所变成的样子！"

"那正是我接受这种事情的原因。"

他走出屋子，轻轻地带上了门。

当天晚上，盖伊·弗兰肯给多米尼克打来了电话。自从退休以后，他一直独自住在采石场附近的乡间庄园里。今天打来的所有电话她都没接，可当女仆告诉她说是弗兰肯先生时，她拿起了话筒。她听到的不是她预料到的那种愤怒，而是一个温和的声音："你好，多米尼克。"

"你好，爸爸。"

"你现在打算离开华纳德了？"

"是的。"

"你不应该搬到城里去。那没必要。不要做得太过火了。到这儿来和我一起住，直到……科特兰德审判。"

那些他并未说出来的话和他的声音，那么坚定、坦诚，还透着几近快活的语调，使她在片刻之后做出了答复："好的，爸爸。"那是一种女孩子的语气，是女儿所采用的语气，那语气中蕴含着一种疲倦的、信任的、渴望的快乐。"我午夜前后就能到。给我准备一杯牛奶和一些三明治。"

"尽量不要像你往常那样飙车。路况不太好。"

当她到达时，盖伊·弗兰肯在门口迎接她。两人相视一笑，她知道不会有质问，不会有指责。他领她来到那间小小的早餐室，食物已经摆在窗前的一张桌子上，那个窗户开向黑暗的草坪。房间里飘着青草的芬芳，桌上烛光摇曳，一个银碗里插了一束茉莉花。

她坐下来，手握着凉凉的玻璃杯，而他坐在桌子对面，平静地大口咀嚼着一个三明治。

"想谈谈吗，爸爸？"

"不。我想让你喝完牛奶就上床去睡觉。"

"好吧。"

他拿起一个橄榄，坐在那儿若有所思地端详着它，将它插在一根彩色牙签上。然后他抬眼瞥向她。"瞧，多米尼克。我不能尝试全部理解，可是我很了解——你做得对。这一次，你选对了人。"

"是的，爸爸。"

"我正是为此而高兴。"

她点点头。

"告诉洛克先生，他想来这里随时都可以。"

她笑了。"告诉谁，爸爸？"

"告诉……霍华德。"

她把胳膊放在桌子上，头垂在上面。他看着烛光中她那金色的头发。她说，因为控制声音要容易一些，"别让我在这儿睡着，我累了。"

可是他回答道："他会被判无罪的，多米尼克。"

每天，纽约所有的报纸都会被送到华纳德的办公室，这是他的命令。他读着上面所写的和城里风传的每一个字。谁都清楚那是一个自编自导的故事。在那种情况下，那位百万富翁的妻子是不会因为丢失一枚价值五千美元的戒指而报案的。可是这并没有妨碍任何一个人按照报纸的意图来接受这个故事，并做出顺理成章的评论。最刻薄的评论布满了《纽约旗帜报》的各个版面。

爱尔瓦·斯卡瑞特发现了一场圣战，他满怀从未体验过的真正的激情投入其中。他觉得那是一种补偿，补偿自己过去可能对华纳德做过的不忠行为。他发现了一条挽救华纳德声誉的途径。他开始把华纳德当作一个对堕落女人怀有伟大激情的牺牲品推销给公众。正是多米尼克强迫她的丈夫违背了他自己的判断，去为一个邪恶的目标展开运动。她几乎毁了她丈夫的报纸，毁了他的立场以及他的声望，还有他这一生的成就——为了她的情人。斯卡瑞特恳求读者宽恕华纳德——一场悲剧性的、自我牺牲的爱情就是他的证明。在斯卡瑞特的计算中，那是一个反比例关系：每一个抛向多米尼克的污秽字眼都会在读者心里激起一分对华纳德的同情。这一事件使斯卡瑞特极尽污蔑诽谤之能事。这一招还真管用。公众做出了响应，特别是《纽约旗帜报》原来的女性读者。这一响应对报纸重整旗鼓的缓慢而痛苦的过程有所帮助。

读者的信开始源源不断地寄来，他们慷慨地表示吊慰，在他们对多米尼克·弗兰肯的评论中充满了下流的字眼。"盖尔，像过去一样，"斯卡瑞特兴高采烈地说，"就像过去一样！"他将所有的读者来信都堆在华纳德桌子上。

华纳德孤单地坐在他的办公室里，面前是那些信件。斯卡瑞特毫不怀疑这就是盖尔·华纳德即将品尝到的最令人痛苦的事情。他强迫自己读了每一封来信。多米尼克，他曾经那样极力避免使之与《纽约旗帜报》有瓜葛的人……

每当他们在大楼里相遇的时候，斯卡瑞特总是满怀期待地注视着华纳德，脸上有一种恳切而没有把握的半笑不笑的神情，那是一个心急的小学生等待老师对学好了功课和做好了作业表示认可时的神情。华纳德一言不发。有一次，斯卡瑞特壮着胆子问："盖尔，这一招很聪明，不是吗？"

"是的。"

"知道从哪儿可以套出更多东西吗？"

"那是你的工作，爱尔瓦。"

"盖尔，她可真的是一切的根源。在所有这些之前很久。打从你娶了她起。那时候，我就很担心。那正是一切的起因。还记得你当时不许我们对你的婚礼进行报道吗？那就是一个征兆。是她把《纽约旗帜报》给毁了。要是不从她身上把发行量扳回来，我誓不为人！就像它过去一样，我们的老《纽约旗帜报》。"

"是的。"

"有什么建议吗，盖尔？还有什么想让我做的？"

"你想做什么就做什么吧，爱尔瓦。"

18

一根树枝垂在窗口，树叶后面映着天空，使人想起那个夏天、那个太阳和那用之不竭的大地。多米尼克想到了将大地作为背景。华纳德想到了将一根树枝扳弯来解释生命意义的两只手。树叶低垂，轻抚着远处河对面纽约天际的尖顶。远远看去，夏日里的一座座摩天大楼恍若阳光构成的白色光柱。人群挤满了县法院的法庭，见证对霍华德·洛克的审判。

洛克坐在辩护席上。他镇定自若地听着。

多米尼克坐在旁听席的第三排。人们看着她，仿佛觉得在她脸上看到了一丝微笑。她并没有笑。她在看着窗外的树叶。

盖尔·华纳德坐在后排。他独自一人进来的时候，法庭里已经坐满了人。他并没有发觉那些瞪大的眼睛和他周围咔嚓咔嚓响个不停的闪光灯。他在过道里站了一会儿，观察着这个地方，好像没有理由不那么做似的。他穿着一身灰色的夏季西服，戴着一顶巴拿马草帽，帽子的垂边在一侧向上卷了起来。他的眼神在掠过其他人的同时也从多米尼克的身上掠过。等他坐好以后，他注视着洛克。从华纳德进来的那一刻起,洛克的眼睛就不停地看向他。而每当洛克看向他的时候,华纳德便转过脸去。

"县政府提议证明,此次的犯罪动机超出了正常人类情感的范畴。对于我们大多数人来说,它看起来穷凶极恶、不可思议。"公诉人向陪审团说着他的开场白。

多米尼克和马勒瑞、海勒、兰森、恩瑞特、迈克,还有——令他的朋友们非常震惊和不满——盖伊·弗兰肯坐在一起。在过道对面,知名人士组成了一个状如彗星的阵容:从彗星的细小头部开始——坐在前排的埃斯沃斯·托黑,到人群中延伸过去的彗尾——洛伊丝·库克、高登·L.普利斯科特、奥古斯特·韦伯、兰斯洛特·克鲁格、爱克、朱尔斯·佛格勒、萨里·布伦特、休谟·斯劳顿和米切尔·兰登。

"正如炸药使一座大楼轰然倒塌一样,这个人的动机将他灵魂中所有的人道主义观念全都炸毁了。各位陪审团的先生们,我们将要对付的是人世间最邪恶的炸药,那就是自我主义!"

椅子上,窗台上,过道里,墙边,混在一起的人群像是块大石,除了那些苍白的椭圆形面孔。那些面孔凸显出来,分散,寂寞,没有哪两个是相像的。在每一张面孔的背后,是一生或半生的岁月、努力、希望和企图,无论真诚与否,只是一种企图。这种企图在所有人身上都留下了唯一的共同印记:在满怀恶意的微笑着的嘴唇上,在表示弃权的松弛的嘴唇上,在装腔作势的紧抿着的嘴唇上——在所有人的身上，痛苦的印记。

"……在当今这个时代，全世界都被各种巨大的问题搞得惶惶不安，为那些事关人类生死存亡的大计寻求着答案，而这个人却迷恋于他的艺术观点这种不可捉摸和不必要的东西。这种艺术观点重要得足以使其成为他唯一的激情，以及反社会的罪恶动机。"

那些人来这里是为了亲眼看一起耸人听闻的案件，看那些社会名流，以获得茶余饭后的谈资、可供观赏的对象和消磨时间的材料。他们将会返回无用的工作岗位，返回没有爱的家庭，返回并不纯良的朋友们中间，返回起居室，穿着晚礼服，端着盛满鸡尾酒的杯子，或者去看电影，去承受无法承认的痛苦，抹杀希望，只留下无法实现的渴望，剩下自己独自一人在小道上徘徊，却迈不出步伐，返回不去思考，不去倾诉，而只去忘却、退让和放弃的日子。可是每个人都知道某种难忘的时刻——一个早晨，什么事情都没有发生，突然听到一段音乐，之后就再也没有以同样的方式听过它了；一辆公共汽车上见到的一张陌生面孔——那个时刻，每个人都感受到了不同的生存感。每个人都记得其他一些时刻，在无眠的夜晚，在阴雨绵绵的下午，在教堂里，在黄昏空旷的街头，在这样的时刻，每一个人都想知道，为什么世界上有这么多的痛苦和丑恶。他们并没有努力地去寻找答案，而只是继续生活，仿佛没有必要去寻找答案。可是，谁都知道这样的时刻，在孤独赤裸的诚实中，他已经感觉到需要有一个答案。

"……一个残酷无情而狂妄自大的自我主义者，不惜任何代价，我行我素……"

在陪审席上坐着十二个人。他们倾听着，眼神专注，面无表情。人们私底下说那是一个长相凶恶的陪审团。有两位工业企业的总经理，两名工程师，一个数学家，一名卡车司机，一个铺砖工人，一名电工，一名花匠和三名工厂的工人。选定陪审团名单花了一段时间。洛克对很多陪审员候选人都表示反对。他挑了这十二位。公诉人同意了，对自己说，那正是一个外行处理自己的辩护事务时经常发生的事。如果是一名律师，就会选择最温和的陪审员，那些最有可能对请求怜悯做出响应的人。而洛克挑选的是最严厉的面孔。

"……假如它是某个富豪的庄园，可是，它是一个安居工程，陪审团的先生们，是一个安居工程！"

法官在高高的法官席上正襟危坐。他头发灰白，有一张军官一样神情严肃的面孔。

"……一个受训为社会服务的人，一个堕落为破坏者的建筑师……"

那个声音还在继续，训练有素而且充满自信。那一屋子的面孔倾听时所做出的反应，在他看来，如同是在参加一场出色的周日晚宴：令人满意，可是不到一个小时便忘得一干二净。他们赞同听到的每一个句子。他们以前也听到过，他们经常听到这个句子，这就是这个世界赖以生存的东西。那是不言自明的——就像人走路时脚下的小水坑一样。

公诉人介绍了他的证人。那名逮捕洛克的警察站上证人席，讲述了他如何发现被告人站在短路器旁边。那名守夜人叙述了他如何被人调虎离山。他的证词简明扼要。公诉人不愿多说有关多米尼克的话题。承包商的工程指挥作证指出，炸药从施工现场的仓库里消失了。科特兰德工程的主管官员、建筑检查员、估价师站上证人席，对大楼和其损坏的程度进行了描述。第一天的审判到此结束。

彼得·吉丁是第二天传唤的第一个证人。

他坐在证人席上，身体朝前探着。他顺从地看着公诉人，他的眼睛偶尔地动一下。他看看人群，看看陪审团，看看洛克。没有什么区别。

"吉丁先生，你是否愿意宣誓声明，是你设计了这个据说由你负责的工程——众所周知的科特兰德家园？"

"不。我没有。"

"是谁设计的？"

"霍华德·洛克。"

"在谁的请求下？"

"在我的请求下。"

"为什么你会去拜访他?"

"因为我自己没有设计这个工程的能力。"

在那声音里没有丝毫的坦诚,因为语气中并没有说出这一真相的努力。无所谓真实或者虚假,只有淡漠。

公诉人递给他一张纸。"这是你们签署的协议吗?"

吉丁将那张纸拿在手里。"是的。"

"那是霍华德·洛克的签名吗?"

"是的。"

"你能将这份协议的条款读给陪审团听听吗?"

吉丁大声朗读了那份协议。他的声音平淡不惊,训练有素。法庭里的人都没意识到这份证词本来是打算引起轰动的。那不是一位著名建筑师在公开坦白自己的无能。那是一个人在背诵一篇老师布置的作业。人们感觉,假如他被中途打断的话,肯定接不上来下一个句子,不得不从头重新背过。

他回答了许多问题。公诉人出示了洛克的科特兰德原始图纸,就是吉丁保留的那些,还出示了吉丁依照它们仿制的图纸,以及建好的科特兰德的照片。

"你为什么那么极力反对普利斯科特先生和韦伯先生建议的结构上的更改?"

"我害怕霍华德·洛克。"

"以你对他性格的了解,你预料到了会有什么样的结果吗?"

"任何可能都有。"

"你是指什么？"

"我不知道。我害怕。我经常害怕。"

询问还在继续。这个故事不同寻常，观众却感到很乏味。它听起来并不像案情相关人士的发言。其他证人似乎与此案有着更多的个人联系。

当吉丁离开证人席后，观众有一种奇怪的印象——一个人退出时，一切竟然没有发生任何改变，仿佛没有人走出去一样。

"原告及其律师休息。"地方检察官说道。

法官注视着洛克。

"请继续。"他说。他的语气很温和。

洛克站起身来。"阁下，我将不传唤任何证人。以下是我的证词和我的最后辩论。"

"请宣誓。"

洛克宣了誓。他站在证人席的台阶旁边。观众注视着他。他们觉得他没有胜诉的机会了。他们现在可以抛开那种无以名状的怨恨之情和那种他在他们大多数人心中激起的不安全感。因为，头一次，他们能够把他当作真实的个体看待：一个完全不知畏惧为何物的人。

他们想，那种畏惧并不是平常所说的那种，不是对于一个实实在在的危险所做出的反应，而是他们所有人在生活中所表现出来的那种习惯性的、未曾供认的恐慌。他们想起了寂寞中那个不幸的时刻——一个人想到了他本来可以说出却没说出的俏皮话，便怨恨起那些剥夺了他勇气的人。那是一种清楚他人有多么强大和多么能干之后体会到的不幸，那是一张永远不可能变成现实的辐射图。是梦想吗？是自我欺骗吗？抑或是诞生之前就被扼杀的现实——被那种无名的腐蚀性情感扼杀的现实？那是恐惧——需要——依赖——还是仇恨？

洛克站在他们面前，一如每个人站在他自己内心的单纯中一样。但是，洛克那样站在那儿，面对的却是一群心怀敌意的人——而他们突然之间明白了，不可能对他有任何仇恨。在刹那之间，他们领会了他的意识方式。每一个人都扪心自问：我需要任何人的认可吗？那重要吗？我是受到约束的吗？而就在那一瞬间，每个人都自由了，自由得足以感觉到对房间里每一个人的仁慈之心。

那只不过是一刹那，是洛克开口讲话前的片刻沉默。

"几千年前，第一个发现如何生火的人，很可能就是被烧死在他教会他的兄弟们如何去点燃的树桩上。他被认为是一个与人类所害怕的恶魔打交道的坏人。然而此后，人类就有了火来取暖，来烹煮食物，来照亮他们的洞穴。他留给了他们意想不到的厚礼，而且他把黑暗逐出了地球。数个世纪以后，出现了发明车轮的第一个人。他很可能就是在他教会他的兄弟们如何制造的车架上被处以了车裂的极刑。他被认为是一个冒险闯入禁区的越轨者。但是从此,人类就有了跨越任何界线的能力。他留给了他们意想不到的厚礼,而且他开辟了通向世界的条条道路。

"那个人,那个桀骜不驯的第一个人,站在人类记载自己起源的每一段传说的开端。普罗米修斯被锁在岩石上任凭秃鹰撕裂——因为他从众神那里偷来了火种。亚当被判去受苦——因为他偷吃了智慧树上的果实。无论是什么样的传说,在记忆深处的某个角落,人类知道它自身的光荣是与那第一个人分不开的,而且清楚,那个人为他的勇气付出了代价。

"多少个世纪以来,总会有人在新的道路上迈出宝贵的第一步,而他们除了自己的洞察力之外并没有别的装备。他们的目的各不相同,可是他们都有这样一个共性:他们迈出的那一步是第一步,那条道路是前人没有走过的,那种洞察力不是剽窃而来的,然而,他们得到的回应却是仇恨。那些伟大的创造者们——那些思想家、艺术家、科学家、发明家——在他们那个时代都是孤立无援的。每一种伟大的新思想都遭到了反对。每一种伟大的新发明都被人指责。第一台发动机被认为是愚蠢的。飞机曾被认为是异想天开。动力织布机被认为是罪恶的。麻醉被认为是不道德的。可是那些具有原创洞察力的人们继续勇往直前。他们斗争,他们忍受痛苦,他们付出代价。但他们赢了。

"没有创造者是被为他的兄弟们服务的渴望所驱使,因为他的兄弟们拒绝了他给他们的礼物——那个礼物打破了他们生活中懒惰的惯例。他的真理是他唯一的动机。他自己的真理，用自己的方式去成就它的他自己的工作。一部交响曲、一本书、一台发动机、一种世界观、一架飞机或者一座建筑——那是他的目标和他的生命。重要的不是那些听众、读者、操作者、信徒、飞行员和住户，不是那些创造物的使用者，而是创造本身。是创造出来的事物，而非别人从中获得的好处。是那种赋予真理以具体形式的创造。他将自己的真理置于一切之上，与所有人对抗。

"他的洞察力，他的力量，他的勇气均来自他个人的精神。然而，一个人的精神就是他的自我。那种存在便是他的意识。去思考，去感受，去判断，去行动——这便是自我的功能。

"创造者并非无私的。他们力量的全部秘密就在于——它是自给自足的，自我驱使的，自我激发的。那就是原动力，是活力的源泉，是生命力，是最原始的动力。创造者不服务于任何人和任何事。他始终为自己而生存。

"而且只有通过为他自己生存，他才能成就人类的荣耀。这便是成就的本质。

"除了通过自己的头脑之外，人类无法生存。他赤手空拳地来到这个世界。他的大脑是他唯一的武器。动物靠武力获得食物。但人类没有尖牙和利爪，也没有犄角和强健的肌肉。他的食物必须靠种植或捕猎而来。要种植，他就得有一个思考的过程。

要捕猎，他就需要武器，而制造武器又是一个思考的过程。从这种最简单的必需品到最高深的抽象宗教活动，从车轮到摩天大楼，我们现在的一切特征和我们拥有的一切都来自于人的一个属性——理性头脑的功能。

"但是，头脑是个人的属性。并不存在所谓集体的大脑这种东西，并不存在所谓集体的思想。由一群人所达成的一致只不过是一种妥协，只不过是从许许多多人的思想中推论出来的一个结果而已。它只是一个二手的结果。首要的行动——推论过程本身——必须由每一个人来独自进行。我们可以将一顿饭分给许多人来吃。我们却无法在一个集体的胃里去消化这顿饭。没有人能用自己的肺代替别人呼吸。没有人能用自己的大脑代替别人思考。人类身体和精神的所有功能都是他个人的东西。它们无法分享和转移。

"我们继承了别人的思想成果。我们继承了那个车轮。我们制造出了马车。马车又变成了汽车。汽车又变成了飞机。但是，在整个这一过程中，我们从别人身上接受的只不过是他们思考的终极成果。前进的动力便是将前人的成果当作材料，利用它，创造出下一个成果。这种创造才能是不能给予或接受，分享或剽窃的。它属于单一的、个体的人。它所创造出来的东西是创造者的财富。人能相互学习，可是所有的学习都只是材料的交换而已。谁也无法将思考的能力给予他人。然而，这种能力却是我们生存的唯一手段。

"地球上的人类没有被给予任何东西。他所需要的一切都必须生产出来。而且，人类面临着他最基本的选择：在两种方式中任选其一，他才能活下来——是依靠他自己的头脑独立工作，还是做个依靠别人大脑来生存的寄生虫。创造者进行发明创造，而寄生虫则剽窃别人。创造者独自去面对大自然，而寄生虫则通过媒介物去面对大自然。

"创造者所关心的是征服自然，而寄生虫所关心的则是征服他人。

"创造者为他的工作而生存。他并不需要其他人。他的首要目的存在于其自身。而寄生虫则通过二手的方式生存。他需要其他人。其他人成了他首要的动机。

"创造者最基本的需要就是独立。他的理性头脑在任何形式的强制之下都是无法发挥作用的。它不能被束缚、牺牲或屈服于不管什么样的理由。它在功能上和动机上都要求完全的独立。对于一个创造者来说，所有与他人的关系都是次要的。

"二手货的基本需要则是保证他同他人的关系，以便得到别人的喂养。他将关系放在第一位。他宣称人类生存就是为了服务于他人。他鼓吹利他主义。

"利他主义就是要求人为了他人而活，而且将他人置于自我之上的一种学说。

"绝没有哪个人是为了他人而活的。他不能跟他们分享自己的精神,就像他不能分享他的身体一样。二手货却一直把利他主义当作一种剥削他人的武器,而且将人类道德原则的基础颠倒了过来。人类被教会了各种毁灭创造者的箴言。依赖一直被当作一种美德灌输给人类。

"那个试图为他人而活的人便是一个依赖者。他是一个主动的寄生虫,而且将他服务的那些人也变成了寄生虫。这种关系的唯一产物便是共同腐败。利他主义在概念上是不可能的。现实中与之最接近的实例——生来就是为了服务于他人的人——是奴隶。如果说肉体上的奴性是令人厌恶的,那么精神上的奴性就更加令人厌恶了。那个被征服的奴隶还有一丝荣誉感。他还有一个优点,他抵抗过,并认为自己的处境是邪恶的。但是,那种在爱的名义下自愿使自己成为他人奴隶的人,是最低级的生物——他贬低了人的尊严,他贬低了爱的概念。然而,这正是利他主义的精髓。

"人类一直被教导说,最高的美德不是获取,而是给予。然而,如果没有被创造出来的东西,人是无法给予的。创造要先于分配——否则便无物可资分配了。创造者的需求先于任何可能的受益人。然而,我们却被教导着要去崇拜那些二手货——他们并没有创造任何东西,却将那些东西大把地发放给他人,其慷慨程度连创造出这些东西的人都望尘莫及。我们称赞这是一种慈善行为，却对成就不屑一顾。

"人类一直被教导说，要以减轻他人的痛苦为第一要旨。可痛苦是一种疾病。人要是碰到这种疾病，就尽一切努力来给人以安慰和帮助，以此作为对美德的最高检验，这无异于使痛苦成为生活中最重要的一部分。那么人类一定希望看见别人痛苦——以便他们可以表现出美德。这就是利他主义的本质。创造者与这种疾病无关，而与生命力有关。他们的工作已经消灭了一种又一种形式的疾病，无论是肉体上的还是精神上的，他们给痛苦中的人带来更多的慰藉，多得令任何利他主义者都难以想象。

"人类一直被教导说，赞同别人的意见是一种美德。但是，创造者恰恰是那个唱反调的人。人类被教导说，随波逐流是一种美德。但是，创造者正是那个逆水行舟的人。人类被教导说，团结一致是一种美德。但是，创造者恰恰就是那个卓然独立的人。

"人类被教导说，自我就是邪恶的代名词，而无私就是美德的最高境界。可是创造者便是绝对意义上的自我主义者，而那个所谓的无私的人，正是那个没有思想、没有感受、没有判断、没有行动的人，这些功能都只属于自我。"

"这种本质的颠倒是最可怕的。问题的关键一直被人曲解，人类到头来别无选择，也便没有了自由。就像善恶这两个极端一样，摆在人面前的是两个概念：自我主义和利他主义。自我主义被理解成为了自我而去牺牲别人，而利他主义则被理解成为了他人而牺牲自我。这种观念使人无可避免地与他人拴在一起，除了选择痛苦之外，他一无所有：要么为了他人自己忍受痛苦，要么为了自我使他人蒙受痛苦。如果再加上一条，人必须在自我牺牲中发现快乐，陷阱便已经设好了。人被迫把受虐当作他的理想——他若不想成为一个受虐狂，便只能成为一个施虐狂。这是对人所犯下的最大的欺诈罪。

"正是凭借这种手段，依赖和痛苦被作为人生的基础一直存在了下来。

"选择不应该在自我牺牲和支配他人之间进行，而应该是选择独立还是依赖，选择创造者的准则还是二手货的准则。这是最根本的问题。它是一个选择生还是死的问题。创造者的准则建立在允许人类生存的理性头脑的需求基础上，而二手货的准则建立在无法生存的头脑的需求之上。一切出自于人类独立自我的东西都是善的。一切出自于对他人的依赖的东西都是邪恶的。

"绝对意义上的自我主义者并不是为自己牺牲他人。他超越于以任何方式利用他人的需求之上。他并不是通过他们来发挥作用的。他在任何基本的事情上都是与他们无关的。无论是他的目标，他的动机，他的思想，他的欲望，还是他力量的源泉，都与他们无关。他不是为了他人而存在的——他也并不要求他人为了他而存在。这是人与人之间唯一的兄弟情谊和相互尊重的形式。

"人的能力因人而异，可基本原则是不变的：一个人的独立程度以及他对于工作那种原始的、发自内心的热爱，决定着他作为一个工作者的才能和作为一个人的价值所在。独立是人类衡量美德和价值的唯一尺度。是一个人是什么以及他将自己变成什么，而不是他有或者没有为他人做过什么。个人尊严没有替代品。除了独立之外不存在衡量个人尊严的标准。

"在所有恰当的人际关系中，不存在谁为谁做出牺牲的问题。一名建筑师需要客户，可那并不是说他让自己的工作服从于他们的愿望。他们需要他，但并不是简单地给他一份委托书定制一幢房子。当人们的个体利益一致的时候，当双方都希望进行交换的时候，他们才会一致同意为了他们共同的利益自由地交换他们的劳动。如果他们并不希望如此，就不能强迫他们彼此进行交易。他们有更深层次意义上的追求。这是人与人之间唯一可能的平等关系。除此之外，任何其他的关系都是一种奴隶跟奴隶主，或者说受害者跟刽子手之间的关系。

"没有任何工作是通过大多数人的决定集体完成的。每一件创造性的工作都是在单一个人的思想指引下完成的。一名建筑师需要许许多多的人来承建他设计的房屋。但是他并没有请求他们为他的设计进行表决。他们通过自由协议一同工作，而他们每一个人在行使各自的职能时都是自由的。一名建筑师使用他人生产出来的钢筋、玻璃和混凝土。但是，在他动用那些材料之前，它们只不过是钢筋、玻璃和混凝土而已。他用它们建造的房屋是他个人的产品,他个人的财产。这是人与人之间唯一恰当的合作模式。

"人世间首要的权利便是自我的权利。人类首要的使命就是对自己尽职尽责。他的道德法则绝不是将自己的首要目标强加于他人身上。假如他的希望根本不依赖于他人的话,那么他的道德职责就是去做他所希望做的事情,包括他的创造能力、他的思想以及他的工作的全部领域,但是并不包括恶棍、利他主义者和独裁者的领域。

"人能独自思考,独自工作。人不能独自掠夺、剥削或者统治他人。掠夺、剥削和统治是以受害者为前提的。它们本身就意味着依赖。它们是二手货的职责。

"统治者并不是自我主义者。他们绝无任何创造性可言。他们完全是通过他人而存在的。他们的目标就在于他人的屈服,在于奴役活动本身。他们如同乞丐、社会工作者以及匪徒一样无法自立。至于他们是以何种形式依赖于他人,那无关紧要。

"可是人们被教导说,要将这些二手货——暴君们、皇帝们和独裁者们当作自我主义的代表。通过这种骗局,唆使人们去毁灭自我,毁灭他们自己,毁灭他人。这一骗局的目的就是要毁灭创造者,或是控制他们。这两者是一回事。

"从人类的历史一开始,这两个对抗者就面对面地站在那儿:创造者和二手货。当第一个创造者发明了车轮时,第一个二手货便做出了反应。他发明了利他主义。

"创造者,尽管遭到否认、遭到反对、受到迫害、受到剥削,却在继续前进着,以自己的精力负载着整个人类向前发展。而二手货除了为人类的发展过程设置障碍之外,没有丝毫贡献。这种对抗还有一个名字:个人主义对集体主义。

"一个集体——一个种族,一个阶级,一个政权——的共同利益就是每一次专制统治的要求和理由。历史上的每一次大恐怖都是以利他主义动机的名义犯下的。可曾有哪种自私的行为敌过了秉承利他主义原则所施行的大屠杀呢?其过错究竟在于人们的虚伪,还是在于利他主义的本质呢?最可怕的刽子手就是最真诚的信奉者。他们相信通过断头台和行刑队能实现完美社会。没有人对他们谋杀的权利提出过质疑,因为他们的屠杀打的是利他主义的旗号。人们接受了人必须为他人做出牺牲这一观念。演员在不断地更换着,但是悲剧的程序从未改变。一个从宣称爱人类开始的人道主义者,终将以一片血海而告终。只要人们相信如果某种行为是无私的,那它便是善的这样一种观念,那么,这种悲剧就会继续上演。这种观念允许利他主义者为所欲为,并且强迫他的受害者去承受痛苦。集体主义运动的领袖们不图私利,只是观察结果。

"人们唯一能够互相行使的善举和他们之间恰当关系的唯一声明就是:把手拿走!

"现在，观察建立在个人主义原则之上的社会的结果吧！这就是我们的国家。人类历史上最高尚的国家。这是一个拥有最伟大的成就、最伟大的繁荣和最伟大的自由的国度。这个国家不是建立在无私的服务、牺牲、放弃，或者任何一条利他主义的箴言之上。它建立在个人追求幸福的权利之上。追求个人的幸福。不是任何他人的幸福。一个私人的、个体的、自私的动机。看看其结果吧，问一问自己的良心吧！

"这种冲突古已有之。人类明明已经快要找到真理了，但又每每遭到毁灭，一种文明又一种文明相继衰落。文明就是朝着一个个人的社会前进的过程。野蛮人的公开存在，受制于他部落的法律。文明就是一个将个人从人类中间解放出来的过程。

"而今，在我们这个时代，集体主义，这个二手货和二流子的信条，这个古老的怪物，又冒出来横行霸道。它将人们带到了一种前所未有的层次——知识分子的沉沦。它造成了史无前例的恐怖。它毒害了每一个心灵。它已经将欧洲的大部分吞噬。它即将吞没我们的国家。

"我是一名建筑师。我知道紧随这一信条借以建立的原则之后的会是什么。我们即将走向一个我不能允许自己生存于其中的世界。

"现在你们知道我为什么要炸毁科特兰德了。

"是我设计了科特兰德。我把它给了你们。我又毁灭了它。

"我之所以毁灭了它，是因为我本来并没有选择让它存在。它是一个双重的怪物，无论从形式上还是含义上。我不得不将它们都毁掉。其形式已经被两个自以为有权进行改进的二手货擅自修改了，而他们改动的却是他们没有创造也没有能力去创造的东西。他们之所以被允许这么干，凭借的是那种普遍的暗示——出于利他主义的目的，可以视任何权利于不顾，而且我无法与之抗争。

"我同意设计科特兰德不是出于其他原因，而只是为了看到它按照我所设计的原样修建起来。那是我为自己的工作开出的价格，却没有得到应有的报酬。

"我不怪彼得·吉丁。他也没办法。他与他的老板们签订了一份合同，但它却被完全无视。他许下诺言说，他所提供的建筑会按照我的设计去修建。这个诺言没有得到信守。一个人对他作品整体性的热爱以及他捍卫它的权利，现在竟然被当作一种含糊笼统、可有可无的东西。你们已经听到公诉人的话了。为什么那些建筑的外形变了？没有什么理由。这种行为从没有什么理由，除非是因为某些自以为他们有权染指任何人的不论是精神还是物质财富的二手货的虚荣心。是谁允许他们这么做的？并不是那几十个当权者中的某一个。没有人愿意允许或者阻止这样的事。没有一个人该对此负责。没有一个人该受到责备。这正是一切集体行为的本质所在。

"我并没有得到我所要求的报酬。可是科特兰德的所有者却从我身上得到了他们需要的东西。他们需要人来出一份设计方案,以修建一个尽可能成本低廉的建筑。他们发现其他人没有一个能令他们满意。我能,而且我做了。他们从我的工作中获取了利益,并且迫使我将它当作一份厚礼拱手送出。但我并不是利他主义者。我不会奉送这种性质的礼物。

"有人说我将穷人的家园炸毁了,可是他们忘了一点,要是没有我,那些穷人就不可能有这样一个独特的家园。那些关心穷人的人不得不来求我这个从来不被关心的人,以便能够帮助穷人。有人认为未来租户的贫穷给了他们支配我作品的权利,并认为他们的需求构成了对我生活的要求,认为把任何要求于我的东西贡献出去是我的职责。这就是那种正在吞噬着全世界的二手货的信条。

"我到这儿来,就是想说,我不承认任何人有权占有我生命中的任何一分钟,或是我精力的任何一部分,或是我的成就。无论是谁作的这个要求,无论他们的人数有多么庞大,或者无论他们有多么需要。

"我希望到这儿来说明,我是一个并非为他人而存在的人。

"我非得说出来不可。世界正在这种无节制的自我牺牲中死去。

"我想到这儿来说明,一个人的创造性工作的整体性比任何慈善的努力都更为重要。正是你们当中不懂得这一点的人在毁灭这个世界。

"我想到这儿来阐明我的看法。我不愿依赖其他任何人而存在。

"我不承认我对人类负有任何责任,只有一条例外:尊重他们的自由,并且绝不置身于任何一个奴隶社会。如果我的国家不复存在了,我愿意把我在牢狱中所度过的十年贡献给我的国家。我将在回忆与感激中度过这十年——回忆并感激我的国家曾经的样子。那是我对其表示忠诚的行为——拒绝在这个已经将它取而代之的国度生活和工作。

"那也是我对每一位曾经存在过并且被迫遭受过痛苦的创造者表示忠诚的行为——他们痛苦的罪魁祸首正是应该为我炸毁的科特兰德负责的那种势力。那也是对他们被迫度过的每一个孤独的、遭受否定的、饱受挫折和侮辱的、备受煎熬的时刻,以及对他们打赢过的那些战斗表示忠诚的行为。那是对每一位知名的创造者,对每一位生活过、奋斗过,尚未有所成就便已死去的创造者献上的忠诚。那是对每一位身心都遭到摧毁的创造者的忠诚。对亨利·卡麦隆的忠诚。对斯蒂文·马勒瑞的忠诚。对不想被提到姓名,但是正坐在这个法庭上,并且也知道我说的是他的那个人献上的忠诚。"

洛克站在那里,双腿分开,两臂笔直地垂在体侧,头高高扬起——一如他站在一座未竣工的房子里时的形象。随后，当他再次在辩护席上落座时，在场的许多人都有这样的感觉——仿佛他们还能看到他站在那儿似的。那是一个无以取代的定格的画面。

在接下来漫长的司法讨论中，那幅画面一直留在他们的脑海里。他们听到法官对公诉人说，实际上，被告人改变了他的抗辩：他承认了他的行为，可是并没有为他犯的罪行作任何辩护；关于暂时性精神错乱的问题被提了出来；应该由陪审团来决定被告人是否清楚他的行为属于什么性质，或者说，假如他清楚的话，他是否知道他是错的。公诉人没有提出反对意见；法庭上出奇寂静；公诉人感觉他对这场官司已经稳操胜券。他作了最后陈述。没有人记得他说了些什么。法官对陪审团下达了命令。陪审团起身离开了法庭。

人们走动起来，准备离开，慢吞吞地，指望能多等几个小时。华纳德在法庭的后排，多米尼克在前排，都坐着没有动。

一名法警走到洛克跟前，要护送他出去。洛克站在辩护席旁边。他的目光投向多米尼克，然后又投向华纳德。他转过身，跟着法警走了。

他走到门口时，突然响起一种尖厉的敲击声，然后是一段完全的寂静，随后人们才意识到那是有人在敲陪审团休息室的门。陪审团已经做出了裁决。

那些已经起身的人仍然站在那里，一动不动，直到法官回到他的座位上。陪审团列队进了法庭。

"被告起立，面对陪审团。"法庭书记员说道。

霍华德·洛克向前走了几步，站在陪审团面前。在法庭的后排，盖尔·华纳德也从座位上站起身来。

"福尔曼先生，你们已经做出裁决了吗？"

"是的。"

"你们做出了怎样的裁决?"

"无罪。"

洛克头部的第一个动作不是看窗外的城市,不是看法官,也不是看多米尼克。他看向了华纳德。

华纳德急忙转身走了出去。他是第一个离开法庭的人。

19

洛格·恩瑞特从政府手里将建筑场地、设计方案和科特兰德的废墟买了下来。他要求将地基的每一片碎屑都挖出来，在地上留一个干干净净的大坑。他聘用霍华德·洛克重建这一工程。恩瑞特制订了预算，在保证自己合理收益的情况下设定了低廉的租金标准，他仅雇了一个承包商负责，同时坚守设计方案经济的原则。未来的租户将不会被问及收入、职业、子女及饮食等问题。该工程向任何一个愿意搬进来并且愿意付房租的人开放，不论他是否在别处租得起更为昂贵的公寓。

八月下旬，华纳德被准予离婚。没有法庭辩论，多米尼克也没有出席那次简短的听证会。华纳德像一个面对着军事法庭的人那样站在那里，听着法律语言对摩纳多克峡谷那座房子里的早餐——盖尔·华纳德夫人与霍华德·洛克——无情而猥亵的描述；认定他的妻子为过错方，同时给予他法律上的同情，无过错方的身份认定，以及一张保证他在以后的漫长岁月和无数个寂静的夜晚里尽享自由的通行证。

埃斯沃斯·托黑在劳工局胜诉了。华纳德被责令让托黑恢复原职。

当天下午，华纳德的秘书打电话给托黑，告诉他华纳德先生希望他今晚就能回来工作，在九点钟之前。托黑微微一笑，放下了话筒。

当晚走进旗帜大楼的时候，托黑微笑着。他在本地新闻编辑室停了下来。他朝人们挥手致意，与人握着手，对最近的几部电影作着机智的评论，表现出一副老实而吃惊的样子，仿佛他只是从昨天开始才没有上班，因此不能理解人们为什么以欢迎凯旋之人的方式欢迎他。

然后他溜达着向自己的办公室走去。他突然停住了脚步。在停下来的同时，他心里清楚，他必须走进去，不能表现出丝毫的动摇，但他已经表现出来了：他办公室的门开着，华纳德站在那里。

"晚上好，托黑先生。"华纳德温和地说，"请进。"

"你好，华纳德先生，"托黑说，语气听起来令人愉快。他感觉到自己面部的肌肉挤出了微笑，双腿也在继续移动，因此他恢复了信心。

他走了进去，却又不能确定地停住了。是他自己的办公室，没有什么改变，桌子上放着他的打字机和一摞崭新的纸。但是门一直开着，华纳德默不作声地站在那里，靠着门框。

"托黑先生,坐在你的办公桌前。去工作吧。我们必须遵照法律办事。"

托黑用一个快乐的微微耸肩表示默认,然后穿过房间,坐了下来。他将手放在桌面上,掌心有力地张开,然后将它们放在膝盖上。他伸手拿了一支铅笔,仔细地察看了一下笔尖,又把它放下。

华纳德将一只手腕慢慢举起,抬到胸部的高度时便停住不动了。他的前臂与那只手上下垂的长手指组成了一个三角形,手腕便是顶点。他正低头看他的手表。他说:

"现在是差十分九点。托黑先生,你回到你的工作岗位上了。"

"我就像回到家的孩子一样高兴。坦白地说,华纳德先生,我想我不应该承认的,可是我极其想念这个地方。"

华纳德没有做出要走的动作。他站在那里,像往常那样无精打采,他的肩胛靠在门框上,双臂抱在胸前,两手握着胳膊肘。桌上那盏绿色玻璃台灯亮着,但窗外还很明亮,一道道棕色条纹疲倦地挂在柠檬色的天幕上。在一种看上去早熟而过度虚弱的光线里,房间里有一种抑郁的黄昏气氛。那盏台灯在桌子上投下一汪灯光,却无法将那昏黄的、一半已经融入夜色的街道轮廓关在门外,也无法到达门口,消除华纳德的存在。

玻璃灯罩发出咯咯的轻响,托黑感觉到了他鞋底下的隆隆声：是印刷机在工作。他意识到已经听到这声音好一会儿了。那是令人快慰的声音，既可靠又鲜活。一家报纸特有的脉动——将世界的脉动传递给人们的报纸。那漫长而均匀地串在一起的一声声，如同大理石沿着一根直线滚落，如同心跳的声音。

托黑在一张纸上不停挪动着铅笔，直到他意识到这张纸就在灯光底下。华纳德可以看见那支铅笔在画着一支百合、一把茶壶和一幅有胡须的侧面像。托黑丢下铅笔，用他的嘴唇发出了一种自嘲的声响。他打开抽屉，专心致志地端详着一堆复写本和剪报。他不知道对方期待自己干些什么，人是不能这样写专栏的。他原本就对为什么在晚上九点钟叫他复职感到纳闷，可他以为那是华纳德通过夸张的手段来弱化自己的屈服，而且他以为他能够不去讨论这一点。

印刷机在轰鸣。一个男人的心跳聚集着、重复着。他听不见别的声音，而且他觉得如果华纳德走了的话，继续这样是很荒唐的，可是如果他还没有走，那么朝他的方向看是万万不可取的。

过了一会儿，他抬起头来。华纳德还在那儿。灯光在他身上映射出两个亮点：紧抱着胳膊肘的手上长长的手指和那高高的额头。托黑想看的是那个额头。不，在那对眉毛上方并没有倾斜的皱纹。那双眼睛成了两个实心的白色椭圆，在那张脸棱角分明的阴影里依稀可辨。那两个椭圆正对着托黑的方向。不过，那张脸上什么也没有。没有关于目的的暗示。

过了一会儿，托黑说："真的，华纳德先生，你和我没有什么理由不站在一起。"

华纳德没有作答。

托黑拿起一张纸，将它装到打字机上。他坐下来，看着那些按键，用两根手指撑住他的下颌，他知道那是他将要进攻一篇文章时采用的姿势。按键的边缘在台灯下闪闪发亮，像昏暗房间里悬着的亮镍圈。

印刷机停止了转动。

还没弄清自己为什么要动，托黑便猛然无意识地向后靠去：他是一个新闻记者，那种声音不应该这样停下来。

华纳德看了看他的手表，说："现在是九点钟。你失业了，托黑先生。《纽约旗帜报》不复存在了。"

托黑意识到的下一个现实是自己的手落到了打字机的按键上：他听到那些控制杆互相碰撞时金属发出的咔哒声，还有打字机支架轻轻的跳动声。

他没有说话，可是他觉得他的脸透露了一切，因为他听到华纳德在回答："是的，你在这儿工作了十三年……是的，我出钱买下了他们全部的股份，包括米切尔·兰登在内，这是两周前的事……"他声音冰冷，"不，本地新闻编辑室的那帮家伙不知道此事。只有印刷厂的那些……"

托黑转过身去。他拿起一份剪报，放在手掌上，然后翻转手掌，让那张剪报掉落下去，略带吃惊地观察着那必然的结局：重力法则不允许它停留在他翻转的掌心里。

他站起身来，注视着华纳德，他们之间有一段灰色的地毯。

华纳德的头动了一下，肩膀微微歪向一边。现在华纳德的脸看上去似乎什么障碍也不需要了。它看上去很简单，不再愤怒，紧闭着的嘴唇透出一丝苦笑，几乎是谦卑的。

华纳德说："这就是《纽约旗帜报》的末日……我想我应该与你一起迎接它的到来，这样才合适。"

很多报纸都在争取埃斯沃斯·托黑的服务。他选择了《信使报》，那家报纸声望不错，但政策不太明确。

在开始新工作的第一天晚上，埃斯沃斯·托黑坐在一位副主编的办公桌边沿上，与他一起谈论着《信使报》的老板陶伯特先生，托黑只见过他几次。

"可是作为一个人，"托黑问道，"陶伯特先生的特定神祇是谁？他会为什么而崩溃？"

在大厅对面的电话间，有人正在拨着电话拨号盘。"时代，"一个严肃的声音高声宣布说，"继续前进！"

洛克坐在事务所的制图台前工作着。玻璃墙外面的城市看起来光辉灿烂,空气被十月的第一场寒潮涤荡得无比清新。

电话响了。他不耐烦地猛然停住了铅笔。在他制图的时候,电话是不准接进来的。他走到办公桌前,拿起话筒。

"洛克先生,"他的秘书说,她声音里透露出的紧张是为违背命令而道歉,"盖尔·华纳德先生想知道,明天下午四点钟你是否方便到他的办公室去一趟。"

她听到耳旁的话筒里没有声音,微弱的蜂鸣持续了好几秒。

"他还在线吗?"洛克问。

她知道并不是电话连线使他的声音听起来像那样。

"不,洛克先生。是华纳德先生的秘书打来的。"

"好的,好的。告诉她可以。"

他走到制图台前,低头端详着那些草图。那是一幅他不得不放弃的草图:他清楚他今天是无法工作了。希望和慰藉相加过于沉重。

当洛克走进曾经的旗帜大楼时,他发现那块《纽约旗帜报》报头的牌子不见了。没有什么取代它。门楣上方留下了一个褪色的矩形。他知道,大楼里面现在是《号角》的办公室和好几层的空房间。《号角》,这种三流的小报,是华纳德报业在纽约的唯一代表。

他朝一部电梯走去。他很高兴自己是唯一的乘客;他突然对这个小小的钢笼子产生了强烈的占有欲。它是他的了,又找到了，还给他了。那种强烈的慰藉感告诉他，它结束了多么强烈的痛苦；那是一种特别的痛苦，与他生命中的任何痛苦都不一样。

当他走进华纳德的办公室时，他知道他不得不接受那种痛苦，并且永远承载下去，无法治愈，没有希望。华纳德坐在办公桌后面，当洛克进来时，他站起身，直视着他。华纳德的脸看上去比陌生人还要陌生：一张陌生人的脸有潜在的可能，如果一个人做出选择和努力的话，那张脸是可以开启的。而这张脸是熟悉的，关闭的，永远也不可能再开启。这张脸上没有放弃的痛苦，它表现得更进一步，连痛苦本身都被否认了。一张脸，遥远而平静，有着它自身的尊严，不是一种有生命的特质，而是中世纪坟墓上一座塑像的尊严，诉说着过去的伟大，并且禁止任何人触及那里面的遗骨。

"洛克先生，这次会面是必要的，但是对于我来说很困难。请你做出相应的表现。"

洛克清楚，他所能做出的最后的善举就是不去提及他们的关系。他清楚，如果他将"盖尔"那个词说出来，他便会将面前这个男人身上剩下的东西全部破坏。

洛克回答说："是，华纳德先生。"

华纳德拿起四张打好的文件，将它们递向办公桌对面。

"请读读这个，如果你同意的话，就在上面签个名。"

"这是什么？"

"设计华纳德大厦的合同。"

洛克将那几张纸放下。他无法拿着它们，无法看着它们。

"洛克先生，请仔细听。这必须加以解释并且得到理解。我希望马上开始华纳德大厦的修建。我希望它是全纽约最高的建筑。不要和我讨论这样做是不是时候，或经济上可不可取。我希望它建起来。它会得到利用的——这是唯一跟你有关系的。它将容纳《号角》和位于纽约各处的华纳德公司的所有办公室。其余的空间会租赁出去。我还有足够的声望来为它作担保。你不必担心建起一座无用的建筑。我会给你寄一份关于所有细节和要求的书面陈述。其余的事情由你决定。你可以按照你喜欢的方式进行设计。你的决定便是最终的决定。它们不需要我的认可。你将全权负责，具有完全的权威。这一点已经在合同里申明了。不过我希望你明白一点，我不必非得见你。在所有技术和财务事务方面，将有一个代理人全权代表我。你将与他打交道。你将与他进行所有的进一步磋商。告诉他你更喜欢哪一家承包商来完成施工任务。如果你觉得有必要和我交流的话，就通过我的代理人好了。你不能期望或者试图与我见面。要是你这么做，你会被拒绝进入。我不希望和你讲话。我不希望再见到你。如果你已经准备好了遵守这些条件，就请读完合同，并在上面签字。"

洛克伸手拿了一支笔，连看都没有看那份文件，就在上面签了字。

"你没有读上面的内容。"华纳德说。

洛克将那份文件向桌子对面扔过去。

"请在两份上都签字。"

洛克顺从地做了。

"谢谢你。"华纳德说,在文件上签了字,并将其中的一份递给洛克,"这是你的那份。"

洛克顺手将文件塞进了衣服口袋。

"我没有提到工程的财务问题。这是一个公开的秘密——所谓的华纳德帝国已经死掉了。它仍很安全,仍像往常那样良好地在全国运转,只有纽约市的除外。它将持续我的一生。它将和我一起告终。我有意将其中大部分资产换成现款。因此,你没有理由因为成本问题在设计时限制你自己。需要花钱的地方就花吧。在新闻短片和小报都消失之后,这幢大厦将依然长存。"

"是,华纳德先生。"

"我猜你会希望在维护成本方面让这幢大厦经济实用。可是你不必考虑原始投资的回笼。并不存在某个需要它回报的人。"

"是,华纳德先生。"

"如果你考虑一下这个世界当前的行为和它正渐渐陷入的灾难,你会发现这一工程是愚蠢的。摩天大楼的时代已经过去了。这是一个安居工程的时代。这一直是洞穴时代即将来临的序曲。

可是你不必担心做出违背全世界的动作。这将是纽约建起的最后一幢摩天大楼,是人类毁灭自身之前在地球上的最后成就。"

"人类是永远不会毁灭自身的,华纳德先生。它也不应该认为自身将要遭到毁灭。只要还做着像这样的事情,它就不会毁灭。"

"像什么样的事情?"

"像华纳德大厦这样的事情。"

"那就要看你了。死掉的东西——比如《纽约旗帜报》——只不过是使它成为可能的财务上的肥料而已。那才是它们合适的功能。"

他从桌上捡起他那份合同,折好,用一种精确的动作把它放入自己外套的内袋里。他的语气没有丝毫转变,说:

"有一次,我对你说过,这座大厦要修成我人生的一个纪念碑。现在没有什么可资纪念了。华纳德大厦没有任何意义——除了你所能给予它的东西。"

他站了起来,表示会面已经结束。洛克也站起身,领首告别。他低头的时间比正式鞠躬所要求的时间略长。

走到门口时,他停住脚步,转过身来。华纳德站在办公桌旁没有动。他们注视着对方。

华纳德说:"把它建成一座你那种精神的纪念碑吧……而那本来也可能成为我的精神。"

20

在十八个月后的一个春日，多米尼克步行来到华纳德大厦的建筑工地。

她看着这座城市里的一座座摩天大楼。它们从预料之外的地方拔地而起，超越了低矮的房屋。它们的那种突兀令人瞠目，仿佛是在她看到之前的一秒钟才蹿出来，而被她捕捉到了动作的最后一刹那。仿佛，如果她转过身，并且能足够快地再回过头的话，她就能当场看见它们向上的蹿升。

她转过"地狱厨房"的一个街角，来到一片清理干净的宽阔地带。

推土机在挖开的土地上慢慢地爬行着，为未来的公园堆着坡度。华纳德大厦的主体框架已经完成，从中央拔地而起，直入云霄。框架的顶部还裸露着，像一个交叉的钢笼。玻璃和砖石紧随其上，将这个深深切入天空的长条形物体覆盖了起来。

她想，他们说，地球的内核由火组成。它被禁锢着，沉默着。可是有时候，为了寻求自由，它也从泥土里，从铁里，从花岗岩里爆发出来。然后，它变成了现在那个东西。

她走向那座建筑。一圈木栅栏将较低的几层围了起来。上面明晃晃地挂着几块巨大的招牌，写着那些为世界上最高的建筑提供建筑材料的公司名字："美国钢铁公司"，"勒德洛玻璃"，"威尔斯-克莱蒙特电器设备"，"凯斯勒电梯"，"纳什-唐宁建筑工程公司"。

她停下脚步。她看到了一个以前从没注意过的物体。那景象就像是一只手抚摸着她的额头，是传说中拥有治愈力量之人的手。她不认识亨利·卡麦隆，她也没有听他说过这些话，可是她现在的感觉就好像她正在听他说着一样："我知道，霍华德，如果你抱定这几个字的宗旨不放，坚持到最后，那就是胜利，不仅仅是你的胜利，而且，对于那些应该取胜，那些推动着世界前进，却从来得不到承认的力量来说，也是一种胜利。它将证明，许许多多在你之前倒下的，那些遭受过和你将来要遭受的一样的痛苦的人们是正确的。"

在纽约最伟大的建筑周围的栅栏上，她还看到一个小小的锡牌，上面写着这样的字样：

霍华德·洛克，建筑师事务所

她走进工程指挥的小屋。她过去经常来这儿见洛克，来看看工程的进展情况。可是，屋子里有一个新来的人，他并不认识她。她说她找洛克。

"洛克先生在水箱旁边的楼顶上，是谁找他，夫人？"

"洛克夫人。"她回答说。

那个人找到了工程指挥。工程指挥听凭她像往常那样乘坐外部升降机——几块木板，用一根绳子做护栏，沿着大楼一侧上升。

她站在那里，抬起一只手抓紧一根缆绳，她的高跟鞋在木板上稳稳地保持着平衡。木板抖动了一下，一股气流将她的短裙压在她的身体上，她看到地面从她身边轻轻地向下坠去。

她升到了商店橱窗宽大的窗格上方。街道形成的沟壑越来越深，陷了下去。她升到了电影院的招牌上方，那是一些用彩色螺旋花纹托起来的黑色板子。办公室的窗户像河流一般从她身边经过，一串串窗玻璃向下流去。蹲伏在那里的大仓库不见了，正与它们所守卫的珍宝一起下沉。酒店的塔尖倾斜了，如同一把展开的扇子的手柄。那些冒着烟的火柴棍一样的东西是工厂的烟囱，而那些运动着的灰色小方块是汽车。阳光将那些高耸的尖顶变成了灯塔，它们摇摆着，将长长的白色光线闪耀在城市上空。城市向四周延伸开去，一排排地向河流前进。它被河流那两条纤细的黑色臂膀怀抱着。它跳过它们，融入模糊成一片的平原和天际。

高楼的平顶下沉，仿佛踏板一般将楼宇向下压去，为她的飞行让着路。她越过了容纳着餐厅、卧室和育儿室的玻璃立方体。她看到屋顶花园像风中的手帕一样飘向下方。一座座摩天大楼与她赛跑，却被她远远地甩在了后面。她脚下的木板从电视台的天线旁向上冲去。

升降机就像城市上空的一个钟摆，在华纳德大厦的一侧飞速上升。它越过了已经完成石工活的部分。现在，除了腰间的钢系带和空间之外，她的身后什么也没有。她感觉到了高度给她的耳膜带来的压力。她满眼都是阳光。空气向她仰起的下巴袭来。

她看见他站在上面,在华纳德大厦的楼顶平台上。他向她挥手。

大洋的海平线横贯天际。随着城市沉落下来,海洋向上升去。她越过了银行大厦的尖塔,越过了法院的屋顶,越过了教堂的塔尖。

然后,只剩下了大洋和天空,还有霍华德·洛克的身姿。

重现经典

2005年

《华氏451》 [美]布·雷德伯利

《美丽新世界》 [英]阿道司·赫胥黎

《穿裘皮大衣的维纳斯》 [奥]利奥波德·萨克·莫索克

《秘密花园》 [法]奥克塔夫·米尔博

《亨利和琼》 [美]阿娜伊丝·宁

《崩溃》 [尼日利亚]钦努阿·阿契贝

《源泉》 [美]安·兰德

2006年

《捕蜂器》 [英]伊恩·班克斯

《牙买加飓风》 [英]理查德·休斯

《看电影的人》 [美]沃克·珀西

《情陷撒哈拉》 [美]保罗·鲍尔斯

《相约萨马拉》 [美]约翰·奥哈拉

《母猪女郎》 [法]玛丽·达里厄塞克

《曼哈顿中转站》 [美]约翰·多斯·帕索斯

《万里仕禅游》 [美]罗伯特·M.波西格

《荒凉天使》 [美]杰克·凯鲁亚克

《魔法外套》 [意]迪诺·布扎蒂

《面纱》 [英]W.萨默赛特·毛姆

2007年

《血橙》 [美]约翰·霍克斯

《破碎的四月》 [阿尔巴尼亚]伊斯梅尔·卡达莱

《校园秘史》 [美]唐娜·塔特

《独自和解》 [美]约翰·诺尔斯

《猎鹰者监狱》 [美]约翰·契弗

《孤独旅者》 [美]杰克·凯鲁亚克

《邮差》 [智]安东尼奥·斯卡尔梅达

《阿特拉斯耸耸肩》 [美]安·兰德

2008年

《能干的法贝尔》 [瑞士]马克斯·弗里施

《孤独天使》（《荒凉天使》新版） [美]杰克·凯鲁亚克

《跳房子》 [阿根廷]胡利奥·科塔萨尔

《失落》 [印度]基兰·德赛

《施蒂勒》 [瑞士]马克斯·弗里施

《人民公仆》 [尼日利亚]钦努阿·阿契贝

《斜阳》 [日]太宰治

《飞越疯人院》 [美]肯·克西

2009年

《瓦解》（《崩溃》新版） [尼日利亚]钦努阿·阿契贝

《亡军的将领》 [阿尔巴尼亚]伊斯梅尔·卡达莱

《情迷六月花》（《亨利和琼》新版） [美]阿娜伊丝·宁

《金色夜叉》 [日]尾崎红叶

《高野圣僧》 [日]泉镜花

《革命之路》 [美]理查德·耶茨

《路》 [美]科马克·麦卡锡

《荒原蚁丘》 [尼日利亚]钦努阿·阿契贝

《居辽同志兴衰记》 [阿尔巴尼亚]德里特洛·阿果里

《鞑靼人沙漠》 [意]迪诺·布扎蒂

《梦幻宫殿》 [阿尔巴尼亚]伊斯梅尔·卡达莱

2010年

《米兰之恋》 [意]迪诺·布扎蒂

《天下骏马》 [美]科马克·麦卡锡

《印度之恋》 [英]露丝·普拉瓦尔·杰哈布瓦拉

《猜火车》 [英]欧文·威尔士

2011年

《平原上的城市》 [美]科马克·麦卡锡

《穿越》 [美]科马克·麦卡锡

《神箭》 [尼日利亚]钦努阿·阿契贝

《禅与摩托车维修艺术》(《万里任禅游》新版) [美]罗伯特·M.波西格

2012年

《路》(精装) [美]科马克·麦卡锡

《面纱》(精装) [英]W.萨默赛特·毛姆

《老妓抄》 [日]冈本加乃子

《萨巫颂》 [伊朗]西敏·达内希瓦尔

《邮差》(新版) [智]安东尼奥·斯卡尔梅达

《一个人的和平》(《独自和解》新版) [美]约翰·诺尔斯

《猜火车》(精装) ［英］欧文·威尔士

《阁楼上的狐狸》 ［英］理查德·休斯

2013年

《天下骏马》(精装) ［美］科马克·麦卡锡

《御伽草纸》 ［日］太宰治

《血色子午线》 ［美］科马克·麦卡锡

《阿特拉斯耸耸肩》(精装) ［美］安·兰德

《斜阳》(新版) ［日］太宰治

《人间失格》 ［日］太宰治

《源泉》(精装) ［美］安·兰德

《晚年》 ［日］太宰治

《已故的帕斯卡尔》 ［意］皮兰德娄

《维庸之妻》 ［日］太宰治

《奔跑吧,梅勒斯》 ［日］太宰治

《一月十六日夜》 ［美］安·兰德

2014年

《春雪》 ［日］三岛由纪夫

《天人五衰》 ［日］三岛由纪夫

《阿甘正传》 ［美］温斯顿·格鲁姆

2015年

《飞越疯人院》（精装） [美]肯·克西

《康州美国佬大闹亚瑟王朝》 [美]马克·吐温

《热与尘》（《印度之恋》新版） [英]露丝·普拉瓦尔·杰哈布瓦拉

《相爱一场》（《米兰之恋》新版） [意]迪诺·布扎蒂

《好色一代女》 [日]井原西鹤

《奔马》 [日]三岛由纪夫

《晓寺》 [日]三岛由纪夫

《离开拉斯维加斯》 [美]约翰·奥布莱恩

2016年

《一个人》 [美]安·兰德

《浪漫主义宣言》 [美]安·兰德

《她们》 [美]玛丽·麦卡锡

《亡军的将领》（精装） [阿尔巴尼亚]伊斯梅尔·卡达莱

《长城》 [阿尔巴尼亚]伊斯梅尔·卡达莱

《紫苑草》 [美]威廉·肯尼迪

2017年

《理想》 [美]安·兰德

2018年

《禅与摩托车维修艺术珍藏版》 [美]罗伯特·M.波西格

《阿甘正传双语版》 [美]温斯顿·格鲁姆

THE FOUNTAINHEAD
by Ayn Rand and Afterword by Leonard Peikoff
Copyright © The Bobbs-Merrill Company, 1943
Copyright © renewed 1971 by Ayn Rand
Afterword copyright © Leonard Peikoff, 1993
Simplified Chinese translation copyright© 2024 by Beijing Alpha Books Co., Inc.
Published by arrangement with Curtis Brown Ltd.
through Bardon-Chinese Media Agency
ALL RIGHTS RESERVED

版贸核渝字（2024）第220号
图书在版编目（CIP）数据

源泉：珍藏版 /（美）安·兰德著；高晓晴，赵雅蔷，
杨玉译. -- 重庆：重庆出版社，2019.11
书名原文: The Fountainhead
ISBN 978-7-229-14156-1

Ⅰ.①源… Ⅱ.①安… ②高… ③赵… ④杨…
Ⅲ.①长篇小说—美国—现代 Ⅳ.①I712.45

中国版本图书馆CIP数据核字（2019）第086822号

源泉（珍藏版）

[美]安·兰德著　高晓晴　赵雅蔷　杨玉译

策　　划：华章同人
出版监制：徐宪江
责任编辑：秦　琥　王昌凤
责任印制：杨　宁
营销编辑：王　良　唐晨雨
书籍设计：设计工作室 010-62015184　774638217@QQ.COM

重庆出版集团
重庆出版社　出版

（重庆市南岸区南滨路162号1幢 邮编·400061）
北京毅峰迅捷印刷有限公司 印刷
重庆出版社有限责任公司 发行
邮购电话：010-85869373
全国新华书店经销

开本：850mm×1168mm 1/32 印张：44.25 字数：800千
2019年11月第1版　2025年6月第8次印刷
定价：168.00元（全两册）

如有印装问题，请致电023-61520678

版权所有，侵权必究